戴燕 著

文学史的权力

（增订版）

图书在版编目(CIP)数据

文学史的权力/戴燕著.—2版(增订版).—北京:北京大学出版社,2018.8

(博雅撷英)

ISBN 978-7-301-29648-6

Ⅰ.①文… Ⅱ.①戴… Ⅲ.①中国文学—文学史—研究 Ⅳ.①I209

中国版本图书馆 CIP 数据核字(2018)第 130305 号

书　　名	文学史的权力(增订版) WENXUESHI DE QUANLI
著作责任者	戴　燕　著
责 任 编 辑	张文礼　张凤珠
标 准 书 号	ISBN 978-7-301-29648-6
出 版 发 行	北京大学出版社
地　　址	北京市海淀区成府路 205 号　100871
网　　址	http://pup.cn　新浪微博:@北京大学出版社
电 子 信 箱	pkuwsz@126.com
电　　话	邮购部 62752015　发行部 62750672　编辑部 62767315
印 刷 者	北京中科印刷有限公司
经 销 者	新华书店
	880 毫米 × 1230 毫米　A5　12.5 印张　372 千字 2002 年 3 月第 1 版 2018 年 8 月第 2 版　2018 年 8 月第 1 次印刷
定　　价	69.00 元

未经许可,不得以任何方式复制或抄袭本书之部分或全部内容。
版权所有,侵权必究
举报电话:010-62752024　　电子信箱:fd@pup.pku.edu.cn
图书如有印装质量问题,请与出版部联系,电话:010-62756370

目　次

增订版序 /1
前　言 /1

第一章　新知识秩序中的中国文学史 /1
　　一　什么是文学 /2
　　二　什么是中国历史中的文学 /15
　　三　怎样写作中国文学史 /32

第二章　中国文学史：一个历史主义的神话 /51
　　一　文学的历史观念 /57
　　二　史料的发掘与考证 /67
　　三　求因明变的宗旨 /80

第三章　作为教学的"中国文学史" /87
　　一　文学史为中文系的重要课程 /87
　　二　教学上的个人与集体 /95
　　三　对文学史课的挑战 /104

第四章　从"民间"到"人民"
　　　　——中国文学史上的正统论 /112
　　一　新文学的发掘民间 /112
　　二　文艺为人民服务 /119
　　三　文学的"人民性" /124

四　抛弃"五四"的旧包袱 /128
　　五　爱国主义 /134
第五章　"写实主义"下的文学阅读
　　　　——中国文学史经典的生成 /139
　　一　写实主义是一种小说理论 /139
　　二　文学史的新经典 /148
　　三　正确的阅读方式 /159
　　四　多种或一种解释 /170
第六章　国语的文学史之成立 /180
　　绪　论 /180
　　一　民国初期的国语运动 /181
　　二　新文学与国语 /187
　　三　白话文学为国语的基础 /201
　　四　白话文学古已有之 /209
　　五　国语（白话）文学的历史 /218
　　六　白话的戏曲小说为世界一流 /228
　　余　论 /240

附　录 /246
　　一　世界·国家·文学史 /246
　　二　在世界背景下书写中国文学史 /255
　　三　中国文学史的早期写作
　　　　——以林传甲《中国文学史》为例 /267
　　四　把旧学换了新知
　　　　——林传甲的一本日记和一本教材 /275

五　文学史的力量
　　——读黄人《中国文学史》/286
六　"这是多大的使命呀"
　　——试论郭绍虞《中国文学批评史》的贡献/294
七　守护民间
　　——重读红皮本《中国文学史》/302
八　文学史的进与退/311
九　他山之石
　　——简述日本的中国文学史书写/331
十　也说说东洋早期出版的《中国文学史》/334
十一　现代学术史所不能忘记的/337

征引书目 /342
　一　文学史/342
　二　著作/346
　三　论文/356
后　记 /362
补　记 /365

增订版序

一

《文学史的权力》出版超过十年,据说已经脱销,出版社希望重印,这让我下定决心补写最后一章"国语的文学史之成立"。说补写,是因为这一章原来就在写作计划中,在讨论了影响至今的"中国文学史",它的形成,如何受到近代以来自西向东而又糅合了中国传统的新的学术分类、历史叙述、教学制度、意识形态、文艺思潮等各方面的制约之后,当然还要讨论它和现代"国语"即白话文的关系,这不仅是因为我们在这里谈到的文学,主要是一种书写语言(书面语)的文学,文学史实在是一种关乎书写语言变迁的文学历史,还因为文学史著作本身,随着现代国语运动的推进,最终也变成了是用白话即现代汉语的书写。如果忽略了"中国文学史"的这一性质,便无法完整地理解所谓"文学史的权力"从何而来,又为什么能够持续地发挥它的效力。只是要说明这一点,则必须关注头绪纷繁的晚清民初的国语运动,而在2002年最初出版这本书的时候,我觉得还没有把握把它讲得很清楚。

回想二十多年前,我刚刚进入文学史的学术史研究,那时并没有料到这个话题会发酵,后来有那么大反响,也没有预计到我个人会在这个题目里面盘桓这么久。我是在读大学时接触到文学史的,正如我在2002年版的"后记"中所写,却是在大学毕业后的几年,因为各种机缘,看到各种各样古今中外的《中国文学史》著作,是这一阅读经历告诉我,同在"中国文学史"名下,但可以采取不同的形式、书写不同的内容。这是我对"文学史"真正产生兴趣的契机,也为我后来做研究奠定了极为重要的文献基础。

但是在这里我还想要补充说明的是,从1980年代,黄子平、陈平原、钱理群发表"二十世纪中国文学论",王晓明、陈思和提出"重写文学史",到1990年代,在王守常、陈平原、汪晖主编的《学人》上刊登"学术史研究笔谈",在陈平原、陈国球主编的《文学史》上刊登"旧籍新评",这些同辈学者的思考特别是他们反省批判的能力,也给了我非常大的启发和激励。今天来看,它们大概都可以算作是在上个世纪末的风云激荡中,这一代学者的困惑、选择和努力,在学术上,希望突破旧的条条框框,开辟新局面,却又受困于现实,在困境中左冲右突的表现。

文学研究的变化,首先出现在上述现当代领域,这不奇怪,因为现当代文学史的叙述与现当代史紧密联系在一起,"春江水暖",他们能最快感受到气候的变化,而当时已经可以看到的海外学者的相关研究,如夏志清先生《中国现代小说史》的翻译出版,又使人看到确实存在多元叙述的可能。相比之下,从事古典文学研究的人就未必有那么敏感,上个世纪末,主持各种古代文学史编写的大多也还是上一辈学者,他们当时多是五六十岁,像我自己比较熟悉的曹道衡、沈玉成、徐公持先生,就是在编写中国文学通史系列中的魏晋和南北朝文学史,罗宗强先生是在撰写并主编中国文学思想史,王运熙先生是在撰写并主编中国文学批评通史,章培恒和袁行霈先生是在分别主编中国文学史教材。在很多人看来,与现当代文学研究相当不同的是,研究古典文学,需要有较长时间的学术积累,还要接受一定的语言和历史训练,因此不是那么容易随着意识形态或一些理论的流转而改变,整个学科比较成熟稳定。而由于学科相对稳定,在很长一段时间里,对古典文学研究的评价,也并不那么要求有所谓整体观念的变化，不像现当代文学学科那样重视观点、方法的创新，只要能发挥欣赏的又或考证的"软硬功夫"，有点滴积累，就会被看作是对学术的推进。在这个学科，似乎更讲究"不积跬步，无以至千里"。

当然，有点滴积累实属不易，何况是整个文学史观念的转变。1980年代末，既研究过古代文学也写过现代文学史的王瑶先生号召说：如今大家在价值观念上不尽相同，可以都来写文学史，"写出各种不同的文学史"（《文学史著作应该后来居上》）。跃跃欲试的人不是没有，三十年来，不知出版了多少种新的文学史书，可是真的要写"各种不同的文学史"，仍然不是一件容易做到的事情。1980年前后，我在大学里读书，那时文学史课上读得比较多的《中国文学史》，一套是由中国科学院文学所主编，一套是由游国恩等几所大学的学者主编，都是1962、1963年出版。这两套文学史，我一直以为只要排除掉其中过分具有时代色彩的政治化术语，无论叙述模式还是研究结论，在很多大的方面，都难以为后人超越，因为它们采取的作家作品论写作方式，是经过许多人反复试验和论争，才确立下来的一种文学史主流叙述模式，而当年那种群策群力集体办大事的方法，也让它们高度容纳了此前几十年文学史研究的成果。要突破这样的文学史，首先，你要知道它们是怎么写出来的，凭什么取得如此笼罩性的地位，简单的意识形态检讨或政治批判都不足以说明问题。而这正是我研究"文学史"的初衷，也可以说是对从前"文学史"的学术史回顾，看近代以来的中国，在一个新的世界当中，怎样讲述自己的古典文学传统。

投入这个题目，转眼已近三十年，好比一步一回头，而我自己并不感到厌倦，这是因为每一回头，都能看到我们的来路，也就是古典文学研究在近代中国的展开，并经由这小小的专业领域，去触摸中国近代学术思想文化的大势，再跨步旅行到日本及欧美，去管窥世界文学的风景,从而让自己时刻意识到古典文学的研究,既不是真的如面对青灯黄卷,与世隔绝,也不是所谓为己之学,可以自娱自乐自我满足,它应该是现代学术的一部分,与我们这个时代、这个社会密切相关。幸运的是在过去三十年,由于思想学术的逐步开放,"读书无禁区",让我们看到越来越多的文学和历史理论,也看到各式各样的文学史和历史书写。回想二十年前,最初从日文本读到福柯、从台湾麦田出版社的译本读到海登·怀特,当时的莫大惊喜,犹在眼前,而那时我的书桌上,始终放着余英时先生在台北联经出版社出版的《历史与思想》,经常读它的一个原因,是为了摆脱过去写文章的那种腔调与结构。

二

到今天来补写"国语的文学史之成立"这一章,"千帆竞过",关于文学史,已经有了太多的论著出版。就国语和文学史的关系,这些年,我看到的便有像王尔敏的《中国近代知识普及化之自觉及国语运动》、周光庆的《汉语与中国早期现代化思潮》、张军的《清末的国语转型》、王风的《文学革命与国语运动之关系》、王东杰的《从文字变起:中西学战中的清季切音字运动》、商伟的《言文分离与现代民族国家》等。而更重要的是,在《文学史的权力》出版后的这十五年,时势发生了很大变化,随着时势的改变,整个社会从上到下,对古典传统以及古典传统在近代的转型,似乎都有了新的评价。题目还是旧题目,但是论述的心境已然不同。

在写作这最新一章的时候,我还是采取了回到近代中国文学史书写起点的办法,整整一个暑假埋头在《新青年》(原名《青年杂志》)杂志中,从1915年9月出版的第一期起,按照时间顺序,一期一期地逐月翻看新文学运动在这份杂志上是怎样兴起,又是怎样与国语运动结合,在这个过程里,新文学的倡导者是如何看待古典文学,他们反对的是什么、接受的是什么,根据新文学观念并基于国语(现代书面语)创造的要求而讲述的文学史,与过去到底有什么区别,这些新文学史又是怎样发掘过去被遮蔽的文学传统,来为"文学的国语"和"国语的文学"提供一份历史的资源。

如果说新文学运动是以胡适《文学改良刍议》、陈独秀《文学革命论》的发表为标志,在1917年1月、2月揭开帷幕,那么讲学术史,我想是应该要提前一年,也就是要回到1916年,这一年,也被称作"中华帝国洪宪元年"。由于《新青年》被寄予了"灌输常识,阐明学理,以厚惠学子"的厚望,读者对它也有"不必批评时政,以遭不测,而使读者有粮绝受饥之叹"(1917年9月读者来信)的要求,因此尽管舆论沸腾,在1916年的正月号上,我们可以看到的是主编陈独秀还是比较克制,仅仅说在新的一年里,他相信经过一战的洗礼,欧洲的军事政治、思想学术"必有剧变",对于中国青年,他则是抱了能与1915年以前的"古代史"隔绝、在政治社会道德学术各个方面更新自我的期望(《一九一六年》)。但是到了2月,他便忍不住发表评论,指出"三年以来,吾人于共和国体之下,备受专制政治之痛苦",经过这一段实验,有识之士"爱共和之心,因以勃发,厌弃专制之心,因以明确",拥护民主共和之国体还是拥护君主立宪之专制政治,"今兹之役,可谓新旧思潮之大激战"(《吾人最后之觉悟》)。

这是新文学运动发生之前的情形,袁世凯背叛共和、复辟帝制,走与"独立平等自由"的世界现代文明相反的路,让《新青年》发行不到半年,就找到了自己的发力点,话题迅速聚焦于政治思想、政治文化的改革。在这样的氛围下,新文学运动和新的国语运动也都呼之欲出。

陈独秀认为"儒者三纲之说"是君主立宪制的伦理思想基础,鲁迅也讲过孔子是在袁世凯时代"被从新记得","跟着这事出现的便是帝制"(《在现代中国的孔夫子》)。他们是1880年代前后出生的人,这一代人几经折腾,都把儒教和帝制的关系看得很透彻。在1917年1月1日出版的《新青年》上,排在胡适《文学改良刍议》前面的,还有高一涵写的《一九一七年预想之革命》,其所预想的革命,就是要打破专制思想,在政治上揭破"贤人政治"的真相,在教育上打消"孔教为修身大本"的宪条。而当袁世凯被迫取消帝制,过了大概一个月,陈独秀发表《旧思想与国体问题》,仍然在说:"如今要巩固共和,非先将国民脑子里所有反对共和的旧思想,一一洗刷干净不可。"被他看作非要洗刷掉不可的旧思想里,除了孔教,还有文人学士写的"颂扬功德、铺张宫殿、田猎的汉赋,和那思君明道的韩文杜诗"。

以汉赋、韩文、杜诗为主流的传统文学,既被归为像孔教一样的"旧思想",这些旧思想又被视为君主立宪制得以存续的基础,在陈独秀的文学革命论里,对于这样的旧文学,因此只有不遗余力的排斥。我们看胡适后来经常提到两件事,一是某留学生监督的一张小传单,一是他和几位留学生友人关于诗文的辩论,他说这使他产生了"文学革命"的冲动(《逼上梁山》《胡适口述自传》),可是与当时人在海外的胡适相比,凡亲身经历过袁世凯称帝这一段历史的人,无论是较为年长的陈独秀、鲁迅、周作人、钱玄同,抑或年轻几岁的傅斯年,一旦加入新文学阵营,都会比胡适要激烈得多,对传统文学的批判更加彻底,对文学思想和内容之革新的要求,也超过对文学形式的关注,用胡适形容陈独秀的话来说,那就是一种不容置疑的"老革命党的口气"(《四十自述》)。

所以,钱玄同说新文学和国语的背后是新思潮,这是因为主张古文的人一定接着讲"文以载道",谈国语,当然也不能不"牵及学术思想"(《黎锦熙〈"是个垃圾成个堆"〉的附言》)。所谓"新思潮",便是陈独秀所说拥护德先生(民治主义)、赛先生(科学),拥护起源于18世纪欧洲的启蒙思想,而拥护德先生、赛先生,"便不得不反对国粹和旧文学"

(《本志罪案之答辩》)。国粹和旧文学,是在这样一个历史情境下被判的死刑。帝制复辟的政治逆流,变成了从反向助推新思潮的力量,对晚清以来以"言文一致"为主要目标的文学改革和语言文字改革,也是一个很大的刺激,推动着新文学和国语两大潮流在 1916—1919 年短短的几年内紧密配合,"一蹴而就",取得前所未有的成绩。

我们今天看到的中国文学史叙事模式,便是在这样的新文学及国语运动推翻了过去的文学传统、确认了新的文学传统之后建立起来的,要了解文学史这一叙事模式的形成,关键在哪里,势必要回到这样一个历史的起点。

三

回到这样一个历史起点,当然也就是回到启蒙时代。古典文学研究由于它的学科特性,常常使人忘记我们现在看到的"中国文学史"是跟着新文学一道、是接受了启蒙思想的影响后才出现的。1919 年 12 月,胡适发表《新思潮的意义》,提出新思潮应该要通过"研究问题,输入学理,整理国故"来"再造文明",至少是在这以后,"中国文学史"的书写便自觉地承担起了再造文明、再造新文学的责任,而由此形成的文学史书写模式,也逐步取代了各种形式的传统文论,特别是在文学史里,不再看到"文起八代之衰""文必秦汉,诗必盛唐"这样的一心追慕古人的口号,文学史不是为了传承古代的某一诗体、文派,而是关乎胡适所说"人生社会的切要问题"。

因此,今天来讨论文学史的学术史,除了要在历史的脉络里把文学史书写变化的过程讲清楚,要在这当中说明"文学史的权力"何以形成并持续发挥其效力,还要回答怎么评价新文学、怎么看待启蒙思想的问题。

胡适曾说他在语文改革的问题上,原来很保守,是为时势所趋,被

"逼上梁山",然后成了推行白话文、激进改革中国语言和文学的"策划人"(《胡适口述自传》)。1919年考进北京大学预科的魏建功,因"完全被'新'的思想潮流所动荡"(《"五四"三十年》),在胡适四十岁生日时,写了一篇平话体的祝寿文,热情讴歌胡适何以为"革新中国文学的先锋将"而对那些"卫道的人替古文'会师勤王'"并不理会,最终促进了中国学术界"从思想的革新到学术的革新,从文学的改革到文字的改革"(《胡适之寿酒米粮库》),这篇祝寿文当时颇得他老师钱玄同的赞赏,以为是把"胡先生志趣、思想和他对于白话文学及科学考古的提倡,叙得'刚刚恰好'"。

而钱玄同也是受帝制复辟的教育,从复古变成反复古的(周作人《钱玄同的复古与反复古》),他不仅提倡思想革命反礼教、文学革命用白话,还有更极端的"废汉字"主张,并且终其一生,保持着与骈文律诗的距离。他和黄侃都是章太炎弟子,对黄侃有名的《音略》,后来他也批评得很厉害,以为其"说声之发音,几无一语不谬,彼自以为订正江永之说,实在其误甚于江永",由此,还得到"国学必须受新文化洗礼之人才能讲的明白"(《钱玄同日记》1922年1月23日)的结论。在赞成新文学的人里面,又有蔡元培这位清代末年进士,像钱玄同一样,后来也再没有改变过反对国粹和旧文学的立场,年近七旬时,他还说自己二十岁曾"为旧式的考据与词章所拘束",如果能回到二十岁,他的选择一定是要多学几种外语、补习自然科学,再专门研究他最爱的美学和世界美学史(《假如我的年纪回到二十岁》)。胡适当然也是如此,他晚年谈到文学革命,对于白话文未能成为"完全的教育工具和文学工具",并不满意,同时也坚持说提倡白话文,打破了凡事必向祖宗求的民族主义心理,可以媲美现代欧洲各国的国语和文学发展,是中国的文艺复兴(《胡适口述自传》)。这大概是那一代人的态度,身历其事,后来很少有变化。

我在这里之所以要提到魏建功的祝寿文，是因为看见最近有学者引用他在 1955 年发表的一篇批判胡适的文章，文章中写到他被胡适"一贯地传播了毒害很深的资产阶级'文学语言观点'"弄得"颠倒昏迷"过，而胡适在依照"中国二千年只有些死文学""若想有活文学，必须用白话"这一文学革命"中心理论"写出的《白话文学史》里，用"古文"代替"文言"，是"把一种文体（古文）和表达文体的语言（文言）混淆起来了"(《胡适文学语言观点批判》)。也许是在很多年以后，他确实看到胡适文学史里面的破绽，但也许是在很多年后，当胡适他们反对的"死文学"不再有市场，不再给人带来困扰，推行白话文的意义便日益模糊。老实讲，胡适早期提到的"古文"，并不等于我们现在一般讲的古文即文言，多数时候都是指"古文传统史"中的古文，也就是桐城派标榜的古文和文学史上韩柳欧苏的古文，它的对立面，因此才是《红楼梦》《儒林外史》这类小说的"白话文"(胡适《白话文学史·引子》)，魏建功在 1955 年的这个批评，多少是抽离了当时的语境。而我在这里想要说的是，不管出于什么样的原因，如果将这同一作者前后两篇针对胡适的文章放在一起加以比照，大概我们能够直接感受到的，首先还是时势之变。

魏建功是我们的老师，但是他 1980 年去世前，只给我们古典文献七七级讲过一课，讲课的内容，我们都不大记得了，对这位老前辈的了解，现在主要靠读《魏建功文集》。在 2001 年出版的这五册文集里，却只收了他为胡适写的祝寿文，而没有收他后来批判胡适的文章，不知这是魏先生自己的意思，还是编者替他以前日之是否定昨日之非？魏先生的专业是音韵学，这是被视为传统学术之根底的一门学问，看起来非常艰深而稳固，但即便如此，他的一生以及他的思想学术，依然是随着时势的转移而变化起伏。

正如大家都知道的克罗齐的名言"一切真历史都是当代史"，从胡适、陈独秀那一代人开始建立的中国文学史叙述模式,就是因为始终伴随着强烈的当代意识,才打破旧传统而延续到今天。当我们回顾这一段文学史的学术史历程,当我们怀着敬佩同时也希望能够超越他们的时候,应当始终明白的是,无论桐城派的古文、阮元的骈文抑或宗唐、宗宋的老路,都不是我们该走的路。

2017 年 12 月 8 日改定

前　言

一

米勒(J. Hillis Miller)在《跨越边界：理论之翻译》中写道："过去三十年来在美国文学研究方面最重要的事件，无疑就是对于欧洲理论的吸纳、本土化、转化。这包括了许多种类的理论：现象学的、拉冈式的、马克思式的、傅柯式的、德希达式的等等。这个事件从根本上转化了在美国的文学研究，使得它迥异于四十五年前我开始从事文学研究的时候。"①虽然他讲的是欧洲的文学理论最近几十年在美国的际遇，可是，当我在中国近百年出版的各色《中国文学史》中，钻进钻出兜转了七八年以后，对这段看起来并不相干的话，却格外地心有同感。

仿佛目睹过"文学史(literary history)"的一场理论之旅。这是因为，"文学史"本是由西方转道日本舶来的，以"文学史"的名义，对中国文学的源流、变迁加以描述，在中国，始于20世纪初。1904年及以后的两年，福建人林传甲从南方来到北京，出任京师大学堂新设师范馆的国文教习，他参照张之洞主持修撰的《奏定大学堂章程》，编写了一部七万字左右的《中国文学史》讲义，大约同一时期，受聘担任有着教会

---

① 米勒《跨越边界：翻译·文学·批评》，2页，单德兴编译，台北：书林出版公司1995年版。

背景的东吴大学国文教授的江苏的黄人,也开始编写另外一部篇幅更大的《中国文学史》,这一北一南的两种教材,是现在仍能看到的中国文学史的开山之作,而从那时起直到今天,经历了米勒所说的吸纳、本土化、转化的过程,中国文学史的研究、写作及教学,发生了相当大的变化,即便是翻开早期的中国文学史,与最近出版的同名著作相比较,也会看到"文学史"走过的道路,的确已经很远很远。

作为近代文学、科学和思想的产物,"文学史"的重要基础,是19世纪以来的民族——国家观念,如果按照安德森(Benedict Anderson)的说法,民族国家是一个"想象的共同体"①,那么,文学史便为这种想象提供了丰富的证据和精彩的内容。文学是文化的一部分,是民族精神的反映,当文学与一个有着地域边界的民族国家联系起来,这时候,一个被赋予了民族精神和灵魂的国家形象,便在人们的想象之间清晰起来。文学史是借着科学的手段、以回溯的方式对民族精神的一种塑造,目的在于激发爱国情感和民族主义,犹如法国最著名的文学史家朗松(Gustave Lanson)的表白:"我们不仅是在为真理和人类而工作,我们也在为祖国而工作。"②

清末民初,中国知识分子一开始接触到的,便是这样的文学史。那恰恰是在中国对外屡战屡败之后,痛定思痛,猛然醒悟到需要调校对于整个世界的认识,需要在国与国的新的关系中,重新确认自身地位的转换时期。中国文学史的编写,与近代中国努力在新的世界格局里,探索新的自我定位,正好同步。从语言、文字构成的历史当中,寻找民族精

---

① 安德森《想象的共同体》,方言译,田立丰校,《学术思想评论》第5辑,沈阳:辽宁大学出版社1999年版。

② 朗松《文学史的方法》,载昂利·拜尔编《方法、批评及文学史》,32页,徐继曾译,北京:中国社会科学出版社1992年版。

神的祖先,建立国家文化的谱牒,以完成关于幅员辽阔、文明悠久的"祖国"的想象,作为国民的应有知识①,中国文学史既为近代中国找到了识别自我的文化标志,也终于带着自己独特的面貌,融入了这个五大洲七大洋构成的世界。

"中国本来是一个闭关自守的国家。若没有与西洋民族接触,则我们仍然是自成为一个世界,也就无从得知自己的短长。"②就像近代中国始终是在打开国门、接触到外部世界特别是西方世界以后,借镜于外国反观自身的一样,中国文学史追忆和讲述过去的中国文学,也是在日益增进的对以西方为主体的世界文学的了解中进行的,知己知彼,在这里是一个互动的过程,认识世界有多少,认识自己就有多少,因此,中国文学史的编写,从第一页起,就置身在世界文学的语境当中。

据说,早在德国人顾路柏(Wilhelm Grube)1902年出版的《中国文学史》中,西方文学就常常被牵来当作沟通中国文学的线索,比如用西班牙卡尔德隆的慨叹人生如梦,来比况庄子化蝶,又比如用古希腊的伊壁鸠鲁,来对应杨朱③,以一个西方作者的教养背景,又是写给西方人看的书,这样做,十分自然。而在脱亚入欧的明治时代,假如有一位日本作者在他的中国文学史里,由元杂剧联想到歌舞伎、由《西游记》联想到《天路历程》④,也并不稀奇,新一代日本汉学家的视野往往都横贯东洋、西洋,何况像曾经为中国学界熟悉的笹川种郎那样的作者,本来

---

① 例如张之纯就认为,文学史的叙述"过去历代演进之成绩",既"足以供学人之研究,而亦一般国民应有之知识"(见张之纯《中国文学史》,2页,上海:商务印书馆,1915年初版,1918年第3版)。

② 李景汉《潘光旦〈民族特性与民族卫生〉序》,载《潘光旦文集》第3卷,5页,北京大学出版社,1995年初版,2000年第2版。

③ 参见李学勤主编《国外汉学著作提要》,1页,陆宏成撰稿,南昌:江西教育出版社1996年版。

④ 久保得二讲述《支那文学史》,217、339页,东京:早稻田大学出版社1904年版。

就出身日本文学专业,而日本文学在那时,早已变得更加西化。

不过,在早期的由中国人编写的中国文学史里,也很容易就能够见到类似的比照。即使在民国以前,无论略显保守的林传甲,还是一贯激进的黄人,就都已经意识到中文之外有西语、中国文学之外有西方文学,它们不仅自成宽阔的天地,还是中国语言、文学的有力参照。① 到了民国,尤其到新文学运动兴起以后,或是像赵景深那样,将《离骚》比作但丁的《神曲》,将宋玉比作善于制造幽默的 Swift 的《海外轩渠录》②,像顾实那样,宣称《诗经·商颂》五篇,可与"印度富夏察(Uyara)之摩诃婆罗多(Mahabharata),希腊荷马尔(Homeros)之伊丽亚特(Iliad)等,略占同一之位置"③,或是像陈介白那样,评价《史记》"其伟大非希腊罗马史家所能及",表扬陶潜的《闲情赋》"是极流利而不板滞的美文","极似丁尼生(Tennyson)的磨坊主人的女儿(The Miller's Daughter)诗"④,在任何一部普通的中国文学史里边,都可以说是稀松平常的事情。这种简单、直接的比照,在较晚的文学史中虽然消失,但也并不意味着对照物的消除,相反,恰恰说明西方文学的知识,差不多达到了"普及于中国的文学界,乃至普通人的头脑中"的地步⑤。

世界的发现,导致了中国自以为天朝的中心观念瓦解,中国作为文

---

① 例如林传甲在《中国文学史》(武林谋新室,宣统二年校正再版,宣统三年至民国六年 6 版)"大篆小篆之变迁"这一节的最后,就附会地写道:"西人字母亦分大楷小楷两种,东文字母亦分片假名平假名二种,其字形大同小异,亦与大篆小篆略同。中文用大篆少小篆多,西文亦用大楷少而小楷多也"(8 页)。而黄人则在《中国文学史》(国学扶轮社,年月不详)第二编《略论》"文学之种类"一节,或称《左传》的记载当中,有卢梭《民约论》式的理想,或称金元的院本小说,其价值不下于莎士比亚(册一)。

② 赵景深《中国文学小史》,上海:光华书局,1926 年初版,1931 年第 10 版。

③ 顾实《中国文学史大纲》,37 页,上海:商务印书馆,1926 年初版,1933 年第 3 版。

④ 陈介白《中国文学史概要》,18、25 页,国立北京大学文学院国一讲义。

⑤ 参见《文学研究会丛书缘起》,载赵家璧主编《中国新文学大系·史料索引卷》(1917—1927),73 页,上海文艺出版社影印 1936 年本,1981 年版。

明国家的唯一性消失,现在,它只被看成是众多文明中的一支,这一文明的价值,也不再不言自明,而是需要依靠与世界其他文明建立联系、在不同文明的相互碰撞和权衡较量中确定。近代以来的中国文学也面临了同样处境,尊经尚古的取向显然不合时宜,正确的文学典范,不仅来自过去,也来自其他国家,"古今"为"东西"所取代,历时性为共时性所取代。这时,中国文学史不只是把世界文学当作一个路边的参照物、一个遥相呼应的背景,它还要尽量每一页都按着世界文学主要是西方文学呈现的历史发展模式,要打破文章不出五经便出诸子的习惯,追求一种更为普遍的价值。中国文学史要把中国文学也带到世界文学中去,"越是民族的越是世界的,越是世界的也越是民族的",这句老话体现的正是这样一项原则,所以,绝大多数以阐扬民族文化、激发爱国主义为动机的中国文学史的编写者,反而都选择了超越民族与国界的普世的立场。

　　从来的文学史都是由六经开头,"六经,文之范围也。圣人之旨,于经观其大备;其深博无涯涘,乃《文心雕龙》所谓'百家腾跃,终入环内'者也"①,但是刘永济就认为:"西人谓文学之为物,不但生(alive),且常长(growing)",由此推知,中国的历代文学也"乃随时蜕变之物,不以与初祖有异为嫌也"。②傅斯年说得要更加具体:"我们看,若干文体的生命仿佛像是有机体。所谓有机体的生命,乃是由生而少,而壮,而老,而死。以四言诗论,为什么只限于春秋之末,汉朝以来的四言诗做不好,只有一个陶潜以天才做成一个绝对无偶的例外?""为什么元曲俗而真,粗而有力,盛明以来的剧,精工上远比前人高,而竟'文饰化'

---

① 刘熙载《艺概》,1页,上海古籍出版社1978年版。
② 刘永济《文学论》,34、40页,上海:商务印书馆1934年版。

的过了度,成了尾大不掉的大传奇,满洲朝康熙以后又大衰,以至于死呢?"①

从来的文学史也都是从"鸟迹代绳,文字始炳"开头②,但是陈中凡说:"晚近言文学者莫不谓:世界文学之演进,率由讴谣进为诗歌,由诗歌而为散文。今征诸夏文学演进之趋势,其历程亦有可得而言者",要知"世界文学演进之趋势,无间瀛海内外,莫能外是例也"。③ 就连因为在文学史里写到"欲睹升平,当兴昆曲"而吃过胡适没有历史观批评的张之纯,也懂得讲中国文学史,要大体遵从希腊文学的演进趋势,"韵文具而后有散文,史诗善而后有戏曲"④。

在这种种意欲靠了模仿西方文学史而建立起中国文学史叙述结构的努力的背后,深藏着的总是同样的与世共存、与人同进的强烈诉求。

"五四"新文学的狂潮过后,其中部分骨干转而投入整理国故,从胡适的表述来看,整理国故,在方法上主要吸取西学,在材料上主要参考欧美、日本的业绩⑤。抗战结束,趁着清华大学将要恢复,闻一多等人提出最好中、外文合系,他们说,历史学系包括中外历史,中国历史的特性并没有因此消失,哲学系讲中西哲学,政治学系讲中西政治制度和思想,中外文合系,中国语言文学的特性当然也不会消失,研究中国文

---

① 傅斯年《中国古代文学史讲义》,12—13 页,收入《傅斯年全集》第 1 册,台北:联经出版公司 1980 年版。
② 刘勰《文心雕龙》,1 页,周振甫注,北京:人民文学出版社 1981 年版。
③ 陈中凡《中国文学演进之趋势》,原载《文哲学报》第 1 期,1922 年,转引自《陈中凡论文集》,254、262 页,上海古籍出版社 1993 年版。
④ 张之纯《中国文学史》,2 页。
⑤ 参见胡适 1923 年所写的《〈国学季刊〉发刊宣言》,载欧阳哲生编《胡适文集》3,北京大学出版社 1998 年版。

学和外国文学的出发点不同,可归趣则一,使两系对立是畸形而落后的。① 虽然结果是,中、外文合系的主张,在当时就因为"爱国"关难过以及教学安排上的困难,成了永远不能实现的理想,而胡适在提倡整理国故的三十年后,更被人指责为学术上的帝国主义买办,是打着世界主义的旗号卖国,然而,既然中国文学现在已经"不只是我国人民宝贵的文学遗产,而且也毫无愧色地加入了世界文学行列"②,中国文学的故事,自然要由那些能够"本世界之眼光,立正确之评判"的人③,用一种放之四海皆准的语言来讲述。

二

讲"文学史"理论在中国的行踪、历程,可以有很多角度,收在这里的文字,只涉及其中很少的一部分。

第一章层层分析由于"文学史"的引入,导致中国固有的文学、文学史观转变,进而论及中国文学史的取材范围,一步一步,都试图扣在一个问题上,便是近代中国怎样获得有关"文学史"的知识,又怎样在外来知识与本土经验的结合当中,获得对过去的文学遗产的新的理解和解释。让我始终兴趣不衰的,是中国文学史的编撰,恰好相当完整地展现了当新知遭遇旧识时,旧识既与新知冲突,却又充当新知的媒介,

---

① 参见浦江清《论大学文学院的文学系》,载《浦江清文史杂文集》,237 页,北京:清华大学出版社,1993 年版;朱自清《关于大学中国文学系的两个意见》,载《朱自清全集》第 2 卷,南京:江苏教育出版社 1988 年版。
② 北京大学中国文学系文学专门化 1955 级集体编著《中国文学史·前言》,9 页,北京:人民文学出版社 1958 年版。
③ 这是印在曾毅《中国文学史》(上海:泰东书局 1924 年版)第 6 版上的一句广告词。

最后并且与新知沟通、融会,你中有我、我中有你的过程。

从前蒋梦麟说过:"对于欧美的东西,我总喜欢用中国的尺度来衡量。这就是从已知到未知的办法。根据过去的经验,利用过去的经验获得新经验也就是获得新知识的正途。"①相同的意见,随处可见,包括欧洲的中世纪文学研究者也提醒我们,即使在书写文化刚刚出现的时候,"初次阅读的人并不是在不存在先有的(prior)知识的情况下阅读的;甚至不识字的人第一次接触到读写性文化时也是带着自己的既往经历来对待书面语言的"②。这些宝贵的人生经验及研究结论,为我的讨论和写作提供了很好的参考,更重要的是,它们对我选择一个反省的、检讨的立场,大有帮助。

大概从"五四"新文学运动开始,许多中国文学的研究者就抱有一个顽固的见解,认为中国虽然在六朝就有了《文心雕龙》《诗品》一类具有高度认知性的批评著作,但自宋代诗话开始,直到明清的文论、诗论,泰半只是党同伐异的文学主张,缺乏真正寻求了解文学的认知意识,更谈不上一种有系统的文学知识的建立,因此,近代中国文学批评工作的主要方向与重点,就是凭借西方的文学观念,重新认识中国文学作品的各种现象和意义,确立一个内容更丰富、生命更蓬勃的中国文学的传统。③

就20世纪的文学历史而言,这也许是一个相当不错的陈述,不过,其中包含着中西文化、古今文化优劣不同的先验的价值判断,却也显而易见。我想,姑且不论近代以前的中国是否存在"有系统的文学知

---

① 蒋梦麟《西潮》,68页,沈阳:辽宁教育出版社1997年版。
② 布赖恩·斯托克《历史的世界,文学的历史》,伍厚恺译,载拉尔夫·科恩主编《文学理论的未来》,91页,北京:中国社会科学出版社1993年版。
③ 柯庆明《现代中国文学批评述论》,4页,台北:大安出版社,1987年初版,1992年第2版。

识",单说凭借西方文学观念,在中国建立新的系统的文学知识,就怕是一步也离不开中国固有的文学资源。当一种新的观念引入,最要紧的,莫过于它能否得到本土知识的支持和解释,这是对旧文化能否继续生存的考验,也是对新观念是否具有普适性的考验。"橘逾淮而北为枳",古人解释其原因为地气、水土的不同,要是连地气、水土都没有的话,当然根本谈不上移植。新与旧、中与西、古与今,似乎并不存在谁的价值更加优先的问题。

应当说建设一套知识系统,还不是中国文学史的最后目标,重要的是,要在去伪存真的基础上,经过剪裁、分类、组织,经过划分单元、区别层次,然后描绘出一幅鲜活的文学历史的图景——作为中国几千年文明历史的长河中的一脉支流,它与历史有着不可分割的关系。在紧接着的下一章,我讨论了文学史与历史学的关系,我想就是这一关系的建立,决定了中国文学史所采取的叙述语言。

19世纪以来,欧洲流行的是通过因果关系,通过泰纳(Hippolyte Adolphe Taine)在种族、时代、环境这一著名纲领中规定的那些外在的决定性因素,对文学加以解释的实证主义(positivism)方法[①],这一方法,在致力于重建民族灵魂与国家精神的中国文学史编写当中,也一直占据着主流,只不过作为20世纪中国史学的宏大叙事中的一部分,以科学的表达与真实的价值为追求的文学史,也是从乾嘉考据学那儿变生出来的。这里的讨论大体截止在1940年代,需要补充的是,作为一种占据主导地位的方法,实证主义在以后很长一段时间里,仍然持有强大的控制力量,至少1956年经过高教部审定的《中国文学史教学大纲》,就还是把鉴别史料的真伪,视为文学史的前提的。

[①] 泰纳《〈英国文学史〉序言》,伍蠡甫主编《西方文论选》下卷,上海译文出版社1981年版。

但这只是一个方面,对材料的可靠性和事件的真实性的重视,也并没有妨碍文学史上的实证主义者运用想象、虚构来讲述中国文学史,这是我把它们称之为"神话"的原因。曾经读到海登·怀特(Hayden White)的一些文章,怀特把历史著作看成是"借论述型散文文体表达之文字结构",他又说:"大凡历史著述(历史哲学类亦包括在内)必定包涵若干史料,以及诠释该史料之理论性观念(theoretical concepts),而借叙事性文体统筹二者,以期得以将公认确实存于既往诸事件之形貌重现于世。"①也许中文系出身的缘故,我对能将文学理论与历史写作联系在一起的这种方式②,很快就有了好感。怀特还令我想起康德(Immanuel Kant)③,他们看待历史书写的态度,对我理解中国文学史叙事方式的形成,都十分有益。

不过还应该交代一下,在写作这一章时,我的最大心结,是系在文学史到底是不是历史的一个分支这样一个疑问上的。文学的实证主义研究,例如校订文学版本,例如探讨文学起源,毕竟跟历史研究有时难以界分,因此在西方,早就有像雅各布森(Roman Jakobson)那样的对文学历史主义的批评,他认为,文学史家使用人类学、心理学、政治学、哲学等创造了一个学科混合物,这个学科的混合物却独独不是文学科学,

---

① 海登·怀特《史元——十九世纪欧洲的历史意象·序言》,1页,刘世安译,台北:麦田出版社1999年版。

② 曾见海登·怀特有一篇文章的题目就叫《描绘逝去时代的性质:文学理论与历史写作》,载拉尔夫·科恩主编《文学理论的未来》。

③ 康德说:"要按照这样一种观念——即,当世界的行程可以用某种合理性的目的来加以衡量的时候,它那历史进程应该是怎样的——来编写一部历史,这确实是一桩奇怪的而且表面上看来是荒谬的企图;看来仿佛这样的一种目标只不过能得出一部传奇罢了","但是这一观念却仍可以为我们提供一条指导线索,把一堆否则便只是毫无计划的人类行动的汇合体至少在整体上勾划出一个体系"(见康德《世界公民观点之下的普遍历史观念》,载《历史理性批判文集》,18—19页,何兆武译,北京:商务印书馆1991年版)。

这就好比准备逮捕某人的一个警察,却把精力都花在了寻找目击者,包括抓住碰巧过路的行人一样。① 在中国,情形也许又有所不同,但提出这个疑问,也并不算无的放矢。

当中国文学史在历史也是时间的序列中,被塑造成一个完整、统一的形象以后,这种叙述上的完整和统一构造,也渗透到意识形态和制度的层面,这或可看成在文学的研究和教学领域,文学史大抵成"一统天下"之势的深层原因。梅光迪不是早就在抱怨,由于胡适一流的现代主义者"立说著书,高据讲习",新闻出版界、教育单位以及政府部门在很大程度上都已经受控于他们②,以至于其他的思想、学术派别竟无容身之地吗?我在第三章讨论的,就是经过激烈的竞争以后,文学史先是在中学、大学纷纷登台,在学科建制当中立足,然后在职业化的大学里成为必修课,逐步实现其制度化的过程。经由这种制度化的过程,中国文学史终于变成了一种共识和集体的记忆。③

接受过文学史教育的人,自会有一套共同的语言,这是他们相互交流的基础,却也往往使他们无意中做了"套中的人"。对此,我自己就有深切体会,而由此引发的问题,其实也早由旁观者道出。我把旁观者的意见记在下面,借此也表达我的一点点忧虑。

1960年,远在日本的年轻作家兼汉学家高桥和巳,通过不知什么

---

① 参见 Frank Lentricchia & Thomas Mclaughlin 编《文学批评术语》"文学史"条,343页,吴戈译,香港:牛津大学出版社1994年版。

② 梅光迪《人文主义和现代中国》,载罗岗等编《梅光迪文录》,226页,沈阳:辽宁教育出版社2001年版。

③ 这倒仿佛印证了朗松的预言。他曾说文学史可以带来"科学活动的某种好处",那就是实现知识的统一性,因为"科学是全人类的,没有什么国别的科学","同一国家中具有科学精神的人全都在加强他们的祖国的知识的统一",文学在科学的启发下,也会像科学一样使人们团结起来,文学因而成为一种工具,"可以使别的东西隔开并对立的同胞们相互接近"(朗松《文学史的方法》,载昂利·拜尔编《方法、批评及文学史》,32页)。

渠道,见到了不久前分别由北京大学学生和复旦大学学生集体编写出版的两套《中国文学史》,作为二次大战后追求民主理想的知识分子,他对这两部文学史起初投入了很高的期望,因为"在学术世界从来只有待仆身份的学生一变而为主人,体现了中国共产党对民主议政的尊重,在研究领域具有划时代的意义",何况"伴随着这一大胆而崭新尝试的",还是"有计划的讨论",但是,后来他还是失望了。他说,原来以为共同的讨论会令更多的问题意识产生,现在才看清楚,这一点不仅没能实现,反而由于是共同作业,大家的意见竟达到空前的一致,文学史的集体写作,于是变成了简单的"罪行审判"。①

问题自然不在文学史本身,应该质疑的是与之配套的教育、科研制度,以及支持这一制度的思想根源和现实动机。

所有的历史都是当代史,中国文学史作为对过去文学遗产的总结,也是当代中国文学和文化建设的一个组成部分,文学史把过去的文学与当代文学紧紧地联系在一起,文学史凸显或压抑的对象,又同当代意识形态彼此呼应、相互缠绕。举一个例子。1914年,王梦曾的《中国文学史》出版,这是经过当时的教育部审定、以"共和国教科书"名义编写的一本中学教材,它的《编辑大意》这样写道:本书的编纂乃以文为主体,史学、小说、诗词、歌曲等为附庸,"凡文章诗词歌曲之源流,悉博考精稽著之于册,其有一时异制,如唐末皮陆等之诗,宋世白话之诗词,元世白话之文告,亦刺取其精华,列入以明歧趋,并以博读者之趣"②。看它对白话文学的态度,就知道即使是体制内的相对保守一点的文学史,

---

① 高桥和巳《文学研究の诸问题》,原载《立命馆文学》1960年10月,转引自《高桥和巳全集》13卷,521—529页,东京:河出书房新社1977—1980年版。
② 王梦曾《中国文学史附中国文学史参考书》,蒋维乔校订,上海:商务印书馆1921年第14版。

也不得不照顾到当代读者中间的流行趣味。这本教材的发行量相当之大,到1926年,总计印刷了20版,而就在这十多年里,为起源于民间的白话文学写史也成了一时风气。

主流与边缘、正统与非正统,地势悬隔,但它们的互相转化,有时也只在一息间完成。我在第四章讨论了文学史的"正统论",这个中国传统史学里的概念,在中国文学史中的频繁出现,似乎就能够表明许多问题。欧阳修写过一篇《正统论》的文章,他解释"正者,所以正天下之不正也,统者,所以合天下之不一也,由不正与不一,然后正统之论作",又认为"凡为正统之论者,皆欲相承而不绝"。① 中国文学史的正统,历经百年,凡有两变,大抵也都缘于欧阳修说的这些原因。在这里,我只蜻蜓点水式地讲到1950年前后的文学史正统观念的变化,编写者的立场,怎样从"民间"转移到"人民"这一边来,从这段故事来看文学史与国家意识形态和政府权力的关系,当然也只等于观看冰山的一角。

在讨论了文学史与历史、与教育、与意识形态等的关系之后,最不能回避的,应当就是它与文学本身的关系,所以最后一章谈到的,是文学史中的写实主义问题。"写实主义",是英文"Realism"的早期译名,后来普遍改译作"现实主义",我在这里采取"写实主义"的译名,除了由于文中涉及的资料大部分来源较早,本来就多以"写实"相称以外,还有就是希望在这里,暂时忘却"现实主义"一词在最近几十年里给人留下的过于熟悉的那些印象。作为文学创作理论的写实主义,已经有太多的人做过非常详尽的论述,而我尝试说明的,则是作为一种小说理论的写实主义,它是怎样在20世纪的中国,蔓延到诗歌、散文、戏曲等各个文体的领地,又怎样在从来号称"诗国"的中国文学的历史之中,

---

① 欧阳修《正统论》(上、下),载《欧阳修全集》第2册,267、269页,李逸安点校,北京:中华书局2001年版。

充当了一种占据主导地位的阅读理论的。

威廉斯(William Carlos Williams)写过一首诗很有趣:"是这么回事,我吃了放在冰箱里的李子,它们很可能是你留作早餐的。请原谅,它们真可口,那么甜,又那么凉。"乔勒森·卡勒(Jonathan Culler)在《结构主义诗学》中评论说:如果不是按照诗的格式写下来,这首诗也许会被看成是留在厨房餐桌上的一张表示善意的便条。① 这个例子,现在经常被人引用,以强调读者在文学中的地位,说明读者的"习惯性期待",也能起到决定性的作用。从阅读、教学显示的结果来看,文学史通过确立具有典范性的作家作品,并通过这些作家作品的评论、诠释,训练的也就是读者的这种"习惯性期待",写实主义随之成为其中最重要的内容。

写实主义在中国的经历极其复杂,它对文学史的影响,细述起来,需要相当多的笔墨,在这里,我截取的基本上是写实主义进入中国文学史的较早的那一段时间,为的仍然是集中观察当外来理论与本土文化接触的一刹那,双方所产生的种种异变,以突出写实主义对文学史的影响。令我最感慨的还是时至今日,欧美的各种文学理论蜂拥而至,现代、当代文学研究中,已经不乏将这些理论用得花样百出的,但在古代文学领域,写实主义仍旧独当一面,以至于很多想要走出旧的文学史范式的努力,都因此打了折扣——当人们还无力改变文学经典的阅读和诠释办法的时候,这些经典包括对它们的经典性阐释,必然从根本上制约着文学家的视野以及文学史的叙事角度。

上述五章针对的问题虽各个不同,但这些问题实际上都是相互关联、不可分割的。比如文学史与历史的关系,就同时牵涉到文学的学科

---

① 乔纳森·卡勒《结构主义诗学》,262页,盛宁译,北京:中国社会科学出版社1991年版。

制度,在得到"科学"的桂冠以前,文学的印象式批评,在现代课堂上,是被指责为空洞、玄想之物的。而写实主义的文学理论倾向于文学对社会、人生的真实反映,实证主义把作品化约到社会——历史的脉络,视文学为历史现实的产物,也是以19世纪堪称理性之宗教的科学观念为共同基础的。

中国文学史的与历史结盟,使它拥有了科学的强大背景,通过教育,又使它成为普遍的共识和集体的记忆,正统论的辨析,使它与国家意识形态及政府权力彻底联系在一起,而一套经典及经典性阐释的确定,则使它获得了永久的权威性和规范性。1920—1940年代,曾经是中国文学史出版最多的一个时期,文学史的空前活跃,逼迫着传统方式的文学研究和教学退出了历史舞台。

一个传统破坏了,新风气于是成为新传统①。

三

周作人说过:如果要桐城派来讲自己的系统,那一定是从《左传》《史记》、韩愈、归有光到方苞,可是,要讲以言志、言道交替作为主流的文学史,那便是另外一回事,言志派有《世说新语》《洛阳伽蓝记》《水经注》《颜氏家训》、王安石的文、苏轼的书信题跋、公安派、张岱、金圣叹和李笠翁,言道派则有韩愈的《盘谷序》、三苏的策论和前后七子。②

这说明,文学史的讲法其实远非一种。

但是,或许在前辈学人眼里,中国文学的历史与中国文学史还有某

---

① 引自钱锺书《中国诗与中国画》,收入钱锺书《旧文四篇》,3页,上海:上海古籍出版社1979年版。

② 周作人《中国新文学的源流》,北平:人文书店1932年版。

些区别,比如梅光迪就会反驳胡适的《白话文学史》:"诚如彼等所云,则古文之后,当无骈体,白话之后,当无古文,而何以唐宋以来,文学正宗,与专门名家,皆为作古文或骈体之人。此吾国文学史上之事实。"①浦江清也能从《易余籥录》《人间词话》,谈到陆侃如、冯沅君《中国诗史》的不问宋以后诗,指出焦循、王国维两人都是在他人看不起词曲的时代,而喜欢研究词曲的人,他们不过想提高词曲的地位,并没有想一笔抹倒唐以后诗,说唐以后的诗就都是劣作,在一个作诗史的人,也不容一笔不提,而况有许多许多不是劣作。② 或许在一个没怎么受到中国文学史拘束的人心里,也还记得比如赋的生命并没有在汉以后中绝,唐代仍以赋、诗为考试科目,出身民间的士子写了无数的赋,虽然它们与汉赋的面貌相去甚远,明代的李梦阳说"唐无赋",清人程廷祚说"唐以后无赋",那都以汉大赋为标准模式,见唐代多律赋,又多为科举功令产物,因而加以否定的。③ 然而,对于一开始便是从中国文学史中认识中国文学的人来说,要他像晚清小说家吴趼人要求的那样:"拿中国眼睛来看,不要拿外国眼睛来看;拿中国耳朵来听,不要拿外国耳朵来听",不要当"外国人的催眠术,便是心理学;中国人的蓍龟,便是荒唐"④,于情于理,恐怕都难以实行。

梅光迪自己不就很清楚,那些彻底西化了的知识分子,"在国内他们反而成了外国人"⑤? 浦江清也知道,"原来陆冯两先生所用的这个

---

① 梅光迪《评提倡新文化者》,载《学衡》第 1 期,1922 年。
② 浦江清《评陆侃如、冯沅君的〈中国诗史〉》,原载《新月月刊》第 4 卷第 4 期,1932 年 11 月 1 日,转引自《蒲江清文史论文集》,100—106 页。
③ 参见简宗梧《从汉到唐贵游活动的转型与赋体变化之考察》,载《中国古典文学》创刊号,台北,1996 年 6 月。
④ 吴趼人《情变》,载阿英编《晚清文学丛钞·小说二卷》下册,384—385 页,北京:中华书局 1982 年版。
⑤ 梅光迪《人文主义和现代中国》,载《梅光迪文录》,220 页。

'诗'字,显然不是个中国字,而是西洋 Poetry 这一个字的对译。我们中国有'诗''赋''词''曲'那些不同的玩艺儿,而在西洋却囫囵地只有 Poetry 一个字;这个字实在难译,说它是'韵文'罢,说'拜伦的韵文','雪莱的韵文',似乎不甚顺口,而且西洋诗倒有一半是无韵的,'韵',曾经被弥尔顿骂做野蛮时期的东西。没有法子,只能用'诗'或'诗歌'去译它。无意识地,我们便扩大了诗的概念。所以渗透了印度欧罗巴系思想的现代学者,就是讨论中国的文学,觉得非把'诗''赋''词''曲'一起都打通了,不很舒服。"①重要的是,现在到处是这些"渗透了印度欧罗巴系思想的现代学者"在讲文学史,更重要的是,他们和他们讲的中国文学史,还占据了研究、教学及出版的主流。

我在本书讨论的,实际上只是这种占据了主流的"文学史"。在这里,所以需要做两点说明。

第一,尽管无论是理论上,还是阅读大量文学史以及讨论文学史"话语"之形成得出的经验,都在告诉我,必须抛开"成则为王,败则为寇"的偏见,警惕种种后设的理论、原则、标准,对不入主流的另类"文学史"的存在及其影响,尤其要给予充分的重视,但是到今天,我不得不承认,理想与理想的达成毕竟相隔一段距离。事实上我能够顾及的,仅仅是那些或因受到出版商的青睐而印量颇大的,或因处于特殊地位而为人引用颇多的,总之就是随处可见和容易找到的"文学史"。记得日本的青木正儿曾经表扬王梦曾的《中国文学史》"虽为小册,但得其简要,脉络贯通,著者识见亦深,诗文是其所长",表扬葛遵礼的《中国文学史》"充实,编次亦得要领"②,但是,即使这类发行不错、影响也不

---

① 《浦江清文史杂文集》,100—106 页。
② 青木正儿《支那文学概说》,293 页,载《青木正儿全集》第 1 卷,东京:春秋社 1983 年版。

错的文学史,我也很少触及,因为在主流的文学史家那里,对它们的评价有可能是很不相同的。

回想起来,当初还曾有过一个编写文学史提要的计划,如陈玉堂的《中国文学史书目提要》(黄山书社 1986 年版),即为读过的每一本文学史都写个提要,最后归拢起来,附于全书之末,当时想这样做,或可弥补过于突出主线、影响全局的缺陷,多少有点机会来呈现文学史的纷繁面貌。然而并不多久,我就发现这个计划实难进行,因为能够找到的大多数的文学史,看起来面目都很相似,写下去也仿佛难分彼此,读的兴致就不高,写的计划自然半途而废,而原先打算借提要表达的一些看法,比如中学与大学文学史教材的差异,比如国立大学与私立、教会大学文学史教材的差异,比如较多受日本影响与较多受欧美影响的文学史教材的差异,种种、种种,也都因此无所附着。

第二,即使讲 20 世纪"文学史"主流,本来也可以选择很多角度,利用更多的资料,而我是将取材限定在署名"中国文学史"的著作范围内的,这样做,并非出于什么特殊的原因,只不过把它们当成同一种类型的作品处理,能给讨论带来很多方便。朗松总结文学作品"类型"的形成需要三个条件:一是若干杰作,二是一套有利于别人进行模仿的完善的技巧,三是一套统摄这些技巧的权威性理论,其中若干杰作这一条最是重要。[①] 在我看来,当《中国文学史》随着教学的需要,随着印刷业的发达,编写出版多达上千部,在近百年间蔚为大国,最后成为一部分文学史研究者心仪的对象和一部分出版社谋取利润的目标之后,它也的确变成了一种著述的类型。

而作为一种类型,其中必然有创新者也有模仿者,有杰作也有平庸

[①] 朗松《文学史与社会学》(1904),载《方法、批评及文学史》,58 页。

之作,虽然在我的主观意图中,很想避免对它们做高低好坏的评判,也不愿谈它们的所谓成败得失,不过一旦动笔写作,就算认真面对的只不过是几十种文学史,不得已,也还要有所拣选,而拣选本身,似乎便意味着需要确立一个明白的取舍标准。这些年来,胡适的《白话文学史》、郑振铎的《插图本中国文学史》、刘大杰的《中国文学发展史》和教育部1957年的《中国文学史教学大纲》,是我读得最多的几部文学史,读得多,略微熟了,写作的时候,不免就在它们身上多下了一点笔墨。反复阅读并反复写到这几部著作的原因,除了它们当然是最容易找到的以外,还有一条,我不得不承认,就是与之相关的材料现存较多,围绕它们,能够顺利展开话题。但是,这种受制于材料的阅读和写作当中,隐藏着一个人皆可见的危险,那就是主观带来的轻信,偶然带来的轻率,可惜至今我拿不出躲避这危险的办法,一如孙悟空跳不出如来佛的掌心。

因为不管是远是近,真实的历史都已经离我们而去,也许我们能够看见的,只不过是我们情愿看见的东西。

2001年4月完稿

第一章　新知识秩序中的中国文学史

要说出"文学史"（literary history）在欧洲正式产生的准确年代，是一件不可能的事情，不过作为一种批评实践，它关注的是文学的历史，是人们通常说的文学外部的研究，而说到这一类研究中最有代表性的著作，一般人都会推出泰纳（Hippolyte Adolphe Taine）的《英国文学史》（History of English Literature，1864），事实上，在19世纪下半期到20世纪上半期的这段时间里，泰纳关于文学史的意见，一直都有着无远弗届的影响力。

在日本，明治维新实施了大约二十年左右，1890年，高津锹三郎、三上参次合作编写的《日本文学史》出版，"文学史"，这种来自欧洲的新的著述体裁，像台风一样在日本登陆①，1898年，笹川临风、古城贞吉就以通史的形式，分别编写出版了两种《中国文学史》。此后再过去不几年，中国的一些大学效仿日本大学的建制，开始设置文学史课程②，在北京的京师大学堂，1904年，林传甲为中国文学史课编出了第一册

---

① 在日本，文学史研究于明治三十年代前后大为兴盛，据说至少有来自两方面的影响：一方面是受在日西方学者研究日本文学的影响，一方面是受日本留洋学者的影响。参见矢岛佑利、野村兼太郎编《明治文化史》卷五《学术》之"人文科学篇"第五章第五节"文学与史学"，东京：原书房1989年版。

② 京师大学堂开办之初，受日本影响较多，在梁启超拟的办学章程中，就有"略取日本学规，参以本国情形"的话。参见庄吉发《京师大学堂》，台北：台湾大学文学院1970年版。

七万字的课本,同年,在苏州的东吴大学,黄人也一边上课,一边编制教材,从此开了中国文学史源源不绝于世的法门。

自从接受了"文学史"概念,人们便开始尝试改变自己对于过去文学的认识,转换观察的角度、思考的方法,也开始尝试接触并使用一套新的语言,叙述中国文学的过往历史。而在这样一种变换过程中,每一个人似乎都不可避免地要回答这样几个问题:什么是文学、什么是中国文学史中的文学以及怎样写作中国文学史?

一　什么是文学

在正式讲述中国文学史之前,首先讨论"文学"的定义,是早期写作的中国文学史的一大显要特征,之所以不避烦琐,反复论述这些看起来与文学史并不相关的文学原理,除了由于学科建立之初,人们对本学科的性质、规范怀有新鲜感,喜欢强调的原因之外,还有一个非常实际的原因,就是人们确实感到需要辨别"文学"的内涵外延,也就是搞清楚自己要讲述的对象究竟是什么,例如曾毅就曾说他知道像"文学之分类"等问题,"原属于文学研究者之职分,非文学史所宜深论",可是,"古今文学变迁之形,至为繁颐,不略举之,转无以见文学史之范围",所以还是不得不在中国文学史书中讨论[①]。类似的情况,也见于其他学科,像 1919 年出版的胡适《中国哲学史大纲》和 1930 年出版的冯友兰《中国哲学史》,都是在开头花了一些篇幅来讨论"哲学的定义"的。

对于早期的文学史撰述者来说,"文学"这个概念,是既熟悉又陌生的:

---

① 见曾毅《中国文学史·绪言》,16 页,上海:泰东书局,1915 年初版,1924 年第 6 版。

其一，从单纯语词的角度看，它在汉语中并非新造之词，长久以来有人们熟知的意义、用途，因此人们不像接受一个纯粹外来的新词那样，对它有彻底的陌生感，可现在的这个"文学"又明明是从外国移植来的，与人们熟识的土生土长的那个"文学"，音、形虽无二，意思却变化了许多，这种变化又足以重新令人与之生疏。

其二，联系到文学史上，现在的这个"文学"又代表了一门学科，且是中国古来未有的学科，它的方法规范、语言概念全部源于西方，而作为一个学科的"文学"在传统学术中的空白，自然更加深了人们对它的生疏之感。

就在这样既陌生又熟悉的感觉交织之中，早期的中国文学史的作者几乎无一例外地被激起了很高的理论热情，也正是在"文学"尚无一定之规、亦非不言自明的朦胧状态下，人们对它的每一次纯理论的探讨，都有着充足的现实理由而决非泛泛空谈。①

那么，什么是文学？

"文学二字，一见其意义似甚明了，然仔细一想，则其内容极为复杂，词义甚是暗昧。"1930年代由章克标等编辑出版的《开明文学辞典》写在"文学"条目下的这段话，颇能概括其时人们对于文学的印象②。而复杂暗昧的原因，大概也可以概括为"文学"一词在中国历史上沿用既久，积累下层层意思，或指文献典册，或表文章学术，或言职官学人，层累而下，十分难辨。

---

① 余英时即曾说过，民国初年一般知识分子最感困惑的就是中学和西学的异同及其相互关系的问题。参见罗志田《再造文明之梦——胡适传》，201页，成都：四川人民出版社1995年版。

② 《开明文学辞典》，411页，上海：开明书店1933年版。列名编辑这本辞典的尚有沈叔之、宋云彬、林语堂、徐调孚、夏丏尊、章锡琛、张梓生、黄幼雄、叶作舟、叶圣陶、顾均正、丰子恺等人。

许多人还记得《论语·先进》中的"文学,子游子夏",记得章炳麟《国故论衡·文学总论》的"文学者,以其有文字著于竹帛,故谓之文;论其法式,谓之文学,凡文理文字文辞皆称文",而现在,欧美各时代各流派的文艺思潮一夜之间涌入中国,又带来了"文学"的新的解释,更使"文学"的含义复杂无比,绝难以一言以蔽之,即黄人说:"由流溯源,略名考实,则虽谓中国文学皆范围于孔门诗礼之中而不过无不可也,惟是天演公例,万事万物,必不能永守单纯而不生变化","故欲定一文学之界说,则象纬无其纷繁,蛛网逊其纠杂","是以稽其成迹,虽由一本而来,而测其前途,终无大同之望"。①

鲁迅在《门外文谈·不识字的作家》中,根据"文学"的不同出处,曾经辨识其古今不同的用意,说古代人"用那么艰难的文字写出来的古语摘要,我们先前也叫'文',现在新派一点的叫'文学',这不是从'文学子游子夏'上隔下来的,是从日本输入,他们的对于英文 Literature 的译名"②。但是就在欧洲,"Literature"一词在历史上也有相当不同的意思,在大约19世纪以前的英语及相近的欧洲语言中,它一直都

---

① 黄人《中国文学史》册3,1页,国学扶轮社。有关"文学"一词在古代中国的含义及其随时代发生的嬗变,王梦鸥在《中国文学理论与实践》(台北:时报文化出版公司1995年版)一书中有相当精妙扼要的说明:最早的所谓文学,可申释为书本的知识与书本知识之传授与学习,后因知识内容分歧,或为缙绅先生的专业,或为方术之士的专业,秦始皇时"文学"与"方技"并列。更至汉代,文学取得职官地位,却把方技的一部分书本知识参合于文学原有的知识中,使文学内容得以扩充且又复杂,前汉的所谓"经术",差不多就代表了文学的含义。后汉的经术之士名位既定,另外不务经术亦从事书本知识而又特长于写作的人,也渐渐挂上文学的职衔,文学的含义也跟着转变,是以建安诸子既非方技,也不擅长经术,但以章表书记歌诗充任文学职位,由此文学脱离经术,史书也不得不在《儒林》之外另编《文苑列传》。魏晋以下"辞章"代表文学,接着辞章又被解释作"性情之风标,神明之律吕",包括诗歌、散文,于是"文"的含义由书本知识缩小到具有特殊内容与形式的辞章上面,文学的含义演变到这一地步,差不多已到了极端。隋唐以下,尽管仍有人出来恢复文学在汉以前的范围,但都只是一般回流,并无创意(34—37页)。

② 该文作于1934年,见《且介亭杂文》,76页,北京:人民文学出版社1975年版。

指著作或书本知识,包括演讲、布道、历史、哲学,范围相当的宽,而关于 Literature 的现代理解,则要起于此后的浪漫主义文学运动①。更不要说在过去深受中国文化影响、近代以后充当中国吸收西方文化"中间之驿骑"的日本②,对"文学"一词,也有多种解释,明治维新以前,它泛指学问,19 世纪末,末松谦澄写《支那古文学略史》,取的就是这个意思③,在特殊场合如律令制中,"文学"也指派给亲王家的教师,江户时代又曾用作诸藩儒官的名称,而作为英语 literature 的译语,大约要到明治维新之后,它的主要意思才转向了由语言来表达想象力和情感④。因此,日本现代汉学家长泽规矩也深感困惑地说道:"文学、文艺二词,本为中国所固有,并非起于西洋文化输入之后,而使用的方法,向来很暧昧,含义颇多,自从作为英文 Literature 的译语后,概念益觉含混。"⑤

  对于转型时期,最初接受体现西方近代观念的"文学"一词的那一代人来说,身处新旧语言混杂、新旧观念冲突的环境,其实常能体会或意识超前语言滞后,或语言新出意思却未定型普及,言语表达与思维运行不能完全贯通对应的这份尴尬。光绪二十九年(1903)十一月,张百熙等拟《学务纲要》"戒袭用外国无谓名词,以存国风,端士风"条,其中说:"近日少年习气,每喜于文字间袭用外国名词谚语,如团体、国魂、

---

① 参见卡勒《文学理论》,22 页,李平译,香港:牛津大学出版社 1998 年版。也有人更具体地指出,在莱辛 1597 年发表的《关于当代文学的通讯》一书中,"文学"一词才包含了现代意义的萌芽,史达尔夫人的《论文学》则真正标志着现代意义的确立。参见乔纳森·卡勒《文学性》,转引自马克·昂热诺等主编《问题与观点:20 世纪文学理论综论》,29 页,史忠义等译,天津:百花文艺出版社 2000 年版。
② "现代驿骑",语出王国维《论新学语之输入》,载《王国维遗书》5,《静安文集》,99 页,上海书店 1982 年版。
③ 末松谦澄《支那古文学略史》,东京:文学社 1887 年版。
④ 参见新村出编《广辞苑》"文学"条,2288 页,东京:岩波书店,1993 年第 4 版。
⑤ 长泽规矩也《中国学术文艺史》,11 页,胡锡年译,上海:世界书局 1943 年版。

膨胀、舞台、代表等字,固欠雅训。即牺牲、社会、影响、机关、组织、冲突、运动等字,虽皆中国所习见,而取义中国旧解迥然不同,迂曲难晓。又如报告、困难、配当、观念等字虽可解,然并非必需此字。"①就很能体现这种尴尬的处境和心态。而像"文学"一词,古今都有,古今通用却含义不同,含义不同又非截然反向,而是部分重合,理解及运用起来更是有很大难度。

在当时,人们提起这两个字,眼前出现的往往都是若干不同场合下的"文学",就连做文学概论的专家,似乎也不敢贸然给它一个明确爽快的定义,"总是如数家珍一般的罗列出各家的意见"②,而并不加以裁断,上述由多位文艺理论研究者合作编写的开明版的文学辞典上,关于"文学"一项,就有包括中外的多达二十余种出处不同的解释。

在20世纪的最初二三十年,"文学"一词,比它在任何时代都显得语出多途、歧义丛生,对它做扼要简明的归纳似乎不那么容易,也似乎不必,通常人们都宁愿接受纷繁复杂、罗列众家意见的说明方法,这好像也成了对"什么是文学"问题的标准应答模式。而那个时代中最早编写中国文学史书的一批作者,显然也以这种方式看待"文学",他们既全盘接受自古而今各种语境下使用过的"文学"的不同含义,也不排斥作为外国语翻译的新近进口的它的各种洋意思、洋背景。

1918年出版的谢无量的《中国大文学史》,"文学之定义"一章的写法,就是一面由《周易》《说文》《释名》《文心雕龙》到阮元,一面由柏拉图、亚里士多德、黑格尔到白鲁克、亚罗德、戴昆西,分头叙说"中国古来文学之定义"和"外国学者论文学之定义"的③。1926年出版的顾

---

① 舒新城编《中国近代教育史资料》上册,205页,北京:人民教育出版社1980年版。
② 张长弓《中国文学史新编·导论》,上海:开明书店1935年版。
③ 谢无量《中国大文学史》,1—4页,上海:中华书局,1924年第6版。

实的《中国文学史大纲》,也学这个办法,分别介绍"文学"一词的英文、中文含义,既说"英语 Literature,兼具数义。(一)学问学识,(二)书籍文库,(三)文学诗文",也说"我国所谓文学一名词,亦兼具数义",即学问、诗书、学者、官吏之义。① 在这两部书的文字都不算少的介绍中,能够看到的是"文学"一词拥有过怎样丰富的演变历史,承载过多少功能复杂的含义,可是,如果要想了解"中国文学史"究竟指的是其中哪一种"文学"的历史,却只会陷于茫无头绪。有关"文学"的答案,夹在那个时代此起彼伏、此消彼长的各路文艺思潮中,古今中外,且多且杂,使有心围绕它的历史进行写作、研究的人们,也颇难明了它的固定所指。

当然,在写作中国文学史书的问题上,"文学"的意思之无法界定,还在于它不仅仅是一个语词、一个概念,同时也意味着一个学科。

20世纪初,"文学"一科由学科初建到发展成熟,其间有过因学科性质不甚清楚、学术界限不甚稳定而兼容并包的一个时期,"文学"一词历时前后,语义上也有新旧、中西之别,但若以近代西方文化及教育制度的传入为界,则在先后也代表了两种互相差异的学科观念:当文学作为英语 literature 的译名出现时,作为它背景的,是途经日本辗转而来的那一套西方学术思想体系及其中的分科观念。这个文学,有它在西方文化中培养出来的学科定义,有与其他西方学术既相联系又相分割的学术畛域,而这一切都与中国传统中如"文学子游子夏"里的那个文学,完全没有关系,并且类似于西方的这个文学学科,在中国古代的学术史上,从来就没有存在过。

王国维曾说,西方人讲文学,是"专以知言",而中国"古人所谓学,

---

① 顾实《中国文学史大纲》,1—5页,上海:商务印书馆,1933年第3版。

兼知行言也"①。今天看来,王国维的讲法不尽正确,因为他看到的只是进入19世纪以后的欧洲的情形,而没有看到在此之前,欧洲教授经典(literature)的方法,也是让学生背诵这些范例,研究其语法,辨别其修辞手段、论证结构及过程。但他在与当代西方的对比中,指出中国学术的问题,却很中肯。他说中西方的学术思路大相径庭,因此,中国传统中便不会产生西人所谓"文学"那样的学问。顾颉刚则又进一步分析道:"中国的学问是向来只有一尊观念而没有分科观念的",因为经学是一切学问的核心与目的,所以到头来也只有经学发达,其他学科都得不到发展的机会,而"旧时士大夫之学,动辄称经史词章,此其所谓统系乃经籍之统系,非科学之统系也"②。顾颉刚所说"科学之统系",指的也就是当时人所看到的西方式的学术分类体系。

文学一科的设立,在中国是极晚近的事情,以京师大学堂为例,在1898年,它的科目就还是诗书易礼四堂、春秋二堂课士那一套③。并且文学一科的设立,又是伴随着科举废除,西学渐入,对欧美学制的模仿。根据井波律子的研究,可以看出这种模仿,其实也经过了一个由无意渐渐变向有意的过程。她指出1885年以后,康有为、梁启超、黄遵宪等人都认为传统的四部分类,已经容纳不了当时日益增多的新书,特别是大量编译出版的外国著作,于是相继编制新书目,试图以新的学术观念来建立新的图书分类体系。当时这批维新之士的学术观念,未必就由经史子集的传统,转向了文史哲的西方式格局——学术史上的这一转换来得还要迟一些——但转向的趋势却表现出来了,其动力是代表西方思想西

---

① 王国维《论新学语之输入》。又,黄人编《普通百科新大辞典》(载钟少华编《词语的知惠》,贵阳:贵州教育出版社2000年版)于"文学"条目下也有"我国文学之名,始于孔门设科,然意平列,盖以六艺为文,笃行为学"之说(50页)。
② 顾颉刚编《古史辨》第1册,29、81页,北京:朴社1926年版。
③ 见舒新城编《中国近代教育史资料》上册,159页。

方学术的书籍,则最后的目标也很清楚,就是与欧美学术的认同①。

不过文学学科虽立,也并不意味着西方的文学观念及学科意识,从此在中国学界长驱直入,一下就将传统全部废除。光绪二十八年七月十二日(1902年8月15日),张百熙主持颁布《钦定京师大学堂章程》,规定"略仿日本例",京师大学堂今后设政治、文学、格致、农业、工艺、商务、医术七科,文学科下则分经学、史学、理学、诸子学、掌故学、词章学、外国语言文字学七目②,从这一套课程、科目来看,政治、文学以下七科,虽然是参照西方现代学制设计,但文学一科的课程,却还没有摆脱传统的学术思路,几乎就是沿袭了中国古代以文章与学术为文学的观念。在此一年之后,也就是光绪二十九年十一月二十六日(1904年1月13日)颁布的《奏定大学堂章程(附同儒院章程)》中,经学、理学倒是从文学门中另立出来了,不过,文学门里依然包括史学、文学两科③。这一次的《章程》,对"中国文学史研究法"还作了详细的规定,以指导文学课的讲授,其中涉及文字音韵训诂、文章修辞写作、文体文法、文学与国家地理考古外交的关系,也包括文章中德、学的养成,五花八门,内容极为驳杂。正是按照这个规定,"查大学堂章程,中国文学专门科目,所列研究中国文学要义,大端毕备,即取以为讲义目次,又采诸科关系文学者为子目",林传甲编写了中国最早的《中国文学史》教材④。林传甲的这部不折不扣地执行了《章程》中有关文学研究规定的教材,充分表现出在文学学科设立初期,人们对这门新兴学科的范围、内容和手

---

① 井波律子《论王国维的学风——经史子集的革命性转换》,载《东方学报》第61册,京都,1989年3月。
② 璩鑫圭等编《中国近代教育史资料汇编·学制演变》,236页,上海教育出版社1991年版。
③ 同上书,339页。
④ 林传甲《中国文学史》,1页,武林谋新室,1909—1917年第6版。

段的认识，多少有些介乎中西、古今之间的摇摆和含糊：既要照顾被模仿被吸取的西方学理，又要迁就传统的中国学术思维的定势。同时，人们对这门学科功用及目的的企望，也介乎于中西、古今之间：既想通过它来传授当前实用的技能知识，又想利用它来增加人们的传统文化修养。

中国文学史的编写正是在这种情形下起步的，文学学科的不确定性和"文学"作为语词存在的含义复杂的性质，对人们编写中国文学史书无疑造成很大影响，从早期出版的中国文学史书中，因此比较难以看到明确的作者意旨，也很难看到简洁的著述框架，一读之下，往往留下的似乎只是庞杂纷乱的印象①。

要说出"文学"一词在西方19世纪以后的内涵及用法，被中国学界完全理解和接受的确切时间，是相当困难的，但京师大学堂的文科大学，在民国初年就分为哲、史、文三学科，或许能够较为清楚说明文学学科在那时已经获得独立②。1913年1月12日，教育部在一份大学章程中宣布，今后的大学文科要分哲学、文学、史学、地理学四门，更清楚地表明了文学与史学、经学(哲学)间瓜葛的彻底解除。哲学、文学、史学的分科，不仅使中国近代以来的教育，在制度上进一步与西方取得一致，同时也促进了中国传统学术，与西方现代学术接轨，在学术研究的方式、思路上，都更加与西方看齐，除了地理学一门日后将被并到理科外，哲学、史学、文学的划分，基本奠定了以后几十年人文学科的分类格

---

① 胡怀琛的《中国文学史略·序》(上海梁溪图书馆，1926年4版)就说，像林传甲、谢无量等人的《中国文学史》著作，"举凡字学，哲学，史学等，无不纳之文学史中；名曰'文学史'，实不啻'中国学术史'也。取材富而分界不清，在前辈以文学概括中国一切学术，盖其观念如是，无怪其然。今人治学，多用科学方法，方法不同，观念自异；对于前人之作，辄觉其划界分类之不精审"(1页)。

② 参见黄人编《普通百科新大辞典》"文科大学"条，钟少华选编，50页。

局。根据这次规定,文学门下,分别设有国、梵、英、法、德、俄、意文学及言语学八类,以国文学为例,则有文学研究法、说文解字、音韵学、尔雅学、词章学、中国文学史、中国史、希腊罗马文学史、近世欧洲文学史、言语学概论、哲学概论、美学概论、论理学概论、世界史等13种课程,这种以语言和文学为主要内容的课程设置,也在未来逐渐稳定,迄今为文学系采用①。

而值得注意的是,与此同时,人们的文学观念也在渐次倾斜。许多人意识到,无论在中国还是西方,对"文学"的理解,原来都有广义与狭义两种,就像黄人通过对欧美各国文学界说的归纳,总结出"以广义言,则能以言语表出思想感情者,皆为文学。然注重在动读者之感情,必当使寻常皆可会解,是名纯文学"②。谢无量在庞科士(Pancoast)著《英国文学史》中也看到,广义的文学"兼包字义,同文书之属",狭义的文学"惟宗主情感,以娱志为归者,乃足以当之",依此理,他指出了其实在中国自古以来的文学中,也有包括万物之象与专讲声律形式之美的广义、狭义两种,他并强调说,《文心雕龙》和阮元都曾经谈到过这个问题③。此时的谢无量,显然还没有能力对广义及狭义的中国文学做真正的理论概括与总结,充其量,他只在这里表达了自己结合中西理论而对中国文学做的一点思考,但就在谢无量这样一种方式的思考中,对"文学"一词的理解,由混沌一团,开始变得有条理,这一条理,简单说就是狭义、广义的分裂,实际上隐含了动摇旧的文学观念的力量,并且等于在未来的中国文学史写作与研究中,预埋下了两条路线,而由于历史的机缘,其中的一条路线,又将借着旧的文学观念被颠覆的势头,由

---

① 见璩鑫圭等编《中国近代教育史资料汇编·学制演变》,697页。
② 黄人编《普通百科新大辞典》,钟少华编《词语的知惠》,59页。
③ 谢无量《中国大文学史》,1—4页。

隐而显，拓宽其途，成为今后几十年写作中国文学史的唯一"正道"。

所谓"历史的机缘"，说的是"五四"新文学运动的发生及其影响。新文学运动将席卷于19世纪欧洲的浪漫主义思潮引入中国，也带来了浪漫主义强调文学是思想情感表现的理论。文学表达感情的功能被迅速发掘，文学与情感之间的联系被大大凸显。1920年，胡适谈"什么是文学"时，就说文学要有三个条件：第一要明白清楚，第二要有力能动人，第三要美，他解释这三条的核心就是"表情达意"①。稍后，茅盾也就文坛现状发表"什么是文学"的感想，针对"文以载道"和"把文学当游戏"两种旧的文学观念，批评前者使人往往把经史子集都看作文学，反而把真正的文学湮没了，批评后者写不出真情实意的文字，从而失去对于人生的效用②。

感受着"五四"时代这一文学思潮的清新气息，中国文学史著作的编写，终于也经历着从文学的传统观念中脱壳而出的过程，追逐着理论的新潮流，越来越清晰地突出了情感的主线。

在人们追问的"什么是文学"的问题上，当代文艺思潮的冲击、文学理论的变化，对中国文学史写作构成了观念性的极大影响，而导致中国文学史著作即将发生一系列变化的原因，也还可以由写作的内部机制去寻找。

对"文学"做广义和狭义的归纳说明，比起一条条引用古今中外的众家解释，显然也是一种极其清明简洁的方法，因而很受做文学史的人的欢迎，后来像刘麟生写简明通俗的《中国文学史》，谈到"文学是什

---

① 胡适《什么是文学》，载欧阳哲生编《胡适文集》2，149页，北京大学出版社1998年版。

② 茅盾《什么是文学——我对于现文坛的感想》，原为1923年8月在松江暑期演讲会的演讲稿，转引自《茅盾全集》18，382—390页，北京：人民文学出版社1991年版。

么"的时候,也还话分两头,说其广义指"一切文字上的著述",狭义指"有美感的重情绪纯文学"①。同广义、狭义之说相似的,又有杂文学和纯文学的分法,如童行白《中国文学史纲》说"文学有纯杂之别,纯文学即美术文学,杂文学即实用文学也"②。以此种方式定义"文学",之所以被不少文学史作者接受,不但因为由此可得叙述上的扼要之便,还因为利用它,恰好又可以为文学观念的历史演变,作一个富有逻辑的说明,就是借此把文学观念的变化,也描绘成一个其意义由广至狭、由杂至纯的历时性过程,这个过程的起点是《论语》的时代,终点则正好赶上新文学运动的发生。③ 这样,有关文学是人类情感的表现等新潮理论,便又从历史的角度,顺理成章地进入了文学史家的视界,并由近代的局部发端,蔓延推广到整个中国文学史的诠释中去,从而绘成了中国文学史合乎近代理性的科学的发展图式。

于是,即便主要接触的是传统中的文学,而不是现代或西方意义上的文学,中国文学史这个特殊行业的著作者,作为站在这个过程末端的现代人,再回头看古代包罗广泛的文学观念,就不仅觉得它过于庞杂,还觉得它十分落后。朱希祖在 1920 年回头看他四年前的中国文学史讲义,就已有今昔大不相同之感,说"此编所讲,乃广义之文学,今则主张狭义之文学矣。以为文学必须独立,与哲学、史学及其他科学可以并立,所谓纯文学也"④。1922 年,凌独见在浙江讲国语文学史,也批评章

---

① 刘麟生《中国文学史》,1 页,上海:世界书局,1932 年初版,1933 年再版。
② 童行白《中国文学史纲》,1 页,上海:大东书局 1933 年版。
③ 浦江清在《论大学文学院的文学系》(原载《周论》第 1 卷第 14 期,1948 年 4 月 16 日,转引自《浦江清文史杂文集》,239 页,北京:清华大学出版社 1993 年版)中就说过,"在我们这一辈,把中西分得清楚,但是,在中西合流的新文化里所培养出来的青年,他们对于原来的所谓'中''西'已不复能区别,在意识里只感到古今新旧的区分,以及纯文学与非文学的区别"。
④ 朱希祖《中国文学史要略叙》,线装 1 册,1920 年版。

学诚的"文学者,以有文字著于竹帛谓之文"这个定义,在现代站不住,主张"文学就是人们情感、想象、思想、人格的表现"①。曾毅在1929年修订他十几年前出版的《中国文学史》时,也不无感慨地说:"但至今日,欧美文学之稗贩甚盛,颇掇拾其说,以为我文学之准的,谓诗歌曲剧小说为纯文学,此又今古形势之迥异者也。"②1932年出版的胡云翼的《新著中国文学史》,对广义和狭义的文学关系就说得还要清楚,他批评广义的文学概念,是古人于学术文化分类不清的结果,已经不适用于现代,狭义的文学"专指诉之于情绪而能起美感的作品",才是"现代的进化的正确的文学观念",把文学概念中的广、狭两义,同流行的进化论观点联系到一起,明确表示了去与取的态度③。而1935年出版的刘经庵的《中国纯文学史》,则是更直截了当地亮出了专为"纯文学"树碑立传的牌子。

  这些文学史作者对广义、狭义的两种"文学",之所以有这样的理解、取舍,首先是因为他们看到的文学,已不同于王国维所说那种讲究知行合一的传统学术,是"专以知言"的,其次也因为这个文学,又不同于顾颉刚讲的那种以经学为中心的传统词章之学,它从经学(哲学)中独立出来,有了与经学、史学同等的价值。在现代的文艺思想和现代的教育制度双重影响下,"文学"的面目愈来愈远离传统,向欧美的近代文学观念和学科体制靠近,而身处这一时代的文学史作者,也不由地就此转变了他们从传统习得的以文学为文章、学术之合的认识,并随之转变了他们对于中国文学史面貌的勾勒和判断。他们慢慢地但是终于意识到,如果"文学"在今天意味着的,就是西方人说的那种文学,那么,

---

① 凌独见《国语文学史纲》,1页,上海:商务印书馆1922年版。
② 曾毅《订正中国文学史》,20页,上海:泰东书局,1930年初版,1933年第5版。
③ 胡云翼《新著中国文学史》,5页,上海:北新书局1932年版。

只有按照今天的这个标准去衡量、选择历史,才能看清并叙写出真正属于今天的中国文学史,他们在那个时代盛行的比较文学研究中,也同时看到西方人对其文学史的描述,值得仿效和参考,而正是在西方文学史的坐标下面,他们不但重新阅读了文学史上的诗、词、文,又发现了从未被注意的小说、戏曲,此后近百年的中国文学史所要反复描写和讨论的,就将是这些内容。

经过20世纪最初的二三十年的讨论,"文学"的答案,就这样在西方文艺思潮涌入之际,经过一度小小的混乱,渐趋明朗。在这个过程中,从事中国文学史写作的人们,也完成了他们由旧向新的文学观念的转变,把立场从中国古人那里撤出来,悄悄挪到了近代西方的文学理念这一边。

谭正璧说中国文学史的写作,很久以来都没能突破它与其他学术的牵连这一关,但从1929年胡怀琛的《中国文学史略》出版,便"将此关打破"①。当然打破这一关口,未必功归胡怀琛,不过大多数的文学史家的确都好像接受了新的纯文学观念。而1930年代以后的中国文学史著作,往往都不再辟出篇幅去对"什么是文学"做热烈的讨论,也似乎能够从另一方面证明,有关"文学"的认识,确实已经稳定而合乎时宜,无需花费力气再加辨析。

二 什么是中国历史中的文学

解决"什么是文学"的观念问题,是写作中国文学史的人通常要做的第一步工作,接下来,便需要了解可以纳入中国文学史范围的"文学

---

① 谭正璧《中国文学史大纲》,上海:光明书局,1935年第13版。

究竟有哪些"。

因为既然借用了舶来的文学理论和学科观念,就必须按照舶来的样式,对预备写进文学史的材料进行剪裁。而这样的整理史料的工作,在20世纪初期,实际上也吸引过从事古代学术研究的各科学者。像刘师培之编写《周末学术史》,于周秦典籍中"采集诸家之言,依类排列",分别题名为心理学史、伦理学史、论理学史、社会学史、宗教学史、政法学史、计学史、兵学史、教育学史、理科学史、哲理学史、术数学史、文章学史,基本上也就是在新学的框架下面,分配旧有的史料①。根据早年写作中国文学史的人的感受,"文学史材料,不患不多,而多之弊,则在剪裁难工,串穿不易"②,因此文学史史料的确认,也是中国文学史撰述者们感到最麻烦的问题之一,尤其较早的作者,往往会不惜笔墨加以讨论。的确,落实到每一位作者身上,它都不单单是需要思考的抽象理论,同时还与实际写作的关系最为切近。

那么,哪些东西可以纳入中国文学史的范围?这里就牵涉到学术传统的问题。

冯友兰编写《中国哲学史》时曾说:"哲学本一西洋名词。今欲讲中国哲学史,其主要工作之一,即就中国历史上各种学问中,将其可以西洋所谓哲学名之者,选出而叙述之。"③他著书之时,正是中国哲学史的开创期,但在他的意识当中,这个新的学术领域也并不需要开垦荒地获得,前人已经准备了很好的土壤,新学科的建立,无疑只等于在这片肥沃的土地上整理出新园区,在这个意义上说,新学术不但可与旧学问

---

① 参见刘师培《周末学术史序》,载《刘申叔遗书》上册,504页,南京:江苏古籍出版社1997年版。
② 曾毅《中国文学史·凡例》,2页。
③ 冯友兰《中国哲学史·绪论》,1页,北京:中华书局1984年重版。

沟通,而且也可以依赖于旧的学问。冯友兰的思路,同当时中国文学史的写作者们是基本一致的,他所说治中国哲学史需要做的工作,也是治中国文学史需要做的工作,这个工作简单地说,就是按照欧美的文学概念,先从中国以往的学问中,挑选出合适恰当的部分,再用新式体裁加以描述。中国文学史的写作,虽然是从20世纪初仿效欧美开始的,却并不意味着它在本土的学术历史上,根本找不到任何血缘宗亲关系,要靠白手起家,文学史著作说到底是一种学术的著述体裁,而作为文学的学问本身,既存在于现在,也存在于过去和未来,所以,就像冯友兰要找出《中国哲学史》与中国历史上某种学问的渊源关系一样,中国文学史的写作也定非横空出世,本质上也是传统学术的延续。关键的问题是,必须了解传统学问中的哪些部分,可以同新式体裁的文学史接轨。

刘师培曾就文学史课本的编纂,提出他的权宜之计,说:"文学史者,所以考历代文学之变迁也,古代之书,其备于晋之挚虞,虞之所作,一曰文章志,一曰文章流别。志者,以人为纲者也,流别者,以文体为纲者也。今挚氏之书久亡而文学史又无完善课本,似宜仿挚氏之例,编纂文章志、文章流别二书,以为全国文学史课本,兼为通史文学传之资。"[1]差不多与林传甲同时编写《中国文学史》的黄人,也在中国古代的著作文献中,找到几种与文学史相似的东西,他说:"所以考文学之源流、种类、正变、沿革者,惟有文学家列传如文苑传,而稍讲考据、性理者,尚入别传及目录如艺文志类、选本如以时地流派选合者、批评如《文心雕龙》《诗品》诗话之类而已。"[2]谢无量还举出了"古来关于文学史之著述"的七例,即流别、宗派、法律、纪事、杂评、叙传、总集[3]。这些

---

[1] 刘师培《搜集文章志材料方法》,载《刘申叔遗书》下册,1655页。
[2] 黄人《中国文学史》第1册,2页。
[3] 谢无量《中国大文学史》,42页。

看似比附的做法,恰巧展示了这样一条思路,就是近代出现的中国文学史,上通着传统学术的上述内容及传世文献。

凌独见在《国语文学史》里写过一段批评时人的话,他说:"从来编文学史的人,都是叙述某时代有某某几个大作家?某大作家,某字某地人?做过什么官,有什么作品?作品怎样好坏。大概从《廿四史》的列传当中,去查他们的名,字,爵,里,从《艺文志》上,去查他们作有那几种作品,从评文——《文心雕龙》《典论》……评诗——各种诗话——以及序文当中,去引他们作品的评语。"①而这相当苛刻的批评也可能确并非无的放矢。从试图写出中国文学史的最早那一批人开始,就已经确认了在传统的目录、史传、诗词文话、选本与新的文学史之间,一定存在着联系,文学史正是这些本土学术的"洋亲戚"。而为文学史与古代目录学、史学、诗话等传统学术建立的这种联系,不但成为人们理解"文学史"的一条路径,构成了近代人接受文学史新概念的前理解背景,也变成了写作者运用新的文学史体裁进行写作的熟悉的参照系,后来则又进一步变成他们构建中国文学史的必备资材,即文学史史料的一部分。像钱基博写《中国文学史》,就把文史、文苑传等视为"供文学史编纂之材料"②,胡怀琛在《中国文学史概要》中称诗话、文谈、词谱、文苑传、艺文志是文学史的材料,或"可说是零零碎碎的文学史"③,罗根泽在《我怎样研究中国文学史》的文章中也赞成这个意见,虽然他也和前两位一样,同时强调了"文学史不能只抄《文苑传》"④,基本的思路还是大致不差的。

---

① 凌独见《国语文学史大纲·自序》。
② 钱基博《中国文学史·绪论》,7页,北京:中华书局1993年版。
③ 胡怀琛《中国文学史概要》,10页,上海:商务印书馆,1931年初版,1935年第3版。
④ 罗根泽文载《罗根泽古典文学论文集》,25页,上海古籍出版社1985年版。

19世纪中叶以后,欧洲的研究者们曾经十分看重以编写目录、传记的方式来研究文学史,或许这种实证主义(positivism)的风气,也影响过早期的中国文学史写作者,在新的学术空气里边,唤起过他们同样的对于传统目录、史传的兴趣,使写作中国文学史的人们,也都基于上述的认识,自觉以过去的学术积累为新写作之开端。

在1904年公布的大学堂章程里,中国文学门科目规定,《四库集部提要》《汉书艺文志补正》《隋书经籍志考证》为一年级修习的课程,这显然是要利用传统的目录之学,来指引研究中国文学入门的路径。中国古代的目录,往往有"辨章学术,考镜源流"的特点,所谓"类例既分,学术自明,以其先后本末俱在"①。从历代目录中,看学术分类的界限以及它们在历史上演进的轨迹,可以说是自古以来的学术传统,近代学者在从事中国古代研究的时候,首先接受的也就是这一部分的传统。在汪辟疆写于1925年的《读书举要》里,位列"纲领之部"首席的,即是《汉书·艺文志》《隋书·经籍志》《四库全书总目提要序录》三种目录著作,学习它们,是进入哲学、史学和文学学科的基础②。刘永济作《文学论》,也说文学之学,在中国传统中有两个源头,一为梁昭明太子《文选》,一为汉刘歆的《七略》③。这都清楚不过地表明了近代学者对传统目录学的认同,他们仍然视目录之学为现代学术研究的先导,而在最初的中国文学史写作中,人们基本上就是根据目录的线索,来设立文学史书的框架格局的。

早期的中国文学史作者一般对于历代目录,特别像《四库全书总目》这样的目录书的依赖都非常大,最明显的可以举林传甲的例子,他

---

① 郑樵《通志·校雠略》,1806页,北京:中华书局1995年版。
② 汪辟疆《读书举要》,载《汪辟疆文集》,3页,上海古籍出版社1988年版。
③ 刘永济《文学论》,31页,上海:商务印书馆1934年版。

叙述"籀篆音义之变迁,经史子集之文体,汉魏唐宋之家法"①,从结论到文字,几乎都没有脱离《四库全书总目提要》,有些地方,如《集韵》《匡谬正俗》的介绍,简直就是原文照搬,所以"有人说,他都是抄《四库提要》上的话"②。这部江绍铨所谓的"中国空前之巨作",对《四库提要》的依傍,还表现在它的章节设置、内容布局上,像书中第一、二、三篇的内容,基本上就是《四库提要·经部·小学类》文字、音韵、训诂三部分的翻版。林传甲的这种做法,虽然绝不为后人所取,但正如郑振铎发现的那样,在最早的几部《中国文学史》中,显然都留下依据传统学术观念的痕迹,"这个观念最显著地表现在《四库全书总目提要》里"③。

《四库全书总目提要》等传统目录对文学史的影响,大约可分两个方面来讲,一方面是它的类例之分,影响到文学史的边界划分和文学史史料的选择确认,另一方面,是贯穿在它的编辑体例中的对于学术源流的考辨,既影响到文学史的整体学术判断,也影响到它的一些局部结论。

传统目录习惯将书籍分为经史子集四部,早期的文学史作者大都知道,四部之中,最接近文学性质的,是集部的书籍。从《汉书·艺文志》开始,与六艺、诸子、兵书、数术、方技相并列的就有诗赋一类,包括屈原赋、陆贾赋、荀卿赋、杂赋和歌诗。隋唐以后,书籍大体以经史子集四部相分,《隋书·经籍志》的集部除楚辞、别集、总集三类以外,还包括有汉代以后出现的新式体裁,如《古乐府》《文心雕龙》。到了清人编纂《四库全书总目》,在集部依然列有楚辞、别集、总集,又增加诗文评、

---

① 林传甲《中国文学史》,1页。
② 郑振铎《我的一个要求》,载《中国文学论集》下册,397页,上海:开明书店1934年版。
③ 郑振铎《插图本中国文学史·绪论》,10页,北平:朴社1932年版。

词曲,共五目。以上目录所提供的,正是以后的中国文学史将要涉及的基本史料。它们显然是以诗文为中心的,依《四库全书总目提要·集部·词曲类序》说,就是"三百篇变而古诗,古诗变而近体,近体变而词,词变而曲"①,其中诗三百篇、汉魏古诗、唐代近体,加上汉赋、唐宋古文,差不多就是文学史的全部"正宗"。而受传统目录的指引,早期文学史写作者所关心的范围、题目,一般也都限制在这个范围,难于越雷池半步。这一点,郑振铎也已经指出过,说他们是"将纯文学的范围缩小到只剩下'诗'与'散文'两大类,而于'诗'之中,还撇开了曲——他们称之为'词余',甚至还撇开了'词'不谈;于是文学史中所讲述的纯文学,便往往只剩下五七言诗,古乐府,以及'古文'"②。

近代以来的研究者认为,读《四库全书总目提要》的方法,应当是"先取其总序、小序读之,学术纲要,已略备具"③,这意思是说目录之用,不单在索引资料,还在于能够提供有关学术源流正变的消息。事实上,中国文学史的写作,一开始也就利用了这一点,历代目录尤其是集部目录的叙录,通常也是文学史作者最重视、最熟悉的文字,大多数的文学史著作,都是毫不犹豫地吸取了它们对于"文学"历史发展的记录和描述,可以说笼罩在中国文学史写作之上的,一直是过去种种目录的叙述。比如讲到楚、汉文学的流变关系,《汉书·艺文志》说:"大儒孙卿及楚臣屈原离谗忧国,皆作赋以风,咸有恻隐古诗之义。其后宋玉、唐勒,汉兴枚乘、司马相如,下及扬子云,竞为侈丽闳衍之词,没其风喻之义。"④这一段本来代表汉代人观点的叙述,使早期的文学史作者深

---

① 《四库全书总目提要》,1807 页,北京:中华书局影印本 1981 年版。
② 郑振铎《插图本中国文学史·绪论》,10 页。
③ 《汪辟疆文集》,4 页。
④ 《汉书·艺文志》,1756 页,北京:中华书局 1983 年版。

受启发，像顾实就据此来讲述并评价司马相如的赋作，说司马相如与楚地民情的关系以及较宋玉、景差更等而下之等①。而这段话甚至在几十年之后，也仍然作为第一重证据，为编写中国文学史的人所引用。作为确凿无疑的史实，它经过几十次上百次中国文学史著作的反复引用解释，已经先验地深深刻印在每一个人的记忆之中。

传统目录学之于文学史的影响，主要是它们在提供了文学史需要的基本资料的同时，又提供了现代人了解历史上"文学"的渊源所自以及繁衍变化的路径，但就文学史的编写而言，目录学给予它的启示是纲要性质的，是理论的概况、大格局，却还不是全部，更不是基本的细节乃至具体的章节。而对细节的填充、章节的规划，并非由想象所致，也当有所依据有所本，这个依据和本也可以从中国古代史学的传统里找到。中国文学史写作的早期，为了勾勒出历史上的文学图像，人们都按老习惯，向史书中去寻找，甚至在写法上，也不知不觉地模仿史书的体裁，其中文学史作者常常提起的《文苑传》、辛文房的《唐才子传》等传记，都对文学史的写作影响至深，它们是日后越来越细致逼真的中国文学史取之不尽的细节资源，也或多或少是人们为撰写文学史书设计体例时取法的对象。

编写文学史的人照例都不讳言，他们必须从史书的《文苑传》或《文艺传》中撷取材料。《文苑传》创自范晔的《后汉书》，专门集中记录能文章善诗赋的人的事迹，后世诸史循例而为，于是列朝文士的行状得以显示。文学史之所以从传中取材，大概由于它"有些近似文学史"的缘故②。《文苑传》大多能将传主的"前辈"上挂到屈宋贾马，所谓

---

① 顾实《中国文学史大纲》，140页。
② 参见陈介白为刘经庵《中国纯文学史纲》（北平：著者书店1935年版）所作序，1页。

"文之所起,情发于中"的"辞人才子"①,也就是后来人称的文学家。而就注重"情志既动,篇辞为贵"的特性来看②,《文苑传》或《文艺传》的选录人物,也比较接近现代人理解的纯文学标准,特别如《清史稿·文苑传》坦言的"但取诗文有名能自成家者,汇为一编,以著有清一代文学之盛"的著作宗旨③,与顾实总结的文学史须兼具历史、传记、批评三种方法还略有几分相似。顾实说:"文学之研究法有三,一历史法(historical method),二传记法(narrative method),三批评法(critical method)。历史法者,以历史之目光而研究之,传记法乃特注重个人之遭际,然皆不能不出以批评之态度。况传记本为历史所包,故文学史实可兼举三法,而为研究文学最重要之一法也。"④因此在茫茫史籍中,借助它们来搭设通往古代文学的桥梁,便是文学史作者最好的也是必然的选择。

当然说《文苑传》,只是举其一端,它毕竟不是文学史作者常备的唯一资料,钱基博甚至尖锐地指出过:"然以余所睹记,一代文宗,往往不厕于文苑之列","入文苑传者,皆不过第二流以下之文学家尔"⑤。为了全面反映文学史的面貌,写作者们还要充分依靠其他史籍,像《宋书·谢灵运传》《唐才子传》等,随着研究的深入、视野的扩大,文学史作者所要涉及与挖掘的资料也会越来越多。文学史要写过去的事情,不得不依靠过去的文献资料,曾经十分发达的史学传统,自然能给文学史作者提供权宜方便,像作家的生平创作、社会的制度因革、时代的风物面貌等,文学史的这些重要构成因素,都保存在丰富的史籍记载之

---

① 详见《后汉书》卷80、《北史》卷83、《北齐书》卷45等,北京:中华书局1982年版。
② 参见范晔《后汉书·文苑传赞》,2658页。
③ 《清史稿》卷484,13314页,北京:中华书局1982年版。
④ 顾实《中国文学史大纲》,5—6页。
⑤ 钱基博《中国文学史》,6页。

中,"或可借为考证之资"①。

但古代史学与文学史的关系,还不只停留在显而易见的这一层,需要特别指出的,是它们之间隐藏得更深的又一层关系,就是以《文苑传》等史书为媒介,文学史在吸收其中资料的时候,也继承了旧时史官的某些学术观点。

中国向有"究天人之际,通古今之变"的传统,它的意思是指史家要在尽记事之责的同时,更善于追寻事物的来龙去脉、变化走势,这一传统史学精神,也表现在《文苑传》及文学史可资利用的其他史传资料里,见诸史书记载的,并不只有传主的行踪,还有史官的思想感情夹杂其间,传记前后的序、论、赞等文字,更充满了史官的主观评价和见解。文学史作者一旦接触到这些史传,在接受它们记下的历史事件、人物事迹的时候,也会不自觉地接受下裹藏在事件、人物中的史书作者的观点,而很难对经过史官剪辑过的"事实"发生怀疑,因此,古代史传对文学史写作的影响,应当说就不是单纯为文学史准备了一套堪称完整的素材,它还准备了相当成熟的视察角度和叙述观点。举一个为人熟知的例子,沈约写《宋书·谢灵运传》,末尾有"史臣曰"的一大段文字,因为勾勒了直到南朝宋以前文章的发展状况,因而引起文学史作者的高度重视,他对汉魏间的"文体三变"、元康时的"繁文绮合"、东晋人的"莫不寄言上德,托意玄珠"以及颜、谢二人代表的宋代风气的描述,还有对各时期文章特征的归纳和风格变化的剖析②,后来都屡被引为史实,在以后的文学史书中敷衍成章。而欧阳修在《新唐书·艺文志序》中对"唐有天下三百年,文章无虑三变"的格局判断③,也差不多成了文

---

① 钱基博《中国文学史》,6 页。
② 见《宋书》卷 67,5725 页,北京:中华书局 1982 年版。
③ 《新唐书》卷 201,5725 页,北京:中华书局 1982 年版。

学史作者叙述唐代文学史时,摆脱不了的常套。自曾毅、谢无量开始,在中国文学史中,把史书的序、论当作叙述的基本资料和判断的基本依据①,从来是一件不需要论证的事情。

文学史既从历代《文苑传》和其他传统史书中受益甚多,所受益处,有时便很难以内容或者形式相分。"文学史"毕竟是外来的东西,到底怎么写,未必人人心中有数,这时候,他们或许就要参考一下传统史书的作法。林传甲出版他的《中国文学史》时,就这样解释其书的体例:"每篇自具首尾,用纪事本末之体也,每章必列题目,用通鉴纲目之体也。"②林传甲的书也许只算得一个特例,但他的这一联想,却多少能够代表一般人的意识。后来谭正璧编《中国文学进化史》,述及书的分章时,也说他的方法"有类于从前的'纪事本末体'"③。郑宾于则更加明确地指出,"用这种'纪事本末体'(编制的系统)和归纳(材料的收集)的方法来作'文学史',虽然免不了人们的讽刺,但我自信它是惟一无上的妙法,而且也非用此方法去作,不能使读者得到'中国文学史'上一个具体的概念"④。倘若循蛛丝马迹细细分辨,会发现在由中国人自己写作,尤其是早期出版的中国文学史著作里,隐隐约约总露出传统史家述史事、论学术的口气和模样。

中国文学史著作对古代史学的继承,与它吸收古代目录学的成果一样,其结果,都是因获得传统学术的滋养,而成为有本之木、有源之水,从这一角度看近代出现的中国文学史的写作,便可见它的成长,与

---

① 参见北京大学中国文学史教研室选注《魏晋南北朝文学史参考资料》,北京:中华书局1978年版。
② 林传甲《中国文学史》,24页。
③ 谭正璧《中国文学进化史》,16页,上海:光明书局1929年版。
④ 郑宾于《中国文学流变史·前论》,15页,上海:北新书局,1930—1933年初版;郑州:中州古籍出版社影印1936年本,1991年版。

其根须一直伸向传统学术的土壤有关。当然,在从事文学史写作的人们眼里,这片丰厚的土壤中本来也就蕴藏着文学史构成的各项元素,而其中同文学史性质最接近的,恐怕要数传统的文学批评。

中国本无"文学史"的名目,可是这并不意味着从来没有过与此相关的研究、著述,因为实际上自从产生了"文学",对文学的批评、议论也就相伴而生,这些批评议论在中国古代最常见的形式,便是诗话、词话、文话、曲话及小说评点等,说起来,最早接触文学史的人,之所以未对这一新事物抱陌生感、拒斥感,有一个重要的原因,就是它令人回想起历史上一个很相近的名称:文史。"文史"之名始见于唐代书目,从《新唐书·艺文志》的集部"文史类"下著录有李充的《翰林论》、刘勰的《文心雕龙》、颜竣的《诗例录》和钟嵘的《诗评》等书来看,所谓"文史",指的就是那些专门针对文章文人进行评论的诗词文话著作①,而这与"文学史"是有几分相近的。所以,谢无量说:"宋《中兴书目》曰:文史者,讥评文人之得失也。故其体与今之文学史相似。"②其后钱基博提起"中国文学史"来,也便一下子想到了"文史"上去③。

"文史",或者说诗词文话、小说曲评等,严格地讲,与近代的文学史有着功用、体制方面的很大差异,但既然都是围绕文学的讨论,它们之间也就有极易沟通的一面。对于较早从事文学史写作的人来说,每当他们接受新知识新事物时,自觉不自觉地都要靠调动过去积累的知识、经验,来理解、消化当前的事物和知识,因此更加容易看到双方可以沟通的一面,就像《四库提要》总结历代诗文评,说:"(刘)勰究文体之

---

① 这一类书籍,后来在焦竑的《国史·经籍志》《四库全书总目提要》中,又名为"诗文评"。
② 谢无量《中国大文学史》,41页。
③ 钱基博《中国文学史》,6页。

源流,而评其工拙,(钟)嵘第作者之甲乙,而溯厥师承,为例各殊。至皎然《诗式》,备陈法律,孟棨《本事诗》,旁采故实,刘攽《中山诗话》、欧阳修《六一诗话》,又体兼说部。后所论著,不出此五例中矣。"①这里所讲的五种类型,到了谢无量那里,就被看成了与"文学史"无异,他还给它们分别冠了流派、宗派、法律、纪事、杂评的题目,干脆算成了"古来关于文学史之著述"七例中的五例。这位当年颇有新潮意识的学者在自己的《中国大文学史》中,也真的就把大部分篇幅让给了古人作的诗话、文话,自己隐匿不见,使这部顶着"文学史"之新名义的著作,却好似一块块五彩旧布拼就的"百衲衣"。

充分利用古代诗文评论演述所谓的"文学史",在较早写成的中国文学史书里并不罕见,由于"文学史"的观念和体制,在近代中国是逐步树立起来的,所以,人们对于文学史到底怎样与古代文学批评的传统相衔接或相区别,不是一开始就能理解得很深,界限划得很清楚,写文学史的人无例可循,有时候难免不辨东西,于是号称文学史的著作,说不定就做成了古代资料的一种有机汇编。刘师培在北京大学讲课用的教材《中古文学史》,就如此编得颇为特殊:辑录排比中古时代的诗文评资料为主,间以引言和按语。刘师培似乎宁肯要古人现身说话,也不愿轻易站出来代人立言,这书大大受益于传统的文学批评,是不争的事实。有意思的还是虽有人批评它"仅辑材料,不成史书"②,但鲁迅却特别褒扬它在无一册好的中国文学史的当时,"倒要算好的","对于我们的研究有很大的帮助。能使我们看出这时代的文学的确有点异彩"③。后来鲁迅自己研究中古文学史,果然也非常注意运用古人留下的资料,

---

① 《四库全书总目提要》,1779 页。
② 《浦江清文史杂文集》,128 页。
③ 《鲁迅全集》第 9 卷,350、380 页,北京:人民文学出版社 1981 年版。

从中搜寻文学史的脉络线索,这一思路和方法,并且一直影响到1940年代在清华大学开设"中国文学史分期研究(汉魏六朝)"课程的王瑶①。

说到底,"中国文学史"的面貌不是凭想象就能够创造的,要把它描绘出来,还必须依靠漫长历史中,一代代人记录积累下来的原始素描,所谓文学的素描,就包括当时或离当时不远的人写下的诗话文话。写文学史的时候,有效地借鉴利用它们,至少能使文学史的著述免于空洞,免于歪曲。

不光是"中国文学史"创制的早期,在以后近百年文学史著作中可以看见的,都确乎是对传统文学批评的无所不在的依赖:文学史上或大或小问题的提出与解决,多是参考了前人留下的诗词文曲话得以进行的,这些问题中既包括观念形态的,也包括技术操作的,既有作家作品的考证、风格宗派的鉴定,也有概念观点的阐述、渊源流别的把握。中国文学的批评传统历史既长,涉及的范围也广,如清人钟廷瑛在《全宋诗话序》中针对诗话说的那样:"诗话者,记本事,寓评品,赏名篇,标隽句。耆宿说法,时度金针,名流排调,亦征善虐。或有参考故实,辨证谬误。皆攻诗者所不废也。"②传统文学如此丰富的内容,使中国文学史在结胎之际就营养充足。即如《四库提要》著录所示,古代诗文评论涉及的有关文学问题的方方面面,已经不比后世文学史家的视界更狭窄,而它们提供的资料、论点,也差不多满足了后世文学史著述的需要,所以,依傍着传统的文学批评来写文学史,得的正是近水楼台的便宜。而当中国文学史编写的早期,因为写作者的文学素养,本来多半就是在古

---

① 王瑶《中古文学史论集》,1页,上海古籍出版社1982年版。
② 《全宋诗话》为清人孙涛所辑,此转引自刘德重《诗话概说》,3页,北京:中华书局1990年版。

代诗文评论的传统教育中形成的,诗话文话便是他们储备于自身的教养和知识,因此使用它们更加出于自然,左右逢源,也因此,如谢无量说"今世文学史,其评论精切,或不能逮于古"①,就并不完全是泥古的态度,因为要论到文学史的写作,传统的文学批评确实带来了切实有效的帮助。

讲一个简单的事实,要想全面讲述中国文学悠久的历史,倘若没有预先设下的清楚合理的逻辑,必会碰到难以条理、无法裁断的麻烦,看这一百年来的文学史书,却大都未有此种遭际,它们似乎很自然地就取用了一个合适的叙述模式,即依时代顺序讲文学,进入某一时代,则又专讲其时特盛的文体,成为汉赋、唐诗、宋词、元曲、明清小说这样的固定套式。对这一套讲法,后来有人引入进化论原理解释,说中国文学发展的次序由此展现得恰到好处,希望能用当代流行的科学理论,来证明其合理性。但是,如果有心寻找这个模式的真正根源,其答案恐怕要来自中国传统的文学批评,其实这是个老段子的重新上演。

浦江清在一篇评论陆侃如、冯沅君《中国诗史》的文章中,曾经分析过这一思路的形成过程,认为首先影响它的,是王国维在《人间词话》中阐述的"一代有一代之所胜"的理论,而王国维的议论,则本于清人焦循《易余籥录》卷15的一段名言:"夫一代有一代之所胜,舍其所胜,以就其所不胜,皆寄人篱下者耳。余尝欲自楚骚以下,至明八股,撰为一集,汉则专取其赋,魏晋六朝至隋则专录其五言诗,唐则专录其律诗,宋专录其词,元专录其曲,明专录其八股。"浦江清说:"焦、王发现了中国文学演化的规律,替中国文学史立一个革命的见地。在提倡白话文学民间文学的今日,很容易被现代学者所接受,而认为惟一正确的

---

① 谢无量《中国大文学史》,43 页。

中国文学史观了。"①浦江清的分析大致没有错,因为很多文学史的确都喜欢征引焦循的这段话以为据,胡小石便如是称赞它"应用演进的理论,以说明过去历代文学的趋势",是"中国人最先所著的一部具体而微的文学史",他还说,焦循能够于此阐明文学与时代的关系、认清纯粹文学的范围、建立文学的信史时代、注重文体的兴衰流变,他的"大体的主张,是很值得我们注意的"②。刘麟生在1920年代提出文学史的写作要"觅新途径",而他所谓的新途径,也不外是重新翻出焦循的"一代有一代之胜"的话头③。郑宾于也是赞成焦循的,他说:"文学史虽然不重在专录,然而我对于各时代文学的兴替和沿革,却是绝对的采取这种精神的;对于各时代文学的创造,都要特别表彰的。"④这些话里,分明透露了有关中国文学史的叙述方法及观念的出处,明白显示出传统文学批评的影响力。

进一步考察还会了解到,文学史一向喜欢谈论的问题,比如地理上的南北之分和文学上的南北风格,古诗十九首的时代作者,其实都是汉代和六朝时代的人就议论过的,有关李白、杜甫孰高孰低的争论,也同宋代的杜甫热、明代扬杜抑李的倾向不无关系,有些明清人讲过的话,也还被今人一再采纳,反复咀嚼。在文学史书里一无顾忌地引进传统文学批评,或者印证古人的某些成说,似乎不是什么稀奇的事情。

也许可以这样说,中国文学史的著述因为有了历史上的文学批评作基础,起步虽晚,却也渡河有舟、治学有术,因为找到了自己赖以存续的扎实的传统,更养成了有利于其发展的源远流长的态势。而所谓传

---

① 《浦江清文史杂文集》,103—104页。
② 胡小石《中国文学史讲稿·通论》,3—5页,载《胡小石论文集续编》,上海古籍出版社1991年版。
③ 刘麟生《中国文学史》,5页。
④ 郑宾于《中国文学流变史》,19页。

统的文学批评,其实又不光见于诗词文曲话、小说评点,古人有关文学的意见表达形式多样,往往还见诸其他文献其他地方,其中值得一提的,即是由他们编辑的各种文学作品的总集、选集。文学史要讲文章写作、分析作品,作品从哪里来,当然是历朝历代的作品集中来,但古人留下的东西如汪洋大海,谁也无法亲自慢慢打捞,然后在文学史里一一交待,这里就得靠文章选本的导引。写过《中国文学史》的曾毅,曾经在文学革命大兴的年代,向陈独秀上书建议用编文选的方法,来昭示"新文学"的标准,他说"昔人之欲售其主张,恒借其选本以树之告,非如现在坊间选本之无甚深意也"①。他了解中国古代文学的传统,就深知文学选本的意义。

自传说中的孔子删诗三百篇、萧统编《文选》、徐陵编《玉台新咏》到方苞编《古文辞类纂》、曾国藩编《经史百家抄》和《十八家诗抄》,古人总是不断将他们认为最优秀的作品编选在一起,供世人或后人阅读享用,对于编写中国文学史的人而言,继续使用它们,虽然不免有嚼剩馍的遗憾,却可由双重的收入得到弥补:一方面毕竟可以省去从头初选的麻烦,避免盲目钻进文献堆、泥牛入海的危险,经过古人再三挑剔遴选,选本中录存的到底是无数作品中的精华,能够代表文学史的最高水平,也是最有价值、值得讲述的部分。另一方面,则可以学习古人的批评经验,因为能从广泛作品中筛选出作品精华,恰恰由于选编者具有批评判断的眼光,这种批评判断的眼光,也是传统文学批评中极其精彩的一个内容,它是在作品阅读中培养的,又经过鉴赏与创作两方面的千锤百炼,讲文学史的时候不妨借鉴。在蒋鉴璋的印象中,"刘申叔所为

---

① 《中国新文学大系·文学论争集·导言》(1917—1927),4页。

《中古文学史》,完全奉梁元昭明之说用以周旋也"①,这是说《文选》的选录标准及其理论原则,曾给过刘师培相当的影响。而更加为人所知的是,明人高棅针对唐诗在不同时期内呈现的不同风格,所作初、盛、中、晚四个阶段的归纳与划分,不但启发了许多文学史的思路,他据此观点编选的《唐诗品汇》,也被公认为一个较好地反映了唐代诗歌面貌的选本,至今流传。

自从"文学史"的概念引入中国学界,从事中国文学史写作的人,就一直试图在中国已有的学术传统中替它寻根,一方面是给过去发生的文学事实找一个文学史式的解释,仿佛削足适履,一方面又是在古人说过的话中找到文学史的苗头,仿佛捕风捉影,中国文学史正是在这两种势力挟持之下,一部部写出来的。

三 怎样写作中国文学史

最早写中国文学史的不是中国人,而是东洋的古城贞吉和西洋的翟理斯、顾路柏,这对20世纪的中国学者来说,是一件每提及每叫他们汗颜的事,林传甲即慨叹"日本早稻田大学讲义,尚有中国文学史一帙,我中国文学为国民教育之根本,昔京师大学堂,未列文学于教科"②,言语之间,流露出遗憾和不满。胡小石言及此更动感情:"中国人所出的,

---

① 蒋鉴璋《文学范围略论》,载胡适等著《文学论集》,艺林社编,59页,上海:中国文化服务社1936年版。
② 林传甲《中国文学史》,24页。据〔美〕任达《新政革命与日本》(63页,李仲贤译,江苏人民出版社1998年版),在晚清的中日教育交流当中,早稻田大学相当积极活跃,在1905年成立清国留学生部以前,该校就派人到中国,与张百熙、张之洞等主持教育改革的官员讨论教育问题,估计林传甲便是通过这一渠道,获得笹川种郎的《中国文学史》教材的。

反在日本人及西洋人之后。这是多么令人惭愧的事。"[1]自愧弗如的念头和填补空白的愿望,因此成了许多编写中国文学史书的人的潜在心理背景。

　　写中国文学史,简单地说,便是采取"文学"的观念、按照"历史"的时间顺序,来描述中国文学的过去,当然,这个"文学"不再代表文章、学术两重含义,这个"历史"也非过去常见的文史之史。不过,即便关于文学的新的观念,在20世纪初就渐渐确立,合乎这一观念的中国文学史的有关史料,也重新裁定出来,中国文学史到底也还不能靠着观念的直接表白、史事的排比罗列堆叠而成,它必须在观念和史实间取得协调,磨合它们直到不分彼此、水乳交融,使观念隐藏在史事的表述中,史实的演示又能贴合观念。从20世纪初开始,迄今为止出版了几百部的中国文学史,现在回过头去翻阅这数百部的文学史著作,便会看到它们像长河一样,在近代新兴的文学观念与近代以前史学传统这两岸之间,流经百年的历程,新的观念和旧的传统互相渗透又互相抵触,有时候是观念引导着史实的进展,有时候史实也制约了观念的扩张。中国文学史的写作,也就是在这样随势摇摆、变化反复的过程中逐一完成的。

　　而所谓写作中国文学史,最终要靠语言。这里说语言,指的是文学史所用的叙述语言,它同人们已往熟悉的任何一种学术语言都不一样,不是书目提要,不是文苑传,也不同于学案。文学史描述的对象既是文学的又是历史的:首先,它要绘制一个文学的空间,展示发生过的文学现象,并为它们的产生和联系提供合理的解释。在文学史里,文学固然不能完全恢复其自然存在的样态,但千差万别之中,它依然呈现为一个完整生动的有机体,无数作品无数作家仿佛如约而至,并且各归其位,

---

[1] 《胡小石论文集续编》,3页。

井然有序。其次,它也要采取历史学的方法,使文学在时间上也表现得富有秩序,文学的历史仿佛随着时间的递进而演进,在文学史里,作家、作品会依次从时间隧道的那一端走出来,陆续登上长长的文学历史剧舞台,在一幕幕戏中扮演角色,时间的流程决定了他们的前后源流关系。中国文学史怎样写,能否写成,最终离不开这样的语言。

但是,对于20世纪初的中国学者来说,文学史的观念及著述体裁,原是西方的舶来品,文学史本就是西方的一种学术语言,他们接触到的这种文学史的叙述语言,本质上是以对文学、文学历史的西方式的近代理解为基础,对文学构成及文学时序进行独特观察和叙述的一种言说方式,它体现的是近代学术思想的内在逻辑,并规定着特殊的分类文学、言说历史的方法步骤。如果把"文学史"这一产生于西方学术中的叙述语言层层剥开来看的话,其核心,便是一组带有近代文化特征的概念和术语,比如抒情与论理、诗歌与散文、古典主义与浪漫主义,等等。由于它们一面与近代文学观念及文学史观念共生,一面又用于体现这样的观念,是观念得以表现在文学史中的媒介,因此,如果说写作中国文学史的关键,在于能否掌握文学史叙述语言的话,那么能否掌握文学史语言的最终标志,大概就在于是否妥善恰当地运用了这些概念术语。而所谓讲述"中国文学史",根本也就在于解说、演示中国文学由远而近的历史过程时,必须进入到近代文学、文学史观念下的概念、术语和词汇系统中去,必须用这样的语言、这样的概念、这样的表达方式,转说由传统目录提要、文苑传、诗词文话记录下的层层累积的中国文学故事。

可是,1904年,当20岁的林传甲以一百天的速度匆匆赶写下第一部《中国文学史》讲稿的时候,他却未必就懂得了这些,京师大学堂的文学史课开得是那样匆促,学校的有关章程,又将课程内容规定得那样死板,林传甲除了发挥初生牛犊敢于挺身的勇气之外,其实已无可选择：他要从文学的有形基础即文字的形音义讲起，要讲"修辞立诚辞达而已二语为文章之本""古经言有物言有序言有章为作文之法"，指导学习者立意修辞。作为文学史课，他应当交代经史子集各个部类，可是又不能超出正统"文"的范围，只好讲一讲群经子史、骈文散（古）文作罢。他理解西方人的讲文学史，就等于过去的文章学，文章须辨体明用，故要分经、史、子、集（骈散、古今）讲文体，学史须以时代为次，故要由汉、魏、唐、宋讲家法。如果将他编的这部教材，与其奉为样本的笹川种郎的《中国文学史》放在一起比较，则能看出他这部"空前巨作"，在文学观念上的传统之处（其间有对笹川种郎讲小说戏曲的攻击）以及对于"文学史"著述体裁的漠然无知，他的脑袋里虽然也装了些西学知识，不过真正起作用的，还是传统的文章学、修辞学和尊经的观念以及表达这一套观念的语言词汇。林传甲代官方炮制了第一部《中国文学史》教材，比起他意欲效仿的日本汉学家，却又向传统学术后退了许多，而从他写作的速度之快和不曾有疑难提出来看，也说明他根本还没有学会思考有关"文学史"的问题。

因为一旦进入对中国文学史的思考，便会有问题随之产生。

问题是，如何按照"文学史"的方式，描述以往的中国文学并于其中寻找联系，如何使用文学史的语言，讲《诗经》《楚辞》，讲杜甫、韩愈。

事实上早在文学史以前，关于过去的中国文学，是有一幅画面在的，在上述作家作品出现后的漫长岁月里，人们叠加累进的认识，已经固定了他们在文苑传、书目提要、总集别集中的位置和所属类别，当人们讲述他们的时候，也自有一套现成的不须变化的语言，现在写中国文学史，无非是要把他们放进文学史的框架里，转用一套新的语汇概念表述他们，而为了这由旧向新的过渡，就必须在辨析这两套话语异同的基础上，设法使它们对接。问题也恰恰发生在这一点上。在当初刚刚接触到文学史的人那里，要使两套语言对接极其困难，因为他们清楚地知道,"文学史"的语言,是欧洲人在对西方文学的整理过程中形成的,与中国人谈论自己文学一向使用的方式和语言不同,而那些概念术语背后的西方文学背景,又是那么新鲜明晰,还没有经过时间的冲洗,在人们的印象中模糊淡忘,他们总是敏感地觉察到双方文学史的差异,认为同样描述过去的文学活动,之所以会有两套语言,是由于两种语言产生自两种不同的文学背景,所以,难办的不仅是语言,还是文学本身。他们因为格外注意到话语背后的文学实质的不同,因而对能否接受和借用"文学史"的描述方法,心存疑虑。

非西洋语言和逻辑所能表达的中国文学内容,由熟悉或出身中国文学的人来看,实在有许多,20世纪初写作中国文学史的人,哪怕实际上受人家启发,也想照葫芦画瓢,却似乎又不能一下子适应西洋式的逻辑,鹦鹉学舌般地全盘挪借欧洲人的话语。当曾毅在东瀛参考着日本汉学家的著作编写《中国文学史》时,他就因为发现了中西双方在文学分类上本来各有其原则,因而感到要理解西人对于文学的分类方法,并用在分类、命名中国文学上,是一件相当困难的事情,他说,如今讲文学,"由形貌上言之,得别为韵文、无韵文,而无韵文中,又可分散文(一曰古文)骈文。就实质上言之,得别为记事文、论理文、抒情文。记事论理,概属无韵,抒情之类,有韵为多"。这没有什么问题,可由此怎能解释清楚六经诸子之文,多有韵却非抒情,周颂清庙之诗、渔父对楚王问之辞,未用韵又非论理记事? 可见以"形貌"与"实质"相对应相联系,于中国文学史未必妥当,而论理、记事、抒情三者,"犹相错综,难可犁别"[1],更无法加以实用,因此讲中国文学史,最好还是取诗、文、经、史、词、曲、小说、文典、文评的传统分类,会讲得比较通顺明白。曾毅因

---

[1] 曾毅《中国文学史》,17 页。

为不大懂得舶来之论的根根底底,自己先就被搞得糊里糊涂,所以觉得用它们讲中国文学,肯定不通。其后谢无量作《中国大文学史》,也差不多有曾毅一样的困惑,他说:"自欧学东来,言文学者,或分知之文情之文二种,或用创作文学与评论文学对立,或以实用文学与美文学并举,其区别至微,难以强定。"有人如果再把中国传统的文体概念、文笔之分搬出来,与它们搅和在一起,将更加混乱不堪,所以他干脆对这些轰然扑面的新名词新概念统统不取,依然故我地回到前辈章炳麟的《国故概论》那里,以"有句读文""无句读文",概括经史子集和一切文字非文字,有句读文下,再分"有韵文"和"无韵文"。他还补充说,有韵文中的赋颂、哀诔、箴铭、占繇、古今体诗、词曲和无韵文中的小说,"多主于情与美",无韵文则"多主于知与实"①。情(感情)与知(理性)、美(美感)与实(实用),是当时一些人喜欢谈论、套用的西方美学概念,谢无量用在这里,无非为了表明自己的学术理念并不保守固执,他想就此为中国文学史的写作,补上调和的一笔。

曾毅和谢无量几乎习惯性地就接上了从《文心雕龙》《艺概》和章炳麟那里一线贯穿下来的思路,这条思路与他们当时接触到的西方理论大相径庭,对"文学"的分类也完全不在一个逻辑层面上,当他们想将两个系统里的内容对接或置换,就感到处处抵牾。

写中国文学史的人一开始也许并不想独出心裁,创造与众不同的范式,但他们的笔,却大多不由自主地不能完全随着西方的文学史模式走。比如他们往往能在理论阐述的部分,引经据典,大谈什么形式、内容,什么"殉情之主义,烂漫之体裁"②,可一旦进入中国文学史的描述,则不但有胡怀琛那样的困惑,感叹"中国文学,体裁之多,名称之杂,为

---

① 谢无量《中国大文学史》卷1,6—8页。
② 赵祖抃《中国文学沿革一瞥》,5页,上海:光华书局1927年版。

他国所未有。曰歌、曰谣,在古者体例各别;曰文、曰笔,至今日界限难分;或名存而实亡;或名同而实异;举其浅近者为例,今日之词,久不能谱入管弦,而犹存'乐府'之名,胡元之曲,非古诗中之所谓曲也。参差糅杂,至于极端。一推其源,则古人对于文学,专门名词,未能确定故也。今欲一一划其界而正其名,岂非绝难之事!"① 而且真正使用的往往还是传统的语言、传统的方式,就像郑宾于曾指出的,一般人尽管也知道西洋惯以"简洁体"与"蔓衍体"、"刚健"与"优柔"等分别文学体例,却还是抱定任昉的《文章缘起》八十三体、姚鼐的《古文辞类纂》十三类不肯放,由诗赋而论、策、书、表等,作"不管分多分少,都是毫无价值的无用功",郑宾于由此讥讽道:这样写法,也配得上叫"中国文学史"!② 他没有说出的话里还有一层意思:既然用了"文学史"的名义,不是就应当禁绝非"文学史"的传统术语,改换西洋人作"西洋文学史"时用的语言吗?

中国文学史的写作,从一开始遵从的就是西方模式,学习或说模仿西方"文学史"的叙述语言,应该毋庸置疑,只不过写作者一旦兼及中国文学所谓本来的实情,似乎就再也不能把中国文学史写得跟西洋文学史一模一样,因为文学史跟文学史不同。做中国文学史的早期的中国学者,除了有感于中西双方文学分类上的分歧,觉得还是沿用自己原有的术语概念,能够比较有效地表述过去的文学历史以外,同样认为中国文学史也不能完全取西洋文学史的套式,演绎身世、叙述谱系,中国文学有不同于欧洲的发展道理和发展历史。

当时许多人都知道,西方人讲"文学",即等于诗歌、小说、戏剧的集合,所谓文学史,自然也就是它们的历史。如果要说西方语境中的

---

① 胡怀琛《中国文学史略·序》,6 页。
② 郑宾于《中国文学流变史·前论》,13 页。

"文学史",便是文学史著作的标准式样的话,那么,是不是应当允许在这个标准之外来书写中国文学史呢?因为若"唐宋八家,自古称文宗焉,倘准则于欧美,当摈不与斯文",那是很难让人接受的。在中国文学的历史上,诗歌虽然长盛不衰,居于所有文体的中心,小说、戏剧却不大有它们在近代欧洲获得的那种盛誉,方孝岳作《我之改良文学观》,检讨中国文学与欧洲文学在这方面的差异时说:"(一)中国文学主知见,欧洲文学主情感。曾国藩分文学为三门,曰著述,曰告语,曰记载,著述固纯以学为主,而告语记载,亦皆为知见之表示,其所以谓美者,以西洋文学眼光观之,不过文法家、修辞学家所精能耳。小说戏曲,固主情感,然在中国文学史中不据主要位置。(二)中国文学界广,欧洲文学界狭。自昭明搜集文艺,别类至繁,下及曾国藩吴汝伦,遂以经史百家列入文学。近人章炳麟于有字之外,且加以无字之文。是文体不一,各集其类,乃我国所特具者。欧洲文学史皆小说戏曲之史,其他论著书疏一切应用之作,皆不阑入。(三)中国文学为士宦文学,欧洲文学为国民文学……"①方孝岳的意思是,中国文学从自己的文学观念出发,早已形成了自己特殊的发展轨迹,对它的认识,不能靠着西洋的眼光获得,对它的解释,也不能靠着西洋术语,不懂得这一点,就会像两股道上跑车,对中国文学史的脉络永远看不清道不明。蒋鉴璋于此说得更加明白:"夫西洋文学,小说诗歌戏剧三者,乃其最大主干,故其成就者为独多。我国则诗学成就,亦足自豪。而小说戏剧,诚有难言。近数年来,以受西洋思潮,始认小说戏剧为文学,前此而直视为猥丛之斜道耳,亦何有于文学之正宗乎?今虽此等谬见,渐即捐除。然而中国文学,范围较广。历史之沿革如此,社会之倾向如此,若必以为如西洋所指之纯

---

① 方孝岳《我之改良文学观》,转引自《中国新文学大系·文学论争集》,10页,原载《新青年》3卷3号,1917年4月。

文学，方足称为文学，外此则尽摈弃之，是又不可。"①他指出中国文学的特殊性在于：第一，小说戏剧的地位一向不高，文学史不可太偏重了它们，第二，诗歌小说戏剧之外，尚流行有其他种类的文学，包括旧称经史子等，都应该如实写进文学史里。历史上的中国文学如此，今人写它，便必须尊重它的逻辑，实事求是，不能按标准文学史模式或增或减，长则去之，短则修之，否则有色眼镜下必不能看清作家作品和文体文类的深浅轻重、地位关系，反得出种种歪曲的结论。②

大凡对中国文学了解较深的中国学者都认为，小说、戏曲这一支，是后来被人发掘提拔的，五经、诸子、史传却长期居于正宗，这才是中国文学的事实，是中国文学的出身，讲中国文学史的时候，如果简单套用欧洲人的逻辑，便怎么也讲不通这一点，想要由此讲通去，恐怕就得牺牲掉中国文学的一些特色。这些学者因为不大愿意丢掉自己的特色，觉得过去的中国文学既与西洋不同，就不宜也不能把"文学史"当成一个绝对的量器，不管事实如何，装进去一刀切齐，而当他们提笔写作中国文学史时，也就不想以西洋笔法裁判中国文学，宁肯杂糅新旧，小说戏曲、经子史传混作一团。像曾毅编《中国文学史》，就"以诗文为主，经学史学词曲小说为从，并述与文学有密切关系之文典文评之类"③，尽力维持一个中西璧合、不偏不倚的局面。在当时作为教材发行也颇有影响的王梦曾、张之纯、谢无量、顾实、葛遵礼等人的《中国文学史》

---

① 蒋鉴璋《文学范围略论》，载《文学论集》，60—61页。
② 罗根泽曾于"文学"的广义与狭义外，另立一折中义，并说西洋之折中义只有诗、小说、戏剧、散文，"中国则诗以外的韵语文学，还有乐府、词和辞赋，散文以外的非韵语文还有骈文（也有人把骈文归入韵文，理由是骈文有韵律）"，"至佛典的翻译文学，因为占据的时间很长，所以在中国文学史类编里分述于骈散文和戏曲"（《中国文学批评史·绪言》，4页，上海：古典文学出版社1957年版）。
③ 曾毅《中国文学史·凡例》。

书中,多多少少也都有些兼容并蓄,以摆平西方文学史模式和中国传统学术之冲突的意图。

问题还不止于此。中国一向积累有深厚的史学传统和悠久的史官文化,它们本来为叙述中国文学史提供了很好的基础,是文学史最重要的一个传统学术资源,但也正由于传统积累太丰厚的缘故,有时候反如厚壁高墙的屏障,阻碍了人们对于西方学术资源的吸收,在中国文学史的写作中间,起到过分维护本土文化特性的作用,而忽视了作为一门独立学科的文学史,也是有一定的普遍适用性的。

中国文学史本应当是"文学"的历史,可是,传统史学对于历史的叙述,却是以政治史为中心的,对于学术史的描写也以经学为中心,而这种习惯不自觉地就被人带到了文学史里:王朝之分可以代表文学史的分期,对文学史的叙述判断,要放在对以经学为核心的学术史所作判断和叙述的大前提下。当初黄人讲中国文学史,曾经用了"全盛期""华离期"和"暧昧期"的名称,来表示文学发展的阶段性状态,但是他形容的这几期,最终都只在王朝内部进行循环,若从文学史的整体来看,仍然好像是王朝政治史的一个组成部分。曾毅和谢无量受当时史学风气的影响,都以上古(唐虞、三代至秦)、中古(两汉至隋)、近古(唐至明)、近世(清)划分中国文学的时段,不过曾毅论"吾国学术之精深,似以有宋一代为极盛","盖宋学之可贵,取足以代表东亚之菁华,而东亚致弱之由,亦未必不坐于是",实在就还是站在经学的立场说话,而谢无量对古今文学大势虽有一个"精神上之观察",以为周秦以前是文章创造时代,周秦以后,文章率出模拟,至唐宋以还,国家以文取士,演成国家文学,同时有平民文学与其对立,且由隐而显,逐渐蔚为大观,但这一观察也仅见于书的"绪论",而且只停留在理论层面,一旦进入文学史,则又还原了《文苑传》的面貌。由于传统史学的影响,早期的中国文学史,虽然名义上都在谈文学、谈作家作品,却又一时难以归纳出单纯的文学史统系,给人以停留在传统学术史庞杂宽大阴影下的印象。

而中国文学史不能够按照西方"文学史"模式来写的原因,固然可以解释为写它的人,大都受中国的传统学术浸淫太深,早已习惯了用自己的语言谈自己的文学,连他们真心想要学西人口吻时,不期然也要本能地抵抗一下所学的东西。眼中所见,到处有中国文学与西洋理论格格不入的地方,等到务必要用西方理论的时候,当然免不了偷工减料作点手脚,但值得注意的另一个事实是,当年他们取法的对象,即由英国人、日本人所写中国文学史,也都没有在叙述上彻底摆脱传统的中国式话语,开出全新的语境。也许由这一点上说,中国文学史这点与众不同的特色,倒又并非中国学者妄自造成,而是势所不免的一个结果。

"文学史"自西而来,西方人写的中国文学史自然最受到重视。差不多从谢无量开始,"翟理斯"就成了写文学史的中国学者引用率最高的一个名字,他的观点也常常见诸各种各样的中国文学史书,郑振铎还为其《中国文学史》一书写过专门的书评。翟理斯的著作给了中国学者很大的震动。郑振铎说,它第一次把中国文人向来轻视的小说戏剧列入文学史,又第一次注意到佛教对于中国文学的影响,一下子改变了经过数百年上千次书写的中国文学的面貌,可是,郑振铎同时也批评了它滥收作品、编次非法的毛病,因为它把法律条文、博物志和《太上感应》《治家格言》也当成文学来讲,又因为它以封建时代、汉代、两晋六朝、唐代、宋代、元代、明代、清代这一王朝政治史的划分断代分卷,"故不能详述文学潮流的起讫"[①]。这部出自正宗的西方学者之手的《中国

---

① 郑振铎主编《中国文学论集》下册。

文学史》,大概的确代表了当时西方对中国文学史的一些认识以及写作中国文学史的水平,不过在中国奇特的学术环境下,翟理斯的著作尽管名声很大,却似乎从未有过一个像样的中文译本,恰成对照的,却是由日本学者编写的《中国文学史》被翻译出版了许多,有的著作竟有不止一种译本。

西潮多来自东瀛,在文学史的写作上,日本也正是近代中国学习西方的途径之一。中国的学者相信"近代欧学东渐,日本汉学家亦受了科学的洗礼","都以科学的方法研究中国古代的哲学、文学、史学"①,他们愿意借日本搭起的桥梁步步前行,靠日本的"重译"接受西方话语。

从林传甲数下来,早期编写中国文学史的中国学者,大都读过日本人写的书。林传甲坦言想学笹川种郎,曾毅承认"颇掇拾东邦学者之所记"②,谢无量、葛遵礼被人看出有仿日本书的痕迹③,顾实也从久保得二那里获益良多,到1930年代,还有人大量取材于笹川种郎的文学史④。情形正像周作人说的那样,"中国自编文学史大抵以日本文本为依据,自古城贞吉、久保得二以下不胜指屈"。而当时日本汉学家写中国文学史的特点,也可用周作人的话来总结:一是"方法序次多井然有条",二是"涉及小说戏曲,打破旧文学偏陋的界限"⑤。前一条的意思

---

① 儿岛献吉郎《中国文学通论》,中译本序,上海:商务印书馆1935年版。
② 曾毅《修正中等中国文学史弁言》,1页,上海:泰东书局1930年版。又,胡云翼在《新著中国文学史·自序》里也说:曾毅的《中国文学史》"系完全抄自日人儿岛献吉郎之原作,又未能更正儿岛献吉郎氏之错误处"。
③ 见《青木正儿全集》第1卷,292页,东京:春秋社1983年版。
④ 童行白的《中国文学史纲·自序》称自己的这部教材,系取笹川种郎的《支那历朝文学史》为粉本;康璧城《中国文学史大纲·编者例言》(上海:广益书店1933年版)也说自己由笹川种郎那儿取材最多(1页)。
⑤ 见周作人为青木正儿《中国古代文艺思潮论》中译本所作序,北平:人文书店1933年版。

是说日本的中国文学史写作，已经有了一个条理清楚、比较成熟固定的程式，这个程式从外部形态来看，就有如古城贞吉著《支那文学史》所做的，先于"序论"部分讨论以下问题：中国的国民性、中国文学的特质、环境与文学的关系、政治思想与文学的关系等，然后是依次叙述文学起源、诸子时代、汉代文学、六朝文学、唐代文学、宋朝文学、金元文学、明代文学和清代文学。① 仔细分析的话，则可看到这里隐藏的思路，是既要在文学史中完成对中国文学的新的定性和定位，又要完成对由传统观念造成的、历史积淀下来的中国文学本相的描述。后一条的意思更明白，自从 1903 年笹川种郎的《支那文学史》出版，戏曲小说就同诗、词、文一样，也成了中国文学的一部分，中国文学史必不可缺的叙述内容。

周作人概括的这两条，本来也针对同时期中国人自己写作的文学史，是比较而言的，说明日本汉学较为先进，在结合西方理论与中国文学的事实、解决中国文学史的叙述语言方面，堪为表率。但如果就事情的另外一面来看，日本汉学家尽管从西洋寻得了良方，也还遇有治不了的中国"顽症"。且不说他们往往也不能自觉地将经、史、子从文学中"割爱"，难免流露经学史家的腔调，就汉学宋学议长道短，就从盐谷温令时人耳目一新的《支那文学概论讲话》也可以看到，如何引用西方的理论和研究方法，妥善解说中国文学的性质、分别中国文学的种类，在当时的日本学界，也正是一个悬而未决却充满魅力的课题。20 世纪最初的二三十年里，像怎样拿散文韵文、叙事议论的概念，来归纳《文心雕龙》《古文辞类纂》的文体分类，使两套名称达到有机的互换，又像怎样为戏曲小说争得与诗文平等的地位，同时也找到科学的研究途径，等

---

① 古城贞吉《中国文学史》，东京：富山房 1897 年版。

等,都不仅是困扰日本汉学界,也是困扰当时所有中国文学史的写作者的问题,所以盐谷温当年许下的心愿,也就是要在解决了这些问题之后的将来,编写一部真正的《中国文学史》。

直接也罢,间接也罢,最早写作中国文学史的中国学者们,差不多都将西洋的翟理斯或是东洋的汉学家,奉作了自己的楷模,这从某种意义上也改变了他们的工作性质,使他们原来具有初创意义的写作,演变成迹近于学习并使用一种流行语言的活动,即利用"文学史"的叙事语言,来讲述中国文学的过去,特别因为有了日本这个中介,"中国文学史"在中国一开始就有样本可依,这样便大大降低了人们对于文学史写作中有关中西差异等一些重要问题的敏感和追问的兴趣。但是,"文学史"毕竟是异质的新鲜的,即便在单纯模仿或说抄袭的过程里,人们也难免要从自己的经验中,去寻找适应和理解它的依据,于是在中国文学史的编写中,就发生了一个有趣的现象,即那些努力追求新的学术思想和新的学术范式的中国学者,实际上是通过两重媒介,来理解和建立中国文学史的格局的。一重媒介是翟理斯这样的英国汉学家,古城贞吉、儿岛献吉郎这样的日本汉学家,通过他们来学习文学史的叙述语言以及写作中国文学史的方法,另一重媒介则是返身到中国古人的诗文理论中去,寻找其可与文学史沟通的地方,通过由传统印证的手段,来认知和接受西方化的"中国文学史"图景。这种有趣的现象,有点像郭绍虞对当时新体诗的判断,"其动机固是受外来文学的影响,而其体裁与风格都仍有其历史上的渊源"①。

20世纪初二三十年代的文学史家就是在这样两重媒介下,也就是在传统与现代的夹缝中,一边调整着自己的认识,一边从事着他们的研

---

① 郭绍虞《试从文体的演变说明中国文学之演变趋势》,载《照隅室古典文学论集》上编,38页,上海古籍出版社1983年版。

究和写作的。对应于文学观念更新的挑战,对应于文学史标准模式的要求,他们在传统文献学术中,找到了一部分可以用来诠释新观念、纳入新模式的内容,而这一部分内容,也恰好为新的文学观念乃至文学史的西方模式,提供了存在的合理性依据。于是,在他们对如何讲述中国文学史深感困惑的同时,也都意识到既然是写文学史,对中国过去文学的讲述,就应当采用文学史的语言,而不能是别的语言,或离这种语言太远,这意味着:

第一,中国文学史描述的必须也是诗的、文的、小说和戏曲的文学史。关于小说戏曲,可以追寻到明清时代人们的关心,因为早就有金圣叹和焦循的存在,有他们对于小说和戏曲的批评在前,所以接受小说、戏曲为文学史一部分的事实,对他们并不太困难。加上清末对小说与群治关系的强调,以及后来新文学运动的鼓吹平民文学,使小说戏曲的地位日渐提高,并促进了对它们的科学研究,从而使这两种文类在中国文学史中不但异军突起,占了越来越多的篇幅,甚至对它们的解说,也相当富有现代精神。比如在谢无量的书里,比较叙述其他种类文学时的大量引用古人陈说,对小说戏曲的叙述,倒更接近于后来人的认识,勾勒其发展历史的线条也相当清楚。

第二,中国文学史不能再延续旧的"体辨源流"的思路,不能继续按汉魏六朝以来分得越来越细的文体分类叙述,而必须代之以文学的整体,这个整体文学的构成,应该包括诗歌、散文、小说和戏曲。但是,这种方法虽然有利于对中国文学史做整体的描述,可一旦要全部改用西方对文学作品的分类来定义中国古代作品,也是有相当的困难:其一,所谓诗歌该如何定义?如果按西方定义,指依照格律写成的韵文作品,它应当代表中国古代也被称作"诗"的和叫作"诗余"的词,包括按乐填词的乐府那一部分,那么,有韵的骈文算不算诗歌?其二,所谓散文该如何定义?如果指不须押韵的文学作品,它只能对应于中国古代所谓的古文,那么,骈文和辞赋又算在哪一类?其三,小说的名称古代就有,不过属于子部,指《世说新语》《朝野佥载》这样的书,并不包括《水浒传》《红楼梦》,如果重新定义的话,像《异苑》《世说》一类还算不算小说?其四,被称为戏曲的作品中,要不要包括元明的小令、散套?明代有所谓"传奇",与唐人所说"传奇"又有不同,也不可一概而论。这些事关文学分类的问题,似乎最是麻烦,特别遇到骈文和辞赋究竟算诗算文这样的问题,至今都不能圆满解决。

第三,关于中国文学史的叙述次序,必须以时代先后决定,这是为了体现文学在各时代的变迁,达到明变求因的目的,不过结合古人"一代有一代之所胜"的想法,文学史在叙述上,也可以"把三百篇还给西周、东周之间的无名诗人,把古乐府还给汉、魏、六朝的无名诗人,把唐诗还给唐,把词还给五代、两宋,把小曲、杂剧还给元朝,把明、清的小说还给明清"[1],因为这可以解释为文学的各类文体并非同时发达,一时代有一时代特别发达的文体,文学史应当表彰它们,对其他模拟前人的文体,则可以忽略不计[2]。而在这一点上,几乎所有人都持赞同意见。

怎样写中国文学史?这里也许永远有层出不穷的疑问,永远得不到终结的答案,不过从林传甲开始,一批致力于用写作来回答这一提问的中国学者,就把他们的答案一一留了下来,并且陆陆续续引出无数后来者的响应,作为中国文学研究的一种重要语言存在至今。

20世纪最初的二三十年,是中国文学史写作的起步阶段,这一阶段出版的中国文学史书,已经不再有传统的"文史"之作的形式,

---

[1] 胡适《国学季刊发刊宣言》,《国学季刊》第1卷第1号,1923年。
[2] 杨荫深《中国文学史大纲·例言》,上海:商务印书馆1927年再版。

不像作家传记,不像目录提要,不像作品选集,也不像学案,而是一种完全新鲜的面目,只不过在这新鲜面目下,也还依稀见得到学案、文苑传、诗词文话和目录、选本的影子。编写中国文学史的人往往徘徊在新观念与旧学术之间,一方面适应于时代的变化和要求,重写中国学术史中文学的一页,为过去的文学重作时空定位,一方面却又相信古人的言论或比今人之见高明,认为文言更能表达中国文学的历史特色。

　　站在一百年之后的今天回头去看,在胡适截断众流的《白话文学史》出现之前,这些中国文学史与1930年代以后出版的同类著作最不相同的地方,就是它们要离中国传统的学术更近一些,虽然当年林传甲也说自己见过几本"英独佛各国文学史",所以称自己的书"其源亦出欧美",可是后来的人都不大承认这一点,郑振铎还给了他最严厉的批评:"他是最奇怪——连文学史是什么体裁,他也不曾懂得呢!"① 每当三四十年代的人对前辈学者的写作进行反省时,最令他们感到不满意的,也正是那些文学史著作的体例看起来都不够严谨的问题,文学史与学术史、文化史的界限都没有划清,由此谭正璧说:"过去的中国文学史,因为根据了中国古代的文学定义,所以成了包罗万象的中国学术史。"② 郑宾于的话讲得更为苛刻:"据我的眼光看起来,似这般'杂货铺式'的东西,简直没有一部配得上称之为'中国文学史'的作品。"③

　　三四十年代的人,对西方学术的认同的确比前辈更多,他们对于前人著作的审视和批评,其实基于这样一个信念,就是做成一部中国文学

---

① 郑振铎《我的一个要求》,载《中国文学论集》下册,397页。
② 谭正璧《中国文学进化史》,2页。
③ 郑宾于《中国文学流变史·前论》,7页。

史,需要引进西方语境中的"文学"及其观念,需要把这些进口的观念、词语,运用到中国文学史的研究和写作中去,即依照纯粹外来的语义系统、概念体系,来整理和解释中国固有的自成体系的学术,这不单是文学史家应该做,也是他们能够做的。可问题是,批评者常常忘记他们的先辈也许就没有这般坚定的信念,也许并不需要如此整齐划一的立场。处在20世纪初的转型阶段,那些先行者所关心和焦虑的,可能更是如何兼容中西、并蓄新旧的问题,他们刚刚才踏上接纳新观念的阶段,还远远不到排斥旧体制的时期。

  无疑,比起后来延续了近百年的中国文学史的写作,最初二三十年里出版的大多数著作,确实显得既缺乏明确的观念指导,又缺乏必要的逻辑归纳,庞杂而混乱。但是如果反过来看,也就是在意识未曾明确、边界尚还模糊的情况下,有关中国文学史的叙述,才能保持它丰富自然的生机,而对叙述语言的选择,也才能有其灵活多变的余地。当时的中国文学史讲经史子书籍,讲学校科举制度,讲地理人文风物,后人都嫌讲得太多,喧宾夺主,湮没了对诗、散文、小说和戏曲的叙述,后来的文学史还巧妙地把这些内容删删减减,统统当作"文学"的背景,将它们推到幕后很远。可是,这些"非文学"的因素真是离文学那么远吗?中国历史上曾经有过的文学,也真能按标准"文学史"的要求,切割得整整齐齐,不留一点茬口吗?

  度过了纷乱而又生机勃勃的最初二三十年,当整个时代的文学观念渐趋一致,文学史的方法也随之稳定的时候,中国文学史也就完成了由传统向现代的转化,走上它即将要走过几十年的道路。歧途不再有,路程遥远然而坦直。即便今天来看,中国文学史在这以后的发展,都不能不归功于这条道路的选择、确定,可是回首往事的时候,谁又能忽略掉就在踏上这条道路的那一刻,确实也存在过无数为此牺牲了的可能呢?①

1995年8月完稿,2000年5月改定

---

① 例如唐君毅就批评过:"近人以习于西方纯文学之名,欲自中国书籍中觅所谓纯文学,如时下流行之文学史是也。其不足以概中国文学之全,实为有读者所共知"(见唐氏《中国哲学与中国文学之关系》,转引自北京大学比较文学研究所编《中国比较文学研究资料》,406页,北京大学出版社1989年版)。

第二章 中国文学史：一个历史主义的神话

清代学者章学诚在他所著《文史通义》里提出过一个问题，他说，史学家能不能为文章之士这一特殊的群体，写出一种特别的历史，就像司马迁、班固曾经在司马相如、扬雄列传中做过的，记述这些人的生平事迹，同时也展示他们的赋作，使"文苑必致文采之实迹"。他进一步检讨说，自从东汉以后，《史记》《汉书》的传统似乎就被中断，史学家越来越失去了应付日益增多的文人及其作品的办法，史部与集部的距离也渐渐增大，史书里的《文苑传》名义上是为文士而立，但文士的作品连同其事迹却被一再简化，最后往往仅剩下对文章之士来说可能毫无意义的干巴巴的官阶贯系，"本为丽藻篇名，转觉风华消索"。章学诚因此问道，在如今隔膜已经很深的史部之学与集部之学中间，史学家是不是还应该去寻找对话与沟通的路径？

可惜的是，章学诚本是个动口不动手的理论家，他并没有亲自去做对话与沟通的尝试，而且事实上，他所受到的史学训练依然来自传统，而在传统的史书编纂中，恰恰讲究的就是记言、记事两种体例的分别，这种区分本身正是致使史部之学与集部之学日渐疏离的原因之一，所以，虽然他很希望看到结合史部与集部的那么一种史书的出现，但对于这一写作理想能否实现，对于怎样将人事和文章捏合到一起、又怎样以史的方式讲述它们，却并没有多少信心，他甚至没有耐心等到答案出现，就作出了"一代文章之盛，史文不可得而尽也"的结论。在《书教中》,他又劝诫人们,最好是怀着读史的心情,去读那一代代累积下来的诗集文集,通过以文为史的阅读,在各自心中完成那不可言说的历史的构建①。

　　以章学诚作为这个话题的开头,是因为下面就要谈到的,他在《文史通义》里提出的史学理想,百年之后终于有了回应,而他所提出的问题也似乎得到了答案,这里边最有代表性的答案之一,就在20世纪出版的数百种"中国文学史"中。不过由于学科变化的缘故,在章学诚时代,这问题涉及的,原来是史部之学与集部之学间的关系,后来变成了史学与文学间的关系。而起初这一问题的提起,针对的是史学家,后来则是由专业的文学研究者担当起了解决它的任务。恰如20世纪的人们普遍理解的那样,"文学史"正是结合文学与史学的一种学问,文学史的编纂,其核心正在于完成对文学包括文人、文章及与此相关的现象的历史叙述,因此,"文学史"这一舶来的著述体裁,至少可以说是接近于章学诚理想中的那种史书样式,至于文学与历史能够在这个时代,借助于中国文学史的形态,实现它们的对话与沟通,关键还在于在这两个学科自身的转变过程中间,产生了一些促使它们互相接近的因素:

　　首先,是历史研究范围的扩大。在这一阶段,中国的传统史学遇到

---

① 说详《书教中》:"事言必分为二……如别自分篇,则不便省览,如仍合载,则为例不纯。""东京以还,文胜篇富,史臣不能概见于纪传,则汇次为《文苑》之篇。文人行业不多,但著官阶贯系,略如《文选》人名之注,试榜履历之书,本为丽藻篇名,转觉风华消索;则知一代章之盛,史文不可得而尽也。"又《诗教下》:"马班二史,于相如、扬雄诸家之著赋,具详著于列传……盖为后世文苑之权舆,而文苑必致文采之实迹,以视范史而下,标文苑而止叙文人行略者,为远胜也"(《文史通义》上册,叶瑛校注本,40—41、80页,北京:中华书局1985年版)。

了科学史学的强力挑战,以政治为核心的历史观念逐渐瓦解,史学研究的重心,向着范围更广的文化领域倾斜,其中梁启超倡导的"新史学"①、胡适一班人所热心的"国学研究"②,就都是要以文化史观取代政治史观、以多种领域的历史描述取代唯帝王政治为中心的历史描述。研究历史的学者相信,由经济、制度、艺术、宗教等各个角度进行分门别类的历史研究,是一个全新的文化史之产生的必要前提,而文学的历史,恰巧也就是笼罩在这新的史学景观中的一支,文学史当然属于历史学的范畴③。

其次,是文学研究的科学化趋向。这一时期,中国本土的文学批评也受到了西方近代文学批评的挑战,人们开始感到传统批评只可意会不可以言传的神秘性、主观性,妨碍了中国文学的"有系统的研究"④。

---

① 梁启超指斥中国旧史书的弊端,在"知有朝廷而不知有国家""知有个人而不知有群体""曾无一书为国民而作"(《新史学》,3 页,载《饮冰室合集》文集 9,北京:中华书局 1986 年版),并且提议将过往的一切记录皆用为史料,"例如屈原《天问》,即治古代史者极要之史料。班固《两都赋》、张衡《两京赋》,即研究汉代掌故极要之史料。至如杜甫白居易诸诗,专记述其所身历之事变,描写其所目睹之社会情状者,其为价值最高之史料,又无待言"(《中国历史研究法》,50 页,载《饮冰室合集》专集 73)。

② 胡适认定将来的任务之一,就是要扩大古学研究的范围,打破经学牢笼,将历史的眼光扩至一切"过去的文化历史","上自思想学术之大,下至一个字,一支山歌之细,都是历史"(《北京大学国学季刊发刊词》,载欧阳哲生编《胡适文集》3,10—11 页,北京大学出版社 1998 年版)。

③ 谢无量即说文学史"属于历史之一部"(《中国大文学史》第 1 编,43 页,上海:中华书局 1924 年第 6 版),以后中国文学史书的作者顾实、穆济波、胡怀琛、郑振铎、胡云翼等都有如是说。游国恩称"文学史之号为专史者,盖对普通历史而言,与哲学、宗教、政治学、经济学等史同科"(《先秦文学》,8 页,上海:商务印书馆 1934 年版),而在历史学者顾颉刚的《当代中国史学》(上海:胜利出版公司 1947 年版)一书里,以小说、戏曲为主的俗文学史研究,理所当然地被列在史学界取得的研究成果当中。

④ 参见梁启超《中国韵文里头所表现的情感·识语》,71 页,载《饮冰室合集》文集 37。而郑振铎也抱怨说,譬如作品,"一向是以鉴赏的漫谈的或逐句评注的态度去对待它的",譬如作家,也只有年谱一类的东西,"详述其祖先,其生平,其交游的人物,(转下页)

于是,有人希望能够"采用已公认的文学原理与文学批评的有力言论来研究中国文学的源流与发展","以科学的方法来研究前人未开发的园地"①。在这个时代,尽管人们把文学当作人类情感的产物,却认为文学研究同一切学科研究一样,应当具有科学的性质,应把客观、真实当作其价值衡定的标准②。尤其是古代文学领域,人们觉得既然过去的文学在本质上讲都是一种历史现象,对它当然就要"用治历史的态度去研究"③,具备如梁启超看破《尚书》里的几首歌谣既非三代前所有也非春秋战国时所有、显然是汉人作品那样的"文学史的眼光"④,致力于对文学历史真相的考察和再现。这样一来,文学史在其研究手段

(接上页)其作品的年代"可就"没有见过一部有系统的著作,讲到中世纪的文学的,或讲到某某时代的,也没有见过一部作品,曾原原本本的研究着'词'或'诗'或'小说'的起原与历史的,至于统括全部历史的文学的研究,却大家都不曾梦见"(《研究中国文学的新途径》,载《郑振铎文集》第 6 卷,277 页,北京:人民文学出版社 1988 年版)。所谓"系统",按照茅盾的解释,就好比"治哲学的倘然不先有哲学史,看古来大哲学家的著作,不晓得以前各家本体论的说头怎样,现在研究到怎样,价值论认识论又怎样,而只看现代最新的学说,则所得的仍是常识,不算是研究"(《"小说新潮"栏宣言》,载《茅盾全集》18,13 页,北京:人民文学出版社 1991 年版)。

① 参见郑振铎《新文学之建设与国故之新研究》,载《郑振铎文集》第 4 卷,350 页。顾实也指出:"今世通谈,以文学与科学相对立","然属于文学研究者,则仍科学之事也"(《中国文学史大纲》,5 页,上海:商务印书馆 1933 年第 3 版)。

② 好比胡适把小说的材料,也"看做同化学问题的药品材料一样"[胡适《治学方法》,载《胡适言论集》甲,6 页,台北:"自由中国"社 1953 年版,转引自许冠三《新史学九十年(1900—)》上册,139 页,香港:中文大学出版社 1986 年版]。

③ 周作人把心理学和历史在文学分析中的应用,都叫作"科学的研究方法",认为这样地研究文学,与同为科学家的史家、社会学家无所不同(《中国新文学的源流》,17 页,北平:人文书店 1932 年版)。

④ 梁启超《中国之美文及其历史》,《饮冰室合集》专集 74,5 页。

和目的上,有时就与历史学自然达成了一致①。

20世纪的中国文学史被裹在历史研究的氛围里,这注定了它始终要受到同时代史学的巨大影响。文学史家虽然面对着特殊的文学问题,却也往往要借助历史学界普遍使用的话语,来作为思考和回答的工具,从吸取史学的若干观念、技术,到分享史学研究的一步步成果,文学史经常要从历史学科的发展中获取自己的资源②。

顺便要说的是,20世纪的中国史学对于中国历史的整体有了一个深切的认识③,因而造成试图描绘中国历史全过程的"通史"体裁的发达④,

---

① 曾毅在他的《中国文学史·凡例》(上海:泰东书局1924年第6版)里,已经效仿日本史学界对中国历史的分期,划分了文学史的阶段。其后鲁迅也认为要编写一部中国文学史,"先该有一部立场观点正确、材料切实可靠的中国通史作为参考"(见王士菁《谈鲁迅编写中国文学史的方法》,载《文学遗产》1980年第2期,北京:中华书局)。而素有"按照传统的文学概念来著作"中国文学史之称的钱基博(周振甫语),也说过文学史"以文学为记载之对象,如动物学家之记载动物,植物学家之记载植物,理化学家之记载理化自然现象",是属"科学之范畴也","其文则史"的话(钱基博《中国文学史·自序》,5页,北京:中华书局1993年版)。到张希之写《中国文学流变论》(北平:文化学社1935年版)时,文学史就明确地被规定为"特殊的历史科学"了(2页)。

② 鲁迅就把历史看成是治学的一种基本修养,他在1930年代说过,"无论是学文学的、学科学的,他应该先看一部关于历史的简明而可靠的书"(《随便翻翻》,载《鲁迅全集》6,139页,北京:人民文学出版社1981年版)。

③ 关于"通史"的概念,福柯认为建立在这样三个假设之上:一是特定时空中的历史事件之间有着因果的网络关系,二是存在某种唯一的共同的历史性的形式,三是历史本身可以划分为时间单位,各个时期、阶段,都有自己的统一原则。总之,历史学家能由通史重建一种文明的总体形式,描绘其物质和精神本原,反映各个时代的总体面貌(参见福柯《知识考古学·导言》,韦遨宇译,载《重新解读伟大的传统——文学史论研究》,106页,北京:社会科学文献出版社1993年版)。

④ 章太炎1902年致书梁启超,说自己有修《中国通史》之志,"窃以今日作史,若专为一代,非独难发新理,而事实亦无由详细调查。惟通史上下千古,不必以褒贬人物、胪叙事状为贵。所重专在典志,则心理、社会、宗教诸学,一切可以熔铸入之","所贵乎通史者,固有二方面:一方以发明社会政治进化衰微之原理为主,则于典志见之;一方以鼓舞民气、启导方来为主,则亦必于纪传见之"(引自汤志钧编《章太炎年谱长编》上册,139页,北京:中华书局1979年版)。

与此相应,便也有了贯穿各个时代的中国文学的通史①。最早的中国文学史通常就是由上古写到清末的(按:后来随着时间的推移,又延伸出近代、现代和当代文学史,为了便于集中话题,这里所讨论的仅限于由上古写到清末的现在叫作中国古代文学史的范围),显然,当这一阶段内产生的文学进入到文学史的视野以后,它们就整个成了与当前隔绝的被封闭的历史,成了文学史家所要追述的往日故事。而中国文学史的叙述,由此也就有了一般历史叙述的性质,它是一种追忆,一种编撰,是在"历史想象"中进行的。每一部"中国文学史"著作的完成,都曾经过叙述上的虚构和情节化的操作:覆盖它的页数,并不等于真正流逝的时间,历史事件的顺序以及凸出或隐匿的安排,明显地依据着一定的逻辑关系。贯彻全部叙述起到提筋架骨作用的,不仅有一系列经过精心选择的轴心概念和语汇(平民与贵族、形式与内容等),还有经过人为设置明晰可辨的开头、中部、结尾这样的段落结构。在这个意义上,文学史家其实很像那舌底生花的说书人,他们的叙述必须时时满足情节虚构的形式化要求,所不同的是,文学史家又从不把自己当成一个简单说故事的人,他们的目标,更是要在这样的叙述中,达到对于真实的文学历史的还原②。

傅斯年理解他心目中的文学史:"所要写的是艺术,艺术不是一件可以略去感情的东西,而写一种的史,总应该有一个客观的设施做根基。

---

① 黄人就认为过去没有文学史,是因为传统的文学批评家都是"各守畛域而不能交通"的,"盖我国国史,守四千年闭关锁港之见,每有己而无人,承廿四史朝秦暮楚之风,多美此而剧彼,初无世界之观念,大同之思想,历史如是,而文学之性质亦宗之,无足怪也"(《中国文学史》第一编《总论》册1,3页,国学扶轮社)。

② 胡怀琛即曾坦言:"或曰:当以客观态度,叙述往事,而不下一断语,庶无此病,亦史家所应尔也。余曰:不然! 苟仅以客观态度,陈列往事,则古人原书具在,学者一一读之可也,何劳吾著'文学史'为哉。原书既不能卒读,不得不有人为之提要钩元,使之一览了然。一经提要,即有主观参入其间矣。作者虽欲力祛此弊,然为性情材力所限,而无如之何也"(《中国文学史略·序》,7页,上海:梁溪图书馆1926年第4版)。

所用的材料可靠,所谈到的人和物有个客观的真实,然后可得真知识,把感情寄托在真知识上,然后是有着落的感情。"①还原文学历史的真实面貌,这正是20世纪大多数文学史家的信念和心愿,人们不仅相信有过一个实存的文学历史,还主张通过精心的"考古"手段,用文学史的形式将它客观地再现出来。就是在这样一个背景下面,中国文学史的叙述者们渐渐酝酿出了他们理想的叙事方式,他们不断地用历史来解释文学的存在,用历史学的观念、方法、技巧,来圆满编织和随时丰富文学史的传奇故事,因此,如果要说20世纪"中国文学史"的叙事模式是靠着历史学的滋养形成的,是历史主义的一个神话,也许并不算夸张②。

一 文学的历史观念

中国文学史的叙事格局,大体形成在20世纪的20—30年代③,在这一段时间里,动手编写中国文学史的人也格外地多。其时正当文学革命高潮过后不久,很多曾为新文学运动摇旗呐喊、站阵助威的人,不约而同地将兴趣都转移到了旧文学的整理上,他们一面希望能把文学革命所带来的新观念和通过留学、阅读译著等途径学习到的新方法,放进文学史的著述实验中,一面也是期望着能在这块园地上,继续找到新

---

① 《中国古代文学史讲义》,20页,载《傅斯年全集》第1册,台北:联经出版公司1980年版。
② 按照余英时的解释,这个"历史主义"主要是指20世纪初期,一面受到自然科学冲击,一面又继承了乾嘉考据传统的中国史学界所崇奉的历史观念,以及与此相关的一系列研究方法和操作规程(《史学、史家与时代》,250—251页,载《历史与思想》,台北:联经出版公司1992年版)。
③ 这是中国文学史研究史上的一个相当重要的时期,恰如郭颖颐讨论中国现代思想时指出的,"1900年以后的30年隐含了后来中国发展的大量线索"(《中国现代思想中的唯科学主义》,雷颐译,17页,南京:江苏人民出版社1989年版)。

文学建设的突破口①。对于早期出版或教学中使用的中国文学史,这些人最为不满的,就是它们在形式上的缺乏系统性,好似文苑传、诗词文话等原材料的杂货铺②,加上观念保守、语言陈旧③。他们认为,随着社会的变化,文学史的功能早已不该停留在仅供人记几个姓名、读几篇古文、背几首唐诗上了,它应该"述文学中之思想及艺术之变迁"④,鉴往知来,"对于将来亦有几分贡献"⑤。由于对中国文学史的这份新的期待,使许多编纂者在重新审视和体验过去文学的时候,首先意识到的,就是要将当代的历史意识、文学观念投影其中,要用自己时代的语言来构思及讲述文学史的故事⑥。

---

① 1921 年成立的文学研究会《简章》第二条就是"以研究介绍世界文学整理中国旧文学创造新文学"(《小说月报》12 卷 1 期,1921 年 10 月),发起人当中的周作人、郑振铎、沈雁冰、郭绍虞后来都在中国古典文学研究方面有所成就。

② 杨荫深后来说,"中国旧时的学者,对于经学史学的整理工作很多,而于文学独付阙如。所有的诗话笔记之类,只是凭着个人主观,零碎短篇,均不能说是整理。整理的工作,确是在新文学运动起来以后才有的事"(《中国文学史大纲》,568 页,长沙:商务印书馆 1938 年版)。

③ 陆侃如在《古代诗史自序》(《陆侃如古典文学论文集》,101 页,上海古籍出版社 1987 年版)中就说,当时竟"无一本差强人意的文学史——也有译外人所著来充数的,也有杂抄文论诗话来凑成的。书的内容更是可笑——也有远论三王五帝的文学的,也有高谈昆曲与国运之关系的"。谭正璧也认为"有价值"的文学整理是在文学革命运动告一段落后开始的,他说"前此并非没有文学批评和文学史的编著,但那些笔记式的诗话、文论及小说谈和兼叙学术或单叙贵族文学的文学史,不是琐碎而无系统,便是稗贩自日本,且见解又甚卑陋"(《中国文学进化史》,上海:光明书局 1929 年版)。

④ 朱希祖《中国文学史要略·叙》(1920 年),北京大学文科一年级用教材,线装 1 册。

⑤ 《小说月报改革宣言》,《小说月报》12 卷 1 期。

⑥ 年轻一代的文学史作者还都意识到文学史的编写,必须顾及它的教授、阅读对象。胡怀琛就强调,作为教科书的文学史,"首求界限分明,不相淆混;次则简明易读,使学者能得实益",总之要以"明明白白爽爽快快为归"(《中国文学史略·序》,2 页)。赵景深也指出:"文学史,尤其是给初学读的文学史,应该兼含有一种阅读导引的作用,分量不可太多。只列举些重要的文人而有集子可读者,并附举易得的、廉价的书目,以便自学。文学史本来是干燥的东西,但在可能的限度内,总用较美的叙述,使人读来略感到一点兴趣"(《中国文学小史》,2 页,上海:光华书局 1928 年版)。

述及中国文学史叙事模式的形成,首先要提到胡适①,他的《白话文学史》在当时算是领风气之先的②,胡适也是最早转向整理和研究旧文学的一个人,他后来屡称自己有"历史癖",多次向人表述这样的治学经验:要研究一件事物,最好从研究它的历史开始,先了解其脉络系统,譬如研究文学,便要先从文学史入手。对于中国文学史,胡适在早年写给《新青年》的一篇文章里,谈到张之纯的《中国文学史》时,曾发表自己的意见说,写文学史的关键,是要树立一种正确的"历史观念",他批评张之纯和早年一些"谈文学"的人,以为他们的许多谬误都出在没有历史观念上③。

需要说明的是,胡适强调的这个"文学的历史观念",它的含义,必须联系当时流行的科学的历史观念去理解。简单地说,科学史观是在自然科学冲击下产生的一种近代的历史观念,它受科学的机械性原则影响,确定历史是由具有因果联系的事件环环相扣造成的,并以揭示这种因果关系为历史学的任务。根据这一观点,梁启超在《中国史叙论》中即曾宣布:"前者史家不过记载事实,近世史家必说明

---

① 朱自清就很看重胡适的影响,他说,"早期的中国文学史大概不免直接间接的以日本人的著述为样本,后来是自行编纂了,可是还不免早期的影响。这些文学史大概包罗经史子集直到小说戏曲八股文,像具体而微的百科全书,缺少的是'见',是'识',是史观。叙述的纲领是时序,是文体,是作者;缺少的是'一以贯之'。这二十多年来,从胡适之先生的著作开始,我们有了几部有独见的中国文学史"(见《林庚〈中国文学史序〉》,1页,国立厦门大学出版,1947年版)。

② 胡适讲白话文学史,后来带出一批仿效者:一者效其专为白话文学作史,如凌独见《国语文学史》,据说胡适1921年在教育部第三届国语讲习所讲"国语文学史"时,凌独见正好是这一届的学生,两年之后凌独见出版了《国语文学史》(参见黎锦熙为胡适《国语文学史》所作《代序,致张陈卿、李时、张希贤等书》,载欧阳哲生编《胡适文集》8,4页,北京大学出版社1998年版)。一者效其以治"汉学"的方法治文学史,如胡云翼《中国文学进化史》12《新时代的文学》之所云。

③ 胡适《文学进化观念与戏剧改良》(1918),载《胡适文集》2,116页。

事实之关系,与其原因结果。"①胡适本人在1919年出版的《中国哲学史大纲》(上卷)中,也据此敷衍出了编写中国哲学史的一套崭新步骤,叫作明变、求因和评判,他说:"把各家的学说,笼统研究一番,依时代的先后看它们传授的渊源,交互的影响,变迁的次序;这便叫做'明变'。然后研究各家学派兴废沿革变迁的缘故:这便叫做'求因'。然后用完全中立的眼光,历史的观念,一一寻求各家学说的效果影响,再用这种种影响效果来批判各家学说的价值:这便叫做'评估'。"②听过胡适哲学史课的顾颉刚则总结道:"听了适之先生的课,知道研究历史的方法在于寻求一件事情的前后左右的关系,不把它看作突然出现的。"③科学史观经过史学上的"革新派"的一再倡导,在史学界乃至整个学术思想界,很快取得了主流地位,因而胡适论文学史,首先指出的,也就是要解决历史观的问题,他认为写文学史的人,应当懂得"文学史与他种史同具一古今不断之迹,其承前启后之关系,最难截断"的道理④,中国文学史应当表现的,也就是中国古代文学延绵不断的历史痕迹。

1928年,胡适把他陆陆续续讲了六七年的《白话文学史》付梓出版⑤,一方面表明了他对于中国文学的"历史的眼光",另一方面也显示他运用"历史观念"勾勒文学史线索的具体方法和操作技巧。

---

① 梁启超《中国史叙论》,《饮冰室合集》文集6,1页,北京:中华书局影印本1989年版。又,方光华在《刘师培评传》(南昌:百花洲文艺出版社1996年版)中也说:20世纪初,梁启超、章太炎都以为西方学术讲推理过程,讲事物间的因果关系,如夏曾佑在《论变法必以历史为根本》中指出的,如果不研究历史中复杂的因果关系,就不可能对中国社会的现状有真实的了解,从而也不可能提出解决中国现实问题的有效办法(124页)。
② 胡适《中国哲学史》,29页,北京:中华书局1991年版。
③ 顾颉刚《古史辨》第1册《自序》,95页,上海古籍出版社1982年版。
④ 胡适《寄陈独秀》(1917),载《胡适文集》2,25页。
⑤ 据胡适《白话文学史·自序》(1页,上海:新月书店1928年版)说,这部书最早写于"民国十年(1921)教育部办第三届国语讲习所,要我去讲文学史"的时候。

讲"白话文学史"的动机,自然缘于胡适热心参与过的白话文学运动,他说当此之际,提出新的文学史见解,应该是最有效的武器①,他为白话文学作史的目的,就是"要大家知道白话文学是有历史的,是有很长又很光荣的历史的",是"中国文学史的中心部分"。用历史来捍卫白话文学在现实中的地位,这种意图,不但使胡适选择了文体为文学史的切入口,像朱自清后来提示的:"胡适之先生说文学革命都是从文字或文体的解放开始,是有道理的,因为这里最容易见出改变了的尺度。"②也决定了他逆时观察与"倒着讲"文学史的思路。他更巧妙地将"一代有一代之文学"这句来历不晚的老话,嫁接过来③,从民国的白话文学到(明)清小说,到明代传奇,到元朝的杂剧和小曲,到宋朝的词……一方面瓦解了诗文中心的观念,重新安排了文学经典的形象,让那些旁行斜出的(平民的)"不肖文学",以一种与正统(贵族的)文学二分天下的姿态,取得它的"话语"地位,一方面又在这两种文学势力历时性的对抗长消中,展开了线性的叙述④。

《白话文学史》实际出版的只有汉代到唐代一段的历史(唐代还只有韵文那一半,尚缺散文部分),该书目录显示全书的结构为,第一编,由"古文是何时死的"到"佛教的翻译文学(下)"共十章,总题"唐以前",第二编,由"唐初的白话诗"到"元稹白居易"共六章,总题"唐朝(上)"。从这个目录上,就可以看出胡适的构思,是以唐代为轴心,由此反向延伸到

---

① 《中国新文学大系·建设理论集·导言》,《胡适文集》1,127 页。
② 朱自清《文学的标准与尺度》(1947),载《朱自清古典文学论文集》上册,7 页,上海古籍出版社 1981 年版。
③ 胡适后来在《中国新文学大系》第一集的《导言》里,仍坚称这一思想固然是达尔文以来进化论的影响,但在中国,早也有文人主张文学随时代变迁,最早倡此说的就是明朝晚期公安袁氏三兄弟,清朝乾隆时代的诗人袁枚、赵翼也都有这种见解(《胡适文集》1,126 页)。
④ 《白话文学史·引子》,1、4 页。

汉代，而以唐代为这一段文学史的真正起点。选择唐代文学为突破口，在胡适，恐怕与他对新发现的敦煌文献的关心以及由此引起的研究唐代问题的兴趣，有很大关系，这或许就是他进入中国文学史领域所设置的最初一块基地，但如果进一步分析的话，导致他在文学史上，不像一般的历史叙述那样，采取由远及近、由彼及此的构思方式，却靠截断中腰为其开端的原因，正在于他所执的"历史观念"。

胡适凭着自己的历史观察和体验，首先确定了唐代为白话文学发生的时代，确定了唐代为文学史上的一个坐标点，在这个新的坐标指引下，胡适对于文学史的叙述，便不再是参照物理上的时间流程，而是按照历史的因果关系来进行的。在《白话文学史》的时间表上，上一个时代之所以与下一个时代相衔接，那是因为前者为源，后者为流，前后时代有着某种逻辑关系的缘故。胡适曾将他这一打破历史叙述常规的思路，叫作"祖孙的方法"，他形容说，你得把所要研究的点放在中间地带，"一头是他所以发生的原因，一头是他自己发生的效果：上头有他的祖父，下面有他的子孙。捉住了这两头，他再也逃不出去了"①。

胡适说过，做历史的关键，在于对史料作何种解释(interprete)，他在对早期文学研究的分析中也曾指出，那时"国内一班学人并非不熟悉中国历史上的重要事实，他们所缺乏的只是一种新的看法"②。而"白话文学史"的构成，相当大程度上靠的就是这种对古代文学的解释之功。

胡适从文体角度看历史上文学的变化，他的文学史本来便是以"文本"为中心的，这倾向，从他特别提到自己引了空前多的作品，因而《白话文学史》"还可以算是一部中国文学名著选本"的话里边，也可以看得出来③，不

---

① 《胡适的日记》上册，112 页，北京：中华书局 1985 年版。
② 《中国新文学大系·建设理论集·导言》，《胡适文集》1，127 页。
③ 《白话文学史·自序》，15 页。

过他面对着这些作品,并没有表现出文学家式的体验和鉴赏的激情,却是用了史学家的眼光和兴趣琢磨它们的前身后世。在胡适的观念里边,文学是人之情感与思想的表达,对文学研究者而言,作品与作者之间的关系,是最真实最牢靠的,因此他对文学的解释,所着眼的主要就是这一层关系,当他试图阐释一部作品的意义并对其加以评估的时候,往往都要从作者身上去求最终的正确答案,由作者的写作动机到引发动机的心理,由隐秘的心理到养成它的身世处境,由个别作者的身世处境到造成它的总体环境,这样一步步推导下来,便走进了历史学以及社会学、心理学的领地。结果,《白话文学史》讲天宝大乱以后,以杜甫为代表的作家转向写实,作律诗的口气也变得说话一般自然(第十四章),就是拿政治事件当了文学变化的根据,讲韩愈想作圣人,又爱掉书袋,没有"率真的人格做骨子",故而终究写不成白话新诗(第十五章),文学语言下面掉的又是人格的"底子"。而单为白话文学作"史"的表面,似乎也只在于表彰一种文体,但若结合胡适"表现人生"的文学理念来看,那么他的目的,还是在探讨文学如何表现社会及人生上。于是,在《白话文学史》的叙述中,自然就有大量的篇幅,用在描述人生体验、政治制度、社会变动等历史的又或社会史研究的内容上,而支撑起整个中国文学史骨架的,也正是历史学家心目中的"历史"景况。

　　胡适的史学家态度,更表现在他处处强调要以严格的科学考据手段,来保证所述内容的绝对真实可信上。

　　所谓"史料若不可靠,所作的历史便无信史的价值"①,胡适写这本文学史,在材料的使用上特别谨慎,这在书的"自序"里也有过交代。他对文学史的叙述,总是力求建立在文献考证的基础之上,当他对上古阶段的资料抱有疑问的时候,就宁肯从汉代写起,连《诗经》也暂付阙

---

① 胡适《中国哲学史大纲·导言》。

如,当他看到俗文学的研究突飞猛进、敦煌文献又不断发现的时候,就根据新出的史料重新改写唐代文学。他说,"往往一章书刚排好时,我又发现新证据,或新材料了。有些地方,我已在每章之后,加个后记","有时候,发现太迟了,书已印好,只有在正误表里加上改正"①。这种不惜以考据文字截断叙事,刻意求真,在在藏着小心的辛苦做法,似乎都在证明着他对于实证主义史学理论及其方法的实践。这类考证文字,在他同时期的《红楼梦》考证以及以后对其他古典小说的研究中也随处可见②,其目的,只是要"提倡一种注重事实,服从证验的思想方法"③。据顾颉刚体会说,从这样的文章里,能读出"历史研究的方法"来④。而《白话文学史》不但因此展示了运用史学方法做文学史的一个方向,同时还把衡量史学价值的一个重要标准,即讲述了多少历史真相的这个标准,也带进了文学史的评价系统之中⑤。

---

① 《白话文学史·自序》,13 页。

② 黎锦熙曾一一列举胡适的这些文章,指出:"他这种考证的工作和成绩,称得起'前无古人';我们把这些文章依次看完,尽够国语文学史中近代小说专史大部分的资料了"(《胡适〈国语文学史〉代序致张陈卿、李时、张希贤》,载《胡适文集》8,15 页)。

③ 胡适《我的歧路》,《胡适文集》3,366 页。

④ 顾颉刚说,"适之先生带了西洋的史学方法回来,把传说中的古代制度和小说中的故事举了几个演变的例,使人读了不但要去辨伪,要去研究伪史的背景,而且要去寻出它的渐渐演变的线索,就从演变的线索上去研究"(《古史辨》第 1 册《自序》,78 页)。

⑤ 稍后郑振铎在《研究中国文学的新途径》(《郑振铎文集》第 6 卷,281 页)一文中,就把胡适对于《红楼梦》的考证当成最好的一个范例,指出古代文学研究的出路之一就是要像这样"拿证据来"。而后来的文学史作者也都非常看重这一点,如胡怀琛在《中国文学史概要》(上海:商务印书馆 1935 年第 3 版)中声称,要把作者生平的考订、作品版本的异同,都当作文学史应该解决的问题看看,陆侃如、冯沅君作《中国文学史简编》(上海:大江书铺 1932 年版)时强调"至研究古代文学时,考证尤其重要",提醒对所用的材料,都要先做一遍辨伪的工作。一直到 1950 年代,陆侃如还在说:胡适留给古典文学研究的毒害之一,就是为考据而考据的提倡(见陆氏《胡适反动思想给予古典文学研究的毒害》,载《文艺报》21 号,1954 年 11 月)。

对文学世界的叙述,原是无计其数的,从20世纪初开始,先是林传甲、黄人、张之纯、谢无量等人描述过中国文学史的景况,但到了1920—1930年代,他们的描述就变得不能令人满意了,这时候,胡适的《白话文学史》打破旧格局,一下子便给人带来了全新的感觉。胡适曾说:"历史家须要有两种必不可少的能力:一是精密的功力,一是高远的想像力。没有精密的功力不能做搜求和评判史料的工夫;没有高远的想像力,不能构造历史的系统。"①他把前者即史料的搜集、整理,看作科学的工作,把后者即史实的叙述、解释,看作艺术的工作②。在白话渐渐占到优势的当日,胡适不但拿出史学家"高远的想像力",一反陈见,按照白话终究胜过古文、来自民间的文艺终究取代贵族文艺的现代道理,来讲充满曲折充满希望的中国文学的历史,从根本上改变了人们对于古代文学的认识和评判,使之成为"新文学"发展的信心之源,而且还在科学口号下的"疑古"空气里边,于想象力之上,不惮其烦地对所涉及的资料文献作精密的考证,又使"中国文学史"加倍得到了"科学化"学科的好名声,奠定了它在未来发展的良好基础③。

此外,《白话文学史》全篇用"白话"讲述,靠着出色的白话表现力,它将对人物的议论、对作品的评价和对事实的陈述,与其间频频引用的史料融为一体,叙述流畅,逻辑简明,在白话优先和日益推广的国语教学中,所能起到的示范作用也显而易见。事实上,白话在当时的运用范围已经非常之宽,据调查,自光绪二十五年(1899)到民国七年(1918)的大约十年间,北起哈尔滨,南至广州,东自上海,西到

---

① 胡适《北京大学国学季刊发刊词》,载《胡适文集》3,15页。
② 胡适《介绍几部新出的史学书》(1926),载《胡适文集》10,750页。
③ 1930年代,浦江清评论各家《中国文学史》著作,还称赞胡适此书"虽偏重白话,而考证议论皆精"(《评郑振铎〈中国文学史〉》,载《浦江清文史杂文集》,128页,北京:清华大学出版社1993年版)。

伊犁,全国大小30个城市就先后有白话报纸170余种,而1919年这一年当中,至少也有400种白话报纸出版。在此期间,虽然也有若干教材以白话写成,如杭州彪蒙书室出版的一套白话编写的《绘图四书速成新体白话读本》①,1920年,教育部颁令小学一二年级教科书改用白话文,次年又规定全国的小学教科书一律改为白话文,然而直到1920年代初期,真正用白话编写并且写得像样的教材还是不多,远远不能满足白话教学的需求。文学史方面,则虽有胡怀琛、凌独见、谭正璧等新派文学史家的努力,效果也尚未显著。1923年,商务印书馆出版了先为新学制的高中所用、后被取作大学教材的吕思勉的《白话本国史》,在中国通史类著作中,一度创下发行量最高的业绩,曾令提倡白话文教学的人们受到莫大的鼓舞,但是,使用普通文言编写史书的习惯,在一般人当中并没有很快彻底地消除。在中国文学史方面,如曾毅就仍在说,"欲明文学史,必须晓读古书,若于文言以为难,可无庸再讲文学史也"②。童行白也还在辩称用"浅明文言文"的好处,是可以"使读者循此而养成文言文阅读上的习惯,而获得鉴赏中国古代文学名著的能力"③。当此之际,胡适的《白话文学史》在语体方面的冲击力,自是不言而喻。

就像差不多十年前,胡适的《中国哲学史大纲》,因提供了"一整套关于国故整理的信仰、价值、和技术系统"的"全新的典范",而开一代风气一样④,《白话文学史》也为"中国文学史"增添了一套新的叙事方式,虽然它还远非内容完整的文学通史,但通过它,人们多少已经能够

---

① 参见冯永敏《刘师培及其学术研究》,15页,台北:文史哲出版社1992年版。
② 曾毅《订正中国文学史·改编大旨》,1页,上海:泰东书局1933年第5版。
③ 童行白《中国文学史纲·凡例》,上海:大东书局1933年版。
④ 参见罗志田《胡适传——再造文明之梦》,216页,成都:四川人民出版社1995年版。

看见整个中国文学史的眉目。

二 史料的发掘与考证

就在胡适于京、津两地演讲白话文学史的时候,各地中等以上的学校都相继开设了中国文学史的课程,许多地方也组织有以此为题的演讲活动,虽然这些演讲或授课的水平良莠不齐,观点新旧杂存,用语文白并兼,但一时风气,都以为文学史就是要抓住因果关系的纽带①,叙述文学的沿革变迁的②,在与文学相关的语言学、哲学和史学诸学科中,它的目标跟阐述"人事的变迁"的史学最为贴近③。而由于"文学是时代产物"④,只有把它搁在周围的社会环境里边,才能客观、真实地看清它的面目,因此,文学史又不能不时时越过文学的边界,跨到历史研究的范围中去⑤。当然,对于文学史家来说,最使他们感到吸引力的,还是那笼罩在科学光环下的历史主义的理想,以及对抓住文学历史真相的憧憬。在这一理想的召唤之下,中国文学史的编写者们在自己的

---

① 这种情况,并不只在中国发生,伊娃·库什纳在《文学的历史结构》中也指出:"因果关系",尤其是在背景材料与文本材料之间或者传记与写作之间建立因果关系,是困扰文学史实践的首要概念,这反映了史家的决定论思想,而史家的决定论思想,乃是天真地模仿了物理学的决定论的(见马克·昂热诺等主编《问题与观点:20世纪文学理论综论》,139页,史忠义等译,天津:百花文艺出版社2000年版)。

② 如张世禄、赵祖抃和郑宾于都在他们各自所著文学史书的标题上,加进了"变迁""沿革""流变"的字样,唯恐其意思不够显豁。

③ 潘梓年《文学概论》,60页,上海:北新书局1925年版。

④ 这时的文学史家大都喜欢像胡适一样谈论"一代有一代之文学"的老话,他们往往借此谈论文学与时代的关系,说明文学是时代产物的理论,古已有之(参见胡小石《中国文学史讲稿》,4页,《胡小石论文集续编》,上海古籍出版社1991年版)。

⑤ 顾实指出,文学史应兼历史、传记、批评为一身(《中国文学史大纲》,6页)。穆济波也主张,文学史"以历史的研究为主,而以传记的研究为宾"(《中国文学史》上册"总论",3页,上海:群乐书店1930年版)。

叙事当中,率先确立了"历史"优先的原则,即"以历史的研究为主"的原则,而根据这一原则,撰述中国文学史的工作,理所当然应该从挖掘、整理有关的文献资料开始,"选择可以代表时代的史料",这既是做文学史的一个绝大困难,也是一项意义深远的成就①。

梁启超说过:"史料为史之组织细胞,史料不具或不确,则无复史之可言。"②傅斯年后来更有一句名言,叫作:"近代的历史学只是史料学,利用自然科学给我们的一切工具,整理一切可逢着的史料。"③多年之后,陆侃如这样回忆道:"五四运动时代提倡以科学方法整理国故,并且认为清代朴学方法含有科学精神,故二十年来文史研究都注重于史料的考订,渐渐成为风气。后来变本加厉,竟认史料即史学。"④这些或许都可以用来解释,此时的文学史家为什么格外热衷于资料的开掘,为什么又都有一点"考据癖"的倾向⑤。

傅斯年以他作文学史的经验告诫人们,"古代文学史所用的材料是最难整理最难用的,因为材料的真伪很难断定,大多是些聚讼的问题"⑥。风气所至,譬如谭正璧在《中国文学史大纲》里,就专门谈到中国文学史材料的搜集与选择问题,认为首先要遍寻有关作品、作者的材料,然后,再用哲学史、佛学史已经用过的办法,对它们做内证、外证和旁证的研究⑦。傅斯年在《中国古代文学史讲义》中,也强调史料的功

---

① 参见胡适为徐嘉瑞《中古文学概论》所写的"序",《胡适文集》3,609 页。
② 梁启超《中国历史研究法》,36 页,《饮冰室合集》10,专集 73。
③ 傅斯年《历史语言所工作之旨趣》,载《国立中央研究院历史语言所集刊》第 1 本第 1 分,1928 年。
④ 陆侃如《傅庚〈中国文学欣赏举隅〉序》,载《陆侃如古典文学论文集》,112 页。
⑤ 赵祖忭说:"观夫近今文期于通俗,学期于潜研,本怀疑之态度,以考订讹文,藉科学之思维,而整理国故"(《中国文学沿革一瞥》,128 页,上海:光华书局 1933 年版)。
⑥ 傅斯年《中国古代文学史讲义》,58 页。
⑦ 谭正璧《中国文学史大纲》,14、15 页。

夫是最根本的功夫,"若我们把时代弄错,作者弄错,一件事之原委弄错,无限的谬误观念可以凭借发生,便把文学史最根本的职务遗弃了"①。鲁迅说他曾经想编一部中国文学史稿,当时的计划,便是要"先从作长编入手"②。浦江清在为郑振铎《插图本中国文学史》写的一篇短短的书讯里头,更透露出典型的圈内人的取向。他赞扬郑振铎先前出版的该书"中世卷"材料丰富,尤其能运用敦煌材料,"不失为赶上时代之学者",并预言"郑君于近代文学之戏曲小说两部分,得多见天壤间秘籍,材料所归,必成佳著无疑也"③。无论作者的准备还是读者的期待,心理的天平都倾斜在史料这一边。

至于胡小石一再申明要讲"信史开始的时代",教人不要盲信"三皇五帝的文学,或甚至盘古时代的文学"④。陆侃如特意交代他们夫妇合著的《中国文学史简编》限于篇幅,往往只给出结论,不叙述考证过程,但这些考证在课堂上还是要全盘演述的⑤。还有鲁迅在中国小说史的讲述过程中,"以历史的,同时又是考据的态度,来从事整理,成'史'而又可'信'"⑥。这些都表明了他们讲文学史,而重视考证的态度。正由于此,胡怀琛才会认为文学史就是应当考证一首诗是何人作的、作者生于什么时候,这样的诗体产生于何时、什么时候又有什么样的变化,各书所载这首诗有没有文字异同、作者姓名对不对,考证诸如此类的问题⑦。容肇祖确信"由宽泛的而到实证的,由主观的而到客观

---

① 傅斯年《中国古代文学史讲义·叙语》。
② 见 1933 年 6 月 18 日鲁迅致曹聚仁的信,载《鲁迅全集》第 12 卷,184 页。
③ 书讯原载《大公报·文学副刊》,1932 年 8 月 1 日,转引自《浦江清文史杂文集》,128 页。
④ 《胡小石论文集续编》,5、18 页。
⑤ 陆侃如、冯沅君《中国文学史简编·序例》,上海:大江书铺 1947 年版。
⑥ 阿英《作为小说学者的鲁迅》,载《阿英文集》,254 页,北京:三联书店 1981 年版。
⑦ 胡怀琛《中国文学史概要》,6 页。

的",是文学史研究方法的一个进步①。而考证的重要性,在一般学人心中,或者还基于更加简单、直截了当的理由,那就是:"在《古史辨》出版以后,我们来谈古代生活,还能像从前那样信口雌黄吗?"②

1932年底,迄今为止篇幅最大的一部中国文学史,郑振铎的《插图本中国文学史》出版,浦江清对它"材料所归,必成佳著无疑"的期待,鲁迅对它不像历史而像个资料长编的评价③,都反映出它与这个时代学术风气的联系。

在这部文学史诞生之前,工科大学出身的郑振铎在文学方面早已有了人所共知的业绩,他也是最早接受西方影响,关注中国文学史的一个人,在1922年发表的《我的一个要求》一文中,就呼吁过出版"一本比较完备些的中国文学史",并提议"先有一部分人尽力介绍文学上的各种知识进来,一部分的人从事于中国文学的片断的研究和整理"④。他曾指出研究中国文学的两条"必由之路",即归纳的考察和进化的观念⑤,也正是历史学界在那时为自己从西方找到的两个"法宝"⑥。在

---

① 容肇祖《中国文学史大纲·绪论》,上海:开明书店1935年版。
② 陈东原《中国妇女生活史·自序》,4页,上海:商务印书馆1937年版。
③ 1932年8月15日,鲁迅致台静农信,载《鲁迅全集》12,102页。
④ 《我的一个要求》,载郑振铎编《中国文学论集》,398页,上海:开明书店1934年版。
⑤ 参见《研究中国文学的新途径》,载《郑振铎文集》第6卷,280页。柯庆明在《现代中国文学批评述论》(台北:大安出版社1992年版)一书中称郑振铎在小说研究方面,大抵遵循了他所主张的"进化的观念",研讨《水浒传》《三国演义》《西游记》等的演化,在戏曲方面,以"归纳的考察"指出元代的公案剧或商人、士子、妓女间的三角恋爱剧的特质与所产生的社会因素,以及北剧的楔子和本文,戏中人物净与丑的结构关系与本身特质,都是极具开创性的论述(42页)。
⑥ 进化论在现代中国思想、学术上面的影响,已不必在此重复说明,而如许多研究者指出的,现代的中国学者在方法上特别看重归纳的考察,也因为"从一开始人们一般理解的'科学'就是培根归纳主义意义上的科学"(费正清主编《剑桥中华民国史》,468页,上海人民出版社1991年版)。

构思《插图本中国文学史》的那些岁月里,郑振铎常常自问的是,今天的文学史家应当有怎样的史观?又应当怎样选取史料?他说所谓"历史",在今天已经变成了"整个人类的过去或整个民族的过去的生活方式"的记载,随着历史叙述目标的这一变化,文学史必也要调整自己的方向,要努力成为"了解我们往哲的伟大的精神的重要书册"。在文学史的这一转向中,史料的准备尤其重要,归根到底,有什么样的史料,就会有什么样的历史,中国文学史能否贴近我们民族真实的精神,根本取决于文学史家对于史料的抉择和叙述①。

鲁迅有一次谈到郑振铎研究文学史的方法,认为他同胡适一样,靠的都是孤本秘籍的发现②。话虽迹近刻薄,却也不无根据,因为敦煌的发现、殷墟的挖掘和一批小说、戏曲的新印,的确给中国文学史带来了一个转变的契机。虽然文学史的写作,从根本上来说主要依靠的还是传世文献,是在常见资料的爬梳整理、辨正改造中发现线索,但新材料的发掘和运用,毫无疑问可能带来意想不到的新视角,从而改变一贯的结论。而郑振铎对中国文学史的构思,恰好就是从20世纪最有价值的文学史史料的发现,即"敦煌的俗文学"开始的。

1930年,当《插图本中国文学史》写作之前,郑振铎先就在上海的商务印书馆出版过《中国文学史(中世卷第三篇上)》,这部"断代"的文学史,更早于1929年3月至这年年底,陆续发表在《小说月报》上,其中第一篇发表的,就是作为全书第三章的"敦煌的俗文学"③。郑振铎对能够推翻"古来无数的传统见解"的新材料特别是"天壤间秘籍",不

---

① 《插图本中国文学史》,1—12页,北平:朴社1932年版。
② 1932年8月15日,鲁迅写信给台静农说:"郑君治学,盖用胡适之法,往往恃孤本秘籍,为惊人之具,此实足以炫耀人目,其为学子所珍赏,宜也。我法稍不同,凡所泛览,皆通行之本,易得之书,故遂乎然于学林之外"(《鲁迅全集》12,102页)。
③ 参见陈福康《郑振铎论》,555—562页,北京:商务印书馆1991年版。

仅有着特殊的敏感,而且有着收藏的兴趣,当《插图本中国文学史》写作的时候,距离敦煌文献的发现,已经过去了二十多个年头,郑振铎的那份惊喜却并不见褪色,在写"绪论"的时候,他就一会儿想象自己是"执铲去土的一个掘地的工役",一会儿干脆说:"如今在编述着《中国文学史》,不仅仅是在编述,却常常是在发见。"翻开《插图本中国文学史》便会看到,每当触及新发现的材料,他都有些情不能自禁,或者把话题漫扯到"在二十几年前(一九〇七年五月),有一位为印度政府做工作的匈牙利人斯坦因(A. Steine)到了中国的西陲……"上去①,或者顺便就夹进去一大段类似"前几年胡先骕先生曾在天台山的国清寺见到了很古老的梵文的写本。摄照了一段去问通晓梵文的陈寅恪先生……"这样的"今典"②,使那些随着文学史"倒叙"常态的中断而呈现出来的新史料,在这叙述时态与节奏的突然变化之间,显得愈发新鲜耀目,熠熠生辉。

  郑振铎想要表明的,无非是他在史料方面下过很深的功夫,因为如果说史料功夫,是衡量一个史学工作者水平高低的硬性指标的话,那么,它也是文学史研究者的工作"执照"。郑振铎在《插图本中国文学史·自序》里允诺过要给读者"一部比较的足以表现出中国文学整个真实的面目与进展的历史"③,这样一部合着史学口味描画下来的"理想的"文学史,首先要求的,必然是史料搜集齐全,其次,则是拿出来的史料不假不错。

  在郑振铎写作文学史的当日,一般从事历史学研究的学者对于史料的观念,已经越过了六经三史的典范,也超出了纸面上的文字④,郑

---

① 《插图本中国文学史》第 2 册,583 页。
② 《插图本中国文学史》第 3 册,750 页。
③ 《插图本中国文学史》第 1 册,2 页。
④ 参见王汎森《什么可以成为历史证据——近代中国新旧史料观点的冲突》,载《新史学》8 卷 2 期,台北,1997 年 6 月。

振铎对文学史史料的理解,显然也合乎这一新观念,打破了正统诗、文的局限,也打破了文字材料的限制。比如他曾特别注意到与文学事业关系极大的印刷出版的情况,在"近代文学的鸟瞰"一节,讲到《永乐大典》的编辑和《四库全书》馆的建设,使学者们得以方便地传抄、刊布、阅读古书,成为乾隆到道光二十一年"'古学'普遍化的一个绝重要的机缘",又注意到道光二十二年到民国七年,"文坛的重镇,渐渐的由北京的学士大夫们而移转到上海的报馆记者们与流浪的文人们,像王韬、吴沃尧辈之手","上海在这时期的后半,事实上已成了出版的中心",也为将来伟大的文学革命"预备下种种的机缘"①,他还在书中用了"可以使我们得见各时代的真实的社会的生活的情态"的图版,来增进读者的历史感性认识②。

当然,从1920年代初,郑振铎就开始搜集和整理小说、戏曲方面的资料,先后发表过《中国小说提要》《白雪遗音选》《中国戏曲的选本》《佛曲叙录》《巴黎国家图书馆中之中国小说与戏曲》《中国短篇小说集》《元曲叙录》等重要成果,他在写作文学史时,于小说、戏曲也用力最深③,故而自夸这本文学史虽然还是个"简编",可已经有三分之一以上的内容,为"他书未及",所增加的内容,大部分就都是新近发掘的唐五代变文、金元的诸宫调、宋明的短篇平话和明清的宝卷弹词等,"已失的文体与已失的伟大的作品"④。

作为"五四"新文化环境中成长起来的文学史家,郑振铎对变文、诸宫调这类民间俗文学资料异常看重,比为英国文学史上的莎士比亚、

---

① 《插图本中国文学史》第4册,1119、1121页。
② 《插图本中国文学史·例言》。
③ 详见陈福康《郑振铎论》,512—530页。
④ 参见《插图本中国文学史》的"例言"和"绪论"。

意大利文学史上的但丁,并非奇事,但是叙述中间自觉不自觉的语气上的强调,以及给它们的超出一般的篇幅,却使《插图本中国文学史》在叙事结构上,产生了一个前所未有的变化。过去文学史的重头一般都在先秦,唐以前也总比唐以后讲得细致,但经过郑振铎的调整,现在大部分的篇幅,都留在了唐代以后,即以印刷的页面论,从殷商到北朝不过300页,从隋唐到明末却多达900余页。又过去的文学史讲戏曲小说,多数"只是以一二章节的篇页,草草了结",现在,郑振铎却以其对小说、弹词、宝卷、民间小曲等资料的稔熟,每述及此,即能详之又详,从而把它们变成了中国文学史尤其是隋唐以后文学史的叙事中心。郑振铎为这些"不入流"的文学还都设了专章,如"鼓子词与诸宫调",如"昆腔的起来",看起来,同"诗经与楚辞""先秦的散文"得到了一样的待遇,而这一简单且富于实效的办法,也直接改变了它们零散、边缘的状态,使之名正言顺地融入到了主流文学中去。

  钩稽史料是一方面,辨伪又是一方面,郑振铎也指出,哪怕看似常识的东西,不经过现代手段的考证,也不一定可靠。所谓考证,在《插图本中国文学史》里,又不单是"绪论"里的一段主张①,不单是像"疑古"的人们那样,考证哪些记载不过是古人造出来的神话,它还具体化作一套写作的规则,这套规则大致规定了在叙述当中,要尽可能指出所据资料的原始出处,例如讲到作家的身世,引用他的作品,均要(当页)注明作家传记的来源以及作品的版本依据。对于有关文学史的事实、结论,凡是经过前人研究的,无论赞同与否,也要交代出前人的意见,例如楚辞的作者、五言诗的起源和古诗十九首年代等问题,都是历来看法分歧的②,要说明这些分歧的看法正是今日考证及研究的前提。在每

---

 ① 《插图本中国文学史》第 1 册,12—13 页。
 ② 同上书,第 74—93、138—163 页。

一章文学史的叙述正文之后,还要附一份详细的参考书目,列出有关本章内容的自古而今的重要著作(包括提示版本),以为作者叙述的根据和读者进一步查阅的线索。加上这套形式规范,做文学史就有点像是自然科学在实验室中的试验了,处处体现出实事求是的精神,它既是向着"科学"靠拢①,也是为真实再现历史,做出的形式上的保证。

除去上述鲁迅、浦江清的评价,赵景深也称赞过郑振铎的《插图本中国文学史》,"长处在于材料的新颖与广博,叙述的美丽与流畅,尤其是,他有小说和戏曲两方面最丰富的藏书,能够论到别人所从来不曾见过的作品。他如难得的插图,史传的卷次,都是别本所无的"②。《插图本中国文学史》最终给人以材料见长的印象,这种印象太强烈,使人几乎忘记郑振铎在其他方面的尝试和努力。

本来,郑振铎在"绪论"里激烈抨击了早期的文学史体制,就是拿作家传记和作品鉴赏联合、再加上"时代"的天然次序"整齐划一"的那种体制,按计划,他还准备了要将一套新的叙述语言引入到文学史中来。所谓新的文学史叙述语言,是指倡导文学的科学研究的泰勒和勾勒出19世纪欧洲文学主要潮流的勃兰兑斯在各自的文学史里使用的语言,那是一种将文学的花朵置放在种族、地理、时代和人的心理构成的温室中,加以观赏的语言,是用情感、心理、精神的导管,去沟通各个时代无数作家、作品,将他们编织成一张整"网",以便观察的语言③。

---

① 郭沫若谈到闻一多的古典文学研究时,就曾说过:"用科学的方法来治理文献或文字,其实也就是科学"(见《闻一多全集·序》,3页,北京:三联书店1982年版)。
② 赵景深《我要做一个勤恳的园丁》,载郑振铎等编《我与文学》,99页,上海书店1981年版。
③ 勃兰兑斯在《十九世纪文学主流·引言》(张道真译,第1册,北京:人民文学出版社1980年版)中说:一本书,"如果从历史的观点看,尽管是一件完美、完整的艺术品,它却只是从无边无际的一张网上剪下来的一小块"(2页)。

从《插图本中国文学史》的六十章标题上,就能够看到郑振铎做出的这番改变。与大多数中国文学史以文学家个人活动(身世和作品)为中心的叙事习惯不同,他的话题,基本上都是从某一文学家群体或是从某一文体下的集体创作活动中引申出来的,很少有文学家个人与个别名著的孤立讲述,这些标题,大部分如"魏与西晋的诗人""南宋散文与语录""明初的戏曲家们"和"昆腔的起来",其中即便有"诗经与楚辞""杜甫"和"沈璟与汤显祖",所讲的其实也是《诗经》创作的时代和"屈原及其跟踪者",天宝末至大历初前后大约十六年的所谓"杜甫时代",差不多囊括了万历前后所有的戏曲家及其创作①。在这样的写作方式下,再伟大的作家,也不过是一群中小作家中的一个,再伟大的作品,也不过是一批主流、非主流或不入流作品中的一部,文学不再是个体形式的有限存在,作为文学存在的,首先是一整个时代和这一个时代里的民众。

就像有人指出过的,在郑振铎的文学观念里边,本来就有着强大的社会、时代的背影②,而《插图本中国文学史》之所以选中泰勒、勃兰兑斯式的叙事方法,也是受了"新史学"的启示③。郑振铎所要尝试的,还是更加贴近"历史"本意地说明中国文学的流变经历,还是更加逼真地营造文学史的"历史"气氛。只不过当一个人的作品和这个人的传记摆在他面前的时候,便令他想起了怎样让"文学"与"历史"在这里接合得更加严丝合缝、了无痕迹的问题,于是他引进了作为接合剂来使用的

---

① 参见《插图本中国文学史》第 1 册,74 页;第 2 册,429 页;第 3 册,1148—1193 页。
② 郑志明在《五四思潮对文学史观的影响》(载中国古典文学研究会主编《五四文学与文化变迁》,385 页,台北:学生书局 1990 年版)一文中分析指出,郑振铎及同为文学研究会成员的周作人,都是强调文学为"人的文学"的,这个文学观念里头其实就附带着另一个观点,那"就是必须确定作品的时代,给予正直的评价与相应的位置"。
③ 参见《插图本中国文学史》第 1 册,1—7 页。

"时代""民众"的概念。郑振铎对此有一段很精细的解释,大意是说有许多作品,本身的价值并不高,有一些派别,本来也不见得有多少创见,可那平庸的作品,却恰好是后来伟大之作的祖源,那不甚高明的宗派底下,却偏偏拜了众多的门弟子,这样的作品和这样的流派,谁都说它没意思,但要讲清楚文学史的来龙去脉,就不能隐去不提,因为文学生长与发展过程中的那种复杂微妙的承传关系,在他们身上表现得最为明白,他们才恰恰是文学史的秘密①。

讲到中国文学史的演变与进展,郑振铎指出过有两个推动力:民间文学和外来文学。这两者,同时也是推动《插图本中国文学史》的叙事一步步向前演进的力量。民间文学的作用及影响,已如前文所述,主要是改变了文学史叙事结构的比重,而外来文学之于这部文学史的作用及影响,则主要显示在它的时代分期上。

事情差不多起于十年以前,那时候,郑振铎刚刚开始把中国文学放在与外来文学的关系中加以考察,就提出了受印度影响的魏晋和受西欧(包括俄国)冲击的清代后期,是文学史上最值得深思的两个转变时代的观点②。经过若干年后,这个观点在《插图本中国文学史》里变得更加清晰了,那就是,我们的文学深受外来文学特别是印度文学影响,事实上,"外来的恩赐其重要盖实远过于我们所知"③。根据这一看法,郑振铎把"五四"以前的中国文学史,划为三大段落:第一,西晋以前的古代文学阶段,"纯然为未受有外来的影响的本土的文学"。第二,东晋南渡至明正德年代的中世纪,是本土文学"受到了不少印度来的恩惠"的时期。第三,从明嘉靖元年到"五四"之前,外来文学的影响消

---

① 《插图本中国文学史》第1册,8页。
② 郑振铎《研究中国文学的新途径》,载《郑振铎文集》第6卷,287页。
③ 《插图本中国文学史》第1册,16页。

失,近代文学又恢复了它纯然本土的特性,从此一直到"五四"以后,欧洲文学重又引起巨大反响,文学史进入到现代时期。这样分期,在郑振铎原有两个背景,一是比较文学的训练①,二是近代以来的学术界,一直关注着中世纪印度佛教之于中国文化的影响②,这两个背景,分别为他提供了站在中外文化交流的汇合点上,考察中国文学史潮起潮落、源流分合的理论和技术的前提。而摆脱政治史、社会史乃至经济史的套路,另辟蹊径地做出这样一个分期,应当说也有利于中国文学史的独立叙事系统的形成,有利于更加真实贴切地讲述中国文学演变的故事。在这个故事当中,文学的演变,是由思想、题材、语词进而到文体的一整个连动变化的过程,变化起因于与文学关系最深的宗教、艺术和音乐等因素的介入,变化的结果,则是旧文体的衰落和新文体的诞生。中国文学史在3、4世纪和19、20世纪就因为这样的变化,而在自己的园地上,除诗歌、散文之外,又结出了戏曲、小说的新鲜花朵③。

值得注意的是,在讲述文学史变化的时候,郑振铎基本上是以文体的变更为标志的,而这也许恰恰就是《插图本中国文学史》的分期方法,在以后几十年的文学史编纂中不受欢迎的原因之一。因为大多数的文学史家,似乎都宁愿接受同时期历史学界的中国史分期方案,例如不久以后,根据经济发展水平而从原始社会到奴隶社会、封建社会、资本主义社会的历史划分,一日之间,也差不多垄断了几乎所有的《中国文学史》,到1950年代,连郑振铎本人也不得不检讨起《插图本中国文

---

① 参见陈福康《郑振铎论》,144—165页。
② 从19世纪末20世纪初以来,像沈曾植、梁启超、胡适、周作人、许地山、陈寅恪、向达等著名的学者就都撰文研究过印度佛教文学对于中国文学的影响。参见葛兆光《重理宗教与文学之姻缘》,《华学》第2期,广州:中山大学出版社1996年版。
③ 《插图本中国文学史》第1册,16、226页。

学史》过度强调"文体",从而忽略了政治、经济等社会历史因素的缺点①。这一现象,大概或多或少也能从反面说明《中国文学史》的叙事模式,一直在历史学的暖翼下成长起来的事实。

　　1930 年代初,郑振铎一度受聘于燕京、清华两校,却似乎终于不能为当时北京的"主流"学术所接纳②,很快便又回到上海。当一般的历史学家相信学术进步要靠培根所谓的"集众研究",主张以集体的力量大规模搜集原始资料的时候③,当文学史研究的同行中也有人谈起"若不集同志合作,论断不易精审"的时候④,郑振铎却反其道而行之,大讲个人修史,从来远胜官方修史和集体修史的道理⑤。不过,人际上的离开学术中心,究竟不能代表在学术研究上不被一时风气所熏染(按:这也正是《插图本中国文学史》所强调的时代与民众的观念),郑振铎在材料上肯花那么大的力气,他对前朝当代人的考证成果,几乎一无遗漏的收集,这些做法就无一不是那个时代所有文学史家特有的心情体现,更何况《插图本中国文学史》的出版,又并非对世人毫无影响呢⑥。

---

　　① 郑振铎《中国文学史的分期问题》(1958),载《郑振铎文集》第 7 卷,71 页。
　　② 参见陈福康《郑振铎传》第六章《北平任教》之"遭忌与被排斥"一节,304—313 页,北京:十月文艺出版社 1994 年版。从吴晗回忆他在抗战期间,由郑振铎那里听到的一桩往事,就是抗战前,郑振铎曾特意到南京,访问傅斯年,要求看一看殷墟和其他的考古资料,却被一口拒绝,似也能看出当时郑振铎的兴趣所在及其学术际遇(参见陈福康编选《回忆郑振铎》,90 页,上海:学林出版社 1988 年版)。
　　③ 参见王汎森、杜正胜编《傅斯年文物资料选集》,72 页,台北:傅斯年先生百龄纪念筹备会印行,1995 年版。
　　④ 陆侃如《游国恩〈楚辞概论〉序》,3 页,北京:述学社 1926 年版。
　　⑤ 参见《插图本中国文学史》第 1 册,15 页。
　　⑥ 至少闻一多 1944 年所编的《中国文学史大纲》,在分期上,就继续了郑振铎的思路。在差不多同一时期所作的《文学的历史动向》中,闻一多写道:每当中国本土的文学衰歇,就有新的异国文学闯进来,带给中国文学以无限的生机,"第一度佛教带来的印度影响是小说戏剧,第二度基督教带来的欧洲影响又是小说戏剧"(《闻一多全集》1,205 页,北京:三联书店 1982 年版)。

三　求因明变的宗旨

1930年代,中国文学史的出版,在数量上达到了一个高峰。由于一般的文学史家都接受了从因果联系的角度观察历史的逻辑,也能够共享到文学史史料发掘和考证的成果,因此,这时出版的绝大部分中国文学史似乎达成了一个共识:它们会在同一个地方开头、结束,会有同样曲折的情节。它们列举的时代"代表"总是相同的,还有所谓的"代表"作品也总不出那些篇目。无论那文学史是厚还是薄,分配给一个时代、一个人或一篇诗文的篇幅比例,却都是一个尺码丈量下来的。

中国文学史的叙述,就在这个共识下面,变得口吻一致起来,而后渐渐凝固成一个"模式"。1932年出版的陆侃如、冯沅君的《中国文学史简编》,已经就具备了这一叙事模式的基本形态,尽管作者一再谦称"书中未能依新的方法来写,材料方面也多缺陷"[1],但这部文学史实际上却是在中国公学、安徽大学、北京大学等多处地方讲过的,尤其出版后大获好评的结果,更足以证明它是在一个具有共识的圈子里产生的。《中国文学史简编》分上下编,二十讲,共十万字。上编十讲,包括中国文学的起源一讲,古民族的文学三讲,乐府古辞一讲,三国六朝的诗一讲,唐代的诗一讲,散文的进展二讲,戏剧小说的雏形一讲。其中"古民族的文学",是按地域、民族的区别来讲由周到秦文学的,中原的周民族、南方的楚人和西方的秦各占一讲,而"散文的进展",则是分别讲述2世纪到唐代以前的赋以及序跋论说奏疏传记的。下编十讲,有中国文学的新局面二讲,宋代的词一讲,元明散曲一讲,元明杂剧一讲,明

---

[1]　陆侃如、冯沅君《中国文学史简编·序例》。

清传奇一讲,明清章回小说一讲,近代的散文一讲,文学与革命一讲。其中"中国文学的新局面"二讲,分别讲词和传奇话本戏剧的情况。据作者1935年版的"序例"说,为了讲课方便,这部书的每一讲,都安排了大体均等的字数,这是否可以看成他们科学、客观的历史研究立场的一种暗示?

《中国文学史简编》首先讲的是文学史"起源"的故事,这是经过考古鉴定、史家论证的一个起源故事。在这里,作为中国文学史开头的,是卜辞和金文,尽管它们还不算文学,暂时也不大能看清楚它们跟未来的文学有多少联系,但它们是历史学家手中的"真的材料"。比起此后将要叙述的一千多年的文学历史,比起那么多有案可稽的作家、作品,起源的故事,就占了整整一讲,足见它有多么重要。而这正是历史学寻根本能的"遗传",文学史的叙事也不能不明不白地开始。接下来的叙述,无疑还要依赖于古史研究的成绩,周秦的典籍,已经被古史学者搅成了"疑阵",得不到他们专业的指点,谁也休想渡过"迷津"。再往下面是诗的时代,诗的这一段历史,一共延续了三讲,纵观整个文学史,几乎没有任何其他一种文体享有此种待遇。因为汉代的五言诗出身不明,诗的这一段,改从乐府古辞讲起,讲三国出了个曹植,晋代出了个陶渊明,一直到唐代,号称诗国,蔚为大观。在这个阶段,诗简直像是预期中的那样,朝着唐诗的目的地直线发展,由弱变强,渐入胜境,这正是胡适的"故技"重演。要是拿赋来对比的话,就能更清楚地看懂这种文学史的"预见性"。赋就是在第五讲(正当汉代)里露过一下,可是马上被当作没有价值的文学否定,中断了讲述,一直到第八讲才又出现的,第八讲却一下就带过了二到七八世纪的赋。

如果从有文字记载的时间上算的话,唐宋时代,差不多居于中国文学史的半中腰。文学史讲到这里,刚好由冯沅君换下陆侃如,"真实"的历史和"讲述者"的历史,同时进入了转折期。这个转折的时期,真是变化丛生,一波未平,一波又起。词就要代替诗的位子,古文运动在策划新的散文奇迹,戏剧小说经过长长的前期准备,正要大放异彩……历史学家总把唐宋时代渲染成繁荣盛世、文明巅峰,文学史也证实了这一点。这以后的叙述,变得有点像辘轳体,小说、戏剧交叠而下,却失掉了那种一线推进的气势,只不过最后的目标仍指向一点,就是"五四"新文学。文学史的"预见性"在这最后又一次显现出来,"五四"新文学,它是一个时代文学结束的地方,也是文学史叙述开头的地方。

　　古人常说"以史为鉴"的话,其实照亮历史的,正是现实这面镜子,"你的范式让你看见多少,你就只能看见多少"[1],在同时代历史主义理想与原则的光环下边,《中国文学史》也就这样充满了运用科学考证的手段,并运用一环扣住一环的叙事技巧,来共同揭示历史真实的热情。容肇祖提出文学史研究方法的进步,即是"由宽泛的而到实证的,由主观的而到客观的"[2],那个不断在编写《中国文学史》书的胡云翼,此时也表示:"过去的文学史多偏重于死板板的静物的叙述,只知记述作家的身世,批评其作品。至于各个时代的文学思潮的起伏,各种文体的渊源流变,及关于各种文学的背景及原因的分析,皆非其所熟知。"而他在最新著作的这部文学史中,就要纠正这方面的错误,"把各时代散漫的材料设法统率起来;在可能的范围内,要把各种文体,各种文派,作家及作品,寻出他们相互间的联络的线索出来,作为叙述的间架",以完成一个"活的脉络一致的文学史"[3]。

　　《中国文学史》应当是由一个"联络的线索",将可靠的材料贯穿起来的想法,显然是这个时代历史主义创造的神话,这个神话,通过出版

---

[1] 参见盛宁《二十世纪美国文论》,168页,北京大学出版社1994年版。
[2] 容肇祖《中国文学史大纲·绪论》,上海:开明书店1935年版。
[3] 胡云翼《新著中国文学史·自序》,7页,上海:北新书店1932年版。

和教育的传播,在 1930 年代很快变成了权威的思想和话语。就连当时广州编印的一本普普通通的《新编高中中国文学史》,也在声称要对文学史的疑难问题做精密考证,给年轻学子以"真知识",并指导他们"考证真伪的功夫",一面还要把文学当作"个人思想的表现,同时也是时代潮流的结晶",删繁就简,明白讲出主流文学变化的情形①。由此,多少可以了解到这个神话普及的程度。

事实上,至少从胡适那一代人开始,文学史家一直都是依据"历史"来阐释文学的产生和发展的,面对一首诗或一篇散文,他们立刻产生的就是对写作年代、作者以及更深的时代社会背景的判断的兴趣,是从历史学、经济学、社会学、心理学等角度追究其出身来历的兴趣,而这种兴趣,在文学史学界至少延续到 1950 年代。吴小如曾批评道:几乎从"五四"以来,像以胡适为首的一些权威们所做的那些工作,说起来是研究"文学",其实却始终不曾接触到文学本身,他们的历史考据癖很深,至于作品本身的思想艺术如何,很少谈到。最近的一些文章,还是用材料代替研究,简直就是从胡适一流一脉相传下来的东西②。王运熙在那时有一篇自我检讨的文章,主要谈的就是过去如何受了"资产阶级学风"影响,养成了重材料轻理论的习惯,所出版的《六朝乐府与民歌》《乐府诗论丛》两本书,"前者几乎全部是史料考证,后者也有约三分之二篇幅是考证"③。

从大部分文学史家对外国文学研究理论的有选择地接受这一点,

---

① 参见霍衣仙、王颂三编著《新编高中中国文学史》,1936 年由作者印行,寄售于商务印书馆广州分馆。
② 吴小如《我所看到的目前古典文学研究工作中的一些问题》,载《文艺报》23—24 号(1954 年 12 月)。
③ 王运熙《批判我的厚古薄今资产阶级学术思想》,载复旦大学中文系文学教研组编《"中国文学发展史"批判》,284 页,北京:中华书局 1959 年版。

也看得出《中国文学史》在叙事方面的"历史"性倾向。把文学当作一个有机整体的历史进程的一部分,认为文学受制于社会和时代精神的同时也表现社会和时代精神的泰勒①、勃兰兑斯以及被视为法国实证主义文学史学代表的朗松②,对《中国文学史》的叙述,有着相当大的影响,他们的方法,几十年来一直仿佛是人们取之不尽的资源,而他们的著作,也一直是好几代文学史家必读的"经典"。

1941年,刘大杰的《中国文学发展史》出版,在他并不长的"自序"中,唯一被引到过的人就是朗松,还有朗松关于文学史需要客观性的一段"金玉良言"。刘大杰又在重申要把文学当作文化的一个部分来看,并强调要重视文学与政治社会等的联系,他说,文学史固然要举出代表的作家作品,以表现文学的主要潮流,但特别需要注意的是,这是一份"求因明变"的工作,要求像朗松提出的那样,进行"客观真确"的分析③。在《中国文学发展史》里,可以看到过去文学史叙述的一些断点,确实得到弥补:从卜辞到《诗经》,中间搭了《周易》的桥梁。从《诗经》到诸子散文的兴起,是社会的物质变迁的结果,宗教的象征主义让位于人本的现实主义,导致了文体的变化。而汉赋,其实也有它存在的制度

---

① 茅盾曾把泰纳叫作"科学的批评论者"(见《"文学批评"管见一》,转引自《茅盾全集》18,253页,北京:人民文学出版社1991年版);后来颜元叔也称泰纳是第一个"正式为文学的历史研究订立法则"的人(见颜氏为卫姆塞特、布鲁克斯《西洋文学批评史》中译本所作序,6页,北京:中国人民大学出版社1987年版)。

② 朗松认为,文学史是文化史的一部分,像法国文学就可以看成是法兰西民族生活的一个方面,"它把思想和感情丰富多彩的漫长的发展过程全部记载下来——这个过程或者延伸到社会政治事件之中,或者沉淀于社会典章制度之内;此外,它还把未能在行为世界中实现的苦痛或梦想的秘密的内心生活全都记录下来",因此研究文学史的方法便也是历史的方法。他还把阅读《历史研究入门》一类的书籍,当作是对文科大学生进行训练的最基本要求(见朗松《文学史方法》,载〔美〕昂利·拜尔编《方法、批评及文学史》,3—4页,徐继曾译,北京:中国社会科学出版社1992年版)。

③ 刘大杰《中国文学发展史·自序》,上海:中华书局1941年版。

等方面的理由。唐诗的高潮过去以后,诗歌并没有从此销声匿迹,宋诗还有自己的变化……由于刘大杰把每一种文学现象产生的根据,都描绘得极其细致完美,因此1950年代以后,这部文学史在中国大陆和台湾地区都仍然被当作最好的文学史书。

在这里,还应该讲一讲林庚的《中国文学简史》。这部1940年代末用于厦门大学的讲稿,是"用诗人的锐眼看中国文学史",浑身充满了热情的文艺色彩。不过大概是受勃兰兑斯影响较深的缘故,它的解决问题的办法,还是要把许多线索"捋成一根巨绳",还是史家的态度。至于它要特别讲的文学的时代的特征,亦即"思想的形式与人生的情绪",其实也就是夹在历史和文学中间的"馅",一边联系着社会,一边联系着作品。林庚强调要突出这个时代的精神特征,就等于是要把这个"馅"做大的意思,而馅越大,它嵌入历史和文学一定越深。所以,朱自清就认为这还是历史的写法。

周作人在《知堂回想录》里边写道:大约是1906年,他刚刚到东京的时候,书店送来鲁迅订购的书,其中有一套Taine的《英国文学史》英文本,"我从这书里才看见所谓文学史,而书里也很特别,又说上许多社会情形,这也增加我不少见闻"①。那以后不过二三十年的功夫,有人就说,如果要把文学当作一种科学来研究,必须学习必要的知识,而那些必要的知识,当是"进大学校文学史科"才能学得的②。而同时,因为"很有人提倡阅读文学史,跟着就有人需求文学史,有人编撰文学史。这些人互相影响,于是文学史越出越多,文学史的阅读成为一般的风尚了"③。

---

① 周作人《知堂回想录》,197页,香港:三育图书有限公司1980年版。
② 茅盾《致文学青年》(1931),《茅盾全集》19,221页。
③ 夏丏尊、叶圣陶著《文心》,231页,上海:开明书店1935年版。

文学史改变了人们认识过去的文学世界的方式。刘麟生还记得他从前学文学的时候,是"只选几篇古文读读,几首唐诗背背:不管他们的时代背景如何,作品真伪怎样"的①,但是现在从文学史上读到的,主要不是诗和古文,却是有关它们出处变迁的源流演变的故事②。刘大白就把文学史比作"古代文学上的游记",说是能给那些无法亲自登临文学"山川名胜"的人,以旅游的线路,带他们神游③。谭正璧则进而要求文学史的写作,应当力避"平铺直叙,没有一些吸人注意之力"④。

中国文学史不仅成了历史的一部分,还成了可以阅读的文学读本⑤。

1997年10月完稿

---

① 参见刘麟生《中国文学史》,4页,上海:世界书局1935年4版。
② 夏丏尊、叶圣陶著《文心》,237页。
③ 刘大白《中国文学史引论》,6页,上海:开明书店1934年再版。
④ 谭正璧《中国文学史大纲·结论》,上海:光明书局1935年13版。
⑤ 康德下面这段话可以很好地说明历史叙述的文学本质:"在历史叙述的过程中,为了弥补文献的不足而插入各种臆测,这是完全可以允许的;因为作为远因的前奏与作为影响的后果,对我们之发掘中间的环节可以提供一条相当可靠的线索,使历史的过渡得以为人理解"(《人类历史起源臆测》,59页,载《历史理性批判文集》,何兆武译,北京:商务印书馆1991年版)。

第三章 作为教学的"中国文学史"

一 文学史为中文系的重要课程

在中国,"中国文学史"的出现,从一开始就与近代学制有着密切的关联,现知出版最早的,如林传甲、黄人的两种《中国文学史》,就是分别配合着京师大学堂和东吴大学的有关课程编写的。20世纪的一二十年代,中国文学史课的开设,由于得到中华民国政府教育部的认可,在大学、师范院校乃至中学蔚然成风,校园之外,就连一些地方上举办的短期学习班,也会开出这类题目①。

作为大学里的一门课程,"中国文学史"的设置,在早期,除去是对日本、欧美学制的模仿之外,还有另外一个相当重要的因素,便是它能够讲述一个有关中国文学的源远流长的历史传统,这种历史传统的讲述,对于近代国家形象的建设以及民族精神的构造都十分有益,它能够

---

① 例如王梦曾的《中国文学史》便是作为教育部审定的中学校用"共和国教科书",于1914年由商务印书馆出版的,据该书"编辑大意",还可知教育部有中学第四学年上中国文学史课的规定。此外,商务印书馆1915年出版的张之纯的《中国文学史》,也是参照部定课程为本科师范三、四年级学生编纂的。所以,刘大白在《中国文学史·引论》(上海:开明书店1934年再版)中曾说:最近几十年来,因中等以上各学校课程往往有中国文学史一门,于是有十多种文学史书出版(8页)。而商务印书馆1922年出版的凌独见的《国语文学史》,则是为该年浙江省教育会所办国语传习所编写的。

起到激发爱国热情、提高民族自信心的作用,即黄人所说的,由文学史而知"我国可谓万世一系","动人爱国保种之感情"①。而爱国主义,恰好又是近代国家的学校教育的一个最核心观念②,因此,不但林传甲深信"我中国文学为国民教育之根本"③,就是到今天,无论教育制度有过怎样的改变,课程设置有过怎样的增减,或学欧美,或从苏联,在大学的文学教育尤其是中国(语言)文学系的教学中,中国文学史课都自有其不可动摇的地位,"中国文学史"的生命,与近代以来的学校的教学相伴始终。

以北京大学中国文学系为例。至少从1916年起,这个系的一年级学生,就要上朱希祖开的一门"中国文学史要略"课④,此后过了将近十年,到1924—1925年度,朱希祖的"文学史概要"还列在必修课单上。那一年度的必修课共有五门,分别是沈兼士和马裕藻的"文字学大意"、朱希祖的"文学史概要"、沈尹默的"诗名著选(附作文)"、郑奠的"文名著选(附作文)"、张凤举的"文学概论",五门必修的课程,明白显示了中文系以文字为基础的文学观念,以及由史、论、作品选三项为基本构成的文学教学取向。这当中,史与论、史与作品选的界限很清楚,它们显然都不可或缺,不可相互替代⑤。

然而到了1931—1932年度,中文系的必修科目一度减少为下列四门:沈兼士和马裕藻的"中国文字声韵概要"、俞平伯的"中国诗名著选

---

① 黄人《中国文学史》第一册第一编"总论",3—5页,国学扶轮社。
② 梁启超在1901年即认定"一国之有公教育也,所以养成一种特色之国民,使之结为团体,以自立竞存于优胜劣败之场也"(《论教育当定宗旨》,《饮冰室合集》文集10,53页,北京:中华书局1986年版)。
③ 林传甲《中国文学史·目次》,24页,1909—1917年版。
④ 参见朱希祖编《中国文学史要略·叙》,1页,1920年版。
⑤ 萧超然等编《北京大学校史(1898—1949)》增订本,198—199页,北京大学出版社1988年版。

及实习"、林损的"中国文名著选及实习"、冯淑兰的"中国文学史概要",较之数年以前,少了一门"文学概论"。"文学概论"的空缺,本来已经意味着理论教学的可能减弱,在这一年度的选修科目中,又有傅斯年开的一门"中国文学史包括中国文籍文辞史",这种看似重复的设置,或许正表现了文学教学加倍向"史"的方面偏斜①。理论的淡化和史的增强,在中文系的教学中似乎还不是偶然的现象,在清华大学中国文学系,1936—1937年度文学组的必修课中,浦江清开的"中国文学史"被当作基本课程,是要求学生在二、三年级连上两年的,但是在所有的课程中,能跟文学理论沾得上边的,却似乎只有选修课中的"文艺心理学"一门②。

中国文学史之所以成为越来越重要的课程,据说是因为这门课的涵盖面较宽、弹性较大,不仅能向学生提供常识,而且能训练学生提出问题、解决问题的能力。1938年,教育部曾在"规定统一标准"的原则下,颁布过一个《大学中国文学系科目表》,其中就特别"注重或提倡中国文学史的研究"。"中国文学史"不但作为文学组的必修课,需要分成周至汉末、汉末至隋、唐宋、元明清四个段落详加讲授,就连语言文字组的必修课里,也有一门"中国文学史概要"。参与拟定这个科目表草案的朱自清就解释说:"文学组注重中国文学史,原是北京大学的办法,是胡适之先生拟定的。胡先生将文学史的研究作为文学组发展的目标,我们觉得是有理由的。这一科不止于培养常识,更注重的是提出问题,指示路子。"不仅如此,"这一科可以向许多方面发展:或向古代文学如《诗经》《楚辞》等方面去,或向各代诗文或向各代大家名家方面

---

① 萧超然等编《北京大学校史(1898—1949)》增订本,286页。
② 《清华大学史料选编》第2卷(上),296—309页,北京:清华大学出版社1991年版。

去,或向戏曲小说方面去,或向文学批评方面去。"①

在这种观念支配下,中国文学史课在西南联大时期的中文系,便几乎占据了基础课的首要位置,从 1937—1946 年中文系的必修科目来看,差不多就年年都有"中国文学史",浦江清、余冠英、郑奠、罗庸、闻一多和游国恩都先后担任过文学史的任课教师。学生进校,通常是一年级必修大一国文,到了二年级,必修的 16 个学分中,"中国文学史概要"要占到 6 个学分,其余的课程,像"各体文习作"仅占 2 个学分,"音韵学概要"和"文字学概要"也是各占 4 个学分。学生到了三、四年级,要选择进文学组或是语言组,分别准备论文,这时,文学组的必修课,虽然变成了专业性较强的文选、诗选和专书,但对两组开的选修课里,仍然有专题课性质的"中国文学史分期研究"和"中国文学史专题研究"②。

在中文系的教学中格外重视"中国文学史"的这种状况,到中华人民共和国政府成立,也没有多少改变,相反,由于各地各学校的教学,逐渐被纳入到一种更加严格的秩序和制度之中,这种状况只可谓有增无减。

1949 年,华北高等教育委员会曾向华北各地高校下达过一个《各

---

① 朱自清《部颁大学中国文学系科目表商榷》,原载《高等教育季刊》第 2 卷第 3 期,年月不详,重庆:文通书局;又见于《朱自清全集》第 2 卷,南京:江苏教育出版社 1988 年版。需要补充说明的是,胡适大概是以学生在进入大学前,就读过相当数量的作品为这一方案之前提的,因为在 1920 年讨论中学的国文课程时,他还竭力反对过上文学史课,认为"不先懂得一点文学,就读文学史,记得许多李益、李颀、老杜、小杜的名字,却不知道他们的著作,有什么用处?"(胡适《中学国文的教授》,载欧阳哲生编《胡适文集》2,154 页,北京大学出版社 1998 年版)

② 三、四年级选修课的排序是:甲、文学史方面,乙、文学理论方面,丙、作家研究,丁、文学作品选读,戊、写作方面,己、语言学方面,庚、文字学方面。见清华大学档案馆编《国立西南大学各院系必修选修学程表》(上、中、下),1994 年;《国立西南联合大学校史——1937 至 1946 年的北大、清华、南开》,111—115 页,北京大学出版社 1996 年版。

大学专科学校文法学院各系课程暂行规定》,就明确地将"培养学生对文学理论及文学史的基本知识",视为中国文学系的任务之一。《暂行规定》拟定中文系的基本课程,有中国文学史(包括历代及现代)、中国语文、文艺学、写作实习、中国文学名著选(包括历代及现代散文、诗歌、小说及戏剧)和世界文学史,其中"中国文学史"依然是首选科目。这个《暂行规定》下达之后,一些大学曾根据它的精神,将自己原有的课程做了精简重复、突出重点的调整,在北京大学中文系,当时就选出了"文艺学"和"中国文学史",作为系里的两门重点课程。担任中国文学史课的游国恩认为:"文学史的任务是非常重大的,它除了说明中国几千年来文学发展的过程使学生对各阶段各种文学现象和本质获得基本的了解之外,应该进一步的用新的观点来解释文学与经济、政治、历史、文化乃至其他一切直接间接的关系,从而批判的接受文学遗产,明确的指出今后文学发展的方向。"①由于他在这门课上,率先"应用唯物史观的观点和方法进行讲解"②,还受到《人民日报》《新建设》等媒体的格外关注③。在清华大学中文系,衔接在中国文学史课后边的王瑶所开"现代文学史",也同样受到学生的重视④。

这样,到1950年中央人民政府教育部发布《高等学校课程草案》

---

① 萧离《我怎样改进教学方法的?——记北大中文系教授游国恩先生的谈话》,载《新建设》第2卷第1期(1950年2月)。

② 《提高学习效率,北大精简课程》,载《人民日报》1949年12月9日。

③ 在《人民日报》1949年12月9日第3版的两条新闻报道《提高学习效率,北大精简课程》和《教授学生团结互助,北大清华教学改进,开始以马列主义观点进行教学》中,都把游国恩的"中国文学史课"作为改革的成果加以宣传。《新建设》第2卷第1期(1950年2月)刊登的《我怎样改进教学方法的?——记北大中文系教授游国恩先生的谈话》中,也有相当一部分涉及"中国文学史课"在内容和教学法上的改革。

④ 《清华大学对于〈文法学院课程暂行规定〉实施情形之补充报告》,1950年1月15日。

的时候,《草案》规定的 13 门必修课中,"中国文学史"自然就占到了相当大的比重,这门有着 8 个学分的课,是仅次于最为形势所需的"写作实习"①,占学分最多,这里边还不包括"五四"以后的"新文学史",以及应当与之相配合的"历代散文选"和"历代韵文选"②。特别是如果与只占 4 个学分的"文艺学"相比较,在历来讲究理论与史的平衡的文学教学中,这一次,明显地是有以"史"盖过"论"的倾向。至于曾经与文学理论、文学史一样重要的作品选课,由于与写作实践脱了钩,便只成了"与中国文学史相配合"的课程③,它们并且也好像是可以随意调整的,譬如当时由于急需师资和文教干部,有人曾提议大学的中文系应该压缩课程,让学生学完三年就毕业工作,在所列举可以压缩的必修课中,就包括有历代韵文选课和历代散文选课④。

1950 年,刘白羽在《文艺报》上发表了《访问文学院和阿扎耶夫》的文章,讲到苏联文学院的课程,除了马列主义、政治经济学以外,占学习钟点最多的就是文学史、古代文学、民间文学、苏联文学、文学理论、诗、小说、儿童文学以及各民族文学史、各民主国家文学史,文中并提到

---

① 1949 年后的中文系,主要任务在于"培养学生充分掌握中国语文的能力和为人民服务的文艺思想,使成为文艺工作和一般文教工作的干部",因此比较注意对学生进行有针对性的实用技能的训练,例如规定学生在大学四年中,年年必须上"写作实习",并"以散文、报道习作为主",就是为了从写作实践上来提高文艺干部的后备力量。参见《高等学校文法两学院各系课程草案》;谭丕模《新的中文系在生长着——湖南大学中文系两年来总结》,载《人民教育》第 4 卷第 2 期(1951 年 12 月)。

② 作品选配合文学史的教学,实际上也是 1950 年代以前就有的做法,据说钱玄同"在师大国文系定的科目,凡辞赋、诗、词、小说、戏曲'选',就多与该本的'史'相连,因为许多老头子或青年,能诌上几首'歪词',就算了不得,其实对于诗词等等的源流以及文学史上时代的代表与价值,一点也不知道,故力矫此弊也"(黎锦熙《钱玄同先生传》,转引自吴锐《钱玄同评传》,76 页,南昌:百花洲文艺出版社 1996 年版)。

③ 《高等学校课程草案》。

④ 霍佩真《改进综合性大学中文系的几点意见》,载《人民教育》1952 年 4 月号。

他们马上还要设立"中国文学史"的专门研究课程①。在1950年代以后的教学体制建设过程中,来自苏联的点滴消息,都会成为带有权威色彩的特殊依据,后来,陆侃如果然引以为据,并结合高尔基在《我怎样学习写作》里所说"开始写作的人,必须具有文学史的知识"的话,以强调中国文学史课的重要性②。

当然,"中国文学史"能够在此后延续,时或强化它的优势,更是基于这样一种普遍的认识,即认为经过数十年的探索与积累,它已经成熟为一门具有较完整的理论和系统知识的课程③,因此,当中华人民共和国政府提出"我们的高等教育应该随着国家建设的逐步走上轨道,逐步走向计划化"的要求之后④,这门课,理所当然地也就成了最符合政府倡导的"在系统理论的基础上,实行适当的专门化"的教学理念的典型⑤,并从此在计划经济的时代,享受着被当作中文系最基本课程的待遇。学生在接触具体的作家作品之前,首先要接受中国文学史的教育,这种先灌输关于一个学科的系统观念和概念,然后再在这种先入为主的观念及先行确立的一系列概念支配下,解决感性的、具体的问题的顺序,在1950年代以后建成的教学秩序中,还是绝对不允许颠倒的。

---

① 刘白羽《访问文学院和阿扎耶夫》,载《文艺报》第3卷第4期,1950年12月。
② 陆侃如《把毛泽东文艺思想贯彻到古典文学的教学中去》,载《人民日报》1953年3月25日。
③ 1950年代后,一般人对中国文学史课的看法,都是一面承认此前的"资产阶级学者",已经对它"尝试作系统的研究",一面希望将来仍"能给予同学以比较全面系统的文学史知识和正确的历史观念"。参见《中国文学史教学大纲·导论》,5页,北京:高等教育出版社1957年版;游国恩、王起、萧涤非、季镇淮、费振刚主编《中国文学史·说明》第一册,1页,北京:人民文学出版社1963年版。
④ 见马叙伦1950年6月在第一次全国高等教育会议上致的开幕词,载《人民教育》第1卷第5期(1950年9月)。
⑤ 1950年7月政务院通过的《关于实施高等学校课程改革的决定》,载《人民教育》第1卷第5期。

1950年代初期,某校中文系在学生二年级的时候,便开出了《诗经》和"杜诗"的课,结果,便被当成违背了"专门化必须以系统理论为基础"之原则的典型,受到教育部的通报批评①。

对中国文学史课在中文系教学中所处的如此地位,并不是从来没有人提出过挑战,只不过近代以后的学校教学,是越来越趋向于体制化、行政化的,因而这种挑战,最多只能触动课程本身,而不大能涉及得到像教学安排等行政、制度的层面。

例如1950年代初期,许多大学的古典文学教学,一度呈现过落后于时代、遭到学生厌弃的现象,当时有人分析这一现象产生的原因,即归之于执掌教席的老教授对新事物接受慢、不适应新的一套理论的缘故,建议采取安排青年教师担任辅导、加进新观点的办法予以纠正②。在1950年教育部颁布的《草案》中所强调的,也正是要"应用新观点、新方法,讲述中国文学各历史阶段的发展状况并指出其发展方向"这一点。而当所谓新的观点和新的方法一旦融入其中,中国文学史课也就果然能够回到教学活动的中心,以至于到了1950年代的中后期,不少大学的中文系,都出现了后来被批评为"重史(文学史)轻理论(文艺理论)"的现象,"史"的当中,又是"厚古薄今"的③。据说在北京大学中文系,文学史课的古典与现代之比,就是4比1,在北京师范大学中文系,文学史课的古典与现代之比,为6比1④,在复旦大学中文系,三

---

① 教育部所发《全国高等学校一九五〇年度教学计划审查总结》,1951年3月。
② 程千帆《武大中文系的教学情况》,载《文艺报》第5卷第2期(1951年11月10日)。
③ 作家出版社编辑部编《中国古典文学厚古薄今批判集》第1辑,28页,北京:作家出版社1958年版。
④ 《明确方向,向前迈进!——关于厚今薄古座谈会的综合报导》,载《光明日报》1958年7月6日。

年半的文学史课中,有三年讲古代,却只半年讲现代①。出于同样的理由,当 1958 年,北京大学、复旦大学、吉林大学等学校的中文系学生满怀"革新一切科学"的热情,检讨由他们所不喜欢的资产阶级学者讲的中国文学史课的时候,他们所做的,也并不是简单地停掉这门有着严重"历史的、阶级的局限性"的课程,而是用拔白旗、插红旗的办法,快速生产出新的中国文学史。

因此,在这数十年间,大学里的中国文学史课尽管也遇到过持续不断的震荡与危机,但这些震荡与危机,都不曾构成颠覆在近代教育制度保护下的中文系的教学规划的力量,它们往往只在本学科或本课程的内部,就能得到暂时的平息与化解。有时候,看起来只是针对课程内容或讲授方法提出的批评、批判性意见,还会化作促使中国文学史课进行自我革新的动因,提醒这门偶有学院化倾向的课程,始终保持现实的、开放的姿态,保持与主流意识形态的高度一致性,从而确保它在学校教学中的优势。于是,每经过一段时期,尤其每经过一段政治上的波动,适应文化理论与社会实践的新的要求,必会涌现出一批新的中国文学史教材。

二 教学上的个人与集体

文学史在近代以来的大学的文学教育中,占有极其重要的地位,只不过直到 1950 年代以前,它都还是因校而异、因人而异的②,即如游国

---

① 余一《复旦中文系在大踏步前进》,载《光明日报》1958 年 10 月 19 日。
② 关于大学授课情况,据黄龙先《我国大学课程之演进》的归纳:清末学校始建,尚有统一课程,但到 1921 年教育部的改制令中允许"多留各地方伸缩余地",并规定了大学的选科制以后,大学的统一课程便开始动摇,及至 1924 年教育部颁布的国立大学条例中,有"国立大学各科系及大学院各设教授会,规划课程及其进行事宜",于是课程设置全部自由开放。这以后,虽然屡有大学教育应"确立标准"的呼吁,但始终难以落实。黄文载《高等教育季刊》第 1 卷第 3 辑。

恩说,"教学上是不免自由散漫的"。1950年代初,游国恩对人谈到自己十几年来上文学史课的办法,就说是因为一部分材料略能背诵,因此总不肯多做准备,也因为不把握进度,一任其自流的"兴之所至,乐而忘返",故而学期终了,往往才讲到唐宋①。陆侃如回忆"五四"前后到抗战初期,也说当时"各校中文系课程的开设是所谓'自由'的,系主任爱怎么办便怎么办",及至抗战期间,虽然有了一个部颁的课程标准,沿用到全国解放,"但也没有两校所开同一课程的内容是相同的",他说"我教过二十年的'中国文学史',都是详于周秦,略于唐宋,到明清就根本不讲了。我所认识的担任这门课程的朋友们,讲授的进度都不一样;至于对每一作家、每一作品的评价,不但'仁者见仁','智者见智',而且以'独出心裁'为贵"②。

到了1950年代课程改革实施之初,这种自由教学的情形依稀犹存,虽然政府要求高等教育逐步走向计划化,指示"各系课程应密切配合国家经济、政治、国防和文化建设当前与长期的需要,在系统的理论知识的基础上,实行专门化;应根据精简的原则,有重点地设置和加强必需的和重要的课程,删除那些重复的和不必需的课程和内容,并力求各种学科的相互联系和衔接","各校开设课程应按照国家建设的实际需要,不应因人设课"③。在1950年颁布的《高等学校课程草案》中,更

---

① 《我怎样改进教学方法的?——记北大中文系教授游国恩先生的谈话》。但与游国恩此时将文学史课只讲到唐宋,归结为"自由散漫"的原因不同,王瑶在1980年代又有另一种说法:"以前北京大学中文系标榜所谓'余杭章氏之学',入学后先修文字声韵之学,即从小学入手。小学是为了通经的,所以中国文学史也讲到唐朝就差不多了,元明清可以不讲,更何况'五四'以后。"录此以备参考。见《"鲁迅研究"教学的回顾和瞻望——在"鲁迅研究教学研讨会"上的发言》,原载《鲁迅研究动态》1988年第8期,转引自《王瑶文集》第7卷,20页,山西:北岳出版社1995年版。
② 陆侃如《关于大学中文系问题》,载《人民教育》1952年2月号。
③ 1950年政务院通过《关于实施高等学校课程改革的决定》。

严格规定了中国文学史课的宗旨,就是要运用新观点、新方法,讲述中国文学各历史阶段的发展状况并指出其发展方向。然而,由于地域和校际的差别,加上任课教师各有不同的学术背景和教学习惯,在实际教学中,教师们仍然难免各自为政,"在方法方面是关门提高,钻牛角尖。在态度方面是自由散漫,不负责任"①,乃至于彼此冲突,互相指责。像有人就曾公开批评,某某在文学史当中,误把机械论的观点当作唯物史观,某某在分析文学史上的派别时,沿袭旧说,还用着"言志"和"言道"的概念,以为"言道"的文学就是现实主义的文学②。有人则批评专家们也并没有都改掉自成一家之言的习惯,譬如很多楚辞专家都研究屈原,也都讲《离骚》,"可是一人有一套讲法,谁跟谁都不一样,而且人人皆认为自己的讲法才是真地合乎马克思列宁主义","甚至于同一工作部门,同一教研室里,也不能——主要的是不肯——取得比较一致的看法:必须你有你的一套,我有我的一套,才显得我们都是'专家'"③。

使这种个人主义教学方式得到真正改变的,首先,是对教员实行的集中备课的管理办法。教育部从 1950 年代初开始,即在各大学的文科学系,推广教研组备课的制度,提倡以教研组为单位,拟提纲、编教材,交流教学经验,检查教学效果,以解决教员不能集中统一教学的问题。

---

① 《武汉大学中国语文系课程改革的经验——一九五一年六月廿九日武汉大学中国语文系主任程会昌先生在课程改革讨论会上的报告》,载《人民教育》第 3 卷第 5 期(1951 年 9 月)。

② 佘树森《我对中国语文系教学上的几点意见》,载《文艺报》第 5 卷第 5 期(1951 年 12 月 25 日)。按:"言志""言道"是周作人提出的概念,在《中国新文学的源流》中,周作人就把中国历代文学的变迁,讲成是言志的与言道的两种文学潮流交迭起伏的过程。

③ 吴小如《我所看到的目前古典文学研究工作中的一些问题》,载《文艺报》1954 年第 23—24 号。

武汉大学中文系在介绍他们的经验时,曾非常仔细地讲过集体开课和互相批评的这套办法:系里边要求教师必须将课前的共同备课、课上的集体讨论、课后的互相检查这三个环节做好,具体地说,就是"每一课程开始以前,除编有教学大纲外,并按周制定教学计划,对每小时教学内容,每周教学进度,学生课内外作业的内容、方式、次数、交卷时间都事先作出通盘打算。教师每上一课必作'教学日志',详细记录教学内容、进度、心得、缺点、问题解答、学生反映等项,在教研组开会时作为工作汇报的原始材料,在课程结束后,由师生共同检讨优缺点,作出总结,交教研组长作出本组总结,再交系主任作出全系总结,作为下期布置工作的基础"。据说有位老先生因忙于其他工作,没有充分准备,讲稿也没有经过该课全体教员仔细研究,讲下来的结果不好,因此受到大家的批评①。在湖南大学中文系,教师们则被规定要互相听课,轮流观摩教学,定期举行座谈,互相提出批评,互相听课的时候,人人做笔记,课后批评时,因此都讲得十分仔细②。

其次,是把教员集合在一起编写教材。一方面,1950 年代以后的大学,由于学习了苏联的教育思想,把课堂看作教学的基本形式,把教师视为教学的当然领导,同时特别重视教材的作用,强调教材的权威性。另一方面,在计划经济模式的影响下,人们也相信只有把专家的智慧和才能集中起来,才能使知识发挥最高效率。而当这两种看法结合到一起的时候,便有人提出了要想编出"正确完善"的东西,"最好由领导上约集专家,集体研究,分工合作,以期完成"的建议③。跟着文艺界

---

① 《武汉大学中国语文系课程改革的经验——一九五一年六月廿九日武汉大学中国语文系主任程会昌先生在课程改革讨论会上的报告》。
② 谭丕模《新的中文系在生长着——湖南大学中文系两年来总结》。
③ 《〈中国新文学史稿〉(上册)座谈会记录》,载《文艺报》1952 年第 20 号。

刮起的集体创作的风潮①，有人指出古典文学的整理研究，也必须明确目的性、加强计划性，"有领导，有组织，而且要全面考虑，具体实行分工合作"。比如研究李白，就要把李白的研究专家组织起来，使大家集思广益，系统地分工合作，以达到事半功倍的效果，免得他们各自为政②。中山大学中文系古典文学教研组后来在总结他们编写《中国文学史》经验的时候，就很是突出了他们如何发挥集体主义精神的这一面，称"我们在党和行政的教育、领导之下……互相尊重，互相学习，认清教学的目的，捐除个人的成见，各尽所能，通力合作。大家先在感情上打下良好的基础，然后有意见公开提出，有问题互相讨论、争辩、批评，渐成习惯，改动讲义，也就毫不在乎了。这么一来，以前的讲义中的各种缺点，才得到较好的修正"③。

1950 年代初期，教育部便成立有一个高等学校教材编审委员会，领导编写全国统一的教学大纲。教学大纲的作用，在当时被认为既可作"指导教师从事教学工作的基本文件，也是教科书编辑人员工作上所必须遵守的准则"，也可作"各级教育行政领导机关及学校行政领导人员""检查教学工作的唯一标准"④。

1957 年，《中国文学史教学大纲》经高教部审定，由高等教育出版

---

① 在 1949 年 7 月召开的第一次文代会上，丁玲在题为《从群众中来，到群众中去》的发言中，就倡导发扬集体主义精神，"就是在写作以前，要有提纲，要说明你想写什么，要解决什么问题，要开座谈会，研究你的企图是否正确，你的观点是否正确。写好之后，又广为搜集意见，重复讨论，再三修改"。丁文载《中华全国文学艺术工作者代表大会纪念文集》，179 页，新华书店发行，1950 年版。

② 张天翼《关于指导青年阅读古典文学作品的几点意见——在座谈会上的发言》，载《文艺报》1954 年第 23—24 号。

③ 詹安泰《编写〈中国文学史〉的一些经验和体会》，载《高等教育通讯》1954 年 20 期。

④ 张萃中《学好各科教学大纲（草案），是改进教学、提高教育质量的重要关键》，载《人民教育》1953 年 2 月号。

社出版,光是在这本《大纲》封二上出现的起草者的名字,就有北京大学的游国恩、复旦大学的刘大杰、山东大学的冯沅君、北京大学的王瑶和武汉大学的刘绶松等五位。游国恩曾谈到过《大纲》的编写过程:1954年,高教部先是指定几个高校的中文系和文学研究所,分段草拟大纲,到第二年,再由分段负责古典部分的各个学校,先后邀请部分高校及其他方面的专家,聚集起来讨论,取得初步一致的意见,1956年的7月和11月,高教部又先后召集过两次讨论会,这样历经反复,大纲才从草案变成定稿,正式成为编写中国文学史教科书的依据和各综合大学中文系文学史课的参考。游国恩说:"在历次讨论会中,我是始终参加的,大家虽然意见分歧,最后仍然取得协议。多数同志一面坚持自己的看法,同时也虚心考虑别人的意见。""对于这个大纲,我虽然也有一些保留的意见,但基本上是同意的。"他认为无论在参与的高校还是在参与者个人之间,能够达到这样高度的协作,"是和党的英明领导分不开的,也和知识分子接受思想改造,努力自我教育分不开的"。①

用行政的力量,调集各校最有经验的专家来共同编写教学大纲,在很多人看来,都是史无前例的事情,李嘉言就曾深有感触地说过:"学校党不仅事先指示了我们编写每一种教学大纲的原则,还审阅了我们的初稿,提出意见,并组织讨论。就这样子初步提高了我们的教学质量,保证了教学计划的完成。其后教育部领导我们的也是这样。而在旧大学教文学史,很少有讲到元明清的。"②游国恩、余冠英等人则对教育部不但有能力将全国的专家组织到一起,编写教科书,而且还能在许多细节上都考虑周到,如给参加者以适当的照顾,或减轻他们的教学负担,或给他们配备助手,并设专门的组织机构等,留下了很深

---

① 游国恩《对于编写中国文学史的几点意见》,载《光明日报》1957年1月6日。
② 李嘉言《击退右派分子对我们的进攻》,载《光明日报》1957年8月1日。

的印象①。

1957年的《大纲》因此设计得非常周密,它是按课时来控制中国文学史的叙述节奏的,把从上古到1949年的文学史,恰恰好安排在35周也就是一学年的时间内。它的目录上就同时标有授课时间,例如上古文学的第一章绪论,标明了约半周,第二章古代神话,约二周,第三章散文的发展,约二周半,第四章诗歌的发展,诗三百篇约五周半、结语约半周。《大纲》的另外一个特点,是它的概述部分特别多,不但全书前有"导论"、后有"总结",其下上古、春秋战国、秦汉、魏晋南北朝、隋唐、宋金元、明清、近代文学、现当代文学九篇,篇篇也都各有"绪论"和"结语",这是满足典型的学院式教科书要求的写法。由于《大纲》将全部的教学内容,严格控制在规定的课时内,并采用了反复概括、归纳教学内容的形式,以保证受教者既能在有限的时间内,掌握所学内容,又能从课堂学习中,养成举一反三的能力,也比较能够满足近代式课堂教学的要求,同时由于参与其事的专家学者在编写《大纲》的前后,大都身居教学岗位,因此,这个精致周密的集体成果,差不多影响和规范了此后近三十年间的全国各高校的中国文学史教学②。

---

① 见游国恩、余冠英、林庚、王瑶、金申熊、沈玉成《在党的领导下前进——斥右派分子"党不能领导古典文学研究"的谬论》,载《光明日报》1957年8月4日。两年以后,当北京大学中文系的学生着手编写《中国文学史》时,对"高教部委托一些专家编文学史,给他们助手,给他们优越的工作和生活条件"这件事情,有人仍然记得很清楚(参见北京大学中文系文学专门化1955级集体编著《中国文学史》下册,699页,北京:人民文学出版社1958年版)。

② 沈玉成、高路明在《楚辞研究的集大成者游国恩》(载王瑶主编《中国文学研究现代化进程》,北京大学出版社1996年版)一文中说,大纲出版后,"高教部又组织有关学者在青岛把大纲扩大充实成书,但随着'反右'运动的开始,这一工作不得不半途而废,以致使那本《大纲》竟在相当长的一段时间内发挥了预先没有设想到的作用"(447页)。

1950年代后期，北京大学、复旦大学、吉林大学等校中文系的学生，在"大跃进"形势的鼓舞下，分别在北京、上海等地出版了各自集体编写的《中国文学史》，虽然它们都离《大纲》并不太远，但连本来只有学习者资格的学生，都变成了教科书的制作主体①，而教着这些学生的老师对此似乎也抱着无限热情，北京大学的一批教师就曾撰文称赞"红色'中国文学史'的科学成就"，宣传自己的学生由于发挥了集体的智慧，进行了反复讨论，在例如有关各时代社会概况和文学概况的章节中，都表现了高度的概括力②。对于集体力量的幻想，对于集体意志的崇拜，在这时可算达到了一个极致③。

　　再以后到1960年代，又有两种集体编写的《中国文学史》同在北京的人民文学出版社出版。一是由游国恩、王起、萧涤非、季镇淮、费振刚等高校学者主编的，而光是从《说明》列出的参加执笔和集体讨论的

---

　　① 北京大学中文系后来记录此事说，暑期中，"校党委号召科学研究大跃进"，一个月间，四年级学生就写出了较详细的中国文学史教学大纲，三年级学生写成了长达75万字的《中国文学史》，"几位老教授受教育部委托编写《中国文学史》，写了两年没有完成，三年级学生在一个月内就完成了"（见北京大学中国语文学系编《文学研究与批判专刊》第一辑"前言"，1页，北京：人民文学出版社，1958年9月）。

　　② 杨晦、季镇淮、冯锺芸、陈贻焮、李绍广《红色"中国文学史"的科学成就——评北大中文系专门化五五级集体编著的"中国文学史"》，载《光明日报》1958年11月30日。

　　③ 参见北京大学中文系文学专门化1955级集体编著的《中国文学史》，其"前言"说道："我们这部文学史的诞生，就是在党的领导下，采取共产主义办科学的方式——群众集体合作的方式，以马克思列宁主义观点去分析文学发展过程的结果"（9页）。复旦大学中文系王运熙在《批判我的厚古薄今资产阶级学术思想》（复旦大学中文系文学教研组编《"中国文学发展史"批判》，北京：中华书局1959年版）一文中也写道：最近我参加了本系《中国古典文学史教材》的编写，现在的教材还比较粗糙，"今后我们将通过集体备课，深入探讨"（228页）。而胡念贻、刘世德、邓绍基在《文学研究战线上的新收获——喜谈〈中国文学史〉修订本》（载《光明日报》1959年12月20日）的文章中则把这部文学史的出版，看成是"在文学研究工作中政治挂帅、贯彻群众路线、大搞群众运动的必要性和正确性"的证明，他们认为，"没有青年同志的革命干劲和集体智慧，要想单靠少数专家来编写这样一部文学史，必将旷日持久，不知何年何月才能完成"。

名单上就可见，当时参与编写工作的，至少还有另外14人。在这个编写集体里，除王起、裴汉康来自中山大学，萧涤非来自山东大学，其他人都来自北京地区的高校，主要是北京大学、北京师范大学和中国人民大学。与这一种中国文学史编写的同时，中国科学院文学研究所中国文学史编写组也写出了一种《中国文学史》，这个编写组由余冠英挂帅，下设三小组，即余冠英负责的上古至隋小组，钱锺书负责的唐宋小组和范宁负责的元明清小组。参加者中，余冠英、钱锺书毕业于清华大学，范宁毕业于西南联大，其余14位则毕业于不同地区的各个院校。这两种文学史，都是供大学文学史课用的[①]，在编写过程中，写作者虽已费尽气力试图表现自己的特色，但终为编写方式及用途等因素所限，不可能在大的格局上有所突破，因而面貌相当接近。文学所的一种在叙述魏晋南北朝文学时，独辟了一章《佛经翻译》，还被批评为"在全书结构上是游离的"，"专章独立，于体例也是不纯的"[②]。这两种《中国文学史》相继出版之后，在很长一段时间里，基本上就成了全国各地高校所使用的唯一教材，一直到1980年代，中国文学史课主要依据的都是这两个本子。

1980年代后，全国各地都有不少新编的中国文学史教材出版，不过就编写方法而言，大都脱不开集体写作的模式，即便写作者个人较过

[①] 由游国恩等主编的一套，"是为高等院校中文系编写的中国文学史教科书，为了适应教学需要，本书在取材和章节安排上力求符合教学实际"（见《中国文学史·说明》第一册，第1页，北京：人民文学出版社1963年版）。由中国社会科学院文学研究所编写的一套，"目的是供社会上想了解中国文学历史发展情况的人阅读，也可作高等学校教科书"（见《中国文学史·编写说明》第一册，1页，北京：人民文学出版社1962年版）。而根据笔者1970年代末1980年代初的大学学习经验，这两套文学史基本上是在教学中并用的。

[②] 郭预衡《从"魏晋南北朝"一代谈文学史的编写问题——读文学研究所新编〈中国文学史〉》（1962年），载郭预衡《古代文学探讨集》，北京师范大学出版社1981年版。

去有了相对的自由,但一般人还坚持认为,一部文学史当中,是需要一以贯之的文学观,兼以比较统一的文字风格的,就连章节字数的分配,也需要经过集体的讨论和权衡。在新的中国文学史教材中,虽然也有若干顶着个人的名义编写出版,但它们大多仍在有意无意地因袭着一种集体话语。对于教科书,人们似乎早有一种默契,那就是要在材料、观点上求平保稳,避免将争论或失误带到课堂,在学生中埋下疑问与歧见,乃至损害教科书及教员的权威形象。

三　对文学史课的挑战

大学中文系的文学教育,采用"中国文学史"为其主要形式,也曾遭到过一些人的质疑,然而风气一旦形成,学制一旦颁布,似乎就不大容易动摇。1940年代前后,朱光潜曾由传统学术的立场,检讨当时文学院的课程,他说中国传统的学问,历来都讲"首在穿经明义理,次则及于历史与周秦诸子,行有余力,乃旁及集部,习辞章以为言学应世之具",而今天要求学生拿到的五十多个学分中,群经诸子及四史晋书(中国文学专书选读)竟只占到4—6个学分,这必然导致学生把大量的时间,花在中国文学史和文选、诗选、词选、曲选等科目上,而这样的课程配置,自然"与吾国传统的治学程序,实根本异致"。他认为之所以在课程配备上犯这种本末倒置的错误,恰是因为"历来革大学中国文学系课程者,或误于'文学'一词,以为文学在西方各国,均有独立地位……吾国文学如一欲独立,必使其脱离经史子集之研究而后可",但这实在是一个严重的误解,"吾国以后文学应否独立为一事,吾国以往文学是否独立又另为一事,二者不容相混"。① 可是,在近代化的教育体制和学术体制之下,类似朱光潜这种以传统为依据的"保守"的议论,是较难得到认可的。

作为一门文学教育的课程,"中国文学史"在将近一百年的发展中,始终是在按照自己时代的主流意识形态和课堂教学形态,建构一套特有的经典系统和理论体系,养成一种特有的文学文本的阅读方式,并创造出当代对于过去历史的一种独特意识,从而融入当代教育体制中去。它所依附的一个强有力的背景,还赋予了它特殊的权力:这是一个有关中国文学传统的故事,是从"中国"这样一个民族国家的土壤中生长出来的,是中华民族悠久历史文化中的一部分。然而,这样一个"中国文学史"的形成,也是有着必要前提的:将一部分作家作品选为经典的过程,与对其他作家作品进行压制和淘汰的过程相伴随,而将所有类型的文学文本,置于同一种阅读范式之下,也必然要以牺牲文学的丰富多样性为代价。

"中国文学史"在讲述历史的同时,也瓦解了历史,在揭示文学性的同时,也损坏了文学性,这个问题,其实很早就有人意识到了。

拿1920—1930年代影响最大的胡适的《白话文学史》来说,且不说在它风行的当日,评论者即已"病其偏不全,时多武断之语",有人对它偏向白话文学深不以为然②,有人坚持还按老规矩另讲一套③。到了

---

① 朱光潜《文学院课程之检讨》,载《高等教育季刊》第1卷第3集,年月不详。
② 胡云翼在《新著中国文学史·自序》(上海:北新书局1932年版)中就已经替胡适的《白话文学史》"过于为白话所囿,大有'凡白话写的作品都是杰作'之概"的偏向感到"可惜",他说,"如王梵志的诗有什么了不得之处,竟劳胡先生在珍贵的篇幅上大书特书而加以过分的赞美呢?这真令我百思都不得其解!"(3页)叶青在《胡适批判》(下册,上海:辛垦书店1934年版)中,也批评胡适有轻视文人文学、忽略散文等缺点(970页)。
③ 例如钱基博1930年代末在国立师范学院讲中国文学史课,就还依照着传统的文学观念。参见钱基博《中国文学史》,北京:中华书局1993年版。

1950年代,通过对胡适思想、学术的全面批判,人们对其中的问题似乎看得更加明白,许多中国文学史的专家都指出了他的号称"其实是中国文学史"的《白话文学史》,实际上是把许多应该有的文学作品割除在外了的问题。郑振铎就指出《白话文学史》是落入了舍文学的本质上的发展,而追逐于文学所使用的语言那个狭窄异常的一方面的发展"魔障",这样便不得不舍弃许多非白话写作的伟大作品,而发掘许多不太重要的古典著作,其说大诗人杜甫的诗,只是烦琐地讲述杜甫集子里的几篇带诙谐性的小诗,即是"魔道之一"[①]。游国恩说胡适对于文学形式是看得太重了,"像王梵志的打油诗并没有什么思想性,只因为比较通俗,就在《白话文学史》里大捧而特捧",像"白居易对文学的看法是有一定的进步意义的,而胡适说他'受了汉朝迂腐诗说的恶影响,把三百篇都看作"兴发于此而义归于彼"的美刺诗,因此遂抹煞一切无所为而作的文学',他不知白居易这一点正是要反对这种'无所为而作的文学',却反而认为不应该,这显然是把文学看作超现实超一切的东西"[②]。余冠英总结胡适的问题有五:第一是割截历史,汉高祖以前的文学史都不提;第二是抹煞事实,否定了古文、骈文、律诗,还有《史记》《汉书》、唐人传奇等;第三是隐蔽精华,对白话文学中的《水浒》《三国演义》《红楼梦》,对诗人中的陶渊明、李白、杜甫评价都不够高;第四是搬运糟粕,王褒"戏弄侮辱劳动人民"的《僮约》、王梵志"宣传颓废思想"的打油诗反倒进了文学史;第五是捏造或歪曲"公例",公例之一是文言和白话的长期对立不断斗争说,之二是文体进化论,之三是一切新文学的来源

[①] 郑振铎《中国文学史的分期问题》,载《郑振铎文集》第7卷,70页,北京:人民文学出版社1985年版。

[②] 游国恩《批判胡适的资产阶级唯心的学术观点和他的思想方法》,载《光明日报》1954年12月22日。

都在民间①。王瑶则看到胡适的文学史研究,本身就充满了矛盾,一方面,他用所谓"历史进化的文学观念"研究中国文学史,所以在"可以说是标本的用他自己的理论来解释作品的"《白话文学史》里,"无论李白、杜甫,在他的笔下都变成了白话作家了;但那系统还是一元的,就是想尽办法把一切的作品都说成是白话的",而另一方面,"到他写《五十年来之中国文学》时,他却又把古文学和白话文学并列起来,变成二元的了。这是因为他一定要叙述曾国藩这些人的'成就'"②。

1950年代发动的对胡适的这场批判,自然带着浓重的政治色彩,那也的确是一个学术普遍被政治意识形态化了的时代,曾经颇得朱自清好评的林庚的《中国文学史》,也受到过"生错了时代"的批评③。有人说林庚把王维视为当时诗歌的主流,评价在杜甫之上,却很少赞扬杜甫的绝句,就是一种错误,因为"曾经投降敌人的变节文人王维,无论从哪一方面来说,他都是不能和关心人民热爱祖国的杜甫相比的"④。有人说林庚认为白居易的诗,只有《长恨歌》《琵琶行》最好,而反映人民生活和疾苦的《新乐府》《秦中吟》,则没多大价值,又推崇杜甫的《洗兵马》《哀江头》《闻官军收河南河北》和《秋兴》,却对《自京赴奉先县咏怀》《北征》、三吏三别不感兴趣,都是很严重的偏颇⑤。受到批评的

---

① 余冠英《胡适对中国文学史"公例"的歪曲捏造及其影响》,载《文艺报》1955年第17期。

② 王瑶《辟胡适的所谓"历史进化的文学观念"》,载王瑶著《关于中国古典文学问题》,81页,上海古典文学出版社1956年版。

③ 《林庚先生学术思想体系的实质是什么?》,载北京大学中国语文学系编《文学研究与批判专刊》第1辑,24页,北京:人民文学出版社1958年版。

④ 中国人民大学新闻系文学教研室古典文学组编著《林庚文艺思想批判》,50页,北京:人民文学出版社1958年版。

⑤ 作家出版社编辑部编《中国古典文学厚古薄今批判集》第1辑,53—54页,北京:作家出版社1958年版。

还有陆侃如、冯沅君合著的《中国诗史》,冯沅君在检讨自己所写《中国诗史》下卷的时候,就承认自己受了胡适的影响,宋代只选词来讲,元明清只选散曲来讲,"这种安排完全破坏了古代文学发展系统,排除了不少值得讲述的作家,或者降低某些作家的应有的地位"。①

在当时,北京大学中文系的学生对中国文学史课的几乎所有任课教师,都提出了相同的意见,他们不满意讲第一段的游国恩先生用不少时间讲不该重点讲的作品,如《尚书》《战国策》《论语》、汉赋和诸子百家等,讲第二段的林庚先生歌颂王维、谢灵运、李商隐,却冷淡了白居易,讲第三段的已故浦江清先生推崇欧阳修的《泷岗阡表》、李清照和柳永,对岳飞的《满江红》则只用一句带过,对文天祥的《正气歌》,也以艺术不高为由不屑一讲。北京师范大学的学生也认为,给他们讲中国文学史课的教师,在选材上存在很严重的问题,拿中晚唐诗歌来讲,就把较多的时间用在了韩愈、柳宗元、李贺、李商隐的作品上,张籍、王建却被略去,皮日休、聂夷中的作品,也处理得极其草率②。

然而,这些挟政治之威的批评、批判,都不能带来中国文学史问题的真正解决,问题的关键在于,"中国文学史"一旦与自己时代的主流意识形态及教学方式相吻合,知识、思想的权力加上教育的权力,便使它在获得绝对合理性、绝对权威性的那一刻,就自然产生出强烈的唯一性、排他性,因此就算随着时事的变化,人们或也会改变衡量标准,选出不同的作家作品重新构造"中国文学史",但无论采取哪一种标准,都改变不了一批作家作品入选,而另一批作家作品旁落的结局。1950年代后,由于大学教育的一统化,这种倾向尤为突出。

---

① 冯沅君《交出我的白旗,拔去它!》,载《中国古典文学厚古薄今批判集》第3辑,北京:作家出版社1958年版。
② 同上书,23—25、17页。

王瑶曾描述"现代文学史"的状况:"就所评述的作家来论,1955年因为胡风事件而去掉了一批。1957年又因为反右去掉了一大批。到了文化大革命,就只剩下鲁迅一人了。"①相比之下,以讲述古代文学为主的"中国文学史",虽不至于有如此戏剧性的变化,但也少不了左摇右摆。比如一度有一种流行的观点,说是"中国文学史,从诗经开始,整个地来看,一直是贯穿了人民性和现实主义精神的"②,依照这一看法,那么,只有"燃烧着对统治阶级无比憎恨的《诗经》中的许多诗歌,以深厚的情感反映了人民苦难的杜甫的作品,歌颂了农民正义战争的施耐庵的《水浒》,表现了对年青一代悲剧命运真挚同情的曹雪芹的《红楼梦》",才具备写进文学史的资格,像"汉代'铺采摛文'的大赋,六朝色情唯美的宫廷文学,明代后期的才子佳人小说"等,代表了剥削阶级的思想意识和利益、反现实主义的作品,就要被革除在中国古典文学的优秀传统之外了③。北京大学中文系1955级集体编写的《中国文学史》之所以在出版后不久,很快又重新修订,其中一个相当重要的原因,就是编写者们意识到,在第一版中,他们把进步文学与反动文学的界限,划得过分清楚了,这样,便无法处置在人民的进步文学与反人民的反动文学之外的,那些真实存在的既不反动又没有什么人民性的中间作品,像王维、杜牧、李清照,像山水诗、田园诗和大量的个人抒情诗④。

1980年代后,随着政治形势的变化,人们对"中国文学史"有了更

---

① 王瑶《研究问题要有历史感——在〈文艺报〉座谈会上的发言》,原载《文艺报》1983年第8期,转引自《王瑶文集》第7卷,16页。
② 舒芜《关于李白》,载《光明日报》1954年3月29日。
③ 复旦大学中文系古典文学组学生集体编著《中国文学史·导言》,10—11页,上海:中华书局1959年版。
④ 北京大学中文系文学专门化1955级集体编著《中国文学史·前言》第一册,9页,北京:人民文学出版社1959年版。

多的反省,许多人日渐感到有必要重新接纳过去被排斥、被忽略的更多的流派和作家作品,包括宫体诗、八股文,也有必要在文学与政治之外,重新探讨像文学与语言、文学与音乐的关系,探讨不同的文学流派、文学倾向和风格体系间的微妙关系,以期重新解释文学史的发展规律①。有人由数十年的教训中,得出"不管谁来写文学史,要求写出来的就成为一致公认的定本,我觉得很难"的看法,建议"可以大家都来写,写出各种不同文学史"②,也有人动手尝试从人性的角度,来考察中国文学发展的历史③。但是在相当多大学的中文系,中国文学史的教学已宛如一架自动机器,不必教员的随时参与,即可在行政管理机构的安排下,按部就班地运行,因此,思想学术界的种种反思和研究,并不总能及时地在教学这部机器上得到反应。更值得注意的是,由于长期以来实行集体教学,教员大都按时段分兵把守,这固然有可能使每个教员在属于自己的部分领域和专门课题的研究上,取得较深的进展和较好的成绩,可就总体而言,却也容易使人对"中国文学史"的整个背景和理论感觉麻木,在现有的教学体制内,如果再要追问文学是什么?什么样的作品具有教学价值,原因何在?应该怎样阅读作品?似乎不是幼稚的,也是多余的。

　　作为一门文学教育的课程,"中国文学史"在中国近代教育、学术史上的确功不可没,它给传统文献特别是集部文献带来过新的诠释理论和学习方法,使很多过去从来进不了阅读视野和学习范围的作品,被郑重地引入课堂,被赋予了文学的神圣意义和传承价值。然而在几十年来的教学中,事情又有着它的另外一面:

---

　　① 范宁《论研究中国文学史规律问题》,载《文学探讨撷英——〈中国社会科学〉文学论文集(1980—1985)》上册,西安:陕西人民出版社1988年版。
　　② 王瑶《文学史著作应该后来居上——在〈上海文论〉主持的"重写文学史"座谈会上的发言》,原载《上海文论》1989年第1期,转引自《王瑶文集》第7卷,13页。
　　③ 章培恒、骆玉明主编《中国文学史·导论》,上海:复旦大学出版社1996年版。

首先，作为一种理论、一种方法，在阅读和传播中国传统文学方面，"中国文学史"本来也是富有创造的生命力的，可是随着它体制化程度的日益加深，当它不再会遭到质疑和挑战，不再需要为自己的合理性辩护、为自己在教学中的处境竞争的时候，这门学科也就丧失了更新的机能和活力，因循前人的范式，却失去了前人的激情和精细，只能使后来者们越发显得简略和粗糙，而难以激发新的阅读理论和阅读兴趣。

其次，就像人们通常看到的那样，所有的文学理论及方法，本来都只产生于为某一类作品的辩护之中，并只有效地服务于特别适合它们的那一类作品，现在的"中国文学史"，也正是在适应于一部分作品而压抑了另一部分作品之后，才得以成立的。换句话说，在它把一批作家作品请进来的同时，却又把另一批作家作品逐出了教室。因而所谓的"中国文学史"，不但不可能包容传统的中国文学的全部，即便是文学史课上所教的那一种阅读文学文本的方法，也同样不可能成为阅读丰富多样的中国文学的普遍原则。

从表面上看，"中国文学史"似乎还没有走到山穷水尽的末路，而今天要来谈解决"中国文学史"的问题，也似乎真的为时尚早，它牵涉到意识形态、教育制度和学术体制等诸多方面，其中任何一方面的问题，都可能根深蒂固，"拔出萝卜带出泥"。但是，如果我们仍寄希望于这门课的发展的话，就必须走出现成的"中国文学史"，到它的疆界之外去，寻找那些被放逐被压抑的作家和作品，那些昔日的另类、异端，或会使"中国文学史"一天天露出捉襟见肘的尴尬，但就在它们当中，也许就孕育着新的阅读理论和新的批评意识，它们正暂时分散着、悄然等待着，只需那曾经支持过"中国文学史"的意识形态和教育体制，露出一点点松动的迹象。

1999 年 10 月完稿

第四章　从"民间"到"人民"
——中国文学史上的正统论

一　新文学的发掘民间

　　1940年代末,随着中国共产党对全中国解放的迫近,中国的大部分地区,都沉浸在了万象更新的气氛中,这种气氛鼓舞了居住在北京和从解放区、国统区陆续汇集到北京的学者,使他们中的许多人,产生了为新中国重新书写历史的愿望。1949年7月,当国庆的大典还在酝酿之中,"新史学研究会"就召开了它的筹备会议①,准备着"从旧史学到新史学"的过渡②。同是7月召开的第一次文代会上,据茅盾说,几百件代表的提案中,也包括了"对于中国文学史,尤其是'五四'到现在的新文艺运动史,也应该组织专家们从新的观点来研究"的要求③。

　　1950年4月,上海的北新书局率先出版了一本《中国人民文学史》,作者是蒋祖怡,无锡国专1937年的一位毕业生。在中华人民共和

---

①　《光明日报》1949年7月2日。
②　宋云彬有一篇文章的题目就叫《从旧史学到新史学》,载《光明日报》1949年8月24日。
③　茅盾《一致的要求和期望》,载《文艺报》第1卷第1期(1949年9月)。

国成立后正式出版的这第一部中国文学史中,蒋祖怡声称"愿意做国内的革命文学史家们的一个马前卒,在文学革命的阵营里,作一声冲锋时候的呐喊"①。他还说当1948年秋天,也就是杭州解放的前夜,在浙江大学首开的"新文艺"课上,围绕着"新文艺的方向"和"文学史的观点"两个问题,他已经与学生进行了讨论。

"新文艺的方向"和"文学史的观点",也是彼此贯通的两个问题,对"五四"以后大多数的文学史家来说,观察与叙述旧文学的角度,在很大程度上,往往是由他们的新文学立场决定的,而对待新文学的态度如何,则又取决于他们对当前文学的理解以及对未来文学的预测,文学史观不但埋伏在新文学的方向之中,也隐藏在文学未来的发展趋势里边。蒋祖怡自然是懂得这一点,他并且认为能够"把观察的重点放在那些正在发展的东西上",也很符合辩证唯物论的文学史观要求②。而对于现实中"正在发展的东西",蒋祖怡确信自己也有十足的把握,因为周扬在第一次文代会上,已经宣布了新文艺的方向,就是《在延安文艺座谈会上的讲话》所规定的人民的方向。蒋祖怡在书中写道:自辛亥革命以来,由梁启超、陈独秀到文学研究会、创造社、"左联",再到延安文艺座谈会,人民文学就一路提升,当前文艺界的任务,仍不外是了解和创造人民文学,而文学史家的责任,便是要通过讲述古代人民文学的历史,来"指出人民文学的重要性及其发展的规律性,来加深理解新现实社会的肯定性,新文艺方向的准确性,来解决当前文艺工作上的若干实际问题",除此以外,更无第二条路可走③。此刻要写的,只能是"中国人民文学史"。

---

① 《中国人民文学史》,25页,上海:北新书局1950年版。
② 同上书,9页。
③ 同上书,11页。

人民文学,蒋祖怡认为或可叫它"大众化"的文学。什么是"大众化"?按照毛泽东主席对作家的指示,就是在思想情绪上,与工农兵大众打成一片,"而要打成一片,应从学习群众的语言开始",所以,人民文学首先必须是用劳动大众的语言创造的文学。劳动大众语言创造的文学,也就是口语的文学——道理很简单,尤其在封建社会,文字被统治阶级垄断,只有贵族士大夫的文学才能够见于文献记载,劳动大众既失去识字的机会,他们的作品便只能够口耳相传,"在口语的河床上奔流"[1]。由此也可知,人民文学史,实际上是口语的文学史。但是在过去的文学史中,恰恰是最难看到像楚歌、六朝民歌、唐宋以后的讲史宝卷、弹词大鼓和现代地方戏这样一些口语文学的,文学史的"正统"宝座上,从来都占据着《诗经》、楚辞、汉代的乐府诗赋、魏晋六朝的骈文、唐代的律绝传奇、宋词元曲、明南剧和清古文等,属于上层社会、用以维护封建王权的东西。蒋祖怡指出,这些所谓历史上的文学主流,本来不过是人民文学的一枝树丫、一支汊港,他主张站在无产阶级人民大众一边的文学史家,从今天起必须要负担起描绘口语文学本身自成系统、不断前进的历史的责任,使人认清中国文学史的"正统",应当是历代劳动人民创造的文学[2],是神话与传说、谣谚与诗歌、巫舞与杂剧、传说与说话、讲唱与表演[3]。

蒋祖怡拿口语和文字的对立,作为划分人民文学和旧的正统文学的界限,这种观念,带有很深的"五四"新文学思潮影响的痕迹。"五四"前后,当新文学的倡导者们面对强大的以古典诗文为核心的文学传统的时候,他们援引来瓦解这一传统的正统文学的资源之一,就是从

---

[1] 《中国人民文学史》,20页。
[2] 同上书,233—238页。
[3] 这里列出的"神话与传说"等内容,也正构成了《中国人民文学史》全部的目录。

民间重新发掘的口语文学①。来自民间的口语文学,如歌谣传说、童话谚语,不仅以处于边缘和底层的文学形式,反抗着以专制的政治文化为背景的诗文文学的垄断②,也以代表不同地域的方言文学形式,反抗着带有"国家"意识形态的国语文学一统天下的局面③。据说在文学史中,最早把中国文学分成"正统文学"和"平民文学"两部分的,是1924年出版的徐嘉瑞的《中古文学概论》,它在叙述中古文学史时,用了乐府诗集中的许多材料,包括廋词,并努力说明文学与音乐、与舞蹈间的密切关系。胡适在为这部书写的序中就说:做文学史,最要紧的便是这

---

① 胡适曾下断语说:"一切新文学的来源都在民间","这是文学史的通例,古今中外都逃不出这条通例"(《白话文学史》,19页,上海:新月书店1928年版)。

② 许多研究都表明,"五四"前后的民间文学运动,主要控制在北京大学一批倡导新文学的人手中,恰如胡适在《白话文学史》中宣布,"一切新文学的来源都在民间",民间文学是他们借以推翻传统文学及支持它的意识形态的武器。从《歌谣》周刊发刊词宣布的搜集、刊登歌谣的两个目的——一者学术的,即辑录资料,以备作民俗学的研究,一者文艺的,即从中"再由文艺批评的眼光加以选择,编成一部国民心声的选集"——当中,还可看到其中隐约含有的欲以"民间"力量为国民主体、以边缘文学颠覆主流文学的意图,正是陈独秀在《文学革命论》中提倡的:"推倒雕琢的阿谀的贵族文学,建立平易的抒情的国民文学。"

③ 胡适在《文学改良刍议》中,就曾满怀希望地把白话文学在中国之兴盛,比喻为"但丁、路德之伟业几发生于神州",他解释说,"欧洲中古时,各国皆有俚语,而以拉丁文为文言,凡著作书籍皆用之,如吾国之以文言著书也。其后意大利有但丁(Dante)诸文豪,始以其国俚语著作,诸国踵与,国语亦代兴。路得(Luther)创新教始以德文译《旧约》《新约》,遂开德文学之先。英、法诸国亦复如是。今世通用之英文《新旧约》乃1611年译本,距今才三百年耳,故今日欧洲诸国之文学,在当日皆为俚语。迨诸文豪兴,始以'活文学'代拉丁之死文学;有活文学而后有言文合一之国语也"(见欧阳哲生编《胡适文集》2,14页,北京大学出版社1998年版)。据钟敬文后来回忆,当时很多学者热心研究方言、民俗的一个重要原因,也便是希望能在白话取得对文言的胜利的基础上,进一步以方言打破国语的一统天下,用地方文化来冲击中央(中原)文化形成的垄断,在这种动力之下,加上其他因素的推动,口承文艺亦即神话、传说、故事、歌谣和谚语、小戏,格外受人青睐(见钟敬文《五四时期民俗文化学的兴起——呈献于顾颉刚、董作宾诸故人之灵》,载《钟敬文民俗学论集》,上海文艺出版社1998年版)。

样叫大家知道,历史上"曾有民间文学升作正统文学的先例",可以给发掘与探索口承文艺,提供一点比较的材料①。

蒋祖怡定义"人民文学"有四项特质是口语的、集体创作的、勇于接受新东西、新鲜活泼而又粗俗浑朴的②。从这一定义中,还可以看到他的基本思路与方法,承袭了民间文学(俗文学)研究③。民间文学研究的提倡,在中国也始于"五四"前后,1920—1930年代的学术界还都倾向于认为民间文学就是集体创作的口承文学④。在1938年出版的《中国俗文学史》中,郑振铎总结民间文学(即俗文学)的特质,所列举的,也正是大众的集体创作、口传的、新鲜粗鄙却想象力奔放和勇于引进新的这几项。1920年代末期,继北京之后,广东、浙江先后成为民间文学研究的中心,1930年杭州成立的中国民俗学会以及由这个学会负责出版的《民俗》周刊、《民间》月刊和丛书,在浙江及邻近省份发生了较大影响,在蒋祖怡此前出版的几种书籍当中,已能辨认出这一影响的痕迹。而如一般的民间文学研究者一样,蒋祖怡不但坚持其区分文人贵族文学和人民大众文学的立场,还相信人民大众的文学,乃是一切文学的根源。他认为唐诗之所以发达,是因为有歌谣特别是南方人民的歌唱作源泉⑤,又认为在对方言文学、民歌民谣进行了充分的调查与研究之后,1949年后的南方文学,必也会向前跨上一大步⑥。

---

① 《胡适文集》3,612页。
② 《中国人民文学史》,12—18页。
③ 《中国人民文学史》后来被当作"一部具有开创意义的民间文学史",收在上海文艺出版社的民俗、民间文学影印资料第三辑中,似也可证明它与民间文学的渊源关系。参见该书1991年影印本的出版说明。
④ 参见洪长泰《到民间去——1918—1937年的中国知识分子与民间文学运动》,5—18页,董晓萍译,上海文艺出版社1993年版。
⑤ 《中国人民文学史》,97页。
⑥ 同上书,17页。

蒋祖怡把民间口传文学,当中国文学史主流的看法,自然是得到北新书局首肯的,这不但因为在较早的北新书局的出版物里,就有过《歌谣论集》《民间趣事》等,书局老板李小峰化名林兰编辑的四十多种民间故事集,也早已成为民间文学界的一段佳话①。就在蒋祖怡文学史出版的前后,北新书局同时正陆续出版一套"民间文艺丛书",这套以口传的民间文学和创作的通俗文学为主要收集对象的丛书,据出版社说,正是为了响应毛泽东在延安文艺座谈会上希望文艺工作者接近工农兵、学习人民大众语言、在普及的基础上提高的谈话,也是为了响应出版总署和华东出版委员会关于搜集整理及创作民间文艺的号召,而策划编辑的,出版社希望它们"能成为工农兵和一般大众的读物以及研究民间文艺的重要参考"②。可以肯定,蒋祖怡《中国人民文学史》的宗旨,与北新书局的出版方向是相当吻合的。

蒋祖怡的看法,也深得文学史家兼北新书局编辑赵景深的赞同。尽管赵景深在1926年出版《中国文学小史》时,还认为民间文学应该自成一个系统,不愿意把它放进文学史里③,但从1920年代起,他就已经涉足童话和民间传说的研究领域,无论在方言文艺、民歌民谣的搜集整理上,还是在古代戏曲小说的研究上,他都积累了相当多的经验和业绩④,抗战期间,他还采用民间大鼓词的形式,写下了不少宣传抗日的

---

① 段宝林《北大〈歌谣〉周刊与中国俗文学》,载吴同瑞等编《中国俗文学七十年》,2页,北京大学出版社1994年版。
② 出版社为这套丛书作的广告,也见于《中国人民文学史》版权页,1951年4月第2版。
③ 赵景深《中国文学小史》,2页,上海:光华书局1928年版。胡云翼后来对他"只叙及文人方面的文学,而忽略最有价值的民间文学"的做法,也提出过批评。见胡云翼《新著中国文学史·自序》,3页,上海:北新书局1932年版。
④ 赵景深《自传及著作自述》,《中国当代社会科学家》第2辑,273页,北京:书目文献出版社1983年版。

作品①,此时,他正一边主持着"民间文艺丛书"的编辑,一边在复旦大学讲"民间文艺"课②。作为南方代表团的一名成员,赵景深刚刚参加过在北京召开的第一次文代会,了解到批判地接受文学遗产,特别是继承与发展中国人民的优良文艺传统,是新的文艺政策的重要一环,这使他对于中国文学史的重要性,对于文学史在辨别旧文学中的鲜花毒草方面应起的作用,有了更加深切的认识。在为蒋祖怡《中国人民文学史》写的序中,赵景深于是除了称赞它"是以辩证唯物的观点,来叙述中国人民文学源流的尝试","是以马列主义为观点,以经济制度和社会生活来解释若干文学史上的问题的",肯定它"引用了马克思、恩格斯、高尔基、鲁迅、毛泽东、闻一多、郭沫若等人的说素,正是要打通古今文学的道路,鉴往知来,让我们知道今后应该走人民文学的方向",除此之外,还以特别欣赏的语气,提到蒋祖怡能把伏羲女娲的神话,同浙东民间流传的天地开辟故事联系起来,能在《诗经》中突出《七月》、在楚辞中强调《九歌》,讲小说时,又能着重介绍民间传说与说书,他认为凡此都是"比较切合于人民性的"。赵景深对蒋祖怡有一个非常不错的评价,说他是讲出了"人民文学"和"辩证唯物主义"。③

---

① 赵景深后来在《回忆上海文学界的四年间》中曾写道:"我写的大鼓词,《平型关》最为人称道,周扬在《抗战时期的文学》中曾说:'在上海抗战发动后两个月中间……从事革命的作家诗人,都产生了不少的通俗故事、歌曲以至小调,鼓词,包天笑、赵景深等先生也都努力于进步性的通俗读物的提倡和制作。赵景深作了好几首大鼓词,其中的一首《平型关》,就是歌颂八路军的胜利的。'"文载上海社会科学院文学所编《上海〈孤岛〉文学回忆录》,22 页,北京:中国社会科学出版社 1984 年版。

② 这次课的内容不久整理成《民间文学概论》出版,赵景深在书的序中特意引述了自己在上海文代会上作的民间文学报告,表明在钟敬文和《光明日报·民间文艺》的影响下,他对于口承文学特别重视的态度,他说:"为了人民大众对于民间文学是喜闻乐见的,我希望能有一个'新的民间文学运动',我指的是民间故事、民歌、谚语这一类的文学。"见赵氏《民间文学概论》,2 页,上海:北新书局 1950 年版。

③ 赵景深《中国人民文学史·序》,1—4 页。

二　文艺为人民服务

北风南下,无论当时还是以后,人们都能从第一次文代会上,掂量出在这场号称解放区和国统区文艺工作者的大会师中,来自解放区的优势。从周恩来的政治报告,到周扬代表解放区的发言,核心只有一个,就是要求在今后的文艺工作中,必须坚持文艺为人民服务、首先是为工农兵服务的这样一个延安传统。曾经由延安边区发端的这种文艺理念,很显然,将要在这个"光芒万丈,伟大无比的新时代",进入"人民政权的司令台——北平"①,作为这个古老的文化中心城市的正宗,再推广遍及全国②。

但是从延安到北京,环境毕竟不同。在延安,文艺的受众,大部分本就是工农兵和干部,理解和执行文艺为人民首先为工农兵服务的政策,尚比较容易,而进入城市以后,城市又有城市自身的文化,有一批并非工农兵的"小众"存在,文艺为人民服务的"人民"当中,是否也包括这些人?这些人需要的又是什么样的作品?文代会之后,1949年8月的上海,马上有人提出可不可以写小资产阶级的问题③,在《文汇报》上讨论了两个多月,后来周扬检讨说,提出并讨论这种问题,实际上就是

---

① 郭沫若致大会闭幕词,载中华全国文学艺术工作者代表大会宣传处编《中华全国文学艺术工作者代表大会纪念集》,141页,新华书店1950年版。
② 参见洪子诚《中国当代文学史》第一章"文学的转折",北京大学出版社1999年版。
③ 参见冼群《关于"可不可以写小资产阶级"问题》(《文汇报》1949年8月27日),文章说:"从北平回来,好些朋友和我谈到一个问题——'以后除了工农兵以外,是不是还可以写知识分子,小资产阶级呢?'朋友们仿佛很为这个问题所困惑,急切希望寻求一个答案。"

有意无意地在抗拒"文艺为工农兵的方向"①。

从延安到北京,还有一个显著的变化是,随着和平的降临,学校的教育秩序逐步恢复,而学校历来是有保存和传递传统文化的任务的,有与激烈变动的社会现实隔绝的一面。以高校为例,就像后来有人批评的那样,在1952年思想改造运动以前,从教师到学生,口头上虽也挂着"工农兵方向"一类的新名词,却对它的内涵并不理解,大多数教中国古代文学的教师,在课堂上讲的仍是"国粹"那一套②。面对为人民首先为工农兵服务的文艺政策,许多人深感困惑,在为工农兵喜爱的民间的、大众的形式之外,"人民文学",是否也包括他们熟悉的那些传统文学形式?

1949年11月25日出版的《文艺报》上,就刊登了一封北京中学生的来信,信中问:在今日一切都走向工农兵的时代,文艺当然也如此,并且要比其他学科还要显著一些,学习写作者与爱好文艺者,都要学习工农兵的文章以及为工农兵服务的文章,但是,中国的旧文学像诗、词等,是否也可以学习呢? 它们也有文学遗产的价值,并且文学技术方面也是很高超的。因为要不要学习中国旧文学,同时是批判地学习的问题,直到现在也没有解决,以至于影响了我的学习③。这封中学生的来信犹如一根导火线,点燃了潜伏在许多人心中的对新文艺政策及现状、对如何评价和处置传统文学的一连串疑问,从而在北京的《文艺报》上,引发了一场持续数月的"关于中国旧文学的学习问题"的讨论。

---

① 李策《上海文艺界进行文艺整风学习》,载《文艺报》1952年第13号(7月)。参见茅盾《关于目前文艺写作的几个问题》,原载《进步青年》(创刊号)1949年5月4日,转引自《茅盾杂文集》,863—868页,北京:三联书店1996年版。

② 《改进高等学校的文艺教学——关于高等学校文艺教学问题讨论的综合评述》,载《文艺报》1952年第8号(4月)。

③ 北京市立二中樊平来信,载《文艺报》第1卷第5期(1949年11月)。

对于中学生的来信,同期有杜子劲、叶蠖生代表叶圣陶的一个简单答复,这几位中小学教育专家建议酷好旧文学主要是诗词的这名中学生,在这一阶段,要尽可能多地接触具有现实性的新文学,对旧文学,只可做有选择、有批判、有目的、有指导的阅读,绝不可暗中摸索,他们说旧文学的技术,并不见得多么高超,现在看来已经步入了绝境。这篇简短的答复,立刻遭到反驳,陈涌在12月10日出版的一期《文艺报》上批评说:这样简单否定过去长久的诗词遗产价值,"是有背于历史唯物主义观点的,它反映了一部分新文化工作者至今还存在的轻视乃至否定中国的历史传统那样的思想残余",乃是毛主席在《反对党八股》中批评的资产阶级形式主义方法的表现,说坏就是绝对的坏,一切皆坏,说好就是绝对的好,一切皆好。陈涌指出,这样一种历史的教训,在延安整风以后,就得到了理论上的解决,只是"真正有计划的去学习历史的优秀传统,实在还没有开始",但是从事文学工作的人,现在一定要明白,"中国过去的文学也正如外国的和民间的文学一样,至少有两方面是可以学习的,这就是一切属于人民性的内容和属于现实主义的表现方法"。

陈涌指出具有"人民性的内容"和"现实主义的表现方法"的传统文学,仍然值得今人学习,但什么是"属于人民性的内容"呢?叶蠖生觉得很难理解,要说指"古代劳动人民的作品",那么谁都知道,像民歌这样的由民间搜集到的劳动人民作品,历来少之又少,"一切刊刻留传的文学书籍中间,千分之九百九十九都不是劳动人民的作品",这种情况下谈继承封建社会的文学遗产,无异于夏虫语冰。再从结构布置、表现方法等技术层面来看,他认为从进化的角度看,"我们最好的遗产,无论是小说、诗歌、戏曲都远比不上资本主义社会中的名作,更不用说和社会主义苏联的作品相比了"。所以,他坚持不要中学生多接触旧文学①。此后的《文艺报》上，可以看到有更多的人卷入了争论，争论者也大体分为"拥叶派"和"拥陈派"，拥叶派的立场越是偏执，拥陈派的态度就越近乎居高临下。像早就表态支持陈涌观点的王子野就说，毛主席在延安文艺座谈会上已经讲过，不可拒绝借鉴古人的东西，"哪怕是封建阶级与资产阶级的东西也必须借鉴"，证明阅读旧的文学作品，对今天的写作也十分有益②。

转眼到了第二年春天，《文艺报》发表了署名武汉大学中文系教员互助小组撰写的文章，是这场讨论中篇幅最长也最有学理味道的一篇。文章在对陈涌、王子野的观点表示了明确的赞同意见后，特别强调进一步了解叶先生的思想根源和历史根源，对这一"带有原则性的争论"，对此后文学教育中处理旧的文学遗产，将会大有益处。文章说，叶先生的思想、历史根源在哪里呢？探明这一点，需要把接受封建社会文学遗产的问题，跟1917年以来的现代文学发展联系在一起考虑。

文章分析指出，现代文学实际经历过两个阶段，早期的"五四"新文学作家，大都怀着启蒙的心态，片面地向外国学习，"以资本主义的文学形式作工具，以资产阶级社会初期的自由平等思想作内容"，对中国的文学传统，则采取绝对否定的态度，结果造成新、旧文学的分家，造成文学工作者热心提倡的大众文学，与广大人民实际喜爱的文艺思想和文学形式的断裂。叶先生的意见，可以说正是沿袭了"五四"新文学早期的这种观念，它的问题也在这里。"五四"新文学早期对待旧文学的粗暴态度，实际上在抗战以后就有了改变，在老解放区文艺为工农兵

---

① 陈涌《对"关于学习旧文学的话"的意见》，叶蠖生《关于中国旧文学的技术水平和接受遗产问题》，载《文艺报》第1卷第6期（1949年12月）。

② 王子野《"关于中国旧文学的技术水平和接受遗产问题"的几点意见》，载《文艺报》第1卷第7期（1949年12月）。

服务的工作中,文艺工作者已经具体地认识到了旧形式的某些长处,并尝试改造它们来丰富新的文学,毛主席关于新民主主义文化是民族的、大众的、科学的、文化的论述,关于创造人民大众喜闻乐见的中国作风与中国气派的指示以及《在延安文艺座谈会上的讲话》,对批判地接受文学遗产,又从理论上做了"彻底的解决",使我们知道人民生活是文学的源泉,但对封建阶级和资产阶级旧的文学形式,也不应当拒绝。文章提醒人们注意:今天我们引以为据的,当然应该是毛主席的指示和抗战后的经验,而不是"五四"新文学早期的观念,我们必须懂得,古代人民大众自己的作品固然最可宝贵,但包含有人民性的内容和现实主义表现方法的作品,也不该被排斥。最后文章还列举了值得学习的具有人民性内容的一些作品,包括为人民痛苦而呼号的,如屈原、杜甫、白居易作品的一部分,有意无意暴露统治阶级罪恶的,如《金瓶梅》《水浒传》的一部分,发扬爱国主义民族意识的,如晚宋晚明的许多诗文及守节不屈的遗民之作,同时也列举了具有现实主义表现方法的作品,如《红楼梦》《还魂记》《文明小史》和《水浒传》等①。

在刊登这篇文章时,《文艺报》加有一段按语,以表达编辑部大体认同的态度。陆陆续续,还有信号传达出这份创刊于1949年9月的文联机关刊物,似乎已有了某种倾向性的意见,同期打头的一篇,便是茅盾写的《谈水浒的人物和结构》,接下来的一期,则刊登了陈涌批评阿垅的文章,半月后再出版的新的一期,虽是在不甚显要的位置,却刊登了郭沫若对读者所提"为什么五四前后新诗人转写旧诗"问题的一个答复。郭沫若的答复,显然有着不同寻常的意义,因为他在论及旧诗词的意义和价值时,举出了毛主席的《沁园春》作例子。郭沫若说:第一,

---

① 国立武汉大学中国文学系教员互助小组《我们对于接受文学遗产的意见》,载《文艺报》第2卷第2期(1950年4月)。

新诗人写旧诗,只是形式的转变,而我们是不能单从形式上来论新旧的,主要还得看内容,看作者的思想和立场、作品的对象和作用。第二,旧诗词本来也是民间文艺的一种加工品,导源于古代的民歌民谣,利用旧诗词来写革命的内容,也就有可能收到为人民服务的效果。"旧式的诗词在今天依然有它的相对的生命,而且好的旧诗词,例如毛主席的《沁园春》,并显然有强大的魅力,这是事实"①。

三 文学的"人民性"

《中国人民文学史》在1951年4月便印出了第二版,然而令蒋祖怡和赵景深意想不到的是,各方面尤其是北京方面的批评也随之而来。6月的《文艺报》上,先有一篇评论赵景深《民间文学概论》的文章,批评了赵景深在民间文艺上的若干错误观念,其中有一条,就是对由民间文学加工而成的作品的意义,估计不足。不过文章的语调还算温和。到8月,北京另一家《学习》杂志,发表了蔡仪的《评〈中国人民文学史〉》一文,文字不长,态度却严厉了许多。

蔡仪的书评,一开头就用了嘲讽的口气:"《中国人民文学史》,一个很能引人注意的书名。"他接着毫不客气地指出,本书的著者和作序者大概以为,既然在书里面引用了马克思、恩格斯、列宁的话,既然在书中的有些地方,在讲文学史实之先,也讲到了社会史实,就可算是有了马克思列宁主义,有了辩证唯物的观点,可是,马克思、列宁的话的真正意义究竟怎样,社会史实和文学史实的具体关系又究竟怎样,作者其实并不了解,他不过在搬弄似乎是马克思主义的词句,任意瞎说。

---

① 郭沫若《论写旧诗词》,载《文艺报》第2卷第4期(1950年5月10日)。

不懂得马克思主义,作者也就并不懂得什么叫作"人民文学",并不懂得在"中国人民文学史"这个书名下面,究竟该说些什么。蔡仪批评蒋祖怡总结的所谓人民文学的那四个特点,"既没有说到文学的思想内容,也没有表现出中国文学的优良传统的特色",只是表现了"一种极端庸俗的形式主义观点",是把一般所谓"民间文学"当成了"人民文学"。由于这种形式主义的观点,连"杜甫这样的大诗人,在这本书中仅仅是偶然地提到了他的名字"。而如此"粗暴"对待中国文学历史的态度,又是"胡适的《白话文学史》一流的变种"。蔡仪指出,必须辨别清楚,人民文学并不等于民间文学,"固然'民间文学'中是包含着中国人民优秀的才能和智慧,不应该被埋没,但我们决不能因此而把一切在中国文学历史中光芒万丈的文学家的名字都开除出中国人民的文学传统之外去"。他提醒真正的马克思主义的文学史家,一定要"根据科学的历史主义的分析方法,从屈原、司马迁、陶潜、杜甫、李白、白居易、辛弃疾等人的作品中,看出他们的不同程度的丰富的人民性,而把这些作品适当地陈列在中国人民的优秀的文学传统的宝库中"。

最后,蔡仪再次讽刺蒋祖怡不懂得什么叫作文学的人民性,却偏要把他的书叫作"人民文学史",偏要拿"辩证唯物"来标榜,"无非是因为这种招牌是动人的,是'时髦'的"。他还提议"我们必须和这种市侩主义的行为宣战,因为这种行为虽然损害不了马克思主义思想,却会扰乱一般读者对马克思主义的诚恳的认真的学习"。

《学习》是 1949 年 9 月在北京创刊的,由三联书店出版的一份知识分子杂志。它的编委会,由社会科学和自然科学各方面专家组成,它的编辑宗旨,是"用马列主义毛泽东思想的基本观点,分析说明政治、经济、历史、文化、艺术各方面的问题,提供读者以学习上的范例"①。1950年代初,它就创下过全国发行28万5000份的业绩②,在思想学术界发挥了极其重要的影响作用。1950年,响应政府对出版行业加强管理的号召,学术出版界开始重视图书评论的工作③,从1951年8月出版的第4卷第8期起,《学习》杂志也设立了书评栏目。蔡仪评论《中国人民文学史》的文章,便是该刊第一次发表的书评,同期刊出的另一篇书评,是黎澍的《评吴泽著〈历史人物的评判问题〉》。黎澍还有另一篇题作《反对故作高深》的评论文字,发表在这一期的短评栏里,那是针对侯外庐在《光明日报》上发表的《武训,中国农民拆散时代的封建喜剧丑角》一文而写的。

1952年,在知识分子思想改造运动中,时任复旦大学教务长的周谷城,检讨了自己"自恃有名老教授,马马虎虎,不求进步"的毛病,他特意提到"《学习》杂志没有买过一本"这样一件事④,这或许可从另一个侧面,证明《学习》杂志的权威性,又或许可以说明在当时的上海,有人仍对北京这个政治文化中心,保持了一点点的游离。但是在这样的刊物上,被蔡仪这样著名的学者点名批评,毕竟使年资尚低的蒋祖怡惊出了一身冷汗,在第4卷第10期,也就是相隔仅15天后出版的《学习》上,就登有他写给编辑部的一封信,他在信上写着:蔡仪先生的文章"指出了我所编写的《中国人民文学史》中的错误。他底批评是准确

---

① 参见《辅助干部学生学习,学习杂志将创刊》,载《人民日报》1949年8月24日。
② 参见《学习杂志改半月刊,第二卷第一期今日出版》,载《人民日报》1950年3月16日。
③ 当时有人认为书评的重要任务,就是要"提高出版物的政治、思想和科学水平",在督促出版者出好书和书籍的修订再版及毁版上,起到积极的作用。参见《关于书评工作》,载《人民日报》1950年8月9日。
④ 见葛剑雄《悠悠长水——谭其骧前传》,187页,上海:华东师范大学出版社1997年版。

的,同时,这对于我也是非常必要的。我已通知赵景深先生,请他转告北新书局,暂时把这书停止发售。我决心加强学习马列主义毛泽东思想,我愿意在同志们的帮助和指示下,用新的具体行动,来补偿这一次重大的过失"。与此信同时刊出的,还有侯外庐致编辑部的一封信,侯外庐也表示衷心接受黎澍的意见,"作为改正文风与克服缺点的药石良言"①。

  蒋祖怡此时未必就懂得了"人民文学"与"民间文学"的差别、"人民文学"与"人民性"的关系,他和蔡仪不一样,他是把自己当作一个仍然需要自我改造、脱掉小资产阶级习性的知识分子来看的,他渴望加入到人民大众之中,却又仿佛时刻提醒着自己与人民之间的距离,现在来看,有可能正是这种自我认知上的差别,导致他过分狭隘地理解了"人民"和"人民文学"。总之,蒋祖怡未必明白自己真正的过失在哪里,但毫无疑问,他能够清晰地感觉到来自北京的压力,北京和杭州,现在已不光是两个自然地理上相距甚远的城市,在政治地理、文化地理上,也越来越明显地被分列在两个级别不等的区域。

  或许是新的中国文学史书迟迟没有出现的缘故,蒋祖怡和赵景深在以后相当长的一段时间里,都无可避免地充当着被批评的靶子。1952年2月,《文艺报》曾刊出一封署名复旦大学张德林的来信,指出赵景深对见诸报刊的批评意见,从不认真检讨、不虚心学习,证据之一,就是"蒋祖怡的《中国人民文学史》(北新书局出版),赵先生称之为'用马列主义唯物辩证法'写的新文学史(见该书序文),实际上却是一本完全歪曲和诬蔑三十多年来新中国文学的坏书,《人民日报》《学习》杂志上许多同志都严正地批评过"②。而到1954年,兰翎也仍在《文艺

---

① 《学习》第4卷第10期(1951年8月)。
② 张德林《纠正不负责任的教学态度》,载《文艺报》1952年第4号(2月25日)。

报》的一次座谈会上，指责《中国人民文学史》的"作者根本不懂什么叫'人民'，而是冠以'人民'字样钻钻空子，欺骗广大的青年读者，实际上是资产阶级的东西"①。

四 抛弃"五四"的旧包袱

《文艺报》关于旧文学的讨论，随着武大中文系文章的发表，话题似乎转向了对"五四"新文学与传统文学关系的反省，进而是对"五四"新文学本身的反省。这种转向并非没有前因，在长达数月的讨论之中，参与论辩的各方，越来越清楚地透露出各自立论的依据，当有人频繁征引毛主席《讲话》的时候，另一些人，则还在如武大中文系文章指出的那样，依然固执着"五四"新文学早期的立场。

1949年，依然有很多问题存在。一方面，就像陈涌在讨论中感到的，"五四"时期与传统割裂的历史教训，在延安整风后虽得到了理论上的解决，"但真正有计划的去学习历史的优秀传统，实在还没有开始"，另一方面，在延安以外的广大地区，尤其是江南的原国民党统治区，许多文学工作者依然承继着"五四"反抗正统势力压迫的精神，鼓吹方言文艺、民歌民谣，以动员民间和地方的力量②。这些早已习惯于置身边缘和被压迫处境的文学家们，大都未能迅速意识到，1949年以后的中国文学，将要立足于一个新的历史起点，这个起点最不同于"五四"的地方，是它不再需要以批判与摧毁象征国家政权、制度的传统文

---

① 《文艺报》，1954年11月15日的座谈会。
② 参见茅盾在第一次文代会上的发言《在反动派压迫下斗争和发展的革命文艺——十年来国统区革命文艺运动报告提纲》，《中华全国文学艺术工作者代表大会纪念文集》，59页。

学为己任,而是要重新树立足以代表一个新生的共和国的文学形象,这样一个国家形象的树立,不仅需要民间、地方的资源,更需要一切可以吸纳的资源①。正像吕骥在第一次文代会上对于新音乐的期盼:"毛主席要我们坐在工农兵方面,一手伸向古代,一手伸向西洋。他所指的古代,无疑地应该包括历史上各个时期的统治阶级的音乐与被统治的人民的音乐。"②

1950年5月,何其芳在《文艺报》上谈新诗,说新诗应有旧诗、"五四"新诗和民间韵文三个传统,其中"旧诗是一个很长很长的传统,因而也就是一个很丰富的传统"③,对传统诗歌的现代价值,给予了充分的肯定。几天后,《人民日报》发表了陆侃如的一封公开信,信中引述高尔基关于文学史上无处不张着"摄取人心灵的网子"的说法,还有法捷耶夫关于"封建社会优秀作家的创作是人民批准的"说法,呼吁"每一个研究中国文学史的同志",应该起来,"毫无反顾地抛弃了五四以来的旧包袱"④。

如果说抛弃"五四"以来的旧包袱,可以算是重写中国文学史的一个预告的话,那么新文学史的重新梳理,则给中国文学史的重写,提供了实际的原则和具体的范例。由于新文学史的过程,与中国共产党产生发展的过程,在时间上恰好重合,当1949年,中国共产党在新形势下建构自己崭新的历史的同时,重新梳理与此相关的新文学史,就变得非

---

① 例如有研究者注意到与民间文学相关的方言文学问题,在1950年以后就不再被提起。据说第一次文代会筹备期间,本来有人负责起草了一份关于方言文学运动的报告,但在茅盾正式发表的报告中,却略去了这方面的内容,这很能反映出1950年代初的文艺政策,是怎样努力淡化地方、民间的观念的。参见郑树森等编《国共内战时期香港文学资料选(1945—1949)》,12—15页,香港:天地图书有限公司1990年版。
② 吕骥《论音乐工作的普及、提高与接受遗产》,载《文艺报》第1卷第1期(1949年9月)。
③ 何其芳《话说新诗》,载《文艺报》第2卷第4期(1950年5月10日)。
④ 陆侃如《一封公开信,给研究文学史的同志们》,载《光明日报》1950年5月26日。

常重要,而重写的依据,则是毛泽东的《新民主主义论》,这篇提供了理解这一段历史最重要的一些观念的文章,其时也是一般人所必须接受的政治读本①。1951年下半年,受教育部委派,老舍、蔡仪、王瑶和李何林共同编写了一份《〈中国新文学史〉教学大纲(初稿)》②。《大纲》规定,新文学的特性,既非胡适所谓白话文学、国语文学,亦非周作人所谓人的文学、平民的文学,而是"新民主主义的文学",学习新文学史的目的,因此,也就是要"了解新文学运动与新民主主义革命的关系"③。而新文学运动作为新民主主义革命的一翼,自始至终服务并决定于无产阶级领导下的革命运动的性质一经确立④,能够进入新文学史的,必然就是那些与党在政治上的号召相呼应的作家和反映了革命现实的作品,是真实、历史而具体地描写现实的现实主义的创作。"五四"新文学,于是成为以现实主义为主流的文学⑤。

对新文学主流的判断,给对传统文学的认识,提供了极为重要的参照。毛主席早说过"今天的中国是历史的中国之一发展",马克思主义的历史学家不应割断历史。冯雪峰也证明过"在文学者的人格与人事关系"上,鲁迅与中国文学史上壮烈不朽的屈原、陶潜、杜甫等,连成了

---

① 郭沫若在第一次文代会题为《为建设新中国的人民文艺奋斗》的报告中就指出:"五四"以来的新文艺新在哪里?毛泽东的《新民主主义论》发表以后,才得到了最科学的说明。文载《光明日报》1949年7月4日。

② 《新建设》第4卷第4期(1951年7月)。

③ 《大纲》所否定的有关新文学的以往各种看法,在蔡仪的《中国新文学讲话》(上海:新文艺出版社1952年版)中,更有具体的分析和批判,例如说胡适"一方面认为新文学是白话文学,另一方面在他的《白话文学史》里又把《大风歌》《木兰词》《孔雀东南飞》,以至一些唐诗宋词、明清小说都看作白话文学,那么新文学之所以新在什么地方呢?它不是和《大风歌》《木兰词》都没有区别吗?"(10页)。

④ 参见《"中国新文学史稿(上册)"座谈会记录》,载《文艺报》1952年第20号。

⑤ 关于现实主义理论在中国的引进和发展,参见钱理群等《中国现代文学三十年》(修订本),200—201页,北京大学出版社1998年版。

同一个"精神上的系统"①。而新文学的现实主义主流,也在要求着从传统文学中寻找到它的源头。因此,周扬赞扬古代文学中不但蕴藏着丰富的人民性,在艺术技巧上,也达到了"可惊的准确和精练程度的现实主义"②。丁易在《中国现代文学史略》中追溯新文学运动的传统,更是细数了从屈原、司马迁、陶潜、杜甫、李白、白居易、辛弃疾,到关汉卿、王实甫、施耐庵、吴承恩、吴敬梓、曹雪芹这一系列的现实主义作家,从《诗经》、汉魏乐府诗、敦煌的变文,到宋元以来的平话小说、戏曲、鼓词、弹词、民歌、传说和地方戏这一系列的现实主义作品③。

新文学史家对士大夫文学与民间文学一视同仁的这种叙述,给中国古代文学史的研究者们带来的压力,是不言而喻的,陆侃如、冯沅君就是在这种唯恐被时代抛弃的心情当中,开始修订他们的《中国文学史简编》的,他们写道:对于古典文学,"解放前,我们常常肯定太多。有些现在看来有毒素的作品,我们却因为本身的思想和作者相近,便阿其所好欣赏起来。在刚刚解放的时候,我们常常否定的太多。只在作品中找不到'人民'两字,便粗暴地一笔抹煞;我们不耐烦砂里淘金,更不懂得璞中有玉。有时我们不免用简单化的和机械的论断,来代替对于文学的正确的分析。这些偏向,近年来逐渐获得纠正,但还没有彻底纠正"④。

---

① 参见王瑶《鲁迅对于中国古典文学遗产的态度和他所受中国古典文学的影响》(1950),载其论文集《关于中国古典文学问题》,1—2页,上海古典文学出版社1956年版。
② 见周扬1953年9月在第二次文代会上的报告《为创造更多的优秀的文学艺术作品而奋斗》,载《文艺报》1953年第19号(10月)。陆侃如曾说,这次会议使他明确了社会主义现实主义是"五四"运动以来的文学主流,同时也明确了"五四"以前,"自原始的口头创作以来,几千年文学史的主流不可能不是现实主义"。见陆侃如《什么是中国文学史的主流》,载《文史哲》1954年1月。
③ 丁易《中国现代文学史略·绪论》,11页,北京:作家出版社1955年版。
④ 陆侃如、冯沅君《中国文学史简编·导言》(修订本),3页,北京:作家出版社1957年版。

1956年，当北京大学1955级和复旦大学1955级集体编著的两种《中国文学史》问世，结合这两部文学史的实践①，就民间文学究竟是不是"正宗"或"主流"的问题，古典文学界正式展开了一场具有针对性的讨论，讨论使民间文学并非中国文学史主流的认识，得到进一步深化，也得到一些具体的例证的补充。赵景深撰文指出，既要"反对过去地主、资产阶级文学史家肆意贬低民间文学的做法"，也要知道"今天对某些价值不很高的民间文学作超过实际价值的评价，恐怕也不符合马克思主义的治学态度"②。刘大杰认为，连最尊重民间文学价值地位的高尔基，在《俄国文学史》中，也并未说民间文学就是主流，在《中国文学史》中，当然就不应有民间文学与文人文学的对立③。乔象锺则针对北大文学史中出现的"唐代民间文学和作家文学比起来要先进得多"的说法，比较分析了《永淳中民谣》和杜甫《自京赴奉先县咏怀五百字》的优劣，指出在感人之深和唤起读者强烈的爱憎之情方面，杜诗都要高出一筹④。后来北大中文系修订他们的《中国文学史》，便依照这些意见，对叙述民间文学和作家文学的有关章节，作了调整，基本上"根据

---

① 例如在北京大学中文系文学专门化1955级集体编著的《中国文学史》(北京：人民文学出版社1958年版)中，就给了民间文学非常突出的地位，其理由则如"周代民歌"一章所说：在今天我国大跃进形势中，产生成千上万首民歌，"正像周民歌给予后代作家文学的积极影响一样，今天的民间诗歌，也将给予我们时代的文学特别是诗歌以极大的影响。我们一切文学工作者和文学家们都应该从周民歌在文学史上的重要地位中，认识到必须认真挖掘民歌，向民歌和一切人民创作学习，只有这样，我们才能用我们的笔，我们的诗歌，更好地为我们祖国一日千里的建设，为我们祖国的美丽的共产主义事业服务"(上册,31页)。

② 赵景深《民间文学在文学史上的地位》，原载《解放日报》1959年3月24日，转引自中国民间文艺研究会上海分会等编《中国民间文学论文选(1949—1979)》上,296—315页,上海文艺出版社1980年版。

③ 刘大杰《文学的主流及其他》，载《光明日报》1959年4月19日。

④ 乔象锺《民间文学是我国文学史的主流吗?》，原载《光明日报》1959年4月5日,转引自中国作家协会上海分会文学研究室编《中国文学史讨论集》。

时代的先后把民间文学安排到适当的篇章中去叙述,不再一律集中在每编的第二章"①。而北京大学中文系所编《中国文学史》的这一次改动,或许最能象征民间文学自新文学运动以来的命运,同在"五四"新文学的策源地及以葆有"五四"新文学传统为荣的北京大学,民间文学由一度被提升为《中国文学史》的中心,一变而再为边缘,尽管它也很重要,但无论如何,都只能占用《中国文学史》中的一个小节。

民间文学于《中国文学史》里的这种地位,更在1958年的新民歌运动中又一次被确认,当周扬宣布新的工农兵作品,不完全等于口头创作时,他实际上已经截断了可能将新民歌与历史上口承文艺联系到一起的想象,在他为新民歌描绘的前景中,也是"民间歌手和知识分子诗人之间的界限将会逐渐消泯。到那时,人人是诗人,诗为人人所共赏"②。这时的郭沫若也老话重提,当然不是无的放矢,他说"前几年一般文艺界的朋友,就是貌视旧诗词和旧形式,近年来毛主席的诗词发表了,大家的认识才不同了","我们的洋气太盛,看不起土东西,这是'五四'以来形成的一种风气,可以说是受了买办阶级思想的影响。近年来我们回过头来肯定了旧诗词的价值,肯定了民歌民谣的价值","随着人民文化的提高,这两种东西打成一片后,我看,是会有新的形式出现的"③。此种形势,加之后来毛主席喜欢李贺、李商隐的消息传出,终使民间文学的研究者们开始自我告诫,不要将民间文学和作家文学对立,也不要将以新的观点和方法整理、研究民间文学,错误地理解为是

---

① 北京大学中文系文学专门化1955级集体编著《中国文学史·前言》上册,10页,北京:人民文学出版社1959年版。
② 周扬《新民歌开拓了诗歌的新道路》,原载中共中央主办《红旗》1958年第1期。
③ 郭沫若《就当前诗歌中的主要问题答〈诗刊〉社问》,载《诗刊》1959年1月号。

去为民间文学争"正统"①。

五　爱国主义

1949年10月,苏联作协总书记法捷耶夫率团来华访问时,发表了一个演讲,演讲中谈到"帝国主义雇佣的走狗们想把中国人民伟大的文化当做毫无价值的落后的东西出卖掉。但是胜利了的中国人民,伟大的中国文化继承者正在发扬中国旧文化的一切优秀的东西"。他用了"惊奇而称羡"一词,提到中国文学史中"光芒万丈"的几位文学家的名字,有李白、杜甫、白居易,在他提到值得赞扬的著作里,还有《聊斋志异》和陶渊明、苏轼的作品②。法捷耶夫的一篇赞誉之辞,唤醒了听者对于自己历史上曾经有过的作家作品的回忆,它同时也传达了一种富于政治意味的暗示:"新民主主义革命的胜利,中华人民共和国的建立,已使中国古代的优秀文化开始成为广大人民的共同财富"③,我们有理由把它们全部而不是部分地继承下来④。

---

① 贾芝《论民间文学的社会地位和作用——纪念〈在延安文艺座谈会上的讲话〉发表二十周年》,原载《民间文学》1962年第2期,转引自《中国民间文学论文选(1949—1979)》上,194—224页。
② 法捷耶夫在中苏友好协会总会成立大会上的讲话,载《文艺报》第1卷第2期(1949年10月)。
③ 游国恩《白居易的思想和艺术》,载《人民日报》1951年2月11日。
④ 在北大中文系1955级编著的《中国文学史》中,也还有"唐代文学的结语——唐诗的世界地位"一节,其中写道,"是苏联读者首先充分的估计了唐代伟大诗人的地位,汉学家费德林对唐诗和唐代伟大诗人给予很高的评价:'唐代300年中无数不朽的创作丰富了中国的诗歌,这些创作是中国人民的骄傲。''所有有文化的人类都承认莎士比亚是一切时代和民族中最伟大的戏剧家……也可以同样评述歌德、拜伦、普希金、果戈里、托尔斯泰和陀斯妥也夫斯基,这对中国唐代不朽的诗人杜甫、李白、白居易等诗人来说也同样是公正的'"(上册,398—399页)。

战后形成的冷战格局，似乎使国家、政府与文化等于同一单位的观念，得到格外的强化。1950年代初期，当"爱国"作为最高尚也最具合理性的口号提出，对中国古典文学遗产的接受，也被纳入了"爱国"的伟大事业中。《文艺报》提出要通过文学遗产"来加强人民对伟大祖国历史与文化传统的认识，从而增加我们对祖国的热爱，鼓舞他们的战斗意志"①，是基于激发历史文化认同上的爱国主义的考虑，学者当中，有人自觉到"当前懂得一点古典文学的人正负起结合爱国主义向广大人民介绍文学遗产菁华的任务"②，"学习祖国伟大的文化遗产，并以高度的爱国主义精神，认真深刻地、批判地吸收这些遗产，乃是一个十分严肃的政治任务，也是我们迎接文化建设新高潮的必要条件之一"③。这当中，认为优秀的古典文学，"不仅使我们感着骄傲，并且对于我们热爱祖国热爱新时代，对于我们继承优良传统更好地创造新时代的文学，都有重大的教育意义"④，则表明了需要在爱国主义语境下，重建文学史的态度，恰如《新观察》不失时机发表的绘图本《爱国诗人杜甫传》⑤。

　　爱国一旦成为接受古典文学遗产的目的和动机，它也就可以成为衡量文学价值的重要标准。爱国的文学史，意味着要接纳历史上所有描写爱国的作家和作品，如谭丕模1951年所说：在普及、深入抗美援朝保家卫国和在农村广泛进行翻天覆地的土改运动的今天，表扬封建社会"一部分出身于小有土地的知识分子"及其作品，如歌颂爱国主义的许穆夫人的《载驰》和屈原，如热爱人民的杜甫的三吏、三别和白居易

---

①　见《文艺报》第3卷第7期(1951年1月)加在郭沫若等论古典文学的一组文章前的编辑部的话。
②　余冠英《答张长弓先生》，载《人民文学》第4卷第2期(1951年6月)。
③　程千帆《关于对待祖国文化遗产问题的意见》，载《文艺报》1953年第4号(2月)。
④　刘大杰《批判胡适的唯心主义的文学史观点》，《复旦学报》1955年第2号。
⑤　冯至《爱国诗人杜甫传》，光宇配图，载《新观察》第2卷第1期(1951年)。

的《秦中吟》,是有意义的,因为中南区秋天就要搞土改,打倒地主,所以,需要"强调杜甫、白居易这些爱人民的作品,来提高我们支援农民土改的热情"①。爱国的文学史,意味着要接纳虽未直接表达爱国思想,却有可能使人读后产生爱国热情的作家作品,典型的如汉赋,它在"五四"之后一直受到排斥,可现在看来,汉代与中华人民共和国有那么多的相似之处,"中国历史上树立统一的国家规模最早的一次在汉代,当时周围的邻邦称中国为'天汉',今天祖国人民绝大多数组成部分称做'汉人''汉族',今天祖国这样辽阔的疆土,与汉代所扩充的疆土没有多少差异",而汉代辞赋正反映了这种伟绩,它的价值,也就不容抹杀②。爱国的文学史,也意味着要接纳以各种复杂曲折包括哀婉悲伤形式表达爱国心情的作家作品,如《诗经》中的《卷耳》《蒹葭》《黍离》《小旻》,屈原的《离骚》、九章,王粲的《登楼赋》,潘岳的《悼亡》,庾信的《哀江南赋》,杜甫的《羌村》,李清照的《凤凰台上忆吹箫》,李煜的《虞美人》和南朝的一些艳体诗、宋元的艳词小曲③。爱国的文学史,还意味着要接纳刻画尖锐的社会矛盾与阶级对立、揭露统治阶级丑恶行径的作家作品,如《小雅·北山》《大雅·瞻印》④,如杜甫、白居易"以反贪污反压迫为题材",而刺激了"王仙芝、黄巢的反地主阶级运动"的诗文⑤。爱国主义的文学史,意味着要接纳与"今日的爱国主义的争取和平,热爱新制度,鼓舞为解放而斗争的人民,歌颂劳动模范和

---

① 谭丕模《掘发古典文学的人民性、斗争性》,载《新中华》1951年11月16日。
② 谭丕模《中国文学史纲》,上册,114页,中央人民政府高等教育部教材编审处,1954年版。
③ 詹安泰《编写"中国文学史"的一些经验和体会》,载《高等教育通讯》1954年第20期。
④ 教育部审定《中国文学史教学大纲》,17页,北京:高等教育出版社1956年版。
⑤ 谭丕模《中国文学史纲》(上册),8页。

战斗英雄"不相违背的作家作品,如屈原、杜甫、屈大均和黄遵宪①,甚至也意味着要接纳以追求个性解放与自由生活为艺术特征的,如李白的诗②。

1953年,适逢屈原逝世2230年,世界和平理事会把屈原列入了这一年将要纪念的四大文化名人之中,其他三人分别是波兰天文学家哥白尼、法国文学家拉伯雷、古巴作家及民族运动领袖何塞·马蒂。这一世界范围的纪念活动,一面使人重新认识作为伟大的诗人、正直的政治家和爱国者的屈原的个人价值,一面也教人重新思考作为文化的中国,在世界上的地位影响,以及传统文化在现代国家扮演的角色的问题。《文艺报》于此有一篇社论指出:当前对于祖国的优秀文学和文化遗产,甚至对于祖国历史相当无知的现象,很是普遍,这种不学无术产生的有害结果,就是对祖国优秀文学遗产,投以不屑一顾的轻蔑的眼光,或简直要把它一笔抹杀的那种"反爱国主义"的态度③。陈词痛斥的背后,反映出一种迫切需要调整对待传统文化的态度、策略,以应对新的国际政治文化形势的心态,而所谓态度、策略的调整,具体到中国文学史的编写上,最关键,便是如何处置民间文学与文人文学的关系、如何确立中国文学史"正统"的问题。对屈原的纪念,仿佛就是整个世界所给出的一份答案。

直到后来,古典文学研究界批判胡适,许多人的意见,因此也都集中在《白话文学史》对陶渊明、李白、杜甫等人的诗评价过低,却偏要大讲王褒戏弄侮辱劳动人民的《僮约》、王梵志宣传颓废思想的打油诗和

---

① 詹安泰、容庚、吴重翰编《中国文学史(先秦、两汉部分)·导论》,11页,北京:高等教育出版社1957年版。
② 《中国文学史教学大纲》,94页。
③ 《屈原和我们》(社论),载《文艺报》1952年第11号(6月)。

几个佯狂和尚的诡谲诗赋这一点上,其感情的出发点,也大都如余冠英所说,"假使中国文学史上只有这些作品,那真教中国人深深'惭愧',自认'文学不如人'了"①。

文学史往往折射出一个国家的精神史,这是 19 世纪末 20 世纪初最早接受"文学史"的中国人就已经有的观念,只是 1949 年以后的中国文学史书的编写,更加强调要使人从中了解中国拥有丰富悠久优秀的文学传统,"比之世界任何民族的优秀作品都无愧色"②,"我们的古典文学,同样是我们的骄傲,是我们民族所创造的优良成就"③。至于说中国文学史的主流或曰正统,如果我们了解"在我国数千年的文学史中,优秀作家之多,是世界各国的文学史中不太多见的",懂得是屈原、司马迁、李白、杜甫、白居易、陆游、辛弃疾、关汉卿、吴敬梓、曹雪芹、鲁迅这些伟大诗人和作家的"千古不朽的艺术作品充实了整个人类的文学宝库,为我们民族争来了巨大的荣誉",则也不当再有疑问④。

2000 年 4 月完稿

---

① 余冠英《胡适对中国文学史"公例"的歪曲捏造极其影响》,载《文艺报》1955 年第 17 期。
② 谭丕模《中国文学史纲·绪论》,3 页。
③ 刘大杰《批判胡适的唯心主义的文学史观点》。
④ 程俊英、郭豫适《应该把作家文学视为"庶出"吗?——"民间文学正宗说"质疑》,原载《解放日报》1959 年 3 月 9 日,转引自《中国文学史讨论集》。

第五章 "写实主义"下的文学阅读
——中国文学史经典的生成

一 写实主义是一种小说理论

写实主义(realism)的概念①,起初是由 19 世纪中欧洲一些以描绘"人类真象"为宗旨的画家提出来的,1856 年,法国小说家杜兰提(Duranty,又译作杜朗蒂)编辑了一本《写实主义》刊物,开始将它移植于文学。写实主义的文学纲领,包含着这样几个简单的概念:艺术应当是现实世界的真实再现,作家应当通过细致的观察和小心的分析,研究当代的生活与风习,作者在这一刻应当是冷静、客观和不偏不倚的。文学上的写实主义者,以小说家尤以长篇小说家居多,较少涉足诗歌、戏剧,他们声明自己

---

① Realism,1930 年代以前,在中国多译为"写实主义",1920 年代末,受日本、苏联无产阶级文学运动的影响,左翼作家提倡一种能够反映社会阶级关系、体现历史的必然和发展的写实主义,瞿秋白这时有意将 Realism 译作"现实主义",以示与旧写实主义的区别,他说,"写实——这仿佛是只要把现实的事情写下来,或者'纯粹乐观地'分析事实的原因结果——就够了",现实主义则是要在真实地描写、表现社会关系时,显示历史的发展方向(参见温儒敏《新文学现实主义的流变》,北京大学出版社 1988 年版)。为求行文统一,除引文之外,本文一概采用早期的"写实主义"的译法,这是需要说明的。

的作品是在以前所未有的客观、科学的态度审视着人生百态①。

写实主义被介绍到中国,大约在 20 世纪之初,梁启超在《新小说》的创刊号(1902 年)上,就提到过写实派小说善于描写为人不察的感情和心理的特征②,在黄人编纂的《普通百科新大辞典》里,也有"写实主义"的条目,它解释这一派的文艺,是"就平生客观上之自然对象,而一一实写"③。然而,写实主义在中国真正引起反响,据说要到 1915 年陈独秀发表《现代欧洲文艺史谭》的时候,陈独秀在这篇文章中,套用了欧洲文学从古典主义、浪漫主义、写实主义到自然主义依次演进的过程,将中国传统文学划分为古典主义和浪漫主义的文学,认定新文学必要经过一个写实主义的阶段,这一结论,以"进化论"为依托,所以别具深意并且产生了很大的影响。稍后,周作人也仿照这个论式,发表了中国仿佛日本明治十七八年的样子,眼下有必要按日本小说进化的次序,首先提倡写实主义的议论④。写实主义来到中国,恰好因应了晚清以来"新小说"蓬勃兴起的潮流,为新小说提供了十分有力的支援,而此前的所谓新小说,好像周作人抱怨的那样,讲了二十多年"却毫无成绩",有人还守着陈旧的观念,以为司各得小说之可译可读,乃其像《史》《汉》的缘故,与将赫胥黎《天演论》比周秦诸子同一道理⑤。无论

---

① 参见柳鸣九主编《法国文学史》中册,72—82 页,北京:人民文学出版社 1981 年版;艾恩·瓦特《小说的兴起》,鲁燕萍译,1—31 页,台北:桂冠图书公司 1994 年版。

② 梁启超《论小说与群治之关系》,6—7 页,载《饮冰室合集》文集 10,北京:中华书局 1986 年版。

③ 黄人编《普通百科新大辞典》,转引自钟少华编《词语的知惠》,136 页,贵州教育出版社 2000 年版。

④ 参见温儒敏《新文学现实主义的流变》,9—10 页;陈万雄《五四新文化的源流》,163 页,香港:三联书店 1992 年版。

⑤ 周作人《日本近三十年小说之发达》,原载《新青年》第 5 卷第 1 号(1918 年 7 月),转引自《中国新文学大系·建设理论集》(1917—1927),293 页,上海文艺出版社 1981 年版。

在命意还是在笔法方面,由于缺乏新的话语阐释和理论指导,新小说一直都不能割断它与旧小说的千丝万缕的联系①。

写实主义给新小说带来了新的概念,或说新的理论资源:新小说之新,要它是写实的,写实与否,成为新、旧小说间一条明确的界限。"五四"前后,罗家伦、钱玄同等一批学者作家都曾依据写实理论,对流行当时的黑幕小说、四六派艳情小说和笔记派小说做了批判。周作人辨别黑幕与写实小说的不同,指出写实小说是"受过了'科学的洗礼',用解剖学心理学手法,写唯物进化论的思想"②。茅盾则宣布:"我们中国现在的文学只好说尚徘徊于'古典''浪漫'的中间,《儒林外史》和《官场现形记》之类虽然也曾描写到社会的腐败,却绝不能就算是中国的写实小说(黑幕小说更无论了)。"③1921年,《北京晨报》把历来发表在这份报纸上的短篇小说选为一辑,作为"新文学作品"的第一次发布,入选的小说,包括鲁迅的《一件小事》,"差不多都富于写实的精神,人道的意味"④。文学研究会下的《小说月报》《文学旬刊》,也在此时"鼓吹着为人生的艺术,标志着写实主义的文学"⑤。在写实的口号下边,

---

① 以定一的《小说丛话》(1905)为例,他认为"《水浒》可作文法教科书读",但所列举出的"十五法"仍如金圣叹言,是所谓倒插、夹叙、草蛇灰线、大落墨、锦针泥刺、背面铺粉、弄引、獭尾、正犯、略犯、极不省、极省、欲合故纵、横云断山、鸾胶续弦,等等。因此陈平原、夏晓虹说,"五四"之前20年的小说及小说论,都带有新、旧交替的特性,当时的小说理论也"只是停留在直观感受和常识表达阶段"[《二十世纪中国小说理论资料(第一卷)·前言》,4页,北京大学出版社1989年版]。

② 周作人《再论黑幕》,原载《新青年》第6卷第2号(1919年2月15日),转引自严家炎编《二十世纪中国小说理论资料(第二卷)》,75页,北京大学出版社1997年版。

③ 《小说新潮栏宣言》,原载《小说月报》第11卷第1期(1920年1月25日),载《茅盾全集》18,14页,北京:人民文学出版社1989年版。

④ 静观《读〈晨报小说〉第一集》,转引自严家炎编《二十世纪中国小说理论资料(第二卷)》,178页。

⑤ 郑振铎《中国新文学大系·文学论争集·导言》(1917—1927),8页。

新小说尤其是短篇小说的创作出版日趋旺盛,据统计,仅1921年4—6月,发表在各报刊上的短篇小说就多达一百二十余篇①,到1925年,吴宓形容写实小说异军突起的盛况,已经是"写实主义、黑幕大观盛行之中国"②,而梁实秋谈及西洋小说在这时对中国的影响,也称赞"'短篇小说'的体裁在新文学运动里要算很出色的一幕"③。

　　写实主义刺激了新小说的写作,在这里更需要指出的是,与此同时,它也启发了与新小说写法相配合的一种阅读方式。小说虽"为我国古学之一种","然衣冠之士,多鄙不屑道"④,在读者眼里,一直是一种不入流的体裁,就连晚清提倡新小说的一些人,也并不看好传统的中国小说。梁启超就曾抱着相当极端的态度说,"中土小说,虽列之于九流,然自《虞初》以来,佳制盖鲜,述英雄则规划《水浒》,道男女则步武《红楼》,综其大较,不出诲盗诲淫两端"⑤;而一般的评论家也往往归纳中国小说的三大元素为英雄、儿女、鬼神,批评它们的诲盗、诲淫和迷信⑥。然而,当自称"受'写实主义'的影响太深"的胡适换了一种写实的眼光来巡视传统的中国文学时⑦,则不但古代杜甫的《石壕吏》《羌村》和白居易的新乐府,都可列入"写实"体的诗,当代吴趼人、李伯元、刘鹗的白话小说,也以"写今日社会之情状,故能成真正文学",而足与

---

　　① 茅盾《中国新文学大系·小说一集·导言》(1917—1927),2页。
　　② 吴宓《评杨振声〈玉君〉》,转引自严家炎编《二十世纪中国小说理论资料(第二卷)》,394页。
　　③ 梁实秋《现代中国文学之浪漫的趋势》,引自徐静波编《梁实秋批评文集》,36页,珠海出版社1998年版。
　　④ 黄人编《普通百科新大辞典》,转引自钟少华编《词语的知惠》,41页。
　　⑤ 梁启超《译印政治小说序》,《饮冰室合集》文集,334页。
　　⑥ 管达如《论小说》,转引自陈平原等编《二十世纪中国小说理论资料(第一卷)》,401,409页。
　　⑦ 胡适《读沈尹默的旧诗词》,载《胡适文集》2,131页。据周明之分析,胡适在美国时就较为现实主义和自然主义的文学所吸引。见周氏《胡适与中国现代知识分子的选择》,187页,雷颐译,成都:四川人民出版社1991年版。

世界第一流文学比较①。胡适大概很清楚,要改良旧文学,比激烈否定旧文学更加重要的,是拿出新的文学"模范本"②,是从正面指出哪些作品值得阅读和学习,又为什么值得阅读和学习,新文学既是一个怎么写的问题,也是一个怎么读的问题。写实主义的提倡,恰好使他推出新文范的构想得以落实,用写实主义的方法阅读当代作品,可以有新的"今典"出现,阅读古代作品,则可以有新的"古典"产生。

1917年,胡适与钱玄同以书信方式在《新青年》上讨论哪些文学有价值,涉及的实际上就是用什么方法阅读作品的问题,其中关于《三国演义》讨论得最多。钱玄同的看法,起初还是沿袭了晚清以来的思路,以为《三国演义》宣扬忠孝节义、正统闰统的陈旧观念,写法上也有缺陷,写所崇拜的人,往往费尽力气而无丝毫是处,好像写刘备成一庸懦无用的人,写诸葛亮成一阴险诈伪的人,写鲁肃简直成了一个没有脑筋的人,"思想既迂谬,文才亦笨拙",理应在排斥之列③。然而,胡适不赞成这个意见,他觉得钱玄同批评《三国演义》的褒刘贬曹,是没能体谅到其作者受制于自己的时代,"彼所处之时代,固以庸懦无能为贤,以阴险诈伪为能,故其写刘备、诸葛亮,亦只如此"。类似的例子,还有如《水浒传》不以武松为非人道,《品花宝鉴》不知男色为恶事,春秋时代不以男女私相恋爱为恶德,故有三百篇中之情诗等等。胡适说时代不同,风尚互异,古人的作品,需要还原到古人的环境中去读,"此理于读书甚有益"④。

---

① 胡适《文学改良刍议》,载欧阳哲生编《胡适文集》2,7—8页,北京大学出版社1998年版。
② 参见胡适《文学进化观念与戏剧改良》,载《胡适文集》2,115页。
③ 《钱玄同文集》第1卷,45、52页,北京:中国人民大学出版社1999年版。与钱玄同持同一看法的,又有老棣《文风之变迁与小说将来位置》:"《三国演义》之作,所以寓尊汉统、排窃据之微言也";别士《小说原理》:小说"写小人易,写君子难","试观《三国志演义》,竭力写一关羽,及适成一骄矜灭裂之人;又欲竭力写一诸葛亮,乃适成一刻薄轻狡之人"[陈平原等编《二十世纪中国小说理论资料(第一卷)》,226、75页]。
④ 胡适《答钱玄同书》,载《胡适文集》2,33—36页。

这个理,胡适又叫它"历史的文学观念",也就是周作人申明的:"我们立论,应抱定'时代'这一个观念",将对古人的批评与我们的主张分开,"批评古人的著作,便认定他们的时代,给他们一个正直的评价,相应的位置"①。而这样一种观念,首先根植于认识论上的对"现在(present)"的认同,这与写实主义者认为每个人在不同的时空背景下,会取得不同的经验,由此特别重视"文学作品与它所描摹的现实之间的相互关系",正是一致的取向②。对"现在"认同,便意味着要把作品放置在特定的时空当中阅读,"文学乃是人类生活状态的一种记载,人类生活随时代变迁,故文学也随时代变迁,故一代有一代的文学",胡适所以批评张之纯的《中国文学史》,讲什么"欲睹升平,当复昆曲",简直就是缘木求鱼③。

　　写实主义虽然本是关于小说的一种理论,但在20世纪的新文学运动初期,由于"建设新鲜的立诚的写实文学"被视为文学革命的三大目标之一④,因此,它很容易借助"革命"的名义,取得理论上的优势。就像吴宓抱怨的那样,"吾国之新文学家,其持论常以写实小说为小说中之上乘、之极轨,而不分别优劣,并言利弊,惟尊写实小说而压倒一切,其余悉予摈斥"⑤。或像茅盾肯定的那样,大体上,"五四"新青年派"心目中的新文学是写实主义的文学"⑥。而历来被奉为新文学第一篇小说的《狂人日记》,据鲁迅自己说,便也是以改良人生、改良社会为

---

①　周作人《人的文学》,原载《新青年》第5卷第6号(1918年12月),转引自《中国新文学大系·建设理论集》(1917—1927),199页。
②　艾恩·瓦特《小说的兴起》,3—24页。
③　参见胡适《文学进化观念与戏剧改良》,载《胡适文集》2,115页。
④　陈独秀《文学革命论》,转引自《胡适文集》2,18页。
⑤　吴宓《论写实小说之流弊》,原载《中华新报》1922年10月2日,转引自严家炎编《二十世纪中国小说理论资料(第二卷)》,286页。
⑥　茅盾《"五四"运动的检讨——马克思主义文艺理论研究会报告》,原载《文学导报》第1卷第5期(1931年8月5日),转引自《茅盾全集》19,239页。

目的的①。1950年代以后,社会主义的现实主义,更被明确规定为中国文学发展的重要目标②。而在整个20世纪,写实主义的影响还要归于:

第一,这个世纪是以小说为主流文体的世纪,小说的影响远远大过其他文体。新文学家们都认为,能够代表现时代的文学就是小说,骈文律诗最不足道,他们或议论"今之'文学大家',文则下规姚、曾,上师韩、欧",都只是文学下乘,或断言"长律之中,上下古今,无一首佳作可言"③,"五七言八句的律诗决不能容丰富的材料。二十八字的绝句决不能写精密的观察,长短一定的七言五言决不能委婉表达出高深的理想与复杂的感情"④。而新文学时期,公认成就最大的也是小说,据说白话短篇小说从一开始就非常成功,诗歌、戏剧的成绩都不甚理想⑤。在这种情形下,一些关于小说的理论,自然容易成为显学。

第二,20世纪前的中国,是一个八股文与桐城派古文的时代⑥,但是随着科举的改革和废除,书经不如八股,八股不如小说,八股世界忽而变为小说世界,昔日肆力于八股者,无不以小说家自命,以至于提倡新小说的梁启超在1915年也不无担忧地说:试一流览书肆,其出版物,

---

① 鲁迅《南腔北调集·我怎么做起小说来》,载《鲁迅全集》第4卷,512页,北京:人民文学出版社1981年版。
② 参见茅盾《社会主义现实主义——中国文学前进的道路》,载《人民日报》1953年1月11日。
③ 胡适《文学改良刍议》,载《胡适文集》2,13页。
④ 胡适《谈新诗》,载《胡适文集》2,134页。
⑤ 司马长风就说当散文和短篇小说在文学革命不久很快有了成绩之后,唯独诗国仍然荒凉寂寞。他认为"诗国革命"不甚成功的原因,在于胡适较少思索诗歌问题,因而造成负面影响(《中国新文学史》上卷,50—51页,香港:昭明出版社1980年版)。又,参见夏志清原著《中国现代小说史》,刘绍明编译,56—57页,台北:传记文学社印行。
⑥ 周作人《中国新文学的源流》,42页,上海:华东师范大学出版社1995年版。

除教科书外,什九皆小说也①。曾经是文坛盟主的桐城派,此时则不但因其"古文之体忌小说"的不合时宜的严律苛法渐受冷遇,古文家林纾更不得不采用古文翻译小说的法子,来证明古文仍有生存的价值②。传统的占据主流的诗文理论,显然已经不能适应文坛上的种种变化,渐渐退居边缘,而当诗文理论失去它一贯收束全局的效力,文坛上出现理论真空的时候,写实主义的小说理论便趁势直入,并且很快覆盖到诗歌、戏剧及其他文体③。

---

① 参见陈平原《二十世纪中国小说史·第一卷(1897—1916)》,65—88页,北京大学出版社1989年版。

② 胡适在《五十年来中国之文学》中即称林纾译小仲马《茶花女》,用古文叙事写情,其成绩,"遂替古文开辟一个新殖民地"(《胡适文集》3,213页)。又,参见钱锺书《林纾的翻译》,载《旧文四篇》,62—94页,上海古籍出版社1979年版;陈以爱《中国现代学术研究机构的兴起——以北京大学研究所国学门为中心的探讨》第一章第一节"桐城派的没落与太炎门生的崛起",台北:政治大学历史学系,1999年版。

③ 胡适对新诗的要求,就是即使写景的诗也须作"写实的描画"(《谈新诗》,载《胡适文集》2,136页)。陈延杰描述当时的诗坛,"默察现代诗学,似已专趋于写实派一途,散原先生,即旁写实派之一人,颇足为吾辈师法",他又指出"作现代诗,当以古人为法,以现代景物事实写之,不可学汉魏人专用古典,不可学六朝人专讲词采,更不可学元明人专事模仿,独创造境界,开一新宗派,此即现代写实诗派也"(《现代诗学之趋势》,69—70页,载章太炎等讲《国学研究会讲演录》〔1923〕,台北:广文书局1980年版)。茅盾说:"诗,和其他文艺作品一样,是生活的产物"(《徐志摩论》〔1933〕,转引自《茅盾全集》19,389页)。他总结初期白话诗的"最一贯而坚定的方向"就是写实主义,题材上是社会现象和人生问题的大量抒写,方法上是胡适所谓的须要用具体的做法,不可用抽象的说法(《论初期白话诗》〔1937〕,转引自《茅盾全集》21,235页)。洪子诚后来也认为自"五四"以来,新诗便有写实和叙事的倾向,这使诗、小说等文体间的特征模糊(《中国当代文学史》,67页,北京大学出版社1999年版)。而据周慧玲的研究,1920年代,中国的话剧舞台也是在西方的写实主义影响下,开始出现男扮男、女扮女的表演方式,"五四"时期一系列新女性人物也都是从娜拉脱胎换骨来的,当时所谓的写实社会剧,对剧作家来说,更接近于一种新的生活方式的开创与实验,是让他们透过对西方生活方式的模仿,来摆脱颠覆中国传统的秩序,使中国进入现代化潮流中的手段(《女演员、写实主义、"新女性"论述——晚清到五四时期中国现代剧场中的性别表演》,载《近代中国妇女史研究》第4期,台北:1996年版)。

尽管在习惯了写实主义的小说理论的胡适眼里,中国的"散文只有短篇,没有布置周密、论理精严、首尾不懈的长篇;韵文只有抒情诗,绝少纪事诗,长篇诗更不曾有过;剧本更在幼稚时代,但略能纪事掉文,全不懂结构;小说好的,只不过三四部,这三四部之中,还有许多疵病;至于最精彩的'短篇小说'、'独幕戏',更没有了"。但就在传统的诗文里边,他也还是找到了用得上小说方法阅读的例子。他说如杜甫的《石壕吏》,写一个过路客人,一晚上在人家偷听得的事情,只用120字,不但把那一家祖孙三代的历史都写出来,并且把那时代兵祸之惨,壮丁死亡之多,差役之横行,小民之苦痛,都写得逼真活现,是"上品的布局功夫"。又如古诗"上山采蘼芜,下山逢故夫"一篇,单挑那前妻山上下来,遇着故夫的时候下笔,也把那一家的家庭情形写得充分满意,也是"上品的布局功夫"①。

梁启超1922年发表他在清华大学开设《中国韵文里头所表现的情感》课的讲稿,中间也有套用写实概念讲解韵文的一节。他解释写实派是"把自己情感收起,纯用客观态度描写别人情感,作法要领,是要将客观事实照样极忠实的写出来,还要写得详尽,因为如此,所以写的多是三几个寻常人的寻常行事或是社会上众人共见的现象,截头截尾单把一部分状态委细曲折传出",说是照这样去看,《诗经》里的《卫风·硕人》《郑风·大叔于田》《豳风·七月》都有点意思,汉乐府的《孤儿行》"是纯写实派第一首诗",《孔雀东南飞》"是最有结构的写实诗",魏晋的五言当"以左太冲《娇女诗》为第一",杜甫的《后出塞》和白居易的《秦中吟·买花》、新乐府《卖炭翁》纯是写实,鲍照的《芜城赋》写环境实况写得好,也是写实作品②。

---

① 胡适《建设的文学革命论》,载《胡适文集》2,54页。
② 梁启超《中国韵文里头所表现的情感》,载《饮冰室合集》文集37,135—140页。

梁启超曾有名言:"今日欲改良群治,必自小说界革命始,欲新民必自新小说始。"①新小说的提倡,从一开始就被赋予了教育的功能②。由教育的立场言,传统诗文也似乎确有其不利的地方,黄人就谈到过其中一点:"要之我国文学,注重在体格辞藻,故所谓高文者,往往不易猝解,若稍通俗随时,则不甚许以文学之价值,故文学之影响于社会者甚少,此则与欧美诸国相异之点也。"③20 世纪的文学史,其最大功用便在于教学,在于文学经典的教育,随着"各国文学史,皆以小说占一大部分,且其发达甚早,而吾国独不然"的意见,变成为一般共识④,文学史中的小说作品日益增加,小说的阅读也占据了越来越多的篇幅,这时候,一部囊括各种文体、贯通各个时代的中国文学史,便也逐渐演变成为写实主义阅读下的文学史。

二 文学史的新经典

按照写实主义阅读作品、遴选经典的,最早大概要算到胡适的《白话文学史》。胡适还在美国留学时,就曾经把写实理论中国化作八点主张,即须言之有物、不摹仿古人、须讲求文法、不作无病之呻吟、务去烂调套语、不用典、不讲对仗和不避俗字俗语。合乎这八点的,主要有施耐庵、曹雪芹、吴趼人的白话小说,杜甫的《石壕吏》《羌村》和白居易

---

① 梁启超《论小说与群治之关系》,载《饮冰室合集》文集 10,10 页。
② 根据袁进的研究,1895 年傅兰雅在《万国公报》上刊登《求著新小说启》,希望有人撰著新趣小说,力陈鸦片、时文、缠足之害,对梁启超在翌年发表的《变法通议·论幼学》中要求以小说教化民众,无疑大有影响(《中国文学观念的近代变革》,68 页,上海社会科学院出版社 1996 年版)。
③ 黄人编《普通百科新大辞典》"文学"条,50 页。
④ 参见慧庵《小说丛话》(1903),转引自陈平原等编《二十世纪中国小说理论资料(第一卷)》,82 页。

的新乐府①。但这八点还都比较偏重于形式方面,虽说言之有物,是指要有情感和思想,不过那到底也还是含糊的,庄周之文、渊明、老杜之诗,稼轩之词和施耐庵之小说,究竟怎样有思想,胡适并没有说明。到了1918年底,周作人发表《人的文学》,开始为写实主义的提倡注入新内容。1921年文学研究会成立,茅盾等人结成"为人生而艺术"的一派,俄国托尔斯泰、高尔基的理论被大量翻译介绍过来,写实主义于是与问题小说、问题剧联系在一起,写实主义的新文学,也被具体规定为讲究材料的精密严肃和描写的忠实、反映社会也表现个性②,用胡适引述易卜生的话说,便是"我做书的目的,要使读者人人心中都觉得他所读的全是事实","要把社会种种腐败龌龊的实在情形写出来"③。"五四"前后,大约到1921年,文学界掀起一股"问题小说热"④,就在这时,胡适也开始动笔写他的《白话文学史》。

茅盾曾批评胡适的《白话文学史》,是从进攻到退守、从斗争到妥协,说"到了胡先生专替白话文学家编家谱的时候,所谓'文白问题'就只成为单纯的文字问题了"⑤,这批评其实并不公正,在《白话文学史》里,成为首选的,仍然是表现社会和人生问题的作品。

例如讲汉代文学,胡适把民歌当作韵文的代表,就是因为从民歌里,"我们可以看出一些活的问题,真的哀怨,真的情感",在建安七子的作品中,选出陈琳的《饮马长城窟行》、王粲的《七哀诗》、阮瑀的《驾出北郭门行》,也是因它们写了"边祸之惨"、写了社会问题。讲到唐诗,胡适分析说:当开元天宝盛世,文学是歌舞升平的,经过乱

---

① 见胡适《文学改良刍议》,载《胡适文集》2,7页。
② 郑振铎《中国新文学大系·文学论争集·导言》。
③ 胡适《易卜生主义》,载《胡适文集》2,475页。
④ 参见温儒敏《新文学现实主义的流变》,30—39页。
⑤ 茅盾《对于所谓"文言复兴运动"的估价》(1934),引自《茅盾全集》20,137页。

离,作家开始表现"民间的实在痛苦,社会的实在问题,国家的实在状况,人生的实在希望与恐惧",文学变成呼号愁苦、痛定思痛的,"内容是写实的,意境是真实的",这样,从杜甫到白居易,中国文学史才迎来了一个"最光华灿烂"的时期。李、杜并世而生,却代表了两个绝不相同的趋势:李白结束了8世纪中叶以前的浪漫文学,杜甫开始了8世纪中叶以下的写实文学,浪漫文学"无论如何富丽妥帖,终觉不是脚踏实地",写实文学"平实浅近,却处处自有斤两,使人感觉他的恳挚亲切"。大历长庆间写新乐府的一些诗人,用文学来表现人生,用诗歌来描写人生的呼号冤苦,"老杜的'朱门酒肉臭,路有冻死骨'一类的问题诗,便是这种文学的模范",后来元白的文学主张,也"可说是为人生而作文学"。

在胡适的文学史里,前所未有地集中了关注社会和人生问题的作品,远离现实、远离社会的作品,他都比较少选入。拿杜甫的诗来说,《述怀》《北征》固是"古今绝唱"[1],《秋兴》八首尤其是"闻道长安似弈棋"一首,也是南宋以下选家的必选[2],评论者或以为杜诗中的五律、五七言,尚有人可及,七律则是"上下千百年无伦比"[3],一般的文学史也都会讲杜诗"可谓集古今诗之大成"[4],可在胡适这里他说《北征》尚有中间叙杜甫到家的"有点精彩"的一段,《秋兴》八首却是难懂的诗谜,

---

[1] 叶梦得《石林诗话》卷上,转引自何文焕辑《历代诗话》上,411 页,北京:中华书局 1981 年版。
[2] 顾嗣立《寒厅诗话》,转引自《清诗话》,85 页,上海古籍出版社 1999 年版。
[3] 黄子云《野鸿诗的》,转引自《清诗话》,850 页。
[4] 曾毅《中国文学史》,152 页,上海:泰东书局 1924 年 6 版。葛遵礼《中国文学史》(上海:会文堂书局 1921 年版)并称杜甫"集中五古如《赴奉先》《北征》,七古如《洗兵马》,七律如《秋兴》《诸将》《咏怀古迹》等,最见本领"(59 页)。

"这种诗全无文学的价值,只是一些失败的诗顽艺儿而已"了①。胡适的评价,较之以往,变化自然很大,实际上这也是文学史对旧有文学经典的一次相当大的颠覆,假如以此前影响也颇不小的谢无量的《中国大文学史》与其相比,就会清楚地看到,首先是骈文律诗那套"假古董"被排斥在外,然后是用于应酬交际的书疏、叙跋、箴铭、碑诔,也被大量去除,这仿佛正为了呼应刘半农对颂辞、寿序、祭文、挽联、墓志一类酬世之文的态度:"将来崇实主义发达之后,此种文学废物,必在自然淘汰之列。"②而读完《白话文学史》后,朱光潜也写下过这样的感想:"我们不惊讶他拿一章来讲王梵志和寒山子,而惊讶他没有一字提及许多重要诗人,如陈子昂,李东川,李长吉之类;我们不惊讶他以全书五分之一对付《佛教的翻译文字》,而惊讶他讲韵文把汉魏六朝的赋一概抹煞,连《北山移文》《荡妇秋思赋》《闲情赋》《归去来辞》一类的作品,都被列于僵死的文学;我们不惊讶他用二十页来考证孔雀东南飞,而惊讶他只以几句了结《古诗十九首》,而没有一句话提及中国诗歌之源是《诗经》。"③

---

① 胡适在《尝试集自序》里也说过:"我初做诗,人都说我像白居易一派。后来我因为要学时髦,也做一番研究杜甫的工夫。但是我爱读杜诗,只读《石壕吏》《自京赴奉先咏怀》一类的诗,律诗中五律我极爱读,七律中最讨厌《秋兴》一类的诗,常说这些诗文法不通,只有一点空架子"(载《胡适文集》9,70页)。

② 刘半农《我之文学改良观》,原载《新青年》第3卷第3号(1917年5月),转引自《刘半农文选》,5页,北京:人民文学出版社1986年版。又,钱玄同在《论新文学与今韵问题》中也表示,祭文、墓志不该入文学,他引述章太炎《国故论衡·正赍论》谓"封墓以为表识,藏志以防发掘,此犹随山栞木,用记地望,本非文辞所施",进一步强调:"我的意思,以为这一类文章,Language(语文)和Literature(文学)里面都放不进,只合和八股一律看待"[原载《新青年》第4卷第1号,转引自《中国新文学大系·建设理论卷》(1917—1927),74页]。

③ 朱光潜《替诗的音律辩护——读胡适的〈白话文学史〉后的意见》,载其《诗论》(1942),229页,北京:三联书店1984年版。

如果说在文学史的讲述当中,选择什么样的作品——视其代表性与示范性——为例,是由特定的文学经典观念决定的,那么,对这些作品的诠释,可以说是对一种文学经典观念的更加明确具体的表达。由于引入写实主义的小说理论,胡适不但在文学史中创制了前所未有的新的作品择录标准,而且在这些作品的解读方面,他也大大地发挥了许多新的创意,这些解读文字最后也构成了文学史的非常重要的叙述内容。

　　在胡适以前,一般文学史对所选作品也作简单的评析,分析评价却大都一仍古人诗话词话,或者就是直接的引用、罗列,而开出另外一条路子,则要等到写实主义方法导入以后①。

　　1918年,胡适在北京大学发表《论短篇小说》的演讲,提倡19世纪中期以来在西方通行的短篇小说(short story),他以都德的《最后一课》和莫泊桑的《二渔夫》作为范例,指出短篇小说的特性,是要"用最经济的文学手段,描写事实中最精彩的一段",即通过一个横截面,来表现一人的生活、一国的历史和一个社会的变迁,也就是说写实的目的,要由精当的剪裁来达成,而架空的故事,则要以琐屑节目来填充②。依照这一短篇小说的法则,胡适接着讲述了一个颇为新颖的"中国短篇小说的略史"③。在这个略具完整形态的中国短篇小

---

①　以谢无量的《中国大文学史》为例,它仍是靠引用古人的陈述来串联各时代作品的,在观念方面及所使用的概念上,也一遵传统,说的还都是"唐以前之文主骨,唐以后之文主气,风尚所趋,代有偏重"(卷一,26页)、"周秦以后,文章率出于模拟","周之诗骚,汉之赋,六朝之骈体,唐之诗歌,宋之词,元之小说杂剧,皆貌异心同"(卷一,35页)之类的。

②　关于胡适的这个短篇小说定义,恰好可以参见福勒特(W. Follett)对笛福小说的评述:"故事中的每一件事都是真实的,而整个故事却不真实"(转引自韦勒克、沃伦《文学理论》,刘象愚等译,237页,北京:三联书店1984年版)。

③　司马长风把胡适的《论短篇小说》看成是文学革命发难后第一篇文学批评,其中钩沉出中国小说的演进,是"相当精彩,具有创造性的中国小说述评"(《中国新文学史》,71页)。

说史上,最早出现的是先秦诸子寓言,因为像《列子·汤问》中的《愚公移山》,一是凭空假造一段太形、王屋两山的历史,二是处处用人名地名,用直接会话,写细小事物,看来好像真有其事,"这两层都是小说家的家数"。又像《庄子·无鬼》的一节,写"垩漫其鼻端,若蝇翼",写"匠石运斤成风",寥寥 70 个字,也好像真有此事,所以有文学价值。魏晋时代,散文的短篇小说,要数《桃花源记》,韵文中,《孔雀东南飞》也是好的,前者"命义也好,布局也好",后者"记事言情,事事都到"。此外,《上山采蘼芜》更为神妙,"懂得这首诗的好处,方才可谈'短篇小说'的好处"。到了唐朝,韵文的短篇小说中,杜甫《石壕吏》是绝妙的一例,"这首诗写天宝之乱,只写一个过路投宿的客人夜里偷听得的事,不插一句议论,能使人觉得那时代征兵之制的大害,百姓的痛苦,丁壮死亡的多,差役捉人的横行:——都在眼前"。白居易的《新丰折臂翁》和《琵琶行》也是很好的短篇小说。散文中,张说的《虬髯客传》可算上品,它的立意布局,都是小说家的上等功夫,写人物各有神情风度,是写生的手段。明清时期的小说,比以前多了"琐屑细节","这些加添的琐屑节目,便是文学的进步"。《今古奇观》大多写琐细的人情世故,如卖油郎、徐老仆、乔太守等,近于写实主义,《聊斋志异》写鬼狐,也都是人情世故,于理想主义中,带几分写实性质①。

这一次,胡适打破小说与诗、文间的界限,把韵文、散文统统归纳到同一个短篇小说系统,他的本意,固然在于要用一些切近的本土的例子,来向人演示怎样理解西方的短篇小说概念,借以瓦解和替代当日流行的中国传统小说观,但在另一方面,他借了这些韵文、散文来做分析,便也等于宣布,旧时的韵文、散文,也是可以当短篇小说来读

---

① 胡适《论短篇小说》,载《胡适文集》2,104—114 页。

的,说明短篇小说的阅读方式不只适用于小说,还适用于中国几乎所有的传统文学。

　　胡适的这次演讲,在短篇小说创作上,起到过十分重要的推进作用①,而就胡适本人来说,在后来编写《白话文学史》的时候,他则是将这套阅读短篇小说的办法,再次搬演到诗歌、散文的阅读上面。因此,只写到中唐的这半部白话文学史,所突出的就不单单是关注人生和社会的作品,也还是兼有叙事性(Narrative)的作品,也因此,民歌即胡适所谓大多出于不识字平民的"唱歌说故事"以及有平民化趋向的文人乐府,就成了代表文学史新局面的最有价值的作品②。

　　"说故事",这个从未引起文学史家注意的方式,现在变成了文学史中最不可缺少的内容,所以,述及六朝文学,胡适要专门辟出一章讲"故事诗(Epic)的起来":《孤儿行》写一个孤儿的故事,《上山采蘼芜》写一家夫妇的故事,《日出东南隅》从头到尾只描写一个美貌的女子的故事,《悲愤》是蔡琰的长篇写实叙事诗,左延年和傅玄都有记秦女休故事的诗,《孔雀东南飞》则是古代民间最伟大的故事诗,一篇不朽的杰作。他更这样解释说:"小百姓是爱听故事又爱说故事的,他们不赋两京,不赋三都,他们有时歌唱恋情,有时发泄苦痛,但平时最爱说故事";相反,绅士阶级的文人由于受了长久的抒情诗训练,就是叙述故事,主旨也在议论、抒情,并不在敷说故事本身,"所以纯粹故事诗的产生不在于文人阶级而在于爱听故事又爱说故事的民间"。如所周知,胡适是主张"一切新文学的来源都在民间"的,这段解释,因此也等于

---

　　① 张舍我在1921年就称短篇之兴,当自胡适《论短篇小说》始[《短篇小说泛论》,转引自严家炎编《二十世纪中国小说理论资料(第二卷)》,100页]。
　　② 详见《白话文学史》第三章"汉朝的民歌"、第五章"汉末魏晋的文学"、第十二章"八世纪的乐府新词",分别见《胡适文集》8,160—167、177—187、278—299页。

在明确宣示：来自民间的故事诗，才是中国文学史上真正的正统文学。

"故事诗的精神全在于说故事：只要把故事说的津津有味，娓娓动听，不管故事的内容与教训"。也许的确只有"说故事"，即有情节、有人物、有心理活动，以至于仿佛说话口气的娓娓动听的诗或文，才能满足短篇小说式的阅读和分析条件。在《白话文学史》里，似乎可供胡适发挥阅读想象与技巧的，也仍然是《上山采蘼芜》那样一类有故事的作品，这一点，单是比较讲解每一篇作品时的字数多少，就大体可以看出些眉目，能像《上山采蘼芜》那样，让胡适洋洋洒洒讲到 92 个字的诗，毕竟少之又少，绝大多数诗文，照例只有一两句话的品评或概述①。而评述文字的或长或短，原因也一目了然，便要看这诗或文里边，是否含有类似"短篇小说"的元素，有了短篇小说的元素，不但能使阅读顺利展开，讲解的兴致也会变浓，无话可以有话，短话可以拉长。

评述总是在阅读之后进行的，评述的思路和语言，都要从阅读中产生，常常是有什么样的阅读方法，就产生什么样的分析模式，所以，像"未敢便相许，夜闻侬家论，不持侬与汝"这样一首普通的南朝民歌，如果能把它看作"一件悲剧的恋爱"，那么就会知道用这寥寥 15 个字写出来，"真是可爱的技术"，比五言 20 字的绝句，都还要显得"经济"。又像鸠摩罗什翻译的《维摩诘经》，如果能把它当作"富于文学趣味"的小说和戏剧来看，那么同样也自然明白它为什么流行、为什么最有文学的影响。而运用短篇小说的阅读方式，杜甫的诗作，仍大多是再合适不

---

① 胡适对该用多少字来讲一篇作品，相当敏感也相当在意，他大概认为在文学史里，分配给一篇作品的字数与对该作品的评价之间，总有一种对等的关系，所以在论及徐嘉瑞《中古文学史》的"小疵"时曾指出，"例如他说《霓裳羽衣舞》，费了二千多字；而写唐代文学也只有三千字；这未免太不平均了。又如他叙述汉魏的乐府歌辞，往往每篇有详说；而那篇绝代的杰作《孔雀东南飞》，却只得着一两句话的叙述；这也未免轻重稍失当了"（胡适《〈中古文学史〉序》，载《胡适文集》3，612 页）。

过的文本,比如《哀王孙》,"借一个杀剩的王孙,设为问答之辞,写的是一个人的遭遇,而读者自能想象都城残破时皇族遭杀戮的惨状。这种技术从古乐府《上山采蘼芜》《日出东南隅》等诗里出来,到杜甫方才充分发达。《兵车行》已开其端,到《哀王孙》之作,技术更进步了。这种诗的方法只是摘取诗料中的最要紧的一段故事,用最具体的叙述那一段故事,使人从那片段的故事里自然想像得出那故事所含的意义与所代表的问题。说的是一个故事,容易使人得一种明了的印象,故最容易感人。杜甫后来作《石壕吏》等诗,也是用这种具体的、说故事的方法。后来白居易、张籍等人继续仿作,这种方法遂成为社会问题新乐府的通行技术"。又比如《读曲歌》之一的"折杨柳。百鸟园林啼,道欢不离口",能以简短的笔墨,写出一个女子心中的一时印象,效果也极其好,因为"凡好的小诗都是如此:都只是抓住自然界或人生的一个小小的片段,最单一又最精彩的一小片段"。

早有论者指出:"胡适对现实主义并没有深入研究,只是欣赏其'为人生而艺术'的创作态度以及写实的笔法——后者使得小说能够提供史家感兴趣的社会史料。"[①]这个结论虽然大体上没有错,不过如果能将胡适的短篇小说观念及其对短篇小说的热衷,一并考虑进来,则可以看到,胡适之受写实主义的影响,并非只为了拿文学当作历史的材料,也因为他实在需要借助写实主义的一些理念、手段,从写作和阅读两个方面,来对传统文学加以改造。写实主义进入中国,其过程非常曲折,其结果又多是大大变形了的,应当说《白话文学史》正是这样一个经过变形的写实主义与中国文学史结合的产物。

当然,要说搬用写实主义的小说分析理论,在1920年代的中国,最

---

① 陈平原《中国现代学术之建立——以章太炎、胡适之为中心》,216页,北京大学出版社1998年版。

典型的自然轮不到胡适,至少那时为人熟知的写实主义三要素——人物、结构、环境,在《白话文学史》里就从未得到严格的遵从,然而由于胡适的率先尝试,毕竟自他以后,许多文学史的编写者都注意到了采用现代的文学鉴赏观念和阅读方式,来讲述中国文学史的重要性①。

在这里,也许应当再提到一个人,那就是虽未正式编写过中国文学史,却对文学史尤其对1950年代以后的文学史写作,有过相当大影响的茅盾。

在文学上,茅盾是比胡适更坚定的写实主义信奉者,作为小说家,他很早就体会到要从"描写方法"和"采取题材"上,与旧小说拉开距离②,但同时他也深知,如果不在批评上下一番功夫,改变"一向中了旧小说的毒,总觉小说中一定要有男女若干人,离合悲欢若干事,方可把它结构起来,成篇小说"的那些读者的阅读习惯,改变旧式小说在读者心中留下的取材布局的结构观念,"小说便难有进步"③,而打破旧观念,就要依靠新的批评以及由新批评所展示的新的阅读方式,就要抛开"旧小说评注的故套",删减去"这是为后文某某事作张本""这是单刀直入法"一类,本来"离开文学批评之路很远"的话头④。茅盾说,新批评主要讲写实——材料是否精密严肃,描写是否尽忠尽实,既从写实的角度去看《石头记》《儒林外史》《花月痕》,也从写实的角度去看《诗经》里历来被视作"刺时君也"的那些淫奔之诗⑤。1957年,到他发表

---

① 胡云翼就称赞胡适在"缺乏现代文学批评的态度,只知摭拾古人的陈言以为定论,不仅无自获的见解,而且因袭人云亦云的谬误甚多"的一大堆文学史中间,显出了"眼光及批评的独到"(《新著中国文学史·自序》,3—4 页,上海:北新书局 1932 年版)。又,参见本书第二章"中国文学史:一个历史主义的神话",原载《文学评论》1998 年第 5 期。
② 茅盾《自然主义与中国现代小说》(1922),载《茅盾全集》18,225—238 页。
③ 茅盾《答西谛君》(1921),载《茅盾全集》18,112 页。
④ 《小说月报》第 13 卷第 9 号(1922)"编后记",载《茅盾全集》18,334 页。
⑤ 茅盾《我们现在可以提倡表象主义的文学吗?》(1920),载《茅盾全集》18,27 页。

那篇著名的《夜读偶记》的时候,中国文学史果然就变成了一部现实主义与反现实主义斗争的历史,像十五国风、汉魏乐府、宋人平话等无名氏的作品,以及受上述作品影响的文人之作,都被划在了现实主义文学范围内,是有价值的,而游仙诗、山林隐逸派的逃避现实的作品,则统统被归到反现实主义的文学阵营里。

或者并非偶然,从一开始,茅盾的批评观念及思路,就同文学史有着不解之缘,在他早期总结的"凡要研究文学,至少要有人种学的常识,至少要懂得这种文学作品产生时的环境,至少要了解这种文学作品产生时代的时代精神,并且要懂这种文学作品的主人翁的身世和心情"的四项原则当中,前三项都出自泰纳的《英国文学史》①。1920—1930年代,茅盾陆续发表了鲁迅等八位作家的评论,运用阶级分析的方法,将作品与作家的阶级出身、社会经历、政治态度联系起来,形成了时代—作家—作品的简单分析结构,再加上本质、意义、必然性等基本批评概念,从而构成了作家论的批评文体。这种"简洁的文体",对后来的社会—历史批评流派产生了"典范性影响",而社会—历史批评,到今天也还是文学史编写的主流②。

当然,自1950年代,中国文学的传统被规定为"现实主义与积极浪

---

① 《文学与人生》(1922),载《茅盾全集》18,268—273页。又参见李何林《近二十年中国文艺思潮论(1917—1937)》,94页,西安:陕西人民出版社1981年版。

② 参见温儒敏《中国现代文学批评史》第五章"茅盾的社会—历史批评与'作家论'批评文体",99—124页,北京大学出版社1993年版。又,郁达夫在《中国新文学大系·散文卷二》(1917—1927)的《导论》里边,对茅盾的散文有个评价,说其观察的周到、分析的清楚,"是现代散文中最有实用的一种写法"(18页),此番评语似也可以挪用到他的评论文字上。举一个例子,梁启超1924年研究陶渊明,也说到过"欲治文学史,宜先刺取各个时代代表之作者,察其时代背景与夫身世所经历,了解其特性及其思想之渊源及感受",说文艺批评一要着眼于时代心理,二要着眼于作者个性,不过比较起来,这种理论阐述,远不及茅盾分析题材、归纳主题、提示语言技巧的那套程式,更容易成为模仿对象而发挥持久的效力。

漫主义"的传统以后①,所有的文学史,毫无例外地就都成了现实主义的文学史,对文学史作品的解读,也毫无例外地变成了现实主义要素的剖析和撷取。像1956年高教部出版的《中国文学史教学大纲》,为了突出白居易在现实主义文学理论上的贡献及其对反现实主义文学的斗争,差不多就完全略去了白居易生平写得最多的闲适诗,只讲了他的讽喻诗和部分新乐府。在游国恩主编的《中国文学史》里,《陌上桑》连"故事诗"都不提了,只看到它是"感于哀乐,缘事而发"的一篇反映活生生现实的作品。而"为了比较便于阐明杜诗现实主义的若干特点",杜甫的诗歌也被归为叙事和抒情两大类,这一来,杜诗在格律方面的成就,几乎就再无从谈起了。

三 正确的阅读方式

依照写实主义的阅读和解析方式,中国文学史树立了自己的一个经典系列,而经典是具有权威性和示范性的,所以,当文学史推出自己的经典之后,通过教育的手段,这些经典反过来也规定和制约了文学作品的阅读方式,显示着所谓"正确的阅读",乃是以写实主义的方法,读出作品中写实的内容和形式。不止如此,由于文学史在教学中的特殊地位,连同文学史对经典的解读,也因此被一再复制,变成对经典的"经典性阐释"。结果是,文学史在确立经典的过程中,同时也制造了一套特殊的对经典的诠释话语。而对经典的阐释,其重要性决不在经

---

① 参见周扬1953年9月在中国文学艺术工作者第二次代表大会上的报告:"我们文学上的现实主义传统,从诗经、楚辞到鲁迅的作品,绵延两千多年之久,始终放射着不朽的光辉"(《为创造更多的优秀的文学艺术作品而奋斗》,载《文艺报》1953年19号)。

典的确立之下。郑振铎便十分懂得这一道理,他曾把"五四"过后不久的国故研究,比作马丁·路德的宗教改革,他说,"旧教人托《圣经》愚蒙世人,路德便抉《圣经》的真义,以攻击他们"①。文学史对文学经典的阐释,恰好比路德之"抉《圣经》的真义"。

《白话文学史》出版,因"眼光及批评的独到",引起过相当大的反响,尽管胡适选择经典的标准,在当时和以后都遭遇到许多质疑,但他对文学作品的分析、解释,却造成了深远的影响,差不多变成了经典性的阐释。以胡云翼的《新著中国文学史》为例②,其受益于《白话文学史》的地方就显然不少。像在汉代诗歌这一节,胡云翼评论《上山采蘼芜》,就说它"虽仅八十字,却活绘出夫妇三口子的一幕剧,是一篇描写极经济的短篇小说"。又赞扬《孔雀东南飞》写得真挚、诚实,"宛如一幕真实的悲剧扮演在我们的面前。作者描写的技术真是高妙,他把剧中四五个人物——仲卿、仲卿母、兰芝、兰芝母及兄——各个不同的个性,都很生动的抒写出来","全篇的结构,恰如一件无缝的天衣。不但可作文学名著读,还可以当作古代妇女生活史读"。这活脱脱是《白话文学史》的口吻。

如果拿出刘大杰的《中国文学发展史》③,对这种"经典性阐释"的作用及影响,或会看得更加清楚。刘大杰的文学史,在今天的中国大陆和香港、台湾地区,几乎也就是一部文学史的经典,然而稍加核查,就可知它基本上没有脱离胡适的笼罩。仍然举汉代为例。与胡适割除文人作品明显不同的是,刘大杰在此多写了"汉赋"一章,这与他认同朗松

---

① 郑振铎《新文学之建设与国故之新研究》(1923),载《郑振铎文集》第4卷,349页,北京:人民文学出版社1985年版。
② 胡云翼《新著中国文学史》,上海:北新书局1932年版。
③ 刘大杰《中国文学发展史》,上海:古典文学出版社1958年版。

的文学史原则有关系,即为了达到叙述的客观、真切,不得不正视当时的汉赋仍"有活跃的生命,与高尚的地位"。不过与胡适的差别似乎只在表面,因为即使讲汉赋,刘大杰所持依然是批判的态度。他说从汉赋中,我们只能见到帝国的外表,却无从了解当时全社会全民众的生活面貌与心理情况,所以,除去贾谊的《鵩鸟赋》,据说尚少汉赋中那种"赡丽的辞藻与夸张的形势",张衡的代表作《归田赋》与《髑髅》表现了个人胸怀情趣,赵壹的《刺世疾邪赋》,据说暴露了政治的黑暗混乱,由此未受太多攻击,其余大多数的汉赋,都是以负面形象出现的。如枚乘的《七发》,是无意义、艺术也不高妙。如司马相如的《子虚赋》,是缺少情感和个性,《美人赋》写一个色情狂的女子,《喻巴蜀檄》《难蜀父老文》,乃以赋体写成,开了应用文的腐化之端,即其本人也是文人无行的祸首,"死于慢性的淋病"。又如王褒的《洞箫赋》,是开了六朝纤弱淫靡的作风。扬雄的作品全是模拟,无足论者。像这样出于否定的立场谈汉赋,其效果,与胡适的不谈并无根本区别。而在紧承其下的《汉诗》一章,刘大杰不但强调汉代的乐府民歌和无名作家的古诗,是比辞赋有价值的"表现人生的社会文学",在选择和解读汉诗上,更与胡适保持了非常一致的步调。

下面并列出胡适《白话文学史》及刘大杰《中国文学发展史》选定的汉代诗歌,以便作直观比较:

胡适	刘大杰
第三章　汉朝的民歌	第七章　汉代的诗歌　二　乐府中的民歌
"一尺布,尚可缝"、李延年《北方有佳人》《江南可采莲》《战城南》《十五从军行》《有所思》《艳歌行》《陌上桑》《陇西行》《出东门》《孤儿行》《上山采蘼芜》。	《江南可采莲》《战城南》《十五从军行》《出东门》《妇病行》《孤儿行》《善哉行》《有所思》《上邪》《艳歌行》。

胡适	刘大杰
第六章　故事诗的起来	第七章　汉代的诗歌　五　叙事诗
蔡琰《悲愤诗》、左延年《秦女休行》、傅玄《秦女休行》《孔雀东南飞》。	《上山采蘼芜》《陌上桑》、辛延年《羽林郎》、蔡琰《悲愤诗》《孔雀东南飞》。

二者间的联系,可以一眼窥定。再看对部分作品的阅读分析:

胡适	刘大杰
《江南可采莲》:这种民歌只音节和美好听,不必有什么深远的意义。这首采莲歌,很像《周南》里的《芣苢》,正是这一类的民歌。	《江南可采莲》:这诗虽没有深厚的内容,但其音调和谐,文字活泼,却正是民歌的本色。这种民歌,一定是江南少男少女采莲时所唱的歌谣,一面工作,一面歌唱,我们可以体会到乡村妇女生活的逍遥快乐的情境。
《出东门》:写一个不得意的白发小官僚和他的贤德的妻子。	《东门行》:白发的夫妻,幼小的孩子,家中穷得无饭无衣。老妻舍不得离别,说出他家愿富贵我等实愿共哺糜的真情真爱的伤心话了。但为了孩子,还是不得不离别的。
《上山采蘼芜》:这里只有八十个字,却已能写出一家夫妇三个人的性格与历史:写的是那弃妇从山上下来遇着故夫时几分钟的谈话,然而那三个人的历史与那一个家庭的情形,尤其是那无心肝的丈夫沾沾计较锱铢的心理,都充分写出来了。	《上山采蘼芜》:全篇虽只八十个字,却用纯客观的叙事法,用几句短短的对话,将那夫妇三人的生活性格本领以及那个小家庭的状况全部表现了。那位丈夫完全是一个功利主义者,那位弃妇本领既好,颜色也不恶,只以失了爱情,而不得不上山采野菜以度日。下山的时候偶然遇着过去的丈夫,一点也不表示反抗厌恶的情绪,还恭敬柔温地长跪下去,在这里正暗示着当代男权的尊严以及女子的奴隶道德已经成了定型了。

《陌上桑》：艳诗中这算是无上上品。这首诗可分做三段：第一段写罗敷出去采桑，接着写她的美丽（日出东南隅……但坐观罗敷），这种天真烂漫的写法，真是民歌的独到之处。后来许多文人模仿此诗，只能模仿前十二句，终不能模仿后八句（按：指"行者见罗敷，下担捋髭须。少年见罗敷，脱帽著帩头。耕者忘其犁，锄者忘其锄；来归相怨怒，但坐观罗敷"八句）。第二段写一位过路的官人要调戏罗敷，她作谢绝的回答。末段完全描写她的丈夫，"坐中数千人，都说俺的夫婿特别漂亮"——这也是天真烂漫的民歌写法，决不是主持名教的道学先生们想得出的结尾法。

《陌上桑》：首段写罗敷之美，开始铺陈其装饰，继之以旁观者的衬托。挑者见之，憩担摸其须；少年见之，停步脱其帽；耕种者见之，停锄停犁而忘其工作；到了家里互相埋怨为什么坐着贪看那美妇人的容貌，使得田没有犁，地也没有锄。由这种客观的写法，显得罗敷的美丽达到了极致，比起沉鱼落雁羞花闭月等类的抽象形容词来，是又具体又生动又真实得多了。中段叙使君见而爱其美，凭其官吏的高贵地位，于是遣使说媒了。末段再用力铺陈其夫婿的美貌富足以及其官场的地位，给使君一个斩钉截铁的拒绝，与首段铺陈罗敷的美貌遥相呼应。结句十字，由旁观者的语气说出。言尽而意无穷，丝毫不杂主观的批评，对使君不贬，对罗敷也不褒，而读者心中自有褒贬。这是叙事诗中的无上佳作。

以上是汉诗，再看建安七子。为胡适选做代表的有陈琳的《饮马长城窟行》、王粲的《七哀诗》和阮瑀的《驾出北郭门行》，理由是它们继承了乐府的风格，都写边祸之惨等社会问题。刘大杰选出来的也正是这么几篇，意思也是它们都呈现着写实的社会文学的特色与乐府民歌的明显的影响。对于三曹中文学成就最高的曹植，胡适定位他的诗歌是"往往依托乐府旧曲，借题发泄他的忧思"，引其作品《野田黄雀行》，称所表达的爱自由、思解放的心理，是其诗歌的一个中心意境，这种心理有时表现为歌颂功名的思想，如《白马篇》《名都篇》，有时又表现为羡慕神仙的思想，如那许多游仙诗，其晚年的《瑟调歌辞》，用飞蓬自喻，哀楚动人。刘大杰对曹植作品精神的判断大概与胡适相同，他也引《野田黄雀行》，说这种海阔天空的自由世界，自由心境，是曹植日夜追求而得不到的，又说曹植的潜意识里充满了老庄的思想与游仙的追恋，故有游仙之作，最后并引《瑟调歌辞》《七哀》《赠白马王彪》之四，说明曹植在五言诗发展中的地位。

胡适的文学史只写到唐诗(元白)为止，他一反初唐文学由十八学士、上官体、四杰讲起的惯例，拈出的第一位诗人就是王梵志，其代表作品为《吾有十亩田》《草屋足风尘》《梵志翻着袜》和《城外土馒头》等。第二位诗人王绩，其代表作品有《初春》《独坐》《山家》《过酒家》等。胡适说王梵志的诗从打油诗出来，有讽刺性，王绩的诗从陶潜出来，也富于嘲讽意味，这一类诗只要有内容，有意境和见解，自然能成一流哲理诗。胡适对整个唐代诗歌的看法，是以为8世纪上半与下半截然不同，开元天宝是盛世、太平世，文学是歌舞升平的文学，内容是浪漫的，意境是做作的，那以后变成乱离的社会，文学是呼号愁苦、痛定思痛的，内容是写实的，意境才是真实的，这期间，李白、杜甫并世而生，却代表两个不同的趋势，李白结束8世纪中叶以前的浪漫文学，杜甫开展8世纪中叶以下的写实文学。刘大杰的文学史写到初唐，虽然多出"宫体诗的余波"一节，不过那仍是以否定的面貌出现的，刘大杰也说真正代表民间的诗人，只是王绩和王梵志二人，王绩的好诗《过酒家》《野望》等，其情调与其对当日诗风的反抗，与陶潜正相一致，王梵志的好诗《吾有十亩田》《草屋足风尘》和《城外土馒头》等，则平浅而带有讽刺味。至于8世纪上半期的文学潮流，他认为呈现的是自由浪漫的浓厚色彩，王维、李白将浪漫诗发展到极致。到了8世纪下半期，写实主义的社会诗风潮大起，这新的文学潮流，乃起始于杜甫，完成于白居易。

胡适的文学史没有写完，不过他有些讨论明清小说的论文，对刘大杰的后半部文学史也有不少启发①。例如在 1917 年与钱玄同的往返书信中，胡适两度指《儒林外史》的体裁结构不谨严、全篇似是杂凑，后来在《五十年来中国之文学》里，又定性这是一部讽刺小说，带一点写实的技术。大概正是基于这一评价，刘大杰也称赞《儒林外史》"达到了讽世文学的最高效能。故其结构的松弛，故事的平凡，绝无伤损其文学的价值"②。胡适又曾说《儿女英雄传》的特别长处，在言语的生动、漂亮、俏皮、诙谐有风趣③。刘大杰对这部小说的赞语，于是也只有"漂亮的国语，通俗流利的文笔"这一条。胡适评价《海上花列传》，先引小说作者的《例言》，然后总结说，这是一部有组织的书，结构远胜《儒林外史》，作者大概先有全局在脑中，所以能从容布置，把几个小故事折叠在一起，东穿西穿，或藏或露，指挥自如④。刘大杰仿佛照猫画虎地也是引了作者的《例言》，再说书中的穿插、藏闪确是《儒林外史》所不及的，作者能将各人的故事加以组织，弄成一个有机体的总故事，在那里同时发展。而当提到吴趼人《九命奇冤》的时候，他干脆原封不动搬出胡适《五十年来中国之文学》里的一段评语。再说《老残游记》，胡适对其文学技巧有过非常精彩细致的分析，以为这部小说的最大贡献，在于描写风景人物的能力，它写黄河，就写出了景物的个性差别，是实地

---

① 参见刘大杰《批判胡适的唯心主义的文学史观点》，载《复旦大学学报》1955 年第 2 号。
② 鲁迅在 1923 年出版的《中国小说史略》里已经称《儒林外史》出，于是说部中乃始有足称讽刺之书。又说作者能烛幽索隐，物无遁形，凡官师儒者名士山人，间亦有市井细民，皆现身纸上，声态并作，使彼世相，如在目前，惟全书无主干，仅驱使各种人物，行列而来，事与其来俱起，亦与其去俱讫，虽云长篇，颇同短制（《鲁迅全集》第 9 卷，366—367 页，北京：人民文学出版社 1973 年版）。鲁迅的这段评论显然承继胡适而来，对刘大杰或许也有很强的影响力。
③ 胡适《〈儿女英雄传〉序》（1925），载《胡适文集》4，413—426 页。
④ 胡适《〈海上花列传〉序》（1926），载《胡适文集》4，404 页。

观察的结果,写打冰之后,更用了白描的手段①。胡适的这一分析,刘大杰几乎照单全收,他因此也说这小说没有谨严的结构与有趣的内容,但在描写的技巧上得到了优美的成就,在描写人物个性山光水色时,能一扫陈语滥调,独出心裁,如大明湖的风景、黄河的冰雪等,都写得极生动。

从《白话文学史》出版到《中国文学发展史》写成,已经过去了十多年,十多年之后,刘大杰仍然在在表现出对胡适的文学史权威的确认与维护,或引据其观点,或因袭其方法,或照搬其原文,一方面,是确认与维护胡适按照写实原则遴选的文学史经典,另一方面,也是确认与维护胡适采用写实方法对这些文学史经典所作的诠释。文学史的出版与教学,大体上便是从文学作品经由选择与诠释而经典化,到文学经典及其诠释经过反复重申而再度经典化的这样一个连续不断的过程,正是通过文学史对文学史的认同、接续、模仿和复制,写实主义的阅读方式在 1920—1940 年代,终于成为最基本的文学史阅读方式。

差不多直到 1950 年代以后,胡适的那种写实主义文学史,方才受到有力的挑战,代之而起的新的文学史经典,是 1956 年颁布的经高教部审定的《中国文学史教学大纲》。《大纲》一出,后来以各种形式书写的文学史,就都难以跑出它划定的圈子。不过这部《大纲》仍然是以现实主义方法选择并诠释文学作品的,虽然它所标榜的"现实主义",与胡适时代的"写实主义"不但有字面上的差异,其来源也更接近 1930 年代以后的苏联,这个"现实主义"并且是包含了"积极浪

---

① 胡适《〈老残游记〉序》,载《胡适文集》4,454—455 页。

漫主义"在内的①。

且以游国恩等主编的《中国文学史》为例。就说《左传》,《大纲》指出《左传》的内容,包涵了其一民本思想,例有襄公十四年,师旷论卫人出其君等;其二爱国思想,例有定公四年,申包胥乞师救楚等;其三反对用人祭祀和殉葬,例有僖公十九年,宋公用鄫子于次睢之社等;其四强烈的正义感,例有宣公二年,对羊斟以私憾败国殄民的批评等。它说《左传》的艺术特征是:(1)叙事富于戏剧性、具有紧张动人的情节,重视结构、布局和人物描写,(2)善于描写战争和复杂事件,(3)描写人物富于形象性,(4)生动和洗练的语言,通过歌谣和谚语反映人民的爱憎。再看游国恩等主编的文学史,其总结《左传》的内容,也依次是:民本思想,例有卫人逐君等,爱国思想,例有申包胥如秦乞师等,揭露统治者的残暴和荒淫无耻,例有宣二年晋灵公不君等,反对用人祭祀和殉葬的暴行,例有宋襄公用鄫子于次睢之社等。而它说明《左传》的文学特点,也是叙事富于故事性戏剧性、有紧张动人的情节、善于描写战争、行人辞令之美这几条,一脉相承,显而易见。再比如论到关汉卿《窦娥冤》里的窦娥形象,《大纲》指出,窦娥的基本性格就是善良而坚强,这种性格,是由于长期艰苦无依的生活而形成,在剧中的发展,则表现为由自伤薄命,到与恶势力做生死不变的斗争。游国恩等主编的文学史同样叙述了窦娥善良而坚强性格的表现,对同处受害地位的人如蔡婆等的关怀,对敌人的仇恨与至死不屈并说她性格的由来,是3岁丧母、7岁离父、17岁成寡妇造成的,性格的发展,则有反抗官府,质疑天地鬼

---

① 关于现实主义文学史理论中包含浪漫主义的问题,所涉复杂,此处不便展开讨论。可参见陈顺馨《社会主义现实主义理论在中国的接受与转换》(合肥:安徽教育出版社2000年版)等。

神。分析的思路竟是一点也没有改变①。

1950年代以后,由于"社会主义的现实主义"成为唯一合理、正确的文学理论,它便以更加强制性的力量,规范了几乎所有的文学史阅读。尽管自1980年代以来,现实主义在理论上已经显得有些"边缘化",然而,在文学史尤其是古代文学史的编写和教学中,它依然是最主要的文学阅读方式。

讲到文学史经典的问题,还不能不同语文教学联系起来。因为文学经典的选择,同时也是语文的示范。前面也提到过,晚清时期,提倡新小说的人就大多留意于小说和教育的关系,许多人谈到欧美日各国均奉小说为教科书,提议中国也当效仿此举②。如所周知,"五四"时期的新文学运动,同时也兼有创造国语的使命,胡适说,"我们所提倡的文学革命,只是要替中国创造一种国语的文学。有了国语的文学,方才可有文学的国语。有了文学的国语,我们的国语才可算得真正国语"③。他

---

① 1930年代以后,在左翼的现实主义文学家眼里,"真实性"又与"典型环境中的典型人物"联系在了一起,这使得人们更加关注文学中的人物形象。因此在《大纲》中,明显增加了分析人物形象的内容,而这是胡适直到刘大杰时代的写实主义阅读下的文学史所未曾有过的。对文学史中人物形象的阅读和分析影响较大的,似乎是茅盾,比如茅盾在《关于艺术的技巧——在全国青年文学创作会议上的讲演》(载《茅盾评论文集》上册,62页)中曾比较元稹、白居易的同题诗作《上阳白发人》,说白居易的诗中"充满了生动形象的愤怒的控诉,上阳发人是主角,她的形象始终是非常鲜明的;而在元稹的作品中,我们看不见生动的形象,也看不见主角",相形之下,元稹的这篇就苍白无力。他又比较《莺莺传》和王实甫的《西厢记》,也说是前者的人物描写不如后者,因为后者创造了一个比莺莺更典型的人物红娘。像这样的解读方式,后来就至少被文学研究所编的《中国文学史》所继承,他们褒白贬元的理由,也是说元稹"所描写的对象不能集中在'上阳人'的本身上,因而主题显得不突出"(二册,462页)。限于篇幅,对写实主义理论本身的种种变化,以及由此引发的文学史阅读重点的转移,这里不作详细的讨论。

② 耀《学校教育当以小说为钥智之利导》(1907),载陈平原等编《二十世纪中国小说理论资料(第一卷)》,231页。

③ 胡适《建设的文学革命论》,载《胡适文集》2,45页。

是主张用小说来做国语的教材的,"我的意思,以为小学教材,应该多取小说中的材料。读一千篇古文,不如看一部三国志演义"①。具体到比如中学的国文教育,胡适对其教材的要求,头一条就是要看小说,四年之间要看20—50部的白话小说,如《水浒》《红楼梦》《西游记》《儒林外史》《镜花缘》《七侠五义》《二十年目睹之怪现状》《恨海》《九命奇冤》《文明小史》《官场现形记》《老残游记》《侠隐记》《续侠隐记》等,除此之外,尚可选好的短篇,其次要看白话的戏剧,再次看长篇议论文与学术文。而对于看,胡适也是很有些讲究的,他要求"无论是小说,是戏剧,教员应该点出布局,描写的技术,文章的体裁,等等",提出这样的条件,显然是为了要使学生能在"正确的阅读"引导下,认识并且学习国语。胡适清楚地意识到,文学史的确立文学经典,始终伴有一种语文示范的作用,所以,他说"选两三百篇文理通畅,内容可取的文章,从老子、论语、檀弓、左传,一直到姚鼐、曾国藩,每一个时代文体上的重要变迁,都应该有代表。这就是最切实的中国文学史"②。

　　文学史兼有语文示范的任务,文学教育同国语教育相伴随,这使得人们通过文学史而接触到的那一部分写实的文学作品,具有了更加典范的意味,同时也使文学史对经典的写实主义式的诠释,非常自然地变成一种"通用的语言"。接受过文学史教育并掌握了这套通用语言的人们,大都拥有相同的文学观念,也表达着类似的品味、情感、道德、价值,而这种观念以及表达上的一致性,不仅左右了几十年来的文学阅读,还进一步渗透到文学之外的其他艺术门类,将戏剧、电影、绘画、音

---

① 胡适《论文学改革的进行程序》,载《胡适文集》2,63页。
② 胡适《中学国文的教授》(1920),载《胡适文集》2,152—163页。不久,像《老残游记》里的白妞黑妞说书、黄河上打冰、桃花山、玉大人,均被选入国文教材。参见赵景深《中国文学小史》190页,上海:光华书局1931年版。

乐等几乎所有的艺术作品的阅读,统统变成写实主义下的阅读。

四　多种或一种解释

　　按照写实主义的原则,中国文学史确立了自己的一套经典及经典阐释,当文学史在文学包括语文教育中扮演着主宰的角色,当20世纪的文学阅读,差不多因此全部变成写实主义下的阅读的时候,今天回过头来看,这样的文学史,至少有两层问题值得反思。

　　其中一层是,写实主义是否适合所有传统的中国文学作品?另一层则是,文学史教育到底应该提示多元的还是单一的视角?

　　在前一个问题上,其实从来就有两种声音。欧洲19世纪式的写实主义进入中国,毕竟才一百年多一点,有人甚至计算过,说是都还不超过"五四"以后的两个十年①。写实主义的诞生,原来与19世纪欧洲的小说有一种特殊的联系,那些小说的产生,据说又要归因于特殊的历史环境——18—19世纪之交剧烈变革的意识,工业革命、资产阶级胜利及随之而来的新历史感,归因于人对人类自身及自然的认识——人是一个社会的存在而非面对上帝的道德存在,人类对自然的解释,也从18世纪的自然神话、目的论和机械论的世界观,转变至19世纪科学决定论的更加反人性和非人性的观点②。唐君毅就曾辨析说:"社会之写实,实则由于西方思想中本有社会独立于个人外为客观实在之思想,故有专以社会本身为对象之学。在中国思想,则一方面只知家属为人与人结合之本,于是社会组织不外家属之扩大;一方面视民吾同胞,中国为一人,社会不在我、万物一体之仁以外,社会为独立客观实在之思想,

---

① 《白之比较文学论文集》,172页,长沙:湖南文艺出版社1987年版。
② 韦勒克《批评的诸种概念》,242页,成都:四川文艺出版社1988年版。

亦中国思想中所未有也",所以他认为,如果真地拿西方写实理论来衡量中国文学,不但"中国诗文词曲几无纯粹写实之作",连过去的小说,也只可以历史、神怪、言情、剑侠称之,"社会小说之名不与焉",即便有些小说附带写到社会,"比与西方写实主义自然主义社会主义之小说,有意专以社会本身为对象者迥然不同矣"①。

抱有唐君毅一样见解的人,看到的是中西文学之差异。首先,他们认为写实主义虽然是一种小说理论,能够有效地应用于小说阅读,却也并不能轻易套用到所有中国传统的小说上面。这点认识,落实到中国传统长篇小说结构的分析上边,便显得尤为重要。

很久以来,人们已经形成了一个较为固定的观念,即视中国的长篇小说大多偏向"缀段性(erisodic)"结构,缺乏艺术的统一性②。但是,根据浦安迪的研究,这个"艺术的统一性",却是针对西方文学而言的,是指故事情节的因果律(causal relations),它的来源,要寻到亚里士多德在《诗学》里的那段表态:"缀段性的情节是所有情节中最坏的一种。我所谓缀段性的情节,是指前后毫无因果关系而串接成的情节。"然而,亚里士多德也即西方的这种"模子",并不合乎中国小说的构造原则,因为从传统小说评论家的评论来看,中国小说的作者更倾向于用反复循环的方法,来表现人类所经验的微妙关系,而这种绵延交替、反复循环的概念,则有可能来自中国人观察宇宙的阴阳、五行观③,所以,在

---

① 唐君毅《中国哲学与中国文学之关系》,载北京大学比较文学研究所编《中国比较文学研究资料》,413—414 页。
② 所谓缀段性结构,或曰"片断的叙述",主要是针对像《儒林外史》这样的既没有一个贯穿全书的人物,也没有一个首尾一贯的情节的小说而言的。参见中国科学院文学研究所编《中国文学史》3,1097 页;袁行霈主编《中国文学史》第 4 卷,349 页,北京:高等教育出版社 1999 年版。
③ 浦安迪《谈中国长篇小说的结构问题》,载叶维廉主编《中国古典文学比较研究》,277—286 页,台北:黎明文化事业股份有限公司 1977 年版。

浦安迪看来,硬要套用西方文学的结构观念,去解释中国小说的构成,实在无异于刻舟求剑。再比如通过对《三宝太监西洋通俗演义》的解读,侯健也证明了这部小说并非刘大杰《中国文学发展史》说的那样,"文字不佳,结构零乱,中心思想一点没有反映出来",是一部"荒诞的书","同人民离得很远",作者故意把现实变成神话,没有多大意思①,侯健说许多文学史之所以对这部小说有此等评价,完全是因为文学史的作者,往往在小说上持着狭隘的认识,他们不但固守着西方浪漫主义以来的写实主义和自然主义观念,以为小说不仅应该叙述一个完整的故事,而且应该条理分明,在情节上求严密,而且也尊崇着斯宾塞所代表的 19 世纪后半的理性主义即科学主义的信仰,好像胡适当年评论《醒世姻缘》,说什么如果把因果报应的观念去掉,仅以写实的笔法把合乎现实道理的情节写出来,《醒世姻缘》将是一本更好的小说,用的便是这一套,但是倘若真的应了胡适的话,《醒世姻缘》一定不会是今天见到的《醒世姻缘》②。

其次,他们也怀疑作为一种小说理论的写实主义,是否能够那么简单方便地套用到传统的诗词曲上。朱光潜就说过:在各国文学中,某种格调宜于表现某种情思,某种体裁宜于产生某种效果,都有一定的原则,中国古人往往说诗、词各有其法,所以像胡适那样光讲"做诗如说话",结果就使很多真正的诗,没法进入文学史③。

不同的文体,本自有不同的读法,这一点,公认最早采用西方理论

---

① 又可参见郑振铎《中国古典文学中的小说传统》(1953),载《郑振铎文集》第 7 卷,36 页。
② 侯健《三宝太监西洋通俗演义——一个方法的实验》,载叶维廉主编《中国古典文学比较研究》,301—322 页。
③ 朱光潜《替诗的音律辩护——读胡适的〈白话文学史〉后的意见》,载《诗论》,229—258 页。

研究中国文学的王国维曾经看得非常清楚。1904年,当他写《红楼梦评论》时,曾一反以"考证之眼"读《红楼梦》的旧法,转而采取了叔本华的理论,他说:"自我朝考证之学盛行,而读小说者,亦以考证之眼读之,于是评《红楼梦》者,纷然索解此书之主人公为谁,此又甚不可解也,惟美术之特质,贵具体不贵抽象,于是举人类全体之性质,置诸个人名字之下。"根据叔本华的理论,王国维判定《红楼梦》的精神,为写"宝玉由欲而生苦痛及解脱途径",《红楼梦》的美学价值,"为一彻头彻尾的悲剧",令人耳目一新,这一次,不少人都注意到他用的是"论文"的写作方式①。然而时隔不久,当王国维再写《人间词话》,评述自李白迄于纳兰性德词作的时候,一下子又回到了传统的老路,《人间词话》中的一些重要概念,像有我与无我、造境与写境、隔与不隔等论述语言,像"温飞卿之词句秀也,韦端己之词骨秀也,李重光之词神秀也"、"词之雅郑在神不在貌,永叔少游虽作艳语,终有品格,方之美成,便有淑女与倡伎之别"等表达②,都带有鲜明的传统色彩,更为明显的是,这一次他又回到了传统的札记式文体。对王国维的这种论述变化,叶嘉莹有评论说,这是王国维未能与时共进、保守恋旧的混乱心理的表现,《人间词话》是他将某些西方思想中的重要概念,融会到中国旧有的传统批评中来的尝试,为诗话词话"这种陈腐的体式注入新观念的血液",但可惜它毕竟受了旧体式的限制,"只做到了重点的提示,而未能从事于精密的理论发挥","不免于旧日诗话词话之模糊影响的通病,在立论和说明方面常有不尽明白周至之处"③。但是现在看来,叶嘉莹的这番

---

① 王国维《红楼梦评论》(1904),载《王国维遗书》5,《静安文集》。
② 王国维《人间词话》,462、466页,载《王国维遗书》9。
③ 叶嘉莹《王国维及其文学批评》,185—186、303页,石家庄:河北教育出版社1997年版。

议论多少有些武断,因为它显然出自一个后设的立场,那就是把西方近代式的研究观念、论文体制视为历史进步的立场,而恰恰忘记了后来的人已经大多不可能像王国维那样,对小说与诗文词曲等不同文体,怀有各自不同的感受了。其实只要细心一点就可以看到,无论是在写《红楼梦评论》,还是在写《人间词话》的时候,王国维一直都没有忘记词与小说的区别,他叫《水浒》《红楼梦》的作者为"客观之诗人",叫李后主为"主观之诗人",他分辨说词人要不失赤子之心,所以生于深宫之中,长于妇人之手,是其长处,小说家则要多阅世,阅世愈深则材料愈丰富愈变化①。也许,就像反对用治经史之学的考证办法来读小说一样,王国维大概也不赞成用读小说的方法来读词,而他变化的本意,或者就正是要为不同的文体设计不同的阅读方法,又为不同的阅读,寻找不同的表达途径。

  从求异的态度出发,有人还指出,中国传统的文学阅读与批评的焦点,跟西方一比,实际也相差甚远,两者并不可轻易地接轨、互换。刘若愚就认为小说在中国,是到了相当晚的时候才发展成为完整的文学类型的,直到近代才被认为是正式的文学,传统的中国文学批评,一直主要关注诗,其次是散文,很少有戏剧、小说②,这便形成了中国文学所特有的以诗为核心的基本阅读方式。陈世骧更证实由于西欧是拿史诗、戏剧为主要探讨对象,重视冲突、张力,因而演成后世酷爱客观地分析布局、情节和角色的癖好,而中国的正宗批评,则是以抒情诗为主要对象,注意的是诗法中各个擘肌分理、极其纤巧的细节,是意向和音响挑动万有的力量,兴趣在此,故而小说、戏剧也难以充分展开自己的叙述

---

  ① 《人间词话新注》,滕咸惠校注,94 页,济南:齐鲁书社 1981 年版。
  ② 参见刘若愚《中国文学理论》(*Chinese Theories of Literature*),杜国清译,台北:联经出版公司 1981 年版。

技巧,常见其中堆砌着抒情诗作,使人感动,也使人烦透①。就如同王国维说元剧最佳之处,不在思想结构,而在文章,"其文章之妙,亦一言以蔽之曰,有意境而已矣"②。陈介白评论《西厢记》的价值,说它第一有革命精神,打破礼教而作性的描写,第二词藻典丽,自然、有趣,第三,文字神妙③。中国的小说戏曲在自己的阅读与批评环境里,长期以来,也形成了独特的性质,一旦脱离原有的阅读和批评环境,其特色也难免遭到"误读"。

至少从曹丕的《典论·论文》开始,中国的传统文论,主要就是按文体建构的,诗文、词曲、小说,各有体裁(文类)的法规,直到清末输入西方文学理论、有了新的分类方法以前,文体之分,对人们体会文学的内容及其演变过程,都有过很大帮助,早期的许多中国文学史著作和讲义,也都十分重视体裁④。文体的法规实行了上千年,当然,直到写实主义出现,才越过旧的文学分类体制的藩篱,给了传统文学一个统一的解释,也加深了人们对文学与社会政治经济关系的认识。郁达夫在一次谈到散文时,对这个变化的过程及原因,有过简要的描述。他说中国的散文在几千年里发展得五花八门,《古文辞类纂》曰论辩、序跋、奏议……辞赋、哀祭,内容富丽错综,这部书所以风行二百年,一半虽在材料丰富,一半也在它的分门别类,"能以一个类名来决定内容"。而近代的选家,把散文分作描写、叙事、说明、论理四类,也有人以写实、抒

---

① 陈世骧《中国的抒情传统》,载《陈世骧文存》,1—6 页,沈阳:辽宁教育出版社 1998 年版。
② 王国维《宋元戏曲考》,载《王国维戏曲论文集》,106 页,北京:中国戏剧出版社 1957 年版。
③ 陈介白《中国文学史概要》,104 页。
④ 陆侃如、冯沅君著《中国文学史简编》修订本,297—303 页,北京:作家出版社 1957 年版。

情、说理概括,有些散文既说理又抒情,或兼以描写记叙,这种分类细碎的办法,因而又显出一定的困难,所以,"我以为一篇散文的最重要的内容,第一要寻这'散文的心',照中国旧式的说法,就是一篇的作意,在外国修辞学里,或称作主题(Subject)或叫它要旨(Theme)的"[1]。

但是,问题恐怕也就出在这个"统一的解释"上。1956 年,高教部组织专家编写《中国文学史教学大纲》时,讨论得最激烈的,就是这文学史应当"横切"还是"竖切"的问题。横切的意思,是指依年代先后,把文学史横里切成若干片,以此排定全书的篇章,竖切的意思,是指按不同体裁,把文学史竖里切成若干条,做成分体合编的样子。主张竖切的人,处处考虑到要对传统有所照顾、有所承接,而主张横切的人,却认为既然要说明文学发展历史,就应该以新形式打破旧内容,按年代先后安排篇章,他们说如果强调了体裁的区别,读者的注意力就会集中在不同文学样式的不同演进上,无形中忽略了文学整体的考察,也埋没了杰出作家在整个文坛上所起的全部作用[2]。可是,文学史真的可以为了展示所谓文学整体而牺牲文体间的差异?事实是到 1960 年代,教育部再牵头编写《中国文学史》教材的时候,围绕这个问题,人们仍然争执不下[3]。

"统一的解释",看起来是那么圆满和完美,可是终究有它捉襟见肘的时候。叶维廉在 1970 年代就曾反省说:利用西方"模子"研究中国文学的时候,首先要对这个"模子"有所认识,以找到合理利用的出发点。他所举的,就是文学史常在"浪漫主义"的范畴内,讨论李白和屈原的一个例子。他质疑说,我们是不是把表面的、部分的相似性,当

---

[1] 郁达夫《中国新文学大系·散文卷二·导言》(1917—1927)。
[2] 参见余冠英《读中国文学史稿》,载《人民日报》1956 年 6 月 6 日。
[3] 参见《朱东润自传》,440—443 页,上海:东方出版中心 1999 年版。

作了另一个系统的全部？西方的浪漫主义运动强调想象，它一面反抗科学的消极律法的世界观，一面要弥补被科学精神粉碎的基督神观念下的完整世界，其间包含有个人与社会的冲突、革命精神和感情主义等要素，但在中国古典文学中，却是从来没有与之等同的内容的，所以一定要看清楚，屈原、李白的"追索"，与西方浪漫主义认识论意义上的"追索"，到底在哪一个层次上可以相提并论①。1960—1970 年代，在美国教着中国文学的刘若愚还发现，面对他的西洋学生和西洋读者，为了解释并且翻译出传统中国文学中的一些重要概念和语词，像"气""道""神韵""境界"等等，需要对照、借用各种各样的西方文学理论，单靠写实主义远远不够，刘若愚说：同西方的贺拉斯、锡德尼以及马克思主义批评主张相类似的，毕竟只有中国文学理论中那些比较实用的部分，而另一部分显得比较形上的，则要通过像波特莱尔那样的象征主义诗学观念、杜夫海纳的现象学，才能够解释得稍微明白一点②。

中国文学史是否需要一个以写实主义为根据的统一的解释，换句话说，也就是在中国文学史的编写过程当中，是否应当引入写实主义作为经典的诠选与阐释的唯一方式，说到底，还是一个选择多元视角抑或一元视角的问题。

且不说写实主义在小说阅读上尚能提供较多线索，但在诗歌面前却往往束手无策，即使如茅盾那样有丰富创作和阅读经验的人，当写到《徐志摩论》时，在论述了诗与生活的关系以后，对于诗的形式技巧，也只剩下"章法整饬，音调铿锵"几个字的评语，显出特别的吝啬和贫

---

① 叶维廉《中西比较文学中模子的应用（代序）》，载叶维廉主编《中国古典文学比较研究》，1—21 页。
② 刘若愚的《中国文学理论》一书，可以说就是在这样一种教学与写作的经验中完成的。

乏①,许多文学史因此在诗歌的阅读方面,都表现得想象力单一,情感枯竭,语言僵化。由于写实主义的过度入侵,文学史更有时反使人失去了阅读多种作品的机会。

　　仍以杜甫为例。杜甫一生写过很多七律,在他现存的全部诗作中,七律占了大约百分之十,特别到晚年,《诸将》《秋兴》《咏怀古迹》都是他最重要的作品,可是自从胡适在《白话文学史》中,断定它们是杜甫的失败的尝试以来,到《中国文学史教学大纲》更加淡化杜甫在文体上的贡献,一味强调杜诗的人民性、反映现实的深度、思想与艺术的统一,这些七律作品,在文学史中出现的频率就变得越来越低,直到不久以前经叶嘉莹指出,这些作品不能完全按着现实主义来读,要看到它们"写现实而超越现实"的特色,方可体会它们是杜甫的"更可注意的成就"②,才慢慢重新回到文学史的视界以内,杜甫在七律上的成就,也才重新被人记起。除此以外,杜甫有首《八阵图》,很少收入文学史,大约要按照写实主义方法,也的确无从分析,但是当陈世骧有一天意识到读诗,第一需要熟悉诗的文字,第二需要了解诗的形体或形式(form),第三要有文类(literary genre)发展历史的知识,他就发现有了这些准备以后,来看《八阵图》,首先,便会令人想到这是一首五绝,在五绝这个诗类里边,还有许多别的诗,如王维的宁静山居、孟浩然冲淡灵妙的音乐、韦应物的幽人远致、李白的皓月千里,而在上述诗人的五绝中,人都是活动在自然景物之中的,大自然占有优势,可是《八阵图》却相反,"这首诗是沉沉重重的'人'的世界,放射到'人'的历史的一幅大幕上面去",人在世上所最关心的功、名、志愿、雄心抱负、失意、败丧、遗恨,占满了全篇二十字的主调,

---

① 《茅盾文集》19,《中国文论》2,375页。
② 叶嘉莹《迦陵论诗丛稿》,98页,北京:中华书局1984年版。

自然景物也人化了,是情感的象征,可以说杜甫利用五绝的法律,却扩大了它的表现内容。同时这首短短的五言绝句,也以极紧凑的方式,反映了崇高的悲剧情感,"功盖三分国,名成八阵图",被歌颂者诸葛亮的业绩已经登峰造极,但"江流石不转"一句,却又突然把人拉下地面,大功大名,转到江流残石,"遗恨失吞吴"接上而来,也呼应了第一、二句。这里没有戏剧性的冲突,可是也让人体会到命运的恐怖和怜悯,正是一首崇高的悲剧诗。[1]

那么,像《八阵图》这样的作品能不能当作文学经典,选进文学史里? 这个问题看起来简单,其实也不简单。因为近百年来,文学史所承担的教育责任,早已使它变成了意识形态建构的一部分,文学经典也是文化经典的一部分,文学经典的教育,直接导向一种文化价值观念的成立,文学史常常给人的情感、道德、趣味、语言带来巨大影响,甚或起到人格示范的作用。1958 年,复旦大学组织批判刘大杰的《中国文学发展史》,当时有人就提醒说,古典文学作品也可以"腐蚀青年学生的意志和生活",批判者指责有的学生学习李白,生活自由散漫,喜欢喝酒,有的学生学习王维,整天徘徊林园池沼,不问政治,同学之间对"目无组织,放浪不羁,消极颓废,悲观厌世"的现象,也不曾反感、愤慨,主要的原因,就是这些学生从刘大杰的文学史中得到一个印象,以为"天才与风流怪诞往往是同时产生的"[2]。文学史会有这样的效果,则采取什么样的阅读方式,选择多元的还是一元的视角,就不是阅读对象本身的文学,所能单独决定的了。

2001 年 6 月完稿

---

[1] 陈世骧《中国诗之分析与鉴赏示例》,《陈世骧文存》,73—90 页。
[2] 参见中华书局上海编辑所编《"中国文学发展史"批判》,290、272—273 页。

第六章　国语的文学史之成立

绪　论

1934年,黎锦熙在《国语运动史纲·序》里回忆说,"民国五年的国语运动,调本唱得很低;民国六年的新文学运动,调却高了一些;民国七年这两种运动合而为一;民国八年就发生了五四运动,高调低调都算唱成了一段落"。这是一位语言学家对发生在20世纪民国初年的"国语运动"和"文学改良运动"关系的一个描述,他说胡适(1891—1962)在1921年5月5日给他的信中,已经讲到过:"国语运动与国语文学运动,当初本是两种独立的运动,后来始渐合为一。"①确实,在1921年年底的一次讲演中,谈及国语运动的历史,胡适说要划分为白话报、字母、国语、国语的文学、国语的联合五个阶段,到了第四阶段,便是国语的文学和文学的国语不分你我,第五阶段则是将白话报、字母、国语教科书、国语文学都统括在内了②。1925年,刘半农在提交巴黎大学的博士论文序里,也写道:"自从有了民国五年以后的文学革命,国语一件事就

---

① 黎锦熙《国语运动史纲》,30页,北京:商务印书馆2011年据1934年本重印。
② 胡适《国语运动的历史》,由严既澄、华超根据胡适1921年11月在商务印书馆开办的国语讲习所做的讲演记录,见欧阳哲生编《胡适文集》8《国语文学史》附录一,117页,北京大学出版社2013年版。

渐渐的建造于一个稳固的基础上。"①

几位当事人都指出国语运动和新文学运动有非常密切的关系。

一 民国初期的国语运动

黎锦熙所说民国五年(1916)的国语运动,指的是1916年8月,"袁世凯驾崩清华宫,黎元洪登基,那时天下渐次太平,旧日从事国语运动的同志们,就联合着组织一个'中华民国国语研究会',又不断地活动起来了"②。

而在当时人看来,这一国语运动的远源,至少可以上溯到清末③。如黎锦熙在《国语运动史纲》就说,自从光绪二十三年(1897)梁启超发表《沈氏音书序》(1896),便揭开了国语运动的序幕,再往前追溯,则要说到光绪十八年(1892),福建的卢戆章作《一目了然初阶》(中国切音新字厦腔)④。

卢戆章曾在新加坡学英文,还协助英国传教士马约翰译过华英字

---

① 据刘半农《国语运动略史提要》(1925年3月17日于巴黎大学提交的博士答辩论文)说,国语运动最初是为普及教育,便利妇孺,苦于文言太难,便就有人提倡做白话书报,但文言改成白话,易懂却并不易识,因此如王照、劳乃宣便想到造字母代替汉字,可是遇到读音的麻烦,如果没有办法统一读音,字母也无用,有人便提出用京语当标准语,后来又有人提出不如用一种人造语,"到此地才是真正的国语运动的开场;也是到了此地,一般提倡国语的人,才把中国全民族混通看作一块,不再用开通知识便利妇孺等滑头,把一国的人民,勉强分成两家"(刘复著《半农杂文》第一册,210—214页,北平:星云堂书店1934年版)。

② 乐炳嗣《国语学大纲》第七章"国语运动的前瞻后顾",182—186页,上海:大众书局1935年版。并见钱玄同《注音字母与现代国语》(中华民国国语研究会编《国语月刊》第1卷第1期,1922年2月20日,上海:中华书局)、黎锦熙《国语运动史纲》,133页。

③ 参见刘半农《国语运动略史提要》。

④ 黎锦熙《国语运动史纲》,85、92页。

典，他仿照闽南教士利用罗马字母、参酌通俗韵书《十五音》而创制话音字以拼切土腔的办法，苦心研究选定五十五个符号，制成一种罗马式字母，称作"中国第一快切音新字"，刊为厦腔《一目了然初阶》。沈学则是上海梵皇渡书院（圣约翰大学前身）的医科学生，精通英文，有用英文写成的切音字书 Universal System，1896 年在《申报》《时务报》上发表了部分译文，题为《盛世元音》，号称"以十八字母可切天下音"[1]。以卢戆章、沈学为代表的国语运动，主要针对的是中国文字（汉字）的难识、难记、难写，提出用"切音"的办法，也就是制造一种拼音字母，作为普通民众识字、读书的工具，以求教育普及、开启民智[2]。而关于汉字的改革，据说也曾经有过三种意见，第一种是要废汉语汉字，代以世界语，第二种是仿西洋传教士所创罗马拼音字，制造字母代替汉文或辅助汉文，第三种是模仿日本假名，制造拼音简字，以改良反切、辅助读音。其中创制拼音字母，是受西洋罗马字母拼音及日本假名的启发，因此论及"国音字母之发端"，罗常培也说更要上溯至明末，有来华的耶稣会士以"罗马字拼切华音"，编写《泰西字母》《西字奇迹》等，其中金尼阁的《西儒耳目自》（1626）"系统尤为完整"，当时方以智、杨选杞、刘献廷等中国学者"皆蒙其影响"[3]。而后来到了清末，之所以又要效仿西方和日本，黎锦熙说得很清楚，是因为有识之士"目击甲午（1894）那一次大战败，激发了爱国的天良"，他们觉得日本的民智早开，在于人人能读书识字，到过西洋的人也佩服西方文字教育之容易普及，"于是

---

[1] 梁启超《沈氏音书序》，载《饮冰室合集》第二册《文集》之二，133—134 页，北京：中华书局 2015 年版。
[2] 钱玄同《汉字革命》，《国语月刊的特刊·汉字改革号》第 1 卷第 7 期（1923）。
[3] 罗常培在《国音字母演进史》，10、2—3 页，太原：山西人民出版社 2014 年影印商务印书馆 1934 年本。

乎群起而创造切音新字"①。

　　创制拼音字母,为的是实现"言文一致"。其实最早意识到中国"言文不一致""言文分离"的,还是学习汉语的西方人,用黄遵宪《日本国志》的说法,就是"泰西论者谓五部洲中,以中国文字为最古,学中国文字为最难,亦谓语言文字不相合也"。黄遵宪于明治维新后的1877年来到日本,他读赖山阳的《日本外史》,知道了"言有万变而文止一种,则语言与文字离","天下万国文字言语之不相合者,莫如日本",也知道欧洲亦曾有"言文分离"到"言文一致"的历史,并且欧洲的文学、宗教都从"言文一致"中都得到好处:"罗马古时,仅用腊丁语,各国以语书殊异,病其难用,自法国易以法音、英国易以英音,而英法诸国文学始盛;耶稣教之盛,亦在举《旧约》《新约》就各国文辞普译其书,故行之弥广。"由此,他得出结论说:"盖语言与文字离,则通文者少;语言与文字合,则通文者多,其势然也。"②梁启超为《日本国志》写过"后序"③,在《沈氏音书序》里,他就援引黄遵宪说"文言相离"的话,并断言中国的文言相离,"起于秦汉以后",现在要开民智,使华民能识字,便要文

---

①　黎锦熙《国语运动史纲》,91页。又据乐炳嗣说,甲午以后,"大家想:堂堂中国为什么衰败到这种田地? 一八九四至一九一二年间废科举、兴学堂、鼓吹话文合一、创造拼音字、提倡白话书报、主张国语教育……都是那时候思想的结晶","就连桐城健将吴汝纶,也正式写信给管学大臣张百熙说'中国书文渊懿,幼童不能通晓;不似外国言文一致……',并且主张'提倡拼音字母,使天下语言一律',承认'统一语言,为国民团结之要义'"(《国语学大纲》,182—183页)而胡适也说,基督教的传教士早在各地造出各种方言的字母来拼读各地土话,用土话字母翻译《新约》,传播教义,日本骤然强盛,也使中国士大夫注意到五十假名的教育功用,"西方和东方的两种音标文字的影响,就使中国维新志士渐渐觉悟字母的需要"(胡适编选《中国新文学大系·建设理论集·导言》,6页,上海:良友图书印刷公司1935年版)。

②　黄遵宪《日本国志》卷三三《学术志二·文学》,346页,王宝平主编"晚清东游日记汇编"据羊城富文斋光绪十六(1897)年改刻本影印,上海古籍出版社2001年版。

③　梁启超《日本国志后序》,载《日本国志》,433页。

与言合①。在同时所作《变法通议·论幼学》中,他还说"古人文字与语言合,今人文字与语言离","今人出话,皆用今语,而下笔必效古言,故妇孺农氓,靡不以读书为难事",因而主张"专用俚语,广著群书"。②

与此同时,按照黎锦熙的说法,早在卢戆章写《切音新字序》,提出"若以南京话为通行之正字,为各省之正音,则十九省语言文字既从一律,文话皆相通,中国虽大,犹如一家,非如向者之各守疆界,各操土音之对面无言"的时候,已经触及"国语统一"的议题。到光绪二十八年(1902),也是受日本启发,吴汝纶替王照宣传《官话合声字母》,称"此音尽是京城口声,尤可使天下语言一律",便喊出了"国语统一"的口号。翌年,张百熙等奏定学堂章程,也有"以官音统一天下之语言"的要求③。光绪三十二年(1906),朱文熊在日本出版《江苏新字母》,因为不熟悉普通话,便"活用罗马字母,拼出江苏的土白",可是,他也做了"学会北京话以后,要改成一种全国通用的字母"以达到"国语统一"的准备④。

晚清的国语运动,由懂英文而有双语背景的少数先知先觉者提起,在十来年里,于是先后就有了"言文一致""国语统一"两个议题,言文一致为的是普及国民教育,国语统一为的是便利国民交通⑤。到民国

---

① 梁启超《沈氏音书序》,原载《时务报》丙申(1896)11 月,引自《饮冰室合集》第二册,1—2 页。
② 梁启超《变法通议》(1897),《饮冰室合集》第一册《文集》之一,54 页。
③ 黎锦熙《国语运动史纲》,92、101—102 页。
④ 朱文熊《江苏新字母》(拼音文字改革史料丛书),28 页,北京:文字改革出版社1957 年版。并参见朱文熊《旧话重提》,《国语周刊》第 15 期,1925 年 9 月 20 日。据王尔敏在《中国近代知识普及化之自觉及国语运动》中说,这是第一次见到"国语统一"这个词(王尔敏《中国近代之文运升降》,114 页,北京:中华书局 2011 年版)。
⑤ 黎锦熙曾说:"整个的国语运动,包括了'言文一致''国语统一'这两种意义,合起来说就是'汉语规范化'。"[《汉语规范化的基本工具(从注音字母到拼音字母)》,20 页,南京:江苏人民出版社 1957 年版]

初期，很多人仍然认为在中国，教育不能普及、文化不能进步，是"由于语言文字的纷歧和繁重"，这样才引起官方重视，先后成立了读音统一会（1913）、国语研究会（1916）、国语统一筹备会（1919），以推动语言文字的改良①。

1913年，本着创制"一种简易文字以代语言之用"而改造国文、推动教育普及的目的，当时的教育部"召集全国研究字母专家与夫通晓中外文字及古今音韵学者数十人，又令每省派遣一人述其方音，开读音统一会于京师"，经过三个月争论，最后通过马裕藻、朱希祖、钱稻孙、周树人、许寿裳等人的议案，拟定三十九个表注汉字读音的注音字母，并规定了六千五百多字的法定国音，"凡四声八声之异、清浊阴阳之分、喉音介音之择、字形符号之选，皆有根据"②，却由于政局变动，全案搁置下来③，要到1916年，"帝制推翻，共和回复"，教育改革包括文字改革再次提上日程，才又成立了中华民国国语研究会。

1916年的国语研究会，据发起人蔡元培等《呈教育部请立案文》，其主张是"教育不普及，语言不统一，实吾国今日之大患"，为了改变现状，必要从"改良教科书"做起，也就是"改革今日教科书之文体，而专用寻常语言之文"，具体办法为"先调查全国之方言，博征古籍，以究其异同，详著其变迁之迹，斟酌适中，定为准则"，标准是"其言度必视寻

---

① 沈兼士《国语问题之历史的研究》，国立北京大学《国学季刊》第1卷第1期，1923年1月。

② 见《教育部创办注音字母传习所》，载《青年杂志》第1卷第5号（1916年正月号）之"国内大事记"。并见文字改革出版社编《1913年读音统一会资料汇编》（拼音文字改革史料丛书），北京：文字改革出版社1958年版。

③ 这一套"注音字母"，曾在北洋政府时期被搁置，到1918年才由当时的教育部公布，随后写进教材并由国语讲习所推广，它使南北读音、读音和语音都得到统一，1930年改名"注音符号"，在社会上通行了40年，1958年被拉丁字母式的拼音字母代替。参见黎锦熙《汉语规范化的基本工具（从注音字母到拼音字母）》。

常之语言稍高,视寻常之文字稍低"①。在研究会拟定的章程里,还可以看到研究会的宗旨是"研究本国语言,选定标准,以备教育界之采用",工作内容则包括了调查各省区方言、选定标准语、编辑语法辞典等书、用标准语编辑国民学校教科书及参考书、编辑国语杂志等。研究会发表的《征求会员书》对"统一之国语"又有如下解释:"同一领土之语言,皆国语也。然有无数量之国语,较之统一之国语孰便,则必曰统一为便;鄙俗、不堪书写之语言,较之明白近文、字字可写之语言孰便,则必曰近文可写者为便。然则语言之必须统一,统一之必须近文。断然无疑矣。"这一解释及上述《请立案文》都说明,在国语研究会看来,统一的国语亦即应用于教科书的文体,应该是一种新的书面语,它是从各地方言和不同时代的古籍中研究得到的,并非"指定一处之语言,而强其他之语言服从之",而是"各采其地之明白易晓近文可写者,定为标准,互相变化,择善而从,删其小异,趋于大同",这样,为了沟通的"便利",人们自然可以接受,就像出门在外的人,为了"应对周旋一切不便",时间久了,便不知不觉改变乡音一样。研究会也认为"语言本古今递变,今日各地之方言,已非昔日各地之方言",《红楼梦》的京话与今天的京话已多不同,苏州白话小说及传奇中的苏白也大异于今天的苏语,了解这一点,便可知所谓统一国语,不过是用"立定国语之名义,刊行国语之书籍"的方式,"设一轨道",让语言"自然渐趋于统一"②。

这一阶段的国语运动,按照黎锦熙的说法,重点因此是在创字母、

---

① 《中华民国国语研究会发起人蔡元培等呈教育部请立案文》(1916),转引自乐炳嗣《国语学大纲》附录二《国语关系的重要文件》,230—231页。

② 《中华民国国语研究会暂定章程》,载《新青年》第3卷第1号(1917年3月1日),本期"国内大事记"栏目并有《国语研究会讨论进行》的报道。

定国音上①。这是国语运动直到1916年的大概情形。

二　新文学与国语

黎锦熙所说民国六年的新文学运动,则是指在1917年的《新青年》杂志上,围绕文学改良/革命的话题,接二连三刊登文章,引起一场热烈的讨论②。这场讨论,缘起于胡适1916年10月从美国写信给陈独秀。

据胡适后来回忆说,1915年夏天,他和任鸿隽、梅光迪等在美留学生辩论时,就经常提到"文学革命"。因梅光迪要去哈佛大学,他作长歌相送,"全诗四百二十字,用外国字十一,曰牛敦、客儿文、爱迭孙、拿破仑、倍根、萧士比亚、霍桑、索房,皆人名也,曰康桥,地名也,曰烟士披里纯(Inspiration),则抽象名词也",自以为"此种诗不过是文学史上一种实地试验,不必有古人,后或可诏来者,本无功罪可论",不料任鸿隽"戏撼此诗中字句",回了一首游戏诗,称"文学今革命,作歌送胡生",这才使他认真起来,作出"诗国革命何自始,要须作诗如作文""愿共僇力莫相笑,我辈不作腐儒生"的回答③。但是梅光迪认为"诗文截然两途",诗界革命只能在诗中求之,并不赞成"作诗如作文",任鸿隽也说"吾国文学不振"是由于"文人无学",只可以"绩学相救",不当"徒于

---

① 此即黎锦熙所说"民五以前几十年间,创字母,定国音,都只能算是狭义的国语运动"(《国语运动史纲》,101、131页)。

② 蔡元培后来作《中国新文学大系·建设理论集总序》就说:"民元前十年左右,白话文也颇流行",但那时是"专为通俗易解,可以普及常识,并非取文言而代之。主张以白话代文言,而高揭文学革命的旗帜,这是从《新青年》时代开始的"(胡适编选《中国新文学大系·建设理论集》,10页)。

③ 胡适《藏晖室札记节录》,载《留美学生季报》第3年春季第1号,133—138页,上海:中华书局1916年3月。

文字形式上讨论"。正是由于他们的反对,使胡适进一步深思,得出唐诗到宋诗即作诗近于作文本是中国诗歌历史趋势的结论,以为当前的问题在于"文胜质",因此文学革命要从"文字形式(工具)"入手①。

就在这时,他看到陈独秀在《青年杂志》第 1 卷第 3 号(11 月 15 日)上发表的《现代欧洲文艺史谭》,介绍欧洲文学如何从古典主义(classicalism)变为理想主义(romanticism),又如何自 19 世纪末以来,从理想主义再变为写实主义(realism),进而为自然主义(naturalism),里面提到他翻译的自然主义作家都德的《柏林之围》和《割地》②。紧接着,在下一期《青年杂志》上又刊登有张永言的来信,问:欧洲今日已是自然主义,"我国数千年文学屡有变迁,不知于此四主义中已居其几?"将问题引向中国。记者(即陈独秀)回答:"吾国文艺,犹在古典主义理想主义时代,今后当趋向写实主义,文章以纪事为重,绘画以写生为重,庶足挽今日浮华颓败之恶风。"③这是将中国文学放入欧洲文学的潮流中,说明中国文学也将面临重大变革。张永言随后继续来信问:"所谓古典主义,是否如我国文字言则必称先王,或如骈俪文中征引古事,用为比譬;所谓理想主义,是否如我国文中动则以至仁极义之语相责难,而冀世所无之事。"记者也继续回答:"欧文中古典主义,乃模拟

---

① 见胡适 1916 年 2 月 2 日、7 月 26 日写给任鸿隽的信,收入耿云志、欧阳哲生编《胡适书信集(1907—1933)》上,北京大学出版社 1996 年版。并参见胡适《尝试集自序》(1919),《胡适文集》9,69—80 页。

② 陈独秀在《现代欧洲文艺史谭》中说:"吾国胡适君所译《柏林之围》(*Le Siege de Berlin*,见甲寅第四号)及《割地》(原义最后之课 *Derniere Classe*)二篇,皆都德所作。"(载《青年杂志》第 1 卷第 3 号,1915 年 11 月 15 日,上海益群书社)按:胡适是都德小说译为汉文的第一人,其所翻译的《柏林之围》,载《甲寅》第 1 卷第 4 号(1914 年 11 月 10 日),又其所译《割地》原载《大共和日报》,又为 1915 年 3 月《留美学生季报》春季第 1 号转载。并参见曹伯言整理《胡适日记全编(1915—1917)》2,153—154 页,合肥:安徽教育出版社 2001 年版。

③ 见《青年杂志》第 1 卷第 4 号(1915 年 12 月 15 日)"通信"。

古代文体,语必典雅,援引希腊罗马神话,以炫赡富,堆砌成篇,了无真意。吾国之文,举有此病,骈文尤尔。诗人拟古,画家仿古,亦复如此。理想之义,视此较有活气,不为古人所囿,然或悬拟人格,或描写神圣,脱离现实,梦入想象之黄金世界。写实主义、自然主义,乃与自然科学、实证哲学同时进步,此乃人类思想由虚入实之一贯精神也。"①这一问一答,很明显都是套用欧洲文学的概念和标准,解析中国文学的弊端、指示未来的方向。

《青年杂志》自1916年9月第2卷第1号起更名为《新青年》,"且得当代名流之助",如胡适等人都答应"关于青年文字,皆由本志发表"②,此后,胡适的诗文译稿便源源不断在这里发表③。在第2卷第2号上,就有胡适写给他誉之为"洞晓世界文学之趋势,又有文学改革之宏愿"的陈独秀的长信。信中首先称赞陈独秀所说"吾国文艺犹在古典主义理想主义时代,今后当趋向写实主义"④,但接下来便指出《新青年》所刊登谢无量的长律并"希世之音"的记者按语,与其废除古典主义的主张"自相矛盾",进而批评国内"今日文学之腐败极矣",如南社

---

① 见《青年杂志》第1卷第6号(1916年2月15日)。

② 见《新青年》第2卷第1号(1916年9月1日)"通告一",胡适发表在这一期上的是据英文翻译的俄国泰来夏甫(Nkolai Dmitrievitch)的短篇小说《决斗》。而据胡适说,他在1916年2月3日就有信写给陈独秀,谈到"今日欲为祖国造新文学,宜从输入欧西名著入手,使国中人士有所取法,有所观摩,然后乃有自己创造之新文学可言也",同时对《青年杂志》发表的王尔德的《意中人》作了评论[《胡适日记全编(1915—1917)》2,337页]。

③ 《新青年》自第2卷第4号(1916年12月1日)起,即连载有胡适《藏晖室札记》。

④ 胡适在1915年8月3日的日记中,曾记下白居易《与元九书》是"文学史上极有关系之文",白居易和杜甫都是"唐代之实际"的文学泰斗。他所说"实际主义",是指realism,对应的是"理想主义"(idealism)即陈独秀所说"写实主义"(《胡适日记全编1915—1917》2,224页)。

诸人不免"浮夸淫琐",樊增祥、陈三立、郑孝胥等人的诗"皆规模古人""不过为文学界添几件赝鼎",而文学堕落的原因,"盖可以'文胜质'一语包之",是"有形式而无精神",所以,"今日欲言文学革命",必须要从不用典、不用陈套语、不讲对仗(文当废骈、诗当废律)、不避俗字俗语(不嫌以白话作诗词)、讲求文法结构的"形式上之革命"与不作无病之呻吟、不模仿古人语语须有个我在、须言之有物的"精神上之革命"入手。在对国内文学状况的判断及主张"文学革命"这一方面,胡适和陈独秀步调一致,可是他考虑得更具体,也更有针对性。因此,陈独秀在信的按语中说,他对胡适提出的"文学革命八事",除五、八两项外,"无不合十赞叹,以为几日中国文界之雷音"!虽然陈独秀并不接受中国文字套用西洋语法,也实在担心"言之有物"会走到"文以载道"的老路上,但由于他极为重视"海内外讲求改革中国文学诸君子"的意见,依然期待胡适"发为宏论,以资公同讨论"。①

陈独秀的质疑和鼓励,激发胡适将他的意见敷衍成文,题作《文学改良刍议》,发表在1917年1月出版的《新青年》和3月出版的《留美学生季报》上②。这一次,胡适逐条解释了"文学改良,须从八事"入手的八事,尽管"革命"变成"改良",态度柔软了许多,但"八事"的顺序却有所调整,"精神之革命"置于"形式之革命"前,"言之有物"因此变成了第一要事,"须讲求文法"也成了形式革命的第一条,这都表明他硬要说服陈独秀的意图。胡适说今人作文作诗,尤其作骈文律诗,不讲求"文法之结构",是谓"不通"。对文法的讲究,在此前他于《留美学生季报》上发表的《藏晖室札记》中已可见端倪,当时讨论"的"字的文法,

---

① 见《新青年》第2卷第2号(1916年10月1日)。
② 胡适《文学改良刍议》首发于《新青年》第2卷第5号(1917年1月1日),随即又发表在他任编委的《留美学生季报》春季第1号(1917年3月)。

他说《马氏文通》以后,"吾国始有文法可言",但那是文言文的文法,"而白话之文法,至今尚无人研究(西国学者颇有研究中国各地俗话之文法者,其书亦多有可取之处)",他还议论说"中国今日之文学,皆'死文学'耳",也就是"但可供学者写作看读,而不能诵之妇孺而皆晓,又不能施诸讲坛舞台而皆宜",是与"活文学"相对立的。什么是"活文学"? 他认为"仅有宋人之语录、宋元之小词、元以来之小说杂剧,其在今日,惟有白话小说,如吴趼人、李伯元、洪都百炼生之作,足称有生气之文学",除此以外,所有效仿杜诗韩文之作,"皆冢中枯骨而已",而新文学的前途,他指出"端赖白话之文学",由此,必须要"以白话著书立说、译经作史",要"重视白话小说戏曲过于文言诸作"。他还引欧洲为先例,说:"欧洲中古学者皆以拉丁文著书,至但丁诸人始敢以意大利俗话著书作诗,遂令意大利俗话成为国语……今日之德文英文意文法文,在当时皆所谓土语、俗话者也,一旦经但丁诸人用以著书作诗,遂皆一跃而成文学的国语,而千年通用之拉丁遂成废物。于此可见非有'活国语',决无'活文学',而非有活文学,亦决无有生气之国语也。然则白话之文法,岂非今日一大急务哉?"①这一条札记表明,至少在1916年与梅光迪等争辩"文学革命"的时候,胡适已经是将文学、国语、文法三者联系在了一起,也接受了晚清以来关于欧洲曾经历过的国语代替死的文字、活文学代替死文学这样一个阶段的认识,因而确信在中国,也是有活的国语才有活的白话文学,有活的文学才有有生气的国语,白话文学和国语又都要求讲白话文的文法。

在《文学改良刍议》中,胡适也把"言之有物"的"物"定义为情感

---

① 胡适《藏晖室札记》,《留美学生季报》第3年秋季第3号(1916年9月)148页。并参见胡适1916年7月6日记"白话文言之优劣比较"[《胡适日记全编(1915—1917)》2,414—418页]。

和思想,于是便不同于古人的"文以载道"。他说提出这一条,是为了纠正"近世文人沾沾于声调字句之间,既无高远之思想,又无真挚之情感"的"文胜之害",解决中国"近世文学之大病,在于言之无物"的问题。他还强调要明白"文学进化之理",懂得今人"当造今日之文学",而依照这一标准衡量,号为"第一流诗人"的陈三立也并未能洒脱模仿古人的"奴性",胡先骕写的词"仅一大堆陈套语",真正"足与世界'第一流'文学比较而无愧色"的其实是吴趼人、李伯元、刘鹗的白话小说,所以提倡文学改良,首先就要把握"施耐庵、曹雪芹、吴趼人皆文学正宗,而骈文律诗乃真小道"这一大的原则。在文学改良第八事"不避俗语俗字"条,他又说到"吾国言文之背驰久矣",可是,从过去人以浅近的文字翻译佛书到佛氏的讲义语录、宋人的讲学语录、唐宋诗词,都已经用了白话,元代时,中国北部在异族统治下的三百年(辽金元),更产生了"通俗行远"的小说戏曲,这也是中国文学"最近言文合一"的时期,却由于明代文学复古,使"千年难遇言文合一之机会,遂中道夭折",否则,中国也会像欧洲之有但丁等以其国俚语写作,用"活文学"代替拉丁文的"死文学",早早的有"活文学出现"。而"以今世历史进化的眼光观之",白话文学一定是"将来文学必用之利器",故今日作文作诗,当然是要采用"俗语俗字"。①

当胡适正面阐述他的文学改良方案时,一方面,他还是呼应着陈独

---

① 在胡适1916年4月5夜所写《吾国历史上的文学革命》中,已可见此文大概:"文学革命,在吾国史上非创见也",韵文有自三百篇至剧本的六大革命,文从孔子至秦汉,议论、说理、记事等文体始备……宋代语录体兴,"至元代而登峰造极。其时,词也,曲也,剧本也,小说也,皆第一流之文学,而皆以俚语为之。其时吾国真可谓有一种'活文学'出世。倘此革命潮流,不遭明代八股之劫,不受明初七子诸文人复古之劫,则吾国文学必已为俚语的文学,而吾国之语言早成为言文一致之语言"[《胡适日记全编(1915—1917)》2,354—356页]。

秀关于中国文学应当从古典主义发展为写实主义的要求,可是另一方面,他却把话题转移到了"言文合一"上,更加突出"与其用三千年前之死文字,不如用二十世纪之活字"也就是"《水浒》《西游》文字"的主张。而当晚清"崇白话而废文言"的风气下①,陈独秀十多年前就编过《安徽俗话报》,以"浅近、最好懂的俗话"宣传新知识新思想②,在他为《青年杂志》写的发刊词里,也曾有对青年的要成为自主的而非奴隶的、进步的而非保守的、进取的而非退隐的、世界的而非锁国的、实利的而非虚文的、科学的而非想象的六点期待③,在努力顺应世界的、时代的潮流这一大方向上,他和胡适并无分歧,因此,他在为《文学改良刍议》写的按语中说:"余恒谓中国近代文学史,施、曹价值远在归、姚之上","今得胡君之论,所见不孤。白话文学将为中国文学之正宗,余亦笃信而渴望之"。在2月出版的《新青年》上,他又发表《文学革命论》,作为"首举义旗之急先锋"胡适的盟友,"高张'文学革命军'大旗"。

在陈独秀看来,文学革命其实是整个国家社会变革的一部分,他说从前有过虎头蛇尾的政治革命,最近因孔教又引起伦理道德革命,现在轮到文学革命,而革命的前途,自然是像"今日庄严灿烂之欧洲",也就是经过文艺复兴,在政治、宗教、伦理道德上"革故更新",在文学艺术上,也"因革命而新兴而进化"。陈独秀的"文学革命论",不但在中国

---

① 裘廷梁即有《论白话为维新之本》的文章,以为"文言兴而后实学废,白话行而后实学兴,实学不兴,是谓无民",载《中国官音白话报》第19、20合期,于光绪二十四年(1898)年7、8月印行。

② 《安徽俗话报》于光绪三十年(1904)农历二月十五日创刊,至1905年8月停刊,共出版22期,据陈独秀《开办〈安徽俗话报〉的缘故》说,其宗旨是要把各处的事体说给安徽人听,且"用通行的俗话讲演出来"。并参见汪原放《亚东图书馆与陈独秀》,14—15页,上海:学林出版社2006年版。

③ 陈独秀《敬告青年》,《青年杂志》第1卷第1号(1915年9月15日)。

国内的语境里提升了文学革命的价值,也扩大了它的社会影响①,故而如胡适说,推动文学革命"不久就成为一个有力的大运动"②。而他推倒贵族文学以建设国民文学、推倒古典文学以建设写实文学、推倒山林文学以建设社会文学的三大口号,比起胡适只不过是要求文学工具(语言)的改变,目标似乎也更加宏阔。他对"悉承前代之敝"的"吾国文学"的批判,既包括有大成于唐代的律诗骈文、韩愈所倡师古的文及载道文学,也包括了当时盛行的桐城派、骈体文派和江西诗派③,涉及几乎全部传统的主流文学,这一点,也比胡适来得更加彻底。

在同一期《新青年》杂志的"通信"栏目,刊载有程演生的来信,对陈独秀充满了期待:"西方实写之潮流,可输灌以入矣,其沉溺于陈旧腐浅古典文学及桐城派者,其亦闻而兴起乎?万望鼓勇而前,勿为俗见所阻。"虽也有陈丹崖在来信中质疑陈独秀的"非古典主义"和胡适的不用典等主张,可是,钱玄同却在来信中大赞胡适:"其斥骈文不通之句,及主张白话体文学,说最精辟。""具此识力,而言改良文艺,其结果必佳良无疑,惟选学妖孽、桐城谬种,见此又不知若何咒骂?"而陈独秀也欣欣鼓舞地表示:"以先生之声韵训诂学大家而提倡通俗的新文学,何忧全国之不景从也,可为文学界浮一大白。"从事文字学研究的钱玄同敏感到熟知欧西文学的陈独秀、胡适必将"为中国文学开新纪元"④,

---

① 曾毅写信给陈独秀谈读后感,就说"仆知后来者之视足下,亦将如今人之视孙、黄辈为政治革命之前驱也"。(《新青年》第 3 卷第 2 号,1917 年 4 月 1 日)
② 胡适《逼上梁山——文学革命的开始》(1933),《胡适文集》1,148 页。
③ 陈独秀《文学革命论》,载《新青年》第 2 卷第 6 号(1917 年 2 月 1 日),同期刊载的还有胡适《白话诗八首》。陈独秀后来又在《通俗周报》上转发胡适的《文学改良刍议》节选,主要选其中"不避俗字"条(陈独秀《胡适君文学改良刍议》,《通俗周报》第 4 期,1917 年 4 月 10 日,北京通俗周报社)。
④ 见钱玄同 1917 年 1 月 1 日的日记,载《钱玄同日记(整理本)》上,296 页,杨天石主编,北京大学出版社 2014 年版。

他很快再投书《新青年》,就《文学改良刍议》而与胡适商讨。钱玄同很支持胡适提倡的不用典、讲求文法,也同意"语录以白话说理、词曲以白话为美文,此为文章之进化,实今后言文一致之起点。此等白话文章,其价值远在所谓'桐城派之文''江西派之诗'之上"的说法,却是不赞成对小说戏曲不加甄别地一概高估,以为词曲小说中"有价值者殊鲜","中国之旧戏如骈文"。他批判的火力直指"桐城巨子"的散文和"选学名家"的骈文,以其不过"高等八股",又点名批评"近人仪征某君"(按即刘师培)笃信"行文必取骈俪","所撰经解,乃似墓志",还有"某氏(按即林纾)与人对译欧西小说,专用《聊斋志异》文笔",价值更在"桐城派之下",在他心目中,唯有梁启超"实为近来创造新文学之一人"。①

张灏曾说在19世纪最后十年至20世纪最初几年,梁启超思想日渐成熟,又活跃于中国思想舞台的中心,他的很多意见因此在"五四"一代人中得到回响,譬如陈独秀之赞美他所见西方文明的主要特征、崇拜青春和进步、强调经济活动和功利主义等。② 说到文学革命,在这里,钱玄同首先想到的也是梁启超倡导的晚清文学革命,而之所以称他为"创造新文学之一人",则是由于他"输入日本新体文学,以新名词及俗语入文,视戏曲小说与《论》《记》之文平等"。胡适当然也说过他"个人受了梁先生无穷的恩惠"③,又曾说:"当梁任公先生的《新民丛报》最风行的时候,国中守旧的古文家谁肯承认这种文字是'文章'。

---

① 钱玄同《寄陈独秀》(1917年2月25日),《新青年》第3卷第1号(1917年3月1日)。胡适也曾说梁启超文字的魔力,来自他"最能运用各种字句语调来做应用的文章",完全不合"古文义法"。(《五十年来中国之文学》,《胡适文集》3,198—199页)

② 张灏《梁启超与中国思想的过渡(1890—1907)》,崔志海、葛夫平译,214页,南京:江苏人民出版社1993年版。

③ 胡适在1932年的《四十自述》中说到他受梁启超影响最大的,一是他的《新民说》,一个他的《中国学术思想变迁之大势》(《胡适文集》1,65—67页)。

后来白话文学的主张发生了,那班守旧党忽然异口同声的说道'文字改革到了梁任公派的文章就很好了,尽够了。何必去学白话文呢?白话文如何算得文学呢?'"①即以反对者的视角来说明"倡之于胡君适、张之于陈君独秀"的白话文学②,与梁启超的"新民体"其实一脉相承。在这里,还有一点值得注意,梁启超曾论说各国文学史的发展都证明,文学进化的一大关键,为"由古语之文学变为俗语之文学",据此,则可以说六朝文学和唐代的韩柳都没有什么价值,要到宋以后"俗文学大发达",才有"祖国文学之大进化",而宋以后的俗文学又分为儒家禅家语录和小说两派,最后因清代考据学盛,"俗语文体,生一顿挫"③。不知胡适在《文学改良刍议》的"不避俗字俗语"这一条,讲佛教的翻译和讲义、宋人讲学的语录都是白话,是否也受他启发?

到了4月,《新青年》杂志上不但有常乃惪因佩服胡适"白话为文体正宗之说",而"尤愿胡先生归国后,能一以改良文学为己任,或创一白话报作改良之模范,则登高一呼,盛业当不休也"的上书④。有李濂镗写信给胡适说:"今日吾国欲臻富强之域,非昌明科学普及教育不可,欲昌明科学普及教育,则改良文学,实入手第一着也。"⑤还有出版过《中国文学史》的曾毅,告诉陈独秀"窃自幸同于足下与胡君适之主张"⑥。又有桐城方苞的后人方孝岳撰写《我之改良文学观》,为胡适、

---

① 胡适《尝试集再版自序》,《胡适文集》9,82页。
② "倡之于胡君适,张之于陈君独秀"是方孝岳的话,见方孝岳《我之改良文学观》,载《新青年》第3卷第2号(1917年4月)"读者论坛"。
③ 梁启超《新小说·小说丛话》(第七号),转引自黄霖编《中国历代小说批评史料汇编校释》,731页,南昌:百花洲文艺出版社2009年版。
④ 常乃惪1917年2月18日上言,载《新青年》第3卷第1号(1917年3月1日)"通信"。
⑤ 见《新青年》第3卷第2号(1917年4月1日)"通信"。
⑥ 曾毅说:"足下主张写实、主张通俗,此二者实足以破千古文学之的。"(《新青年》第3卷第2号"通信")。

陈独秀的意见作补充,同时提醒他们既"欲以西洋文学之美点,输入我国",就要先了解"中国文学主知见,欧洲文学主情感""中国文学界广,欧洲文学界狭""中国文学为士宦文学,欧洲文学为国民文学",明白"两方文学史之异点","然后改良者有叙可循"①。这些通信和文章都让文学改革这一话题迅速升温,变成《新青年》杂志的焦点。

在《我之改良文学观》中,方孝岳分析中国何以有士宦文学而无国民文学,主要是由于"士之所学,惟以干禄",而"学术文艺界无平民踪迹",不像欧洲文学,能"立于政事学术社会之外"来抒发个人的直观情感。其次是"言文不一",而之所以言文不统一,又是因为第一"国境内无外种之杂入",不像欧洲中古时期,北方诸族趁罗马衰落南下,带来拉丁语及诸族本来语言的言文分离,而后来诸族裂地自国,其文豪"以本国方言述其所得于罗马之学",再令言文一致,在我国历史上,除南北朝及元清二代,大陆上纯是"汉人势力",士大夫"文求古而言从俗",言文终究不得复合;第二"无新学术之发明",文人思想不能推陈出新,"方言虽庞杂,而文言气习近古,不可易之势也";第三"文人以模古为特长",即使新的人物事故,"必以古名名之,以旧态状之,其结果遂与当时事实大相反"。这个分析,尤其指出言文不一与"我国向无他族杂居内地"有关,可以看作是对胡适在《文学改良刍议》中论述"吾国言文之背驰久矣"的呼应。方孝岳也同意说元代"白话小说词曲大盛。倘元不灭,由此以往,文言或有合一之望",但比胡适更进一步,他强调这是"外族来主中夏""多用白话"的结果。所以在这篇文章的按语中,陈独秀也提出了关于推行白话文学的三要件,为"有比较的统一之国语""须创造国语文典"和"国之闻人多以国语著书立说"。

---

① 见方孝岳《我之改良文学观》。

无论是如胡适说小说戏曲"最近言文合一"、钱玄同说白话的语录词曲为"今后言文一致之起点",还是如陈独秀在方孝岳文章后面加的按语抑或他回复曾毅时说:"惟今后语求近于文,文求近于语。使日赴'文言一致'之途,较为妥适易行。"①这些分处海内外的文学革命倡议者,在推动白话文学运动以实现"言文一致"这一点上,首先取得了一致,因此,刘半农说:"今既认定白话为文学之正宗与文章之进化,则将来之期望,非做到'言文合一',或'废文言而用白话'之地位不止。"②而这是与晚清以来的国语运动以"言文一致"为目标之一刚好同步的,文学革命以白话文学为正宗,因此从一开始就和国语运动联系起来。

经过几个月的讨论,特别是在林纾发表《论古文之不宜废》以后③,陈独秀于1917年5月出版的《新青年》上宣布"当以白话为文学正宗之说,其是非甚明,必不容反对者有讨论之余地",他的理由是:"吾国文化,倘已至文言一致地步,则以国语为文,达意状物,岂非天经地义?"④他说的"国语",就是国语研究会所说"明白近文字字可写之语言",亦即白话文⑤。在同期刊登的头版文章《旧思想与国体问题》中,陈独秀还检讨了辛亥革命以来实行的共和政体与"袁世凯所利用的倾向君主专制的旧思想"之间发生的冲突,指出"如今要巩固共和,非先

---

① 陈独秀按语,见《新青年》第3卷第2号"通信"曾毅来信所附。
② 刘半农《我之文学改良观》,载《新青年》第3卷第3号(1917年5月1日)。而严复当日说到新文学运动,也曾以"北京大学陈、胡等教员主张文言合一"代称(严复《书札六十四》,郑振铎编选《中国新文学大系》第二集《文学论争集》,96页,上海:良友图书印刷公司1935年版)。
③ 林纾在《论古文之不宜废》中强调"马班韩柳,亦自有其不宜废者",他批评"民国新立,士皆剽窃新学",且"学不新而唯词之新",更担心"国未亡而文字已先之"(《民国日报》1917年2月8日)。而林纾此文也见于胡适4月日记,胡适说"此文中'而方姚卒不之躅'一句,'之'字不通"[《胡适日记全编(1915—1917)》2,566—568页]。
④ 陈独秀《答胡适》,载《新青年》第3卷第3号"通信"。
⑤ 1916年《中华民国国语研究会征求会员书》,引自叶嗣炳《国语学大纲》,231页。

将国民脑子里所有反对共和的旧思想,一一洗刷干净不可",而他所谓"旧思想",主要指"重阶级尊卑、三纲五常"的孔教伦理观,表现在文学上,便是"学士文人,对于颂扬功德、铺张宫殿田猎的汉赋和那思君明道的韩文杜诗,还是照旧推崇,偶然有人提倡通俗的国民文学,就要被人笑骂"①。把汉赋韩文杜诗与君主专制的旧思想归为一类,无疑加重了推倒这些传统主流文学的紧迫感。

同期刊登的刘半农《我之文学改良观》,首先借西文 language 和 literature 的区别来说明在中国也有"文字"和"文学"之分,并据以论证诗歌、戏曲、小说、杂文才有永久的文学价值,而谈到文学改良,则是分别体裁,以为散文要做到使"文言白话暂处对待的地位",也就是一面求文言浅显近于白话,一面在白话中吸收文言的优点,以求达到"言文合一""废文言而用白话",同时,还要以研究文言的功夫研究白话,使"白话新文学"能够实现非施耐庵、曹雪芹所能梦见的成就。至于韵文的改良,他主张破坏旧韵、重造新韵,并增多诗体,再提高戏曲的文学地位。他说要改编韵谱,一旦旧韵废除,作者各按土音押韵,便"读音不能统一",所以国语研究会应在调查的基础上,以京音为标准撰一新谱,使不懂京音的人也能有所遵依②。正如陈独秀按语所说,刘半农这篇文章的最大贡献,是提出了"改造新韵"和"以今语作曲",说明语言随时而变,从而打破了古典韵律不可动摇的神话。

尚在美国的胡适,在这一期杂志上发表的是《历史的文学观念论》。以"历史的眼光",首先,他更加详尽地说明宋代以来"见屏于古文家"的白话文学才是"吾国文学趋势",它的种子在唐人的小诗短词

---

① 陈独秀《旧思想与国体问题》(北京神州学会讲演),载《新青年》第 3 卷第 3 号(1917 年 5 月 1 日)。

② 刘半农《我之文学改良观》,《新青年》第 3 卷第 3 号,1917 年 5 月 1 日。

里就有,它的趋势虽在明代被截断,但明清时的宋学家也是用语录体的,又《牡丹亭》《桃花扇》虽不如元杂剧通俗,不过在昆曲将要废绝之际,徽调、京调、高腔等俗剧眼看着也要起而代之,何况凡有名的明清小说都是白话,近人小说可以传后的也是白话,现在,要看的就是文学家今后能否"为吾国造一可传世之白话文学"。其次,他说曾经的班马韩柳也都做的是自己时代的文学,只在元以后,当"语录用于讲坛,而小说传于穷巷"时,明七子及归方刘姚他们"居心在于复古",想要回到汉魏或韩柳欧曾,只这些"生于今之世反古之道"的真正古文家才是"吾辈所攻击者"①。胡适在这里划出了文学革命的阵线,他认定白话文学的对立面,清清楚楚是明以后的古文家。4月9日他在纽约写信时还说:"吾辈已张革命之旗,虽不容退缩,然亦决不敢以吾辈所主张为必是而不容他人之匡正也。"不料林纾发表《论古文之不当废》,恰好树立了靶子,使"吾辈攻击古文者"有了论证"古文之当废"的理由②。

同期发表的无名氏来信要求《新青年》多刊登白话的诗、小说、论文以及蔡元培等名家提倡新文学的文字,并允许其他报刊转载,要求设立"文学研究"专栏以供人讨论,还要求请"长于国学而有新文学思想之人"选刻古今文选,用这一办法"实心实力"地改良文学,不让它变成昙花一现。来信称"改良文学是永久的学问,破坏孔教是一时的事业",因此要更认真地对待文学改良。陈独秀在后面加按语说:"鄙意欲创造新文学,'国语研究'当与'文学研究'并重。本志拟锐意征求此二种材料。"这是《新青年》杂志第一次正式将"国语研究"和"文学研究"相提并论,提出"新文学"的创造,要得到国语和文学两方面的支持。而如张护兰在来信中说"中国文学倘不革命,即中国科学亦永无

---

① 胡适《历史的文学观念》(1917年5月),载《新青年》第3卷第3号。
② 见《新青年》第3卷第3号"通信"。

发达之日","处今日而言文学革命,当与道德革命双方并进",则文学革命的意义,当然又不仅仅限于文学。

1913年钱玄同初到北京教书,北京大学聘他教文字学,据说他看见毕业于日本帝大博言科的胡以鲁在教"国语学",大怒道:"'国语'成什么名词?'国语学'算什么功课?"[①]然而,在1917年5月的这一期《新青年》"书报介绍"栏目,就有了对已故胡以鲁所著《国语学草创》的介绍。章太炎曾为《国语学草创》写序,"伟其比较中外,密栗深邃,以为江戴钱孔诸儒,亦既运而往矣,今异域交通,殊语瑰音,粲然毕效,继是以后,殚精穷贯,以为国语敷灵舒光者,非仰曾(胡以鲁字)谁与赖焉"[②]。而《新青年》的介绍则说:"国音之须制定,国语之须创造,皆今日至要之务。而于言文一致之先,制作近语之文,以为过渡时代之用,借以驱除选学妖孽桐城谬种之毒焰,尤为刻不容缓之举。"同时被介绍的还有吴敬恒的《国语统一会进行程序》。

三　白话文学为国语的基础

在1917年4月9日写自纽约的信中,胡适谈到他作《文学改良刍议》,初衷"不过欲引起国中人士讨论,征集其意见,以收切磋研究之益耳",而几个月内就收到这么多文章和来信,"今果不虚所愿"。暑假后他回到国内,除了写白话诗文,以为新文学的实践,也加入了国语研究会。

[①] 黎锦熙《钱玄同先生传》(1939),载曹述敬《钱玄同年谱》,149页,济南:齐鲁书社1986年版。

[②] 章太炎《国语学草创·序》,载胡以鲁编《国语学草创》,3页,上海:商务印书馆1923年版。

胡适对国语运动的兴趣,至少在1914年他写"统一读音法札记"时就已经有充分的表现,当年他看到"教育部全国统一会报告",跃跃欲试地也自拟了一套"统一音读之法"①。1916年,他还与赵元任合作撰写了一篇关于中国文字的论文,赵元任负责写"吾国文字能否采用字母制及其进行方法",共三节,胡适写其中"如何可使我国文言易于教授"一节②。赵元任主张在中国可以使用音标拼音,这不但能解决方言、书面语、打字等问题,也有利于统一发音,方便交流;他又提出应根据实际的韵母和调值来修订《诗韵》,要使口头词语标准化,并要进行书面词语的改革;说到书面词语的改革,他以为应如胡适所说,要用口头语写作,写下来的"至少是听得懂的语音",以保证口语和书面语不会截然分开,在这样的写作里,势必不能有很多引喻、引用,也无需讲究机械的匀称、对偶。胡适依照他教美国人学汉语的经验,在文章中主要谈古文的教学。他认为"无论吾国语能否变为字母之语",在字母出现以前,文言都是仅有的教育媒介和工具,所以要问"汉文究可为传授教育之利器否",解决之道不在汉文,而在教学方法,汉文是"半死之文字",当然就不能用教"活文字"的办法去教。所谓"活文字"即是白话,"死文字"指希腊语、拉丁语等已非日用的语言,而"半死之文字",则是

---

①　见胡适1914年7月4日日记,《胡适日记全编(1910—1914)》,312—318页。
②　胡适《逼上梁山——文学革命的开始》,《胡适文集》1,128—130页。并见胡适1915年8月26夜日记,其中记此文"将乞赵君元任于今年东美学生年会时读之",因年会主题是"国文",便与赵元任分别撰写,先论国文、次论国语,以"The Problem of the Chinese Languare"为题,发表在1916年5、6月的《中国留美学生月报》。全文四个部分,胡适所写第三部分讨论中国语言教学,中文概要见日记[《胡适日记全编(1915—1917)》2,259—262页]及《逼上梁山》,赵元任所写其他三个部分,分别讨论中国语言学科学研究的一般问题、中国语音学的重要问题、中国语言的改革设想特别是拼音化问题,中译本题为《中国语言的问题》(赵世开译、吴宗济校),见于《赵元任语言学论文集》(北京:商务印书馆2002年版,668—712页)。

由于其中尚有日用的部分。教这种半死的文字,他说首先也要"与教外国文字略相似,须用翻译之法,译死语为活语",其次要讲字源学,要效仿《马氏文通》讲文法,最后还要用上能使文法明显易解、意义确定不易的"句读符号"①。这篇由两人合作的长文,虽以赵元任为主导,却也表现出胡适对国语运动并非毫无关心,他在汉字改革问题上没有什么特别的意见②,可是却由于实际教学,而对"半死之文字"的文言和"活文字"的白话有所分析,这对他从语言文字入手,切入文学问题,无疑是宝贵的学术经验③。

　　胡适加入到国语研究会,他原以为"明达之士皆知文言之当废而白话之不可免",回国前因而有"喜极欲为发起诸公起舞也"的打算④,然而据他后来回忆,参与其中,才知道国语研究会当时的注意力集中在"国语统一"上,正忙着为汉字注音、编国语字典,"完全忽略了'国语'是一种活的语言",统一国语是要"承认一种活的语言,用它做教育与文学的工具,使全国的人渐渐都能用它说话,读书,作文"。胡适认为清末的维新之士因为看到"中国的古文古字不配做教育民众的利器",受"西方和东方的两种音标文字的影响","渐渐觉悟字母的需要",在戊戌变法前后创造出专拼白话的字母,可是这一潮流,在民国成立后

---

　　① 参见胡适《逼上梁山——文学革命的开始》记当时与任鸿隽、梅光迪等"讨论中国文学的问题。从中国文字转到中国文学问题,这是一个大转变"(《胡适文集》1,130—144页)。

　　② 这一点,胡适与赵元任很不同。赵元任到了晚年仍在说,他对于"我手写我口"亦即写作文体从文言文到白话文的变化不太感兴趣,"只是随着社会潮流,写得越来越口语化了。至于统一国语,我比较积极"(罗斯玛丽·列文森采访《赵元任传》,焦立为译,99页,石家庄:河北教育出版社2010年版)。

　　③ 参见胡适《文学改良刍议》说:"与其用三千年前之死字(如'于铄国会,遵晦休时'之类),不如用二十世纪之活字。"

　　④ 1917年5月10日胡适《再寄陈独秀答钱玄同》,载《新青年》第3卷第4号(1917年6月1日)。

却为"统一国语"的要求取代,"大家反不重视那最大多数人的教育工具",士大夫阶级自己迷恋着古文字,倒希望用"便民文字"来教育小孩子、开通老百姓,造成"上等人"认汉字、念八股、做古文而"下等人"认字母、读拼音文字书报这样互不相干的局面,"这两个潮流始终合不拢来",国语运动也就不见有大的成效,他当然不满意,因此提出从文学革命开始,首先推翻古文学,建立新的白话文学,等"有了活的白话文学的作品做底子……那个音标文字运动成功的可能性就大的多多了"①。

在胡适看来,新文学运动与国语运动并行不悖,白话文学完全可以做国语的基础。他自己就是一边努力践行白话诗文的写作,一边参加国语研究会的活动②。1917年10月,他的白话诗集《尝试集》出版,按钱玄同的说法,这是"'知'了就'行',以身作则,做社会的先导"③,他自己则说"练习白话韵文,颇似新习一国语言,又似新辟一文学殖民地"④。由"半死之文字"转换到"活文字"的表达,在他看来,首先是一种语言实验,然后才是文学革命的尝试。

1918年4月,胡适在《新青年》发表他用白话撰写的《建设的文学革命论》,郑振铎曾说这是"他们讨论了两年的一篇总结论",也是文学

---

① 胡适《中国新文学大系·建设理论集·导言》,6—12页。并参见赵元任1961年3月28日在美国东方学会第171次会议的演讲:"那时候(我指的是胡适以前的年头儿),没有人想到可以抛开文言去写东西,当时,人们最关心的是发音问题"(《什么是正确的汉语》,载《赵元任语言学论文集》,837页)。又见任鸿隽1918年6月8日写给胡适的信:"改良文字非空言可以收效,必须有几种文学上的产品,与世人看看。"(《新青年》第5卷第2号)

② 参见胡适英文口述稿、唐德刚译注《胡适口述自传》第八章"从文学革命到文艺复兴",《胡适文集》1,296—297页。

③ 钱玄同《尝试集序》(1918年1月10日),《胡适文集》9,《尝试集》,61页。

④ 胡适1916年8月4日"再答叔永",《胡适日记全编(1915—1917)》2,459页。

革命"最堂皇的宣言"①。这一文学革命宣言还有一个副标题,叫"国语的文学,文学的国语",据黎锦熙说,称"国语文学",便意味着新文学和国语运动的联合②。而它清楚不过地表明,在胡适心里,文学革命和国语运动确是合二而一的关系,即"我们所提倡的文学革命,只是要替中国创造一种国语的文学",这就等于在白话文学和"国语的文学"之间画了等号。胡适还说:创造这种国语的文学,比言语学家编几本国语教科书和国语字典的工作更为重要,因为国语中必须有文学的位置,"国语没有文学,便没有生命,便没有价值"。他又呼吁新文学的倡导者不要去等待标准国语的确定,而是要"尽量采用《水浒》《西游记》《儒林外史》《红楼梦》的白话",努力去做白话的文学。他说"我这几年研究欧洲各国国语的历史,没有一种国语不是这样造成的","没有一种不是文学家造成的"。在参与国语运动之后,他甚至鼓励文学家跑在语言学家的前面,而他给投入新的白话文学写作者的建议就是,第一要多读白话作品,不再写任何文言文;第二要观察社会,积累经验;第三要讲究文章的结构、剪裁、布局,要能写出人物、环境、事件、感情;第四要翻译更多的西洋一流文学名著当模范。他反复强调文学比教科书和词典更有功效、有势力,主张"中国将来的新文学用的白话,就是将来中国的标准国语。造中国将来白话文学的人,就是制定标准国语的人"③。

在这同一期杂志上,还刊登有钱玄同与陈独秀、胡适关于"中国今后

---

① 郑振铎《中国新文学大系·文学论争集·导言》,4 页。
② 按照黎锦熙的说法,民国六、七、八年,以《新青年》为中心的文学革命,提倡新文学即白话文学,"与'国语运动'联合起来的名称就叫'国语文学'(也包括了'方言文学'在内)"(黎锦熙《钱玄同先生传》,见曹述敬《钱玄同年谱》附录,167 页,济南:齐鲁书社 1986 年版)。
③ 胡适《建设的革命文学论——国语的文学,文学的国语》,《新青年》第 4 卷第 4 号(1918 年 4 月 14 日)。

之文字问题"的通信,钱玄同抱的是"欲使中国不亡"即当废汉文而代之以世界语的激烈主张,陈独秀以为可"先废汉文,且存国语,而改用罗马字母书之",胡适最温和,说"中国将来应该有拼音的文字",不过凡事讲次序,还是要先以白话文代文言,然后把白话的文字改成拼音文字,至于将来的拼音字母是否采用罗马字,"我是言语学的门外汉,不配说话了"①。他对是否用世界语代汉文、用罗马拼音字母代汉字,显然兴趣不大,不像他要求以俗语俗字取代文言那样坚持,这一方面是由于在文学革命和国语运动中,他是更倾向于用新文学来打造国语,以为文学比国语优先的②,另一方面,也是由于他相信"言文一致"比"国语统一"更容易成功③,欧洲的历史已证明,"没有一种国语是教育部的老爷们造成的。没有一种是言语学专门家造成的。没有一种不是文学家造成的"④。

因为有"白话"作强有力的媒介,联结国语运动和文学革命两大潮流,以国语研究会为核心的国语统一、言文一致运动与以《新青年》为阵地的新文学革命高度合作。1919年胡适发表《新思潮的意义》,以为当教育成为全国人的公共权利后,由于文言在教育上不适用,文言白话遂成问题,后来有人觉得单用白话做教科书也不行,若要提倡国语的教

---

① 胡适《中国今后之文字问题》,载《新青年》第4卷第4号(1918年4月15日)。后来在《胡适口述自传》第七章"文学革命的结胎时期"中,他也说自己在语言问题上是保守的,"反对那些轻言中文字母化的人"(《胡适文集》1,308页)。

② 周作人曾说林纾在1919年春写信给蔡元培,要求撤掉陈独秀、胡适、钱玄同等人,讲了"尽废古书,行用土语为文字"和"覆孔孟,铲伦常"两点罪名,但这些"实在都是玄同的主张。独秀虽主废孔,却还没有说到废汉文。至于胡适之,始终只是主张白话文学,没有敢对于纲常名教说过什么不敬的话"(周作人《钱玄同的复古与反复古》,载曹述敬《钱玄同年谱》"附录",230页)。

③ 参见罗家伦《驳胡先骕的中国文学改良论》,其中说胡先骕误以为"我们主张文言合一",事实是"文学的界说与语言的界说不同,所以文言合一的话是我们不承认的"(《新潮》第1卷第5号,1919年5月)。

④ 胡适《建设的文学革命论》。

育,先须提倡国语的文学,文学革命的问题也就这样发生了①。这是文学革命倡导者对文学革命乃是由国语运动所催生的一个解释。而根据黎锦熙的回忆,却是由于收到胡适从美国寄来的白话写成的明信片,国语研究会的在京会员才意识到,提倡言文一致,非以身作则不可,于是都从唐宋的禅宗语录、宋明儒家语录、明清各大家的白话长篇小说中搜求好文章来做范本②。这是国语运动骨干对白话文推动国语运动的另一个说明。直到近四十年后,魏建功还说"虽然胡适无意于'国语运动',但是'国语运动'受他的影响很大"③。总之,就像胡适给自己做的结论:当他提出"国语的文学,文学的国语"口号,起码是做了两件事,一是"把半死不活的国语运动救活了",一是减少了一般人对俗语、俚语的"厌恶轻蔑的成见"④,可谓两全其美。

当1918年,胡适就盛兆雄《论文学改革的进行程序》一文发表评论时,还在感叹从最高级学校开始文学改革的建议,其实很难实现,他们这些人既无权将大学入学的国文试题都定为白话,他也不赞成采取这种专制手段,所以,他说现在只能是"极力提倡白话文学",用一些"有价值的国语文学"来培养"信仰新文学的国民心理",然后再谈"改革的普及"⑤。而他那时的设想,也只是说"文学革新的第一个目的是要使中国有一种国语的文学;是要使中国人都能用白话做诗,作文,著书,言说",又为了有一种"说得出听得懂的国语",便要以白话文作"国

---

① 胡适《新思潮的意义》,载《新青年》第7卷第1号(1919年12月1日)。
② 黎锦熙《国语运动史纲》,134页。
③ 魏建功《胡适文学语言观点批判》,载《北京大学学报(人文科学)》1955年2期。
④ 胡适《中国新文学大系·建设理论集·导言》,24页。并参见钱玄同《注音字母与现代国语》二:"其时'国语!国语!'之呼声日高,一方面有胡适、陈独秀诸人高揭'文学革命''国语文学'之旗,一方面有陈恋治、黎锦熙诸人大声疾呼小学校国文科应该改用国语。"(《国语月刊》第1卷第1期,1922年2月20日,上海中华书局)
⑤ 胡适答盛兆熊来信,见《新青年》第4卷第5号(1918年4月10日)。

语的文学",否则,教国语的材料都没有①。却不料当文学革命和国语运动"成双潮合一之观"后,白话文、注音字母、新式标点"都打扮着正式登场",火仗风势、风涨火势地带来"思想解放即从文字的解放而来"的迅猛局面。"在野的"文学革命,既刺激、推动了官方主导的国语运动,也借着国语运动的势力,升堂入室,这一年(1919),因而成为现代史家眼里"中国'文艺复兴'(Renaissance)时代底开场"②。不光是傅斯年当时说:"我以为未来的真正中华民国,还须借着文学革命的力量造成。"③赵元任也同意如果要在中国推行罗马字,必须同新文学运动、国语统一运动互相依靠,因为"文学为文化的代表"④,1928年"国语罗马字拼音法式"公布后,他答疑解难,在说到同音字的难题如何解决时,仍提出"写白话或浅近的文言"是一个办法⑤,说明写文章对处理语言问题的重要。后来,毛泽东跟《西行漫记》的作者斯诺谈到《新青年》这个"有名的新文化运动"的杂志,还说:"我在师范学校学习的时候,就开始读这个杂志了。我非常钦佩胡适和陈独秀的文章。他们代替了已经被我抛弃的梁启超和康有为,一时成了我的楷模。"⑥

1919年初,当时的教育部成立国语统一筹备会,作为正式的永久机关,"去研究关于国语的一切问题,并安排关于国语的一切事务"⑦。胡适、钱玄同、周作人、刘半农、黎锦熙、赵元任都是这个筹备会的成员,他们

---

① 胡适答黄觉僧,见《新青年》第5卷第3号(1918年9月15日)。
② 黎锦熙《国语运动史纲》,136页。赵元任晚年回忆也说他一向对文言文表达新事物有兴趣,但是"1917年胡适打响我们所谓的语言革命的第一枪",从此开始了白话文运动(罗斯玛丽·列文森采访《赵元任传》,49页)。
③ 傅斯年《白话与文学心理的改革》,《新潮》第1卷第5号(1919年4月5日)。
④ 赵元任《国语罗马字的研究》第一篇,《国语月刊》第1卷第7期,1922—1923年。
⑤ 赵元任《国语罗马字》,《国语周刊》第230期,1936年。
⑥ 埃德加·斯诺《西行漫记》,董乐山译,125页,北京:三联书店1979年版。
⑦ 刘半农《国语运动略史提要》。

提出《国语统一进行方法》的议案,要求把小学校用的课本"看作传布国语的大本营",将"国文"读本改为"国语"读本。1920年1月,教育部批准《推行国语以期言文一致案》,训令"凡国民学校一二年级,先改国文为语体文,以期收言文一致之效"①,从此"语文分歧的两条道路合并为一"②。而国语取代国文亦即白话文取代文言的号令,一经由官方颁布,让胡适也觉得文学革命的使命到此已完成,所以,在他1930年代选编《中国新文学大系·建设理论集》时,就以1917—1920年做了新文学运动的断限。

四 白话文学古已有之

　　文学革命之初,正如方孝岳的观感,胡适、陈独秀"二君皆欲以西洋文学之美点,输入我国"③。主张以白话文学为正宗,有一个重要的依据,便是欧洲文艺复兴已开先例。这其实是晚清以来的看法,胡适在他几篇重要的文学革命论如《文学改良刍议》《建设的文学革命论》《国语讲习所同学录序》《逼上梁山》《中国新文学大系·建设理论集·导言》中都有阐述,陈独秀、刘半农、蔡元培等也曾谈及④。说西天取经也好,说挟洋自重也罢,新文学运动从欧洲寻找它的理论资源,关于这一点,过去已有相当多前贤的精彩研究,这里不再重复⑤。而这里要说的

---

① 黎锦熙《国语运动史纲》,160—161页。
② 参见黎锦熙为胡适《国语文学史》作"代序",见《胡适文集》8,15页。
③ 方孝岳《我之文学改良观》,《新青年》第3卷第2号。
④ 蔡元培《中国新文学大系·建设理论集·总序》,1—11页。
⑤ 参见余英时《文艺复兴与人文思潮》,载余英时《历史与思想》305—337页,台北:联经出版事业公司1976年初版、1992年版;舒衡哲《中国的启蒙运动——知识分子与五四遗产》,李国英等译,太原:山西人民出版社1989年版;陈方正《试论新文化运动与欧洲文艺复兴》,《中国文化》2007年第2期;葛兆光《一个历史事件的旅行——文艺复兴在东亚近代思想和学术中的影响》(未刊稿)。

是,除了找到这样一个"旁证",新文学运动还有它另外一个极其重要的凭据,便是"古已有之",就是说白话文学在中国已有过不朽的历史。这一点,恰也是胡适、陈独秀、钱玄同等反复申明的,胡适在这上面下的功夫尤其大。

1923年,借着纪念《申报》五十周年,胡适写下《五十年来中国之文学》。回顾1872年《申报》出世也是曾国藩去世以来的文学历史,他说自桐城派古文的"中兴第一大将"曾国藩死后,从郭嵩焘到吴汝纶,无人能挽回古文的衰亡。受时势逼迫,最近二十年有过"古文范围内的革新运动",出现了严复和林纾的翻译文、谭嗣同和梁启超一派的议论文、章炳麟的述学文和章士钊一派的政论文,其中严、林为桐城嫡派,谭、梁及康有为是桐城变种,鲁迅、周作人的《域外小说集》为严、林一派的"最高作品",且这两人后来又"成了白话文学运动的健将",与此同时,在大多数诗人都属于"宋诗运动"的这个时代,梁启超提出过"诗界革命",黄遵宪也有意作"我手写我口"的新诗。可是虽然有这些变化,"死文学"或称"半死文学"依然占据主流。另一方面,在这五十年里流行最广、最有价值的"活文学",差不多都是白话小说,包括北方的平话小说如《七侠五义》《儿女英雄传》,也包括南方的讽刺小说如《老残游记》《官场现形记》,但它们用白话写,"仍旧是无意的、随便的",不像近五年来的文学革命为一种"有意的主张"。从几个私人间的讨论到在《新青年》上发表,从放弃五七言格式去写长短句无定的白话诗到直译欧洲新文学以使国语逐渐欧化,从《新青年》刊登白话文到《每周评论》《新潮》等白话杂志纷纷出版,再到民国八年(1919)"五四"学生运动的影响带动白话传遍全国,在今天,"文学革命已经过了议论的时期",白话诗也走上了成功之路,鲁迅的短篇小说"差不多没有不好的",周作人等提倡的小品散文也打破了"美文不能用白话"的迷信,只有戏剧和长篇小说成绩还不行①。在这篇五十年中国文学的总结里,胡适对文学革命前后变化转折的情形做了仔细的剖理,作为身在其中的人,他既强调要到1917年文学革命以后,活文学才真正取代了死文学,同时也指出晚清古文学与民国新文学之间有千丝万缕的联系,比如新文学的创造者鲁迅、周作人,就是从古文的阵营里出来的②。

鲁迅看过胡适文章的初稿,写信说他同意胡适对晚清文学革命与新文学革命的区分,却又强调"白话的生长,总当以《新青年》主张以后为大关键,因为态度很平正,若夫以前文豪之偶用白话入诗文者,看起来总觉得和运用'僻典'有同等之精神也"③。钱玄同是章太炎弟子,但他也说从前的"老新党"虽已发现古文并非记载思想事物的适用工具,提出用白话写文章,却闹了二十年不见效果,还要等到陈独秀、胡适"带了檄文、露布、炸弹、手枪、机关枪、二十四生的大炮、浩浩荡荡的杀奔'古文巢穴'中去,于是那些'城狐社鼠'才一溜烟逃得无影无踪,而国语的新文学才得成立"④。与极为看重文学革命意义的鲁迅、钱玄同相比,胡适倒似乎更在乎历史的一脉相承,他不仅没有完全否定晚清文学革命的成绩,还认定文学革命有它两千年白话文学的基础,尽管古文在两千年前已成死文字,"但民间的白话文学是压不住的",尤其近五

---

① 胡适《五十年来中国文学》,原载《申报》五十周年纪念刊《最近之五十年》(1924年),收入《胡适文集》2,181—237页。

② 刘半农1917年10月16日致信钱玄同,也说:"我们这班人,大家都是'半路出家',脑筋中已受了许多旧文学的毒——即如我,国学虽少研究,在一九一七年以前,心中何尝不想做古文家,遇到几位前辈先生,何尝不以古文家相助;先生试取《新青年》前后所登各稿比较参观之,即可得其改变之轨辙。"(《中国现代文艺资料丛刊》1918年第3期,转引自鲍晶编《刘半农研究资料》,136页,天津人民出版社1985年版)

③ 鲁迅1922年8月21日致胡适,《鲁迅全集》第11卷《书信》,413页,北京:人民文学出版社1993年版。

④ 钱玄同《汉字革命》,《国语月刊·汉字改革号》。

百年来白话小说流行之广、势力之大,可以称作"中国国语的写定与传播两方面的大功臣"①。

早从《文学改良刍议》开始,胡适就在不断梳理中国白话文学的历史,说白话文学源起于佛经的翻译和讲义,元代达到最盛期,却由于八股取士和复古风气而在明代受挫②。不久,参照陈独秀、钱玄同关于中国文学分期的辩论,他又指出文学史应该注意"承前启后之关系",不仅"全宋与元为一时期",六朝诗与盛唐诗也根本"不可截断"③。其后在《历史的文学观念》中,他还说明代的白话文学也"实不曾截断",比如明清的宋学家就是用语录体,徽调、京调、高腔等俗剧亦将代昆曲而起,白话文学"自宋以来,虽见屏于古文家,而终一线相承,至今不绝"。用"历史的"眼光,他更判定马班韩柳之作本来就是他们自己时代的"新文学",《诗经》至于李杜的诗也是他们自己时代的"今诗",当时"言文之分尚不成一问题",因此"未可一概抹煞"。到后来发表《建设的文学革命论》,除了桐城派古文、《文选》派文学、江西派诗、梦窗派词等不值一驳的旧文学,在他提出的要"替中国创造一种国语文学"就必须"多读模范的白话文学"里,便既有《水浒传》《西游记》《儒林外史》《红楼梦》、宋儒语录和白话信札、元人戏曲、明清传奇的说白,也有唐宋的白话诗词,还有《木兰辞》《孔雀东南飞》、陶渊明诗、李后主词及杜甫的诗《石壕吏》《兵车行》等。而随着白话文学的地位日渐稳固,他所开列以为模范的白话作品名单也逐渐扩大,白话文学史的范围也一再扩展。在回答黄觉僧的信中,他还反驳许多人对"我们竟要把中国数

---

① 胡适《五十年来中国之文学》,《胡适文集》3,225 页。
② 胡适《文学改良刍议》"八曰不避俗语俗字"条。并参见胡适 1916 年 4 月 5 夜记"吾国历史上的文学革命",《胡适日记全编(1915—1917)》2,352—356 页。
③ 胡适 1917 年 4 月 9 日致陈独秀信,《新青年》第 3 卷第 3 号。

千年的旧文学都抛弃了"的误解,宣称古文的文学虽非文学正宗,却也是"中国文学的一个小部分",所以,现在人要用现在的中国话作文、现在的一切教科书要用国语编写,但不妨从小学高年级起学一点古文,到中学时可以古文和国语平分,在大学里设立古文的文学专科,由专家学者去研究古文文学,就好像在欧美大学里也有拉丁文学、希腊文学①。他还建议中学的古文教材里要由近及远地选一些梁启超、严复、章太炎的散文和林纾早年翻译的小说,然后再选《老子》《论语》《左传》以至姚鼐、曾国藩,每个时代都有它的代表,而"这就是最切实的中国文学史"。②

也许受胡适的感染,1918年钱玄同为胡适的《尝试集》写序,就作了一大篇文学史。其中说古人造字的时候,必定是语言和文字一致的,到了西汉"言文已渐分离",司马迁仍能"做汉人通用的文章",坏是坏在西汉末"文妖的'原始家'"扬雄,东汉一代受他影响,至建安七子、六朝骈文,已"满纸堆垛词藻",唐代的韩愈、柳宗元矫正《文选》之弊,文章语言有近于自然的,而到宋代,欧阳修、苏洵只学韩柳的"句调间架",讲"起承转合",与《文选》派又成半斤八两,明清以来,从归有光到曾国藩都"拼命做韩柳欧曾的死奴隶",都成"弄坏白话文章的文妖"。在这中间,也有像王羲之到郑燮所写白话的信札,有宋明学者的白话语录,用白话写韵文更是"极平常的事",如《诗经》《楚辞》、汉魏乐府歌谣、白居易的新乐府、宋人的词和元明人的曲都是白话的韵文,不过这昔日这些白话,"在今日看来,又成古语"。钱玄同要说的是,"文学的思想,情感,乃至材料,文字,句调,都是为时代所支配",因而"现在做

---

① 胡适1918年8月14日答黄觉僧,《新青年》第5卷第3号(1918年9月15日)。胡适还认为这样的古文教学,是"与'第一种外国语'同等。教授古文,也用国语讲解;一切'模范文'及'典文'的教授法,全用国语编纂"。(胡适1918年4月10日答爱初,见《新青年》第4卷第5号,1918年5月8日)

② 胡适《中学国文的教授》,《新青年》第8卷第1号(1920年9月1日)。

白话韵文,一定应该全用现在的句调,现在的白话"。他这是在为胡适"采用俗语俗字"写白话诗做辩护,不过他比胡适更加激烈,虽也承认白话韵文古已有之,可是仍主张要在文学里"铲除阶级制度",将所谓"腐臭的旧文学","极端驱除,淘汰净尽",只"用今语达今人的情感"。当然,话是说得斩钉截铁,但他也还是注意到说汉代以前,人们"手下写的记号,和嘴里说的声音"断无不同,"中华的字形,无论虚字实字,都跟着字音转变,便该永远是'言文一致'",之所以"言文分离",是由于那些"独夫民贼"制造尊卑、"总要和平民两样",那些"文妖"则靠着搬运典故、卖弄义法,以维持他"做文章的名贵身份"①。

1919年,胡适作《谈新诗》,总结两年来国语文学的成绩,一面说新旧文学大不同,古今中外的文学革命都是从"文的形式"下手,若非新形式,良好的内容不能充分表现,如在周作人、康白情、傅斯年、俞平伯的新诗中,就有许多"意思神情"为旧体诗所无法传达,但在另一面,也还是强调文学史的延续性,说"用历史的眼光来看中国诗的变迁",从《三百篇》的风谣体到南方的长篇骚赋,就是诗体的第一次解放,汉以后的五七言诗是第二次解放,从五七言整齐的句法变成参差句法的词又是第三次解放,到最近的新诗,不但打破五七言诗体,也打破词调曲谱的束缚,"不拘格律,不拘平仄,不拘长短",是第四次大解放。新诗的这一次解放,又"是中国诗自然趋势所必至的,不过加上了一种有意的鼓吹,使他于短时期内猝然实现",因此在新诗人当中,可以看到"除了会稽周氏兄弟之外,大都是从旧式诗、词、曲里脱胎出来的",如沈尹默的《人力车夫》就化用了古乐府的《孤儿行》②。至于他本人,胡适也

---

① 钱玄同《尝试集序》(1918年1月10日),载《胡适文集》9,《尝试集》,61—68页。
② 胡适《谈新诗——八年来一件大事》,原载《星期评论》"双十节纪念专号"(1919年10月10日),收入《胡适文集》2,121—135页。

说过他那时的主张是受了"读宋诗的影响"①。而如此地把新诗也放入《诗经》以来的中国韵文史的脉络，自然不是为了贬低新诗的价值，只是要证明新文学的提倡写白话，还有新诗的不拘用古韵甚至可以无韵，都有其历史的依据。

1920年1月，当时的教育部颁布《国音字典》，同时下令国民小学校改国文教科书为国语，在北京，于是开设了培养国语教员的国语讲习所②。讲习所设置有国音、国语文法、国语教授之研究、国语练习、言语学大意等科目③，在第一期短短的两个月里，胡适就去演讲了十几次。他在前年回复黄觉僧的信中，已经谈到等有了"国语的文学"以后，"不但不怕方言的文学与他争长，并且还要倚靠各地方言供给他的新材料，新血脉"，这是他关于"国语"及"国语文学"的一个很深的观念，与国语研究会对"国语"的定义也正相吻合，而当这一期国语讲习所的同学请他为"同学录"写一篇序时，他借机又将这一观念表述得更加完整。他说欧洲的经验表明，国语不是官方或学者决定的，也不是短时期决定的，国语的形成，首先要采用一种通行最远并产生过最多活文学的方言做中坚分子，在推广这一方言时，还要一面随时吸收各地方言，一面改造各地土话。现在我们提倡的国语，其中坚分子为通行于东三省到云贵川、长城到长江流域的一种大同小异的"普通话"，这种普通话，在过去的七八百年已经产生过从《水浒》《西游记》到《老残游记》等有价值

---

① 胡适《逼上梁山》，《胡适文集》1，131页。
② 据《教育杂志》第12卷第8期(商务印书馆1920年)《大事记》，第一期国语讲习所于1920年4月3日至5月28日在北京开办，学员172人。黎锦熙《国语运动史》记国语讲习所在1920、1922年一共办了四期，学员来自各省区，总计毕业学员四百多人(170页)。
③ 据教育部批165号国语讲习所呈"国语讲习所章程"第六条，教学科目中的"国音"下设注音字母、发音学通论、中国音韵沿革，"国语教授之研究"也包括教科内容、教授方法，"国语练习"则含有读文、会话、作文，"言语学大意"注明了是临时讲演(1920年3月29日第1481号《政府公报》)。

的通俗文学,现在就是要把它当作国语推行出去,使它成为全国的教科书用语、全国报刊杂志的文字和现代以及将来的文学用语,然后再由学者来研究这一国语的文法和发音法、编写字典词典言语学,以建立国语的标准。他鼓励来自各地的学员说:"你不经过南腔北调的国语,如何能有中华民国的真正国语呢?"①

在有关京语或国音京调的辩论中,留学法国的刘半农也曾撰文澄清"国语统一"并非指"消灭一切方言,独存一种国语",这个"统一",不是"统一天下""削平群雄,定于一尊"的意思。他还从英国在印度推广英语而种种印度语依然存在、瑞士联邦政府也不能让德意法三种语言互相取代、法语势力范围虽大而法国境内依然有几种接近或不近法语的方言存在等现象中,总结出方言既不会被消灭,也不会有无数种方言"归合而成一种国语"的道理,以此说明现在要做的,只不过是在多种方言之上"造出一种超乎方言的国语",而这样的国语,在中国已有根基,根基就是"我们现在笔下所写的白话文"。这种白话文既不显得有地域性,近乎"全国一致",也不是新文学的急火煮成,"从远处说,这是数千年来文言统一的副产物;从近处说,至少也是宋元以来一切语体文字的向心力的总结晶"②,很适合推广。而差不多同时,赵元任在写给黎锦熙的信中也说:"我近来研究研究言语的变迁,渐渐觉得天然趋向的势力比人为的有意识的主张厉害的多。所以我们自负为言语文字改革的'英雄'者,只能在'事势'当中ㄅ、ㄆ、ㄇ、ㄈ……"③这些国语运

---

① 胡适《国语讲义所同学录序》(1920 年 5 月 17 日),原载《新教育》第 3 卷第 1 期(1921 年 2 月),《胡适文集》2,150—152 页。

② 刘半农《国语问题中一个大争点》(1921 年 10 月 20 日巴黎),载《半农杂文》,139—149 页。

③ 赵元任《讨论国音字母的两封信》其二(1922),原载《国语月刊》第 1 卷第 7 期,转引自《赵元任语言学论文集》,24 页。

动的骨干都意识到要顺应语言变迁的趋势,在历史发展的基础上建立国语及国语的标准。

1921年,胡适的《国语文法概论》出版。他一向重视文法,他这一代人也都受过《马氏文通》的影响①,学习外语和教外国人汉语的经历,更让他体会到文法的重要,对"马眉叔以毕生精力著《文通》,引据经史,极博而精,以证中国未尝无文法",因此早已推崇备至,以为"他日欲求教育之普及,非有有统系之文法,则事倍功半"②。他曾参照《马氏文通》,写下《诗三百篇言字解》《尔汝篇》《吾我篇》等分析文言的札记③,可是在《国语文法概论》里,他却明确表示现在已经不是讲马建忠"历千古而无或少变"的古文文法的时候,需要讲的是"国语的文法与各地方言的文法",这是因为在表情达意、详细记载社会生活、普及教育、做社会共同生活的媒介这几方面,文言的应用能力都已经退化,而白话才是文言的进化。《国语文法概论》在阐述"白话怎样进化"时,循着"该变繁的都渐渐变繁了""该变简的都变简了"这两条线索,也是讲

---

① 《马氏文通》是最早采用西洋文法研究汉语的著作,作者马建忠学过拉丁文、希腊文、英文、法文,曾到法国留学,以为"西文本难而易学如彼,华文本易而难学如此",是由于泰西各国都有自己的有"葛郎玛"(grammar),也就是"学文之程式"(《马氏文通例言》),要让汉语变得容易掌握,就要有汉语的葛郎玛,即"上稽经史,旁及诸子百家,下至志书小说",举凡一切措字遣词的"一成不变之例"(《马氏文通序》),由此,他"因西文已有之规矩",撰写了方便"童蒙入塾,能循是而学文焉"的"华文义例"之书《文通》(《马氏文通后序》1898),相信如仔细体会,"中西行文之道,不难豁然贯通"(《马氏文通上册付印题记》)。并参见黎锦熙《新著国语文法》第二十四版"著者附白",北京:商务印书馆2001年版。

② 胡适《诗三百篇言字解》,原载《留美学生年报》第二年本(1913年1月)、《神州丛报》第1卷第1期(1913年8月),转引自《胡适文集》2,157页。后来朱我农给胡适写信,也赞成"文法是学习将白话写出来时必要之物",过去人只会讲"熟读唐诗三百首,不会吟诗也会吟",教留学生,只会说他作文不通,学生问何以不通,就说不出道理,所以建设新文学,文法是不可少的(《新青年》第5卷第2号,1918年8月5日)。

③ 胡适《尔汝篇》《吾我篇》均作于1917年,收入《胡适文集》2。

了一个从文言到白话的"国语进化小史",胡适在这里一再强调"自从唐以来,没有一代没有白话的著作",特别是宋代《宣和遗事》以后的白话小说,在元明之际变成"中国一种绝大的势力",结果,一是"使口语成为写定的文字",否则白话无法替代古文,二是通行东南各省,"口语的白话"不能到的地方,"文学的白话都可侵入",可以说,正是由于有"通行最广最远"和"曾有一千年的文学"这两样资历,这一白话才成了中国国语的"唯一候选人"①。

五　国语(白话)文学的历史

　　1921年的12月,在国语讲习所第三期,胡适讲了两个月的"国语文学史",所谓国语,就是白话。讲义正式出版时,黎锦熙写了一篇"代序"②。黎锦熙当时与胡适同在国语讲习所授课,他讲的是"国语教学法",并由此写下他的成名作《新著国语文法》,他自认"如果说1898年印行的《马氏文通》是参取西洋语法来说明古汉语语法的较早的书,而《新著国语文法》也就附骥地被认为是说明现代汉语语法较早的书"。在后来解释这本专门讲"用汉字书面化的白话文"的书何以题名为"国语文法"而不是"白话文法"时,他说是因为自小学教科书从"国文"改成"国语"后,大家都很清楚"国语"一词,指的就是现代汉语而非古文,是大众的普通话而非某一阶层的"行话"或某一

---

①　胡适《国语文法概论》(1921)第二篇"国语的进化",《胡适文集》2,309—310、311—317,302页。

②　胡适《国语文学史》的编辑出版经过,参见黎锦熙《国语文学史·代序》,《胡适文集》9,3页。

地区的"方言"①。而这也就可以理解胡适的文学史讲义为什么冠以"国语文学史"之名。

在讲文学史以前，胡适于北京大学教中国哲学史，已经在1919年出版了《中国哲学史大纲》。按照黎锦熙的说法，当时人看到"这个大学校的讲义也居然用白话了，小学教科书改为白话更不必自惭形秽了"②，可见《中国哲学史大纲》还曾被当作国语运动的一个里程碑式的存在。在这个哲学史的讲义里，值得注意的是，胡适将中国哲学放在世界哲学史的东(印度、中国)、西(希腊、犹太)两个脉络里加以考察，由此划分了中国哲学的古代、中世、近世三个历史时期。在"导言"中，他称老子到韩非为古代哲学，也即诸子哲学，汉代到北宋为中世，其中汉晋时的各个学派仍以诸子哲学为起点，东晋以后则进入印度哲学在中国的兴盛期，宋明以后为近世。清代可谓"古学昌明的时代"，恰如欧洲文艺复兴时期以希腊的文学哲学推翻中古的经院哲学，因而产生近世的欧洲文化，中国不仅有汉学家考据校勘训诂传下来的古书，也有西洋输入的新旧学说，两大潮流汇合，这时，"中国若不能产生一种新的哲学，那就真是辜负了这个好机会了"③。这是胡适对中国哲学史的一个整体看法，但在这个讲义里，最终落实的只是古代诸子哲学这一部分，而为了说明古代哲学产生的政治社会、思想潮流等时代背景，他还援引了不少《诗经》的篇章，如说《小雅·大东》《魏风·葛屦》好比英国虎德(Thomas Hood)的《缝衣歌》节本。他分析方士派的迷信盛行是古代哲学在秦朝"忽然中道消灭"的原因之一时，又说中国哲学本来没

---

① 黎锦熙《新著国语文法·原序(1924)》8页，《今序(1951)》18、18—19页，《二十四版附白(1959)》，32页，北京：商务印书馆1992年版。
② 黎锦熙《国语运动史纲》，160页。参见蔡元培1918年12月10日《答林琴南书》，《中国新文学大系·建理理论集》，167页。
③ 胡适《中国古代哲学史上卷·导言》，《胡适文集》6，151—152页。

有神话、迷信,但由于那是"中国本部已成熟的文明开化四境上各种新民族的时代",新民族吸收中原文化,其"富于理想的神话也随时输入中国本部",因此像"屈原、宋玉一辈人的文学中所有的神话",便是过去《诗经》等北方文学中没有的。就这样,在这个哲学史里,他已经触及了汉代以前的文学。

《国语文学史》讲的正好是汉魏至两宋的文学,在时段上,相当于胡适在《中国哲学史里大纲》所说"中世"及"近世"的开端。不过它的第一句话是"古文是何时死的",这个"死",指的是古文变成"死文字"、古文的文学变成"死文学",也就是从"言文一致"转为"言文分离"。胡适认为文体和语体分家是在战国,比钱玄同说的西汉末年要早,他说到了汉武帝时,小百姓小官就读不懂"文章尔雅"的诏书律令,各地的方言也不统一了,"古文在那个时代已成了一种死文字",这以后,主要靠科举政策维持了两千年,而古文保存至今的好处,就是它把中国的古文明延续下来,并做了"教育无数亚洲民族的工具",但也就是在元代停科举的八十年,白话文学才得以蓬勃发展,然后就要到废科举的最近十几年,才有国语文学的兴盛。

在国语讲习所讲文学史的目的,当然是要说明国语文学古已有之,使学员接受和推广国语而知道有所本,知道在"中国的统一帝国与科举制度维持二千年的古文势力"下,仍然有白话文学作家创作出无数国语文学,"政府的权力,科第的引诱,文人的毁誉,都压不住这一点国语文学的冲动"。所以,从第一编"汉魏六朝的平民文学"开始,胡适就介绍当古体文学在汉武帝时规模大定,司马迁的散文、司马相如的辞赋、枚乘等人的诗歌都成为庙堂的贵族文学正宗,在这时候,有"生气"、有"人味"的田野的平民文学,还是在王褒的《僮约》以及大量乐府诗如《孤儿行》当中,在《孔雀东南飞》《木兰诗》等民间文学包括陶渊明的诗里,在任昉《奏弹刘整》所引范氏的诉状和海蛤的供状中,冒了出来。

到了第二编"唐代的白话文学"，胡适说虽然有韩柳的散文、开元天宝时几个诗人的诗和晚唐的词将古体文学推到历史上的一个黄金时代，并且被视为后世"古文"的正宗体裁，但白话文学自盛唐以后也逐渐风行，至晚唐五代已"入人肌骨，不可除去"，其中如王维、孟浩然都是能赏识自然美的，李白、杜甫也能赏识平民文学，"杜甫的好处，都在那些白话的诗里"，白居易、元稹、刘禹锡写白话诗，"风行一世"，禅宗大师讲学说法用的平常白话，成了"白话散文的老祖宗"，拿临济宗义玄的语录和韩愈一派的古文对照，"便好像看了一个活美人之后再来看一个木雕美人"。唐末"文学上的统一跟着政治上的统一，一齐倒了"，白话的韵文于是进化到长短句的小词，以后宋词元曲直到现代白话诗都是沿着这一趋势。

在第三编"两宋的白话文学"里，胡适说虽然有宋初杨亿主导的骈偶文和古典诗引起北宋的古文运动，使"古文根基从此更稳固"，但苏舜钦、梅尧臣都是"诗界革命的健将"，邵雍、司马光、程颢的"洛阳诗派"以及欧阳修、王安石、苏轼、黄庭坚等人也都写"做诗如说话"的白话诗，南宋也曾有过"白话诗的中兴"，陆游、范成大、杨万里、刘克庄都是"白话诗人"。在词作家中，北宋的晏殊、欧阳修、苏轼、柳永、秦观、黄庭坚、周邦彦都是做"纯粹白话词"的，是以当日小百姓的言语写当时的感情生活而为"宋代白话文学的正式代表"，南宋的辛弃疾、陆游、刘克庄一派也是写自己"时代的文学"，只有姜夔、吴文英等另一派偏于古典，而吴文英的词为"古典文学的下下品"。除了许多禅宗的语录和信札，在这一时期，还有朱熹、陆九渊为"中国近世哲学开一个很热闹的时代"，他们都是古文的好手，可他们讲学的语录却多是好的白话文，这些白话语录有两个重要功能，"一是使白话成为写定的文字，一是写定时把从前种种写不出来的字都渐渐的有了公认的假借字"，而白话能够书写,它的发展就谁也挡不住了。

借着古文和白话文、死和活、模仿和创造、传统和进化、末路和发达这样一些对立的概念①,胡适一边讲述汉武帝以来古文的历史,一边讲述汉魏至两宋的国语文学史。五年前,在《文学改良刍议》的"不模仿古人"一节,他讲文学"随时代而变迁"是"文明进化之公理",文的方面,提到过《尚书》、先秦诸子、司马迁班固、韩柳欧苏、语录和施耐庵曹雪芹,韵文方面,提到过《击壤》《五子》之歌、三百篇之诗、屈原荀卿的骚赋、苏李至于魏晋的诗、江左流于排比的诗和唐代臻于大成的律诗、老杜香山的写实体诗,词的方面,提到过唐五代宋初的小令、苏柳辛姜的词、元杂剧和传奇。那时,他说"决不可谓古人之文学皆胜于今人也",因此不必模仿唐宋、周秦,"今日之中国,当造今日之文学",对白话小说以外的传统文学,态度都很决绝。五年后,当"国语"正式取代了"国文",为国语的成立再来讲文学史,这个文学史能够容纳的白话作家和作品就增加了不少,比如唐代大诗人,几乎个个成了白话诗的写手,而为"江西派"推崇的宋诗,也居然有很多是白话,胡适甚至说虽然白话文学的趋势是一路进化,可是受"个人的天才的限制",后来人就未必能比得上杜甫的诗。就像"国语的文学"要靠不同的方言文学提供新的材料、新的血脉,国语的文学史也需要拓展领地,由此而为国语文学带来更丰富的历史资源。

《国语文学史》第三编最后一章"南宋以后国语文学的概论"简要说明北金南宋分立后文学主要是小说的状况②,胡适在这里谈到小说的分期,认为元明两朝的小说最初全是《五代史平话》《三国志演义》一

---

① 参见魏建功《胡适文学语言观点批判》,《北京大学学报(人文科学)》1955 年第 2 期。
② 这一章,据黎锦熙《胡适〈国语文学史〉代序》说,在胡适的改订本中已被删去。

类的历史演义,为第一期;后来有了《水浒》《西游记》,真成文学的一大门类,为第二期;再到清人陈忱作《水浒后传》、吴敬梓作《儒林外史》、曹雪芹作《红楼梦》、李汝珍作《镜花缘》,为第三期,作者从无名变有名;到清末出现了专做社会小说的吴趼人、李伯元、刘鹗,为第四期。他还谈到文学上的南北之分,以为三国时,吴在南方建成独立的国家,是替东晋宋齐梁陈预备了退步之所,也是"替中国文化预备下一块避难的所在";到金元与南宋分立时,南方依然做"中国古文化的避难地",因此也接受了许多旧文学,而在北方,却由于"民族的迁移与混合,把北中国的语言打通了",形成一种大同小异的语言,"使中国的国语有一个很伟大的基础",同时因停止科举而使旧文学权威扫地,小说、小曲、戏剧于是变成北方文人的"正经事业",白话文学由此在元朝几乎成为正统;到了明初,白话文学退为"旁门左道",不过明代小说发达,尤以北方人作品居多,"南方人罗贯中之流也不能不用北方的通行语言来作小说",而"小说不曾完全南方化",正是小说史上最侥幸的事,因南方化意味着"贵族文人的文学又占胜利",南方化的小说多为才子佳人一类的弹词,在文学史上也都地位不高。

胡适特意就南北文学作如此区分,在这里,显然是因为当时所谓"国语"指通行于东三省至西南三省、长城至长江流域的一种普通话,是为了配合这一"国语"观念,这才能够解释为什么说"小说的发达史便是国语的成立史;小说的传播史便是国语的传播史。这六百年的白话小说便是国语文学的大本营,便是无数的'无师自通'的国语实习所"。在稍后的《五十年来中国文学》里,对五十年来的小说,胡适也作了"北方的平话"和"南方的讽刺"的区分,《儿女英雄传》《七侠五义》《小五义》等是北方的民间文学,《官场现形记》《老残游记》《二十年目睹之怪状》等是南方的社会问题小说。他说北方评话的作者有口才有技术,却没学问,因此只能做平民的消闲文学,南方讽刺小说的作者多是有思想有经验的文人,可是由于南方人"学用北部语言做书"很难,他们的语言往往不如北方小说"漂亮活动",不过思想见解都含有讽刺作用,《儒林外史》是用最普通的"长江流域的官话"写的,可以称作讽刺小说的范本①。

胡适两个月匆匆编写的《国语文学史》,虽非首尾完整,据说亦"非他称心得意之作",却是为了配合国语运动和文学革命,而对中国文学史做的第一次有系统的阐述,在当时就很有影响。国语讲习所的学员凌独见在胡适的讲义正式刊行前,抢先出版了一部《新著国语文学史》,似乎为补胡适之缺,从唐虞一直写到中华民国,但他口头上说佩服胡适、陈独秀的以新文学相号召,"把数千年古文的壁垒冲破,把从前游戏的偶然的白话文的趋向,引导到有意的故意的路上去",他的国语文学史却是连"五经"都算在内,而对民国以后的小说、戏曲反而评价不高②,显然与胡适的思路相悖,也并不理解国语文学史与白话新文学的关系。不过,在看到胡适《国语文学史》讲义的石印本之后,沈兼士马上写信给胡适,在称赞它为"空前的杰作"的同时,也坦率道出他和钱玄同的意见,认为文学史还是应当从《诗经》讲起,因为《国风》《小雅》就是古代白话文学中最有研究价值的材料,《雅》为周代的国语文学,《国风》为当时各国的方言文学,而不是到了汉朝就变成古文的③。黎锦熙评论《国语文学史》,也提出要增加先秦文学部分,要讲《国风》《九歌》,讲《尚书》的《盘庚》《大诰》,讲诸子文、《左传》和《战国策》,他当然也很能理解胡适为了"发潜德之幽光"而"托始于语文初分歧之

① 胡适《五十年来中国之文学》,《胡适文集》3,214—215、218 页。
② 凌独见《新著国语文学史》(中等学校用),上海:商务印书馆 1923 年版。
③ 沈兼士《给胡适之的一封信》,载《晨报附刊》(12 月 11 日)1921 年 12 月 24 日。参见钱玄同 1921 年 12 月 7 日致胡适信,载《钱玄同文集》第 6 卷《书信》,103—105 页,北京:中国人民大学出版社 2000 年版。

时代"的做法,对胡适在筹备"国语统一"、提倡"文学革命"之际,特意讲秦始皇时代的"国字统一"、汉武帝时代的"文体复古",他尤其称赞,说是"可谓史眼如炬"①。而后来写有《中国文学流变史》的郑宾于在评论中也说,不管它有多少缺点,但是"把寒山、拾得的生世搬到晚唐来,的确是一件大翻案,而且是从来人们所不曾注意的一件事体"②。对这些评论,胡适在1921年12月写信给钱玄同时曾有所回应,他说如果要补上《诗经》,就必须讲:1.《诗经》的白话文学,2. 这种白话的区域——东到山东,北到秦晋,南到江汉流域,3. 这个区域内各地方言的同异,求出一种大同小异的普通,4. 拿这个普通话与战国时文章比较,考定战国时文章与《国风》时代白话的差异若何,如《孟子》《庄子》是否白话,《楚辞》哪一部分是白话?5. 白话究竟何时与文言大分离,原因是什么?③ 这一来,牵涉便很大。过了好几年,他还是说手边的资料不够,"不敢做这一段很难做的研究"④。

而讲了几个星期的国语文学史,在当年岁末的国语讲习所同乐会上,胡适趁兴而谈,又讲到"国语统一,谈何容易,我说,一万年也做不到",不要说欧美国家都还有方言,中国就算能做到国语统一,也不一定好,不需要有"强从划一的国语"。因为语言是"自由变迁"的,谁也不能凭一己理想来划一它,这就要文学来帮忙,"有了最有文学价值、

---

① 黎锦熙为胡适《国语文学史》作《代序——致张陈卿、李时、张希贤等书》,《胡适文集》8,4—7页。黎锦熙在《钱玄同先生传》里说钱玄同也是主张中国的新文字只须用法令公布,不要借政治力量推行,"因为这是学术问题,应该自由研究,秦皇汉武那种强制的办法就根本不对",但他还是相信若要使新文字得到普遍应用,"总须有政治的力量才推得动"(曹述敬《钱玄同年谱》附录,154页)。

② 郑宾于《我读了文化学社印行胡适之先生的〈国语文学史〉》,《新文化》第1卷第6期,美的书店1927年版。

③ 胡适1921年12月10日《致钱玄同》,《胡适书信集》。

④ 胡适《白话文学史·自序》,《胡适文集》8,135页。

文学兴趣的国语书报,人家才爱他读他"。胡适特别强调国语文学的重要,不过,他也提到吴语、粤语这两种方言文学值得发展,因为它们表现了苏、广的民族精神①。

在1916年合作发表的《中国的语言问题》一文中,赵元任谈到他设想的语言改革,在"书面词语改革"这一项,他说同意胡适的意见,就是要用口头的字来写作,而这就要求"至少是听得懂的语音",口语和书面语便不能截然分开,"诗必须能朗诵,演讲必须能说,不是对自己而是对别人"②。这是他们关于语言改革和文学革命的最初设想,也就是后来胡适在回忆中说的,当他意识到"一部中国文学史只是一部文字形式(工具)新陈代谢的历史,只是'活文学'随时起来替代了'死文学'的历史"时,他便想清楚了"中国今日需要的文学革命是用白话替代古文的革命"③,因此在《新青年》最初的讨论中,他们决心做的两件事,一个就是不作古文,专写白话文,另一个是翻译西洋近现代的文学名著,要到1918年12月周作人发表《人的文学》,才算有了改革文学内容的"最重要的宣言"④。而这也正是文学革命和国语运动能够自然携手的原因。所以,当1918年公布《国音字母》、"实行'国语统一'的政策"时,在黎锦熙眼里,"恰与二千二百年前秦始皇的'国字统一'政策远远相承",而1920年明令废止小学的古体文,改用"语体文",在他看来,也"恰与二千一百年前汉武帝的'文体复古'政策

---

① 胡适《国语运动与文学》,原载《晨报副刊》1922年1月9日,《胡适文集》8《国语文学史》附录二,118—120页。
② 赵元任《中国语言的问题》,《赵元任语言学论文集》,696—697页。赵元任设想的改革,有发音的标准化、韵的修订和韵律的发展、外国专有名字的翻译、口头词语的标准化、书面词语的改革、外部形式、字的简化、拼音化的论点、怎样使中文拼音化、对拼音化的十六条反对意见共十条。
③ 胡适《逼上梁山》(1934),《胡适文集》1,132—133页。
④ 胡适《中国新文学大系·建设理论集·导言》,28—29页。

遥遥相对"①,国语运动的每一个阶段性成果,也都同时是文学革命的历史性成就。

但是,国语运动还有它更高的目标,"乃是建设中国的新文字"②,或者为注音汉字,或者为国语罗马字,或者为简体字,而文学革命提倡的白话文学,如《水浒传》《西游记》等虽已有了七八百年的历史,学士大夫可以"不学而能"地写出这种白话文,却始终没有人能够说它,因此,1926年的《全国国语运动大会宣言》就指出,国语这种公共的语言,还不能"把这几百年来小说戏曲所传播的'官话'视为满足,还得采用现代社会的一种方言",并提出"现在所谓白话文学,只是从古文进一步的改良作品;必须百尺竿头再进一步,用拼音文字写出来的,才是脱离古文、另辟新时代的创造作品"的意见③,这便是让国语运动和文学革命不得不分道扬镳。据说胡适曾不想"外面有人"看出这一"分家"的趋势,他写信给黎锦熙说:"国语运动与国语文学运动,当初本是两种独立的运动,后来始渐合为一,其过去之历程,略如下表:1、读音统一,2、国语教科书,3、国语文学,4、联合的国语运动。至于将来:5、国语文学的成立,6、国语的科学研究(音、文法、辞典),7、拼音的文字的逐渐增多,8、很远的将来——中国语言文字的完全字母化。我这个说法,似乎可免去'分家'的误会。"④可是尽管如此,当1923年《国语月刊》编辑"汉字改革号",他应邀写"卷头言",还是坦白说出他自己的看法:"语言文字的改革决不是一朝一夕能做到的。"面对各种文字改革方案,他也只是推荐了经过钱玄同、黎锦熙等审查的几千个"破体字"(又

---

① 黎锦熙《国语运动史纲·序》,58页。
② 黎锦熙《钱玄同先生传》(1939),曹述敬《钱玄同年谱》附录,153页。
③ 黎锦熙《国语运动史纲·序(卷首)》(1934),14—16、44页。
④ 黎锦熙《国语运动史纲·序》,30页。

称"简笔新字"),以为"这虽不是彻底改革,但确然是很需要而且应该有的一桩过渡的改革"①。

刘半农、赵元任、钱玄同、黎锦熙、汪怡、白涤洲、林语堂几个人于1925年组织了一个"数人会",专门探讨语言音韵之学,1926年提出"国语罗马字拼音法式"并由教育部国语统一筹备会公布,大约与此同时,胡适却越来越投入整理国故,做赵元任所说要有兴趣和"相当的天资"、在欧美也仅为少数人负责的文学史研究②。1928年,他在《国语文学史》讲义的基础上重新编写了《白话文学史》出版,他在"自序"里说:六年来,国内外出现了不少文学史的新材料,有杂剧、小说、民谣,敦煌的俗文学史料更是极大丰富了唐代的白话文学,于是,他的文学史干脆变成以唐代为中心,分"唐以前"和"唐代"两编。而取"白话文学史"为名,用"白话"换"国语",则正表现他有意走出国语运动的语境,专注于文学史的研究,因此,他又说"这书名为'白话文学史',其实是中国文学史"③。

六 白话的戏曲小说为世界一流

在《文学改良刍议》里,胡适曾宣布今日可比肩世界第一流文学的中国文学,独有吴趼人、李伯元、刘鹗的白话小说,他们得力于《儒林外

---

① 国语研究会编《国语月刊》第1卷第7期(1923年1月14日)。据黎锦熙说,1922年他有一个"汉字改换"的议案,又有人提出定北京语为国语标准,胡适都不赞成,"他怪我汉字革命'唱高调',我怪他文学革命'不彻底'"(《国语运动史纲·序》,29—30页)。

② 赵元任《国语罗马字的研究》,原载《国语月刊》第1卷第7期(1922—1923),转引自《赵元任语言学论文集》,45页。

③ 黎锦熙曾说他屡次向胡适提及,希望他破点功夫编成首尾完备的《国语文学史》,"但他的计划改变了,打算编一部完全的中国文学史,不限于国语一方面"(《国语文学史·代序》,《胡适文集》8,4页)。

史》《水浒》《石头记》而非诗古文家,而《水浒》《西游》《三国演义》这一类小说又产生在元代,当时还有不可胜计的戏曲,"关汉卿诸人,人各著剧数十种之多。吾国文人著作之富,未有过于此时者也",所以应该说"中国文学当以元代为最盛""可传世不朽之作"最多①。

以小说、戏曲为元代文学的代表,在当时的欧美汉学界,似乎已不是什么创见②,在中国学者中,胡适也不算第一人,他的上述评论,大概就受到过王国维《宋元戏曲史》的启发。《宋元戏曲史》是王国维旅居日本时所写,先是在1913年4月至1914年3月的《东方杂志》上分八次连载,1915年9月列入商务印书馆的"文艺丛刻甲集"出版单行本。王国维在其中谈到元杂剧的产生,就说是因为科举被废:"余则谓元初之废科目,却为杂剧发达之因。盖自唐宋以来,士之竞于科目者,已非一朝一夕之事,一旦废之,彼其才力无所用,而一于词曲发之。""又有一二天才出于其间,充其才力,而元剧之作,遂为千古独绝之文字。"他还赞扬元杂剧能"于新文体中自由使用新言语"也就是俗语,因此而"为中国最自然之文学",又由于"古今之大文学,无不以自然胜",元曲也就格外了不起。王国维最后还提示意大利人马可波罗游记就写到过杂剧,从1762年起,特别是在19世纪,《赵氏孤儿》《老生儿》《汉宫秋》等许多戏曲都先后被译成外文③。

胡适似乎是在第一时间读到《宋元戏曲史》,在1917年《新青年》杂志刊登的《藏晖室札记》里,他就写到1914年9月上旬游哈佛,三至

---

① 胡适《文学改良刍议》八"不避俗语俗字"条。

② 在翟里斯1901年出版的《中国文学史》(刘帅译,179页,北京:首都师范大学出版社2017年版)里,就说到诗文以外,元代最新出现的具有永恒价值的文学,是戏剧和小说,它们将被铭记在中国文学史上。

③ 王国维《宋元戏曲史》第九章"元剧之时地"、第十二章"元剧之文章"、第十六章"余论",98、124、166页,上海:商务印书馆1915年版。

图书馆,得见法人 M. Bazin Aine 据《元曲选》"所译元人杂剧四本",即《㑇梅香》《合汗衫》《货郎旦》《窦娥冤》,当时"拔残(王国维译名)所译元曲凡十余种,惜不及尽见之",可是,已足以让他感慨"元人著剧之多,真令人叹服,关汉卿著六十种,高文秀三十二种,何让西人乎? 元曲前无古人,有以哉"!①《札记》中提到王国维将 Bazin 译作"拔残",便是在《宋元戏曲史》的"余论",王国维介绍"我国戏曲之译为外国文字"的情况,提及拔残根据《元曲选》翻译了《金钱记》等十四种元杂剧,"所译最多"②。胡适应该是在《东方杂志》上读到这篇文字,为之震动,于是在短暂的哈佛之游期间,去图书馆翻阅拔残译本,他显然也同时接受了王国维对宋元戏曲的研究和评价,并以之为他所提倡白话文学的一个重要历史依据。在 1918 年发表的《文学进化观念与戏剧改良》中,他还要求参与戏剧改良辩论的"列位试读王国维先生的《宋元戏曲史》",去看王国维是怎样讲述中国戏剧从古代歌舞变为戏优、再为杂戏、又为元曲和传奇的历史,以掌握中国戏剧进化的趋势③。他在《国语文学史》中,同样是直接采取王国维的论断,称"元朝把科举停了近八十年,白话的文学就蓬蓬勃勃的兴起来了;科举回来了,古文的势力也回来了"④。

尽管王国维本人并不赞成胡适他们提倡白话文学⑤,但他的《宋元

---

① 胡适《藏晖室札记》,《新青年》第 3 卷第 4 号(1917 年 6 月 1 日),并见胡适 1914 年 9 月 13 日所记"波士顿游记",《胡适日记全编(1910—1914)》1,483—484 页。
② 王国维《宋元戏曲史》第十六章"余论",166 页。
③ 胡适《文学进化观念与戏剧改良》(1918 年 7 月 9 日),《新青年》第 5 卷第 4 号(1918 年 10 月 15 日)。
④ 胡适《国语文学史》,《胡适文集》8,113 页。
⑤ 见王国维 1922 年致顾颉刚信:"顷阅胡君适之《水浒》《红楼》二卷,犁然有当于心,其提倡白话诗文,则所未敢赞同也。"(王煦华《王国维致顾颉刚的三封信》之三,《文献》1983 年第 1 期)

戏曲史》却是为数不多的在新文学运动中被推重的"旧式学者"著作①。在刊登胡适上述《藏晖室札记》后的下一期《新青年》上，便有专文推荐这本书："虽未满二百页之小册子，不独于宋元剧本考证详明，即于古代戏剧以及明代作者亦略及之，诚中国之创作也。"同时介绍吴梅的《顾曲麈谈》，以为"合王国维氏之戏曲史读之，于元明词曲源流，思过半矣"②。在 1919 年《新潮》杂志的创刊号，又有傅斯年的评论，表扬《宋元戏曲史》于断烂材料中"钩沉稽遗"，"深寻曲剧进步变迁之阶级"，是认识"宋金元明之新文学，一为白话小说，一为戏曲"的最有价值的著作③。而据黎锦熙说，他曾参照胡适的《国语文学史》讲义上文学史课，讲义所缺的戏曲部分，也就是以《宋元戏曲史》为重要参考④。

1923 年，胡适为《五十年来中国之文学》的日译本写序，就五十年"新旧文学过渡时期的短历史"，在中文本的基础上补充了三点，其中一点，是说"近人对于元人的曲子和戏曲，明清人的杂剧传奇，也都有相当的鉴赏与提倡。最大的成绩自然是王国维的《宋元戏曲史》和《曲录》等书"。这已经是当《宋元戏曲史》发表近十年的时候，胡适还是觉得王国维的成绩无人能够超越。而他补充的另一点是，向来为文人蔑视的小说也"渐渐得着了相当的承认"，《宣和遗事》《五代史平话》《唐三藏取经》等古小说的发现，给文学史添了许多材料，"近年我们提倡用新式标点符号翻印古小说""加上历史的考证，文学的批评"，也不失

---

① 参见沈卫威《胡适周围》写胡适与王国维的交往，31—55 页，北京：中国工人出版社 2003 年版。
② 《新青年》第 3 卷第 5 号（1917 年 7 月 1 日）"书报介绍"栏。
③ 见傅斯年在《新潮》第 1 卷第 1 号（1919 年 1 月 1 日）"出版界评"栏目关于《王国维之〈宋元戏曲史〉》的评论。
④ 黎锦熙《胡适〈国语文学史〉代序》，《胡适文集》8，12 页。

为"一种小贡献"①。

尽管《白话文学史》没有讲到胡适最看重的元明清小说和戏曲,《国语文学史》在最后只有一个梗概,但早在1918年作《论短篇小说》的演讲时,胡适已经讲了一个"中国短篇小说的略史",其中提到宋代的《宣和遗事》是后世章回小说的始祖,从《宣和遗事》到《水浒传》,又为"中国文学史上一大进步"②。而他对白话小说的提倡,也确乎可以套用他自己在《五十年来中国之文学》里的总结,就是在文学的批评、历史的考证、加以新式标点印行三个方面,不断地推进。

当初,胡适提出要以施耐庵、曹雪芹、吴趼人为文学正宗,赞成他文学革命主张的钱玄同却有所质疑,以为"旧小说中十分之九,非诲淫诲盗之作,即神怪不经之谈,否则以迂谬之见解,造前代之野史",有价值的不过《水浒》《红楼梦》《儒林外史》《官场现形记》《二十年目睹之怪现状》《孽海花》六种③。胡适在最初的回应中,便采取了他所说"文学的批评",如钱玄同以为《聊斋志异》"全篇不通",他的回应是"可讥其取材太滥,见识鄙陋",但"以文法论之",尚不得谓不通;钱玄同说《西游记》神怪不经,他的回应是"神怪不经之谈,在文学中自有一种位置。其功用在于启发读者之理想",《西游记》的妙处就在"荒唐而有情思,诙谐而有庄意";钱玄同以为《说岳》在《三国演义》之上,他说这"未尽平允",因为"《三国演义》在世界'历史小说'上为有数的名著"。胡适强调的是,评价小说,"固当注重内容,然亦不当忽略其文学的结构""内容得美好的结构乃益可贵",而从体裁、叙说手法来看,"吾国第一

---

① 胡适《日本译〈中国五十年来之文学〉序》(1923年3月7日),《胡适文集》3,237—238页。
② 胡适《论短篇小说》,《新青年》第4卷第5号(1918年5月15日)。
③ 钱玄同1917年2月25日致陈独秀,《新青年》第3卷第1号(1917年3月1日)。

流小说,古惟《水浒》《西游记》《儒林外史》《红楼梦》四部,今人惟李伯元、吴趼人两家"①。他又分析《儒林外史》《官场现形记》这一类小说,指出"其体裁皆为不连属的种种实事勉强牵合而成。合之可至无穷之长,分之可成无数短篇写生小说",就体裁而言,"实不为全德"②。在后来发表的《建设的文学革命论》里,他还批评过"新小说"作者也不懂布局、结构、人物描写,只是学了《儒林外史》"体裁结构太不紧严、全篇是杂凑起来的"的坏处,而不知其文学价值"全靠一副写人物的画工本领"③。这种"文学的批评"方式,别开生面,不但说服了钱玄同④,也为鲁迅认可。在《中国小说史略》中,鲁迅也采用了这个说法,称《儒林外史》"虽云长篇,颇同短制;但如集诸碎锦,合为帖子,虽非巨幅,而时见珍异,因亦娱心,使人刮目矣"⑤。

从钱玄同对旧小说的"诲淫诲盗"抱有十分警惕,余元濬指责"施、曹辈之学,往往出于鄙陋猥亵之一途,即以坊肆间之旧板小说论之,十九皆淫猥、十九皆为白话"⑥,到周作人1918年在关于日本小说的讲演中,批评《官场现形记》《二十年目睹之怪现状》《老残游记》等在"形式结构上,多是冗长散漫,思想上又没有一定的人生观,只是'随意言之'",思想、形式都是旧的⑦,在同年发表《人的文学》中,又主张以"人

---

① 胡适1917年5月10日致陈独秀,《新青年》第3卷第4号(1917年6月1日)。

② 对《儒林外史》的这种结构分析,又可见胡适更早发表的《论短篇小说》,《胡适文集》2,95—104页。

③ 胡适《建设的文学革命论》,《胡适文集》2,48—49页。

④ 钱玄同1917年7月2日致胡适,称"此说极精"(《新青年》第4卷第1号,1918年1月15日)。

⑤ 鲁迅《中国小说史略》第二十三篇"清之讽刺小说",248—249页,北京:北新书局1927年版。

⑥ 余元濬《评胡适先生文学改良刍议》,《新青年》第3卷第3号(1917年5月1日)。

⑦ 周作人《日本近三十年小说之发达》(1918年4月19日在北京大学文科研究所小说研究会讲演),《中国新文学大系·建设理论集》,292页。

道主义为本"来决定"应该提倡排斥的文学",以此视《西游记》为"迷信的鬼神书"、《聊斋志异》为"妖怪书"、《水浒》为"强盗书",都是"妨碍人性的生长",都该排斥①,在《思想革命》中,更直言文学革命,"文字改革是第一步,思想改革是第二步,却比第一步更为重要"②。与此同时,傅斯年发表《白话文学与心理的改革》,也要求"从白话文学的介壳,跳到白话文学的内心;用白话文学的内心,造就那个未来的真正中华民国",而依照这个标准,则"我们固不能说《红楼梦》《水浒》不是文学,然亦不成其为真有价值的文学,固不能不承认《红楼梦》《水浒》的艺术,然亦断断乎不能不否认他们的主旨"③。这种种评论都说明即使是在文学革命的倡导者中,对明清时期的白话小说,从一开始就有基于现代人文观念的批评和抵制,到后来,也有如吴其祥在《第二次建设的文学革命论》中所说,虽然由于胡适等人大力提倡白话文,将两千年传统的文言文"一手打翻",使桐城派的古文大家和文选派的文学大家敛声匿迹,"只有几部《水浒传》《儒林外史》《西游记》及《红楼梦》到处受人欢迎,做起文学的正宗来",可是这些白话小说也有缺点,并"不能够供应现今的需求",所以,仍然要有文法严密的新的白话文来代替它们④。尽管如此,但由于文学革命与国语运动相携手,亟须创造一种"国语"的新文学,要有活文字写出的"活文学"取代已死文言写出的"死文学",在这一形势下,《水浒传》《西游记》《儒林外史》《红楼梦》等明清白话小说还是成了胡适等推荐的标准国语/白话文学范本⑤。胡

---

① 周作人《人的文学》,《新青年》第5卷第6号(1918年12月15日)。
② 周作人《思想革命》,《每周评论》第11号(1919年3月2日)。
③ 傅斯年《白话文学与心理的改革》,《新潮》第1卷第5号(1919年)。
④ 吴其祥《第二次建设的文学革命论》,《民国日报·平民》130期,1922年7月29日。
⑤ 胡适《建设的文学革命论》,《胡适文集》2,47页。

适在《中学国文的教授》里曾要求选二十至五十部白话小说做"国语文"的教材,同时也要求教员能以新的方法加以解读、评论、引导。比如他说《镜花缘》写林之洋在女儿国穿耳缠足,便是让学生认识社会问题的材料,读《西游记》前八回的神话滑稽,也可以问一问作者为什么写一个庄严的天宫盛会被一个猴子捣乱了,而将《儒林外史》中写鲍文卿的一段与写严贡生的一段作比较,就可以使学生懂得什么叫人类平等,什么叫衣冠禽兽①。

1920年,出版过胡适《短篇小说》翻译集和新诗《尝试集》的上海亚东图书馆计划出版加新式标点并分段的《水浒》《红楼梦》《儒林外史》《西游记》,这正是胡适在1917年与陈独秀、钱玄同就文学革命/改良加以讨论时,提出的四部古代"吾国第一流小说"②。据负责小说标点和出版的汪原放说,他早先读过胡适"论白话"和"论标点符号"的文章,很受鼓舞,便打算照这个样子去做③。

汪原放所说胡适的"论标点符号",是指他1916年发表的《论句读及文字符号》,文章参照"今世界文明国之文字皆有一定之符号,以补文字之不足",指出中国人读书有"四难",其中一难是"书籍无有句读符号,断句为艰",还有一难是"其有符号者,又不完不尽,不足为助"。没有标点符号,便无由显示句子的文法关系,妨碍对文意的正确理解,也不利于教育普及,因此,胡适归纳了住、豆、分、冒、问、诧、括、引、不尽、线等十来种文字符号,并且每一种都举了例子,建议用于教科书及

---

① 胡适《中学国文的教授》,《新青年》第8卷第1号(1920年9月1日)。
② 胡适1917年5月10日致陈独秀,《新青年》第3卷第4号。
③ 汪原放《回忆亚东图书馆》,55—68页,上海:学林出版社1983年版。参见《胡适口述自传》第十一章"从旧小说到新红学",《胡适文集》1,355—365页。

报章杂志①。而这些标点符号的设计和运用,当时便得到赵元任的支持,他不仅称赞胡适的方案简单又方便,"令人钦佩",还主张将这一语言的"外部形式"的改革,也纳入国语运动中②。钱玄同在后来写给胡适的信中,也谈到他刚刚有"改革文学之思"时,先是读到《论句读及文字符号》这篇文章,"钦佩无似",再读到《文学改良刍议》,"益为神往"③。

如胡适所说,本来"文字的第一个作用便是达意,种种符号都是帮助文字达意的"④,可是,由于新式标点符号足以改变语体文的书写形式,因此在黎锦熙的《国语运动史纲》里也有写它的一笔,其中说"到民国七年(1918)《新青年》第四卷出版时,新式标点符号方才与直行的汉文合作,当时看起来还觉得怪不合式的"⑤,"许多人一见就哈哈大笑,以为怪物"⑥。这样的话,鲁迅也说过:"单是提倡新式标点,就会有一大群人'若丧考妣',恨不得'食肉寝皮'。"⑦习惯势力虽然很大,但是,胡适、周作人、刘半农、钱玄同等六人还是在1919年11月提出了《请颁行新式标点符号议正案(修正案)》,为当时教育部所接受,并正式公布了这个议案。议案中说过去中国只有句号和读号,远不及西洋完备,为了要"文字的意思格外明白,格外正确",不妨采用西洋最通行的符号并斟酌中国文字的需要加以变通,以句号、顿号、逗号、冒号、问号、惊叹号、引号、破折号、删节号、私名号、书名号来做新式的标点符号⑧。

---

① 胡适《论句读及文字符号》,原载《科学》第2卷第1期(1916年1月),转引自《胡适文集》9,671—690页。
② 赵元任《中国语言的问题》,《赵元任语言学论文集》,698页。
③ 钱玄同1917年7月2日致胡适,《新青年》第4卷第1号(1918年1月15日)"通信"。
④ 胡适1918年8月14日答慕楼,《新青年》第5卷第3号(1918年9月15日)"通信"。
⑤ 黎锦熙《国语运动史纲》,135页。
⑥ 黎锦熙《钱玄同先生传》,曹述敬《钱玄同年谱》附录,170页。
⑦ 鲁迅《忆刘半农君》,《青年界》第6卷第3期,1934年。
⑧ 此议案作为教育部1920年2月训令第53号公布,并收入《胡适文集》2,86—94页。

亚东版的小说,便是以加了新式标点符号的面貌出现的,胡适预期它们"在教育上的效能一定比教育部颁行的新式标点符号原案还要大得多"①,鲁迅也曾表扬汪原放此举,说"他的标点和校正小说,虽然不免小谬误,但大体是有功于作者和读者的"②。而在胡适等全力以赴地帮助下,这些新出版的元明清小说,不光是加了方便阅读的新式标点及分段,有的如《水浒》还被删去旧印本中金圣叹的评和序,加了新叙或新的考证。在1920年8月出版的《水浒》中,就有胡适的《水浒传考证》和陈独秀的《水浒传新叙》,同年12月出版的《儒林外史》里,也有胡适撰写的《吴敬梓传》《吴敬梓年谱》及钱玄同的《儒林外史新叙》、陈独秀的《儒林外史新叙》,1921年5月出版的《红楼梦》,有胡适的《红楼梦序》《红楼梦考证》(附蔡元培《石头记索隐第六版自序》)《跋红楼梦考证一二》,还有陈独秀的《红楼梦新叙》,同年12月出版的《西游记》,则有胡适的《西游记考证》(附董作宾《读西游记考证》)《后记二则》、陈独秀的《西游记新叙》(附录张书绅《西游记总论》)。这些新叙和考证,有些像钱玄同的《儒林外史新叙》,称《儒林外史》"不但是文学的研究品,并且大可以列为现在中等学校的'模范国语读本之一'",又分析吴敬梓写马二先生"圣人之徒的口吻"、写王玉辉女儿三姑娘的殉夫,都有"讪笑举业,怀疑礼教"的意味,"可以证明他在当时是一个很有新思想的人"③,仍然是侧重于"文学的批评",而胡适的大部分文字,则是既可叫文学的批评,也可称"历史的考证"。

如在《水浒传考证》中,胡适分析水浒故事的来源,从南宋初到明朝中叶的情形,说明宋江等本来是北宋末年的人物,因为南宋时的偏安

---

① 胡适《水浒传考证》,《胡适文集》2,339页。
② 鲁迅1924年作《望勿纠正》,《鲁迅全集》1,《热风·随感录》,409页。
③ 《儒林外史》,上海:亚东图书馆1920年12月版。

及政治腐败,北方在异族统治下也十分痛苦,所以在南北民间都培养了痛恨恶政治恶官吏的心理,崇拜草泽英雄,这是水浒故事产生的原因,到了元代,又出现很多以梁山泊为背景的戏曲。七十回的《水浒传》,才是明朝中叶作家施耐庵的作品,而水浒故事却"是四百年来老百姓与文人发挥一肚皮宿怨的地方"。胡适在这里以他"历史进化的文学观念",考证水浒故事产生和演变的过程,原原本本,完全改变了过去对这类小说所谓"作史笔法"的评论方式。而在《红楼梦考证》对于《红楼梦》作者、时代、版本的考订中,胡适也"打破从前种种穿凿附会的'红学',创造科学方法的《红楼梦》研究",得出《红楼梦》的作者是曹雪芹、它"是一部隐去真事的自叙"、最初只有八十回而后四十回为高鹗所补、是"自然主义的杰作"的结论①。由于王国维 1904 年发表的《红楼梦评论》曾经影响很大,虽然胡适对包括蔡元培在内的传统索隐派有"很牵强的附会"的批评,可是蔡元培却也同意说胡适的考证,"诚有功于'石头记',而可以稍释王静庵先生之遗憾矣"②。而后来,陆侃如在批判胡适时,也说道:"回想三十年前我第一次读到胡适的红楼梦考证的时候,我和一切出身于剥削阶级而又饱受封建主义与资本主义教育的青年们一样,真是五体投地地佩服。"③

随着亚东图书馆陆续推出新版的《三国演义》《镜花缘》等小说,胡

---

① 胡适《〈红楼梦〉考证》(改定稿),《胡适文集》2,391—420 页。余英时认为"由于胡适的提倡,红楼梦的考证工作已和近代中国学术的主流——从乾嘉考据学到'五四'以后的国故整理——汇合了"(余英时《近代红学的发展与红学革命》,载《历史与思想》,381—417 页)。

② 蔡元培《"石头记索隐"第六版自序——对于胡适之先生"红楼梦考证"之商榷》,《蔡元培选集》,189 页,北京:中华书局 1959 年版。

③ 陆侃如《严肃地肃清胡适反动思想在新中国学术界里残存的毒害——读钟洛同志的"应该重视红楼梦研究中的错误观点的批判"的一些感想》,载《光明日报·文学遗产》第 27 期,1954 年 10 月 31 日。

适后来又陆续撰写了《三国演义考证》《官场现形记考证》《儿女英雄传考证》《海上花列传考证》《镜花缘考证》等系列文章,黎锦熙在为胡适《国语文学史》写的"代序"中,曾谈到这些"精心结撰的考证,序,传,年谱等",赞扬胡适"这种考证的工作和成绩,称得起'前无古人';我们把这些文章依次看完,尽够国语文学史中近代小说专史大部分的资料了"①。这些"历史的考证",既有助于古代白话小说朝着现代意义上的文学经典转型,也使人了解它们是怎样逐步成为"现代的国语文学"。王礼锡在1930年代初批评胡适时,就指出他"在资产阶级革命运动中所尽的任务只是反对礼教和使白话文成为主要的文体两种功绩而已",其中白话运动又是他"最尽了力的",所谓最尽力,便包括对这些白话小说的考证:"一切《吴敬梓传》《吴敬梓年谱》《西游记考证》《镜花缘的引论》《水浒续集两种序》《三国志演义序》等等都是为白话文体助战的战具。"②这一点,王锡礼算是看得很准。在一篇批评《白话文学史》的文章里,梁书仪也说胡适这部"风行一时"的书,"重心在白话而不在文学",因此不如叫它"白话文体演变史"③。到了1950年代,游国恩批评胡适文学观念上的形式主义,仍然说他特别强调的"只是文言白话形式上的区分,不管内容如何,只要是白话都是好的,文言一概反对"④。

---

① 黎锦熙《胡适〈国语文学史〉代序》,《胡适文集》8,13页。
② 王锡礼《活文学史之死——胡适之〈白话文学史〉批判》(1931年5月20日),载《读书杂志》第1卷第3期(1931年6月1日)。
③ 梁书仪《评胡适〈白话文学史〉》,原载《人文月刊》1937年第8卷第3期,转引自《图书评论》第9卷。
④ 游国恩《批判胡适的资产阶级唯心学术观点和他的思想方法》,原载《光明日报》1954年12月22日,转引自《胡适思想批判(论文汇编)》第一辑,196页,北京:三联书店1955年版。

余 论

1955年,魏建功在一篇批判胡适的文章里写道:胡适"讲文学史的地方既用'古文'代替了'文言',结果就把一种文体(古文)和表达文体的语言(文言)混淆起来了",他的方法,是"把文学和文字、文学和语言、文字和语言三方面混同起来而又割裂开来,随时随处随着他的意思割断、切碎、搅乱,结果使得我们颠倒昏迷"①。时隔三十余年,这位喊出过"打到国语运动的拦路虎"口号的现代语言学家②,论及胡适提倡的白话文,因为脱离了当时的语境,已经感到抽象、破碎的困惑,似乎无法回到黎锦熙曾经描述的在民国初期,国语运动的"低调"与文学革命的"高调"合二为一、步步为营,一举达成双赢的历史。

退回二十多年前,事实上在刘半农为他所编《初期白话诗稿》写的序里,就说到当民国六年(1917)正式提倡白话诗之后,过了十五年,虽然还有许多人对白话文痛心疾首,可是都没有了林纾那样的拼命③。刘半农所说林纾的拼命,指的是1919年林纾以写给蔡元培公开信的方式,表明他反对白话文的严正立场。信中写道:"若尽废古书,行用土语为文字,则都下引车卖浆之徒,所操之语,按之皆有文法,不类闽广人为无文法之啁啾,据此则凡京津之稗贩,均可用为教授矣!"表明他对于白话文"土语"的日渐流行,将要颠倒由"古书"语言代表的文化秩

---

① 魏建功《胡适文学语言观点批判》。
② 魏建功《打到国语运动的拦路虎》,原载1925年8月30日《国语周刊》第12期,并参见其《胡适之寿酒米粮库》,原载《国语周刊》1934年第67期,收入《魏建功文集》5,433—434、480—486页,南京:江苏教育出版社2001年版。
③ 刘半农《〈初期白话诗稿〉序目》(1933),鲍晶编《刘半农研究资料》,243页,天津人民出版社1985年版。

序,有一种很深的忧惧,所以他说到白话文,强调的都是写白话文也要读破万卷书,不可信手拈来,如《水浒》《红楼梦》的作者就是"博极群书"①,《水浒》的描写,不读《史记》做不出来,《红楼梦》口吻犀利,也要"作者守住定盘针,四面八方眼力都到,才能随地熨帖"②。这可以说是被当成文学革命对象的当事人的应激反应。林纾看得很清楚,白话文学运动的关键,在于要推翻像他这样一批旧的文学典范,代之以新的典范,而这背后是更加翻天覆地的文化转型和社会变革。

被胡适在《文学改良刍议》中点名批评过写的词里面"仅一大堆陈套语耳"的胡先骕,也不觉得胡适的文学论难以理解。在《中国文学改良论(上)》的文章中,他也只是批评陈独秀、胡适要以白话推翻文言,是"过于偏激"。他说古人为文,本来就不要求艰深,韩欧以还,作者尤以奇僻为戒,未必只有白话才能达意,而韵文需要声韵词藻,达意之上,又须有文采、表情、写景、造境,白话写实述意,只能算诗中一体,并不能完全代替文言,更何况"白话为文,随时变迁",这正是"中国言文分离之优点",比如韩柳脱胎于周秦之文,俄国文学脱胎于英法,"创造新文学,必以古文学为根基而发扬光大之,则前途当未可限量"③。他反对将白话和文言对立,以为白话文学在古文学的基础上方得更好的发展。而曾经与胡适辩论最激烈的梅光迪,在《评提倡新文化者》一文中,总结晚清以来的改革,说输进欧化,于工商制造,所得为多,而政治法制,碍于东西历史民性之异,"不良自若",但在与历史民性关系更深的教

---

① 林纾《致蔡鹤卿太史书》,《公言报》1919年3月18日。《中国新文学大系·建设理论集》,172页。
② 林纾《论古文白话之相消长》,《文艺丛刊》,《中国新文学大系·文学论争集》,78—81页,1935年。
③ 胡先骕《中国文学改良论(上)》,《中国新文学大系·文学论争集》,103—106页。

育哲理文学美术上,又"反易开方便之门,作伪之途"。他把提倡新文化者看成是诡辩家、模仿家、功名之士及政客,既反对所谓文学进化观,认为古文和白话只是不同体裁,两者间并不存在对立、更替(革命)的关系,且都有"独立并存之价值",也反对模仿西人,视之为与模仿古人无异,并无创造可言①。

这些新文学的批评者,在历史的现场,对于当时流行的"白话""文言""古文"等概念,似乎心照不宣,都能够意会,并没有多少人会像梅光迪那样去作辨析,而提倡新文学的人也往往只给以笼统的回应,如陈独秀在《本志罪案之答辩书》中说:"要拥护那德先生,便不得不反对礼教、礼法、贞节、旧伦理、旧政治;要拥护那赛先生,便不得不反对旧艺术、旧宗教;要拥护德先生又要拥护赛先生,便不得不反对国粹和旧文学。"②

要到大约十年后,胡适的《白话文学史(上)》出版,才引来更多的批评。如张旭光在一篇书评中就说胡适对白话文学的界定并不成立,因为从内容上看,文学不该有文言、白话之分,从形式上看,文言、白话的界限也很难判定,而受"白话"两个字牵累,硬把僮约说成汉代散文的代表,用几万字去讲南北佛经翻译,又以王梵志、王绩、寒山这些"下流诗人"为初唐的代表,正是让这本文学史"偏见、武断、杂乱无系统"的原因③。梁书仪的批评,也主要是说胡适"分不清文学与非文学的界限"④。而这个意见,后来为魏建功进一步发挥,他指出胡适的最大错误,就是"把语言跟文学(就是上层建筑)混为一谈","既把文学语言跟

---

① 梅光迪《评提倡新文化者》,《学衡》第1期,1921年1月。
② 陈独秀《本志罪案之答辩书》,《新青年》第6卷第1号,1919年1月。
③ 张旭光《评胡适白话文学史上卷》,《清华周刊》第32卷第8期,1929年。
④ 梁书仪《评胡适〈白话文学史〉》。

文学混为一谈,又把一般人民的日常语言跟文学混为一谈",而错误的根源,则是由于"胡适谈'文学的国语'搬来的'欧洲各国国语的历史'"①。

不过另一方面,在周作人十年后的反省中,倒也并没有完全否定"古文是死文学""国语白话文是活文学"这样的定义,只是补充说明活文学和死文学的区别,"不在于文字,而在于方便不方便",并且更加耐心地指出,"不见得古文都是死的,也有活的,不见得白话文都是活的,也有死的",应该平等地看待国语和古文,同时也不必坚持说"二十世纪的人,不应当看十九世纪的东西",或是坚持要"拿看科学历史的眼光"去看文学②。在1932年关于《中国新文学的源流》的演讲中,周作人更分析民国初年的新文学与明末公安竟陵派的新文学在趋向和主张上不期而合,"假如从现代胡适之先生的主张里面减去他所受到的西洋的影响,科学、哲学、文学以及思想各方面的,那便是公安派的思想和主张了";而清代的骈文与新文学都以感情为出发点,也颇接近,所以后来反对桐城派和八股文,便也"走向新文学这方面"了;桐城派自己在曾国藩以后,到吴汝纶、严复、林纾,都"与新要兴起的文学接近起来",胡适、陈独秀、梁启超也都受过他们的影响,因此,可以说新文学运动"实际还是被桐城派中的人物引起来的",不同在于桐城派的基本观念是"载道",新文学的基本观念是"言志",而言志就要用白话。周作人对新文学源流的追溯,以为新文学是从桐城派的古文出来,与胡适

---

① 魏建功《胡适文学语言观点批判》。按:在最近的研究中,商伟也指出由于胡适的白话文论述,依照的是现代欧洲经验,忽略了中国历史语境中白话文与现代欧洲 vernacular languages 的区别,也忽略了文字与语言的分野、汉字与拼音文字的差异,结果引起一系列混乱。[商伟《言文分离与现代民族国家:"白话文"的历史误会及其意义(上)》,载《读书》2016年11期]

② 周作人《死文学与活文学》,《大公报》1927年4月15、16日。

在《五十年来中国之文学》中所叙述并没有根本性的冲突。当事人对新文学历史的叙说,无论态度如何,都是对当初为什么要在"白话"和"古文"中间画出一道界限心知肚明,而在历史的回顾中,又实事求是甚至是补救地把这一界限打破了。

1961年,也就是胡适去世前一年,赵元任在美国的东方学会以《什么是正确的汉语》为题作讲演,他说起在胡适以前,并没有"标准国语",一般识字的人都是要把字写对,要用文言造出正确的句子,还要按照传统的音念书,而这个传统可以追溯到隋唐时代,至于遣词造句、文法、体裁,唯一可行的办法就是模仿古代作家①。在他的记忆中,一旦进入当年的历史语境,胡适在国语运动中的作用和贡献,就立刻变得鲜活起来。1922年,赵元任发表《国语罗马字的研究》,拟出"反对罗马字的十大疑问"并一一作答,其中第四问讲的是,既然能懂的言语才能用拼音字写,那么只有白话能写,而一国的文化全靠它的文学为代表,传之后世,可是"中国的文学除掉几部小说戏曲之外,百份之九十九以上都是文话的,文话既不能用拼音写,岂不是有国粹沦亡的危险"?赵元任回答说有一个办法,就是将中国旧文学中有价值的,"全做成语体文(其中专讲词章,用典故,译成了语体文就空空然没有东西的,本来不值得译,本来是我国文学的糟粕,丢掉了也不可惜)",也就是把古文翻译成现代白话。而这一办法,胡适在1916年与赵元任合作发表的文章中已经谈到过,他那时就提议效仿英美人的教希腊文和拉丁文,将半死的汉文翻译成"活语"。还有一个办法,赵元任说就是将旧体文学史

---

① 赵元任《什么是正确的汉语》(1961年3月28日在费城美国东方学会第171次会议演讲),《赵元任语言学论文集》,837页。

学当作一种专门的研究,或者将旧体诗和各体的汉字当作一种美术①。与胡适的意见一样,赵元任也并不认为提倡白话、国语,就是要摒弃掉文言、古文,他也早已想到可以通过翻译、研究的手段,来保存并利用古文和文言。

也许这是属于那一代人的历史记忆。据黎锦熙说,钱玄同自谓对新旧文学都是外行,在"五四"以后,就只专注于国语运动,但他始终不喜欢骈体文和律诗;他爱看的古文诗文,也是"只歌诵其淋漓痛快、明白晓畅之作",如杜诗,赏其《兵车行》《自京赴奉先》而不喜《秋兴》八首,如宋词,则喜辛弃疾而痛恨吴梦窗;他以为各种古体诗文的讲读,"只是做一种历史的研究和欣赏,不必仿作",因此在国文系讲课,"凡辞赋、诗、词、小说、戏曲'选',多与各该体的'史'相连"②。这就是说,在新文学运动时期建立起来的文学观念,到最后都没有改变。

2017 年 8 月草毕、11 月 3 日修订稿

---

① 赵元任《国语罗马字的研究》,《国语月刊》第 1 卷第 7 期(1922—1923),转引自《赵元任语言学论文集》,45 页。
② 黎锦熙《钱玄同先生传》,曹述敬《钱玄同年谱》附录,173 页。

附　录

一　世界·国家·文学史

（一）

作为近代文学、科学和思想的产物，"文学史"的重要基础，是18世纪末以来欧洲的民族国家观念。

我们不能忘记的，首先是文学史的"比较文学"渊源。以民族性为基础和以国别为单位的文学史，是在"世界文学"的观念下产生的。提出"世界文学"这个概念的是歌德，这位德国诗人曾经将中国的小说与自己的长诗《赫尔曼与窦绿苔》以及理查生的英国小说加以比较，他认为经过历史的演进，各民族的文学必将融汇成为"一种全球性的世界文学"，在世界文学这张圆桌上，不但每个民族都拥有自己光荣的一席，他们还将为了各自的前途，相互汲取营养[①]。所以，无论是史达尔在《论德国》（1813）中讲述一个法国流亡者眼中的德国文学，还是泰纳在《英国文学史》（1864）中力图以全欧视角观照英国文学，这些堪称文学史经典的著作，都有一种总体研究的趋向，即世界文学的观念乃是国别文学史的前提。

---

① 参见爱克曼辑录《歌德谈话录》，朱光潜译，北京：人民文学出版社1978年版；《共产党宣言》，《马克思恩格斯选集》第1卷上，北京：人民出版社1995年版。

我们不能忘记的,其次是文学史同民族精神、民族个性的联系。在赫尔德、史达尔及其以后的时代,文学作品都被看成"只能由一个灵魂、一个独特的精神状态产生"①,文学的民族特性以及文学同其所由产生的风土、民族、文明之间的密切的内在联系,始终是文学史家最关注的话题。在文学史里,文学总是与一个有着地域边界的民族的主权国家联系在一起,文学也一贯忠实于国家的命运,这样,文学史就不单单是一种国家的意识形态的表达,文学史的编写,往往也变成对民族精神与国家形象的一种塑造,所以,文学史家朗松宣称"我们不仅是在为真理和人类而工作,我们也在为祖国而工作"。

有孔德哲学背景的科学实证主义,在19世纪以来的文学史研究中一直占据主流。孔德认为,只有自然科学的方法,才是确立知识的可靠方法,文学史家因此也都把在文学领域建立坚实的科学知识系统,作为自己的追求,他们编制书目、考证年代、比较版本,无非想使文学知识变得更加精确和准确。科学方法的介入,把文学史提升到一种具有普遍价值和意义的学科境界,就像朗松所说的那样,"科学是全人类的,没有什么国别的科学"②,它有助于实现和维持各国之间知识的统一性,具有科学精神的人随时随地能够相互沟通,而文学在科学的启发之下,最后也能"像科学一样使人们团结起来"。在这里,于是产生了表面上看起来似乎矛盾的现象:以激发爱国情感和民族主义为目的的文学史,它的方法,却奠基在世界主义的立场和一些普遍性的原则之上。

总之,文学史仿佛一张入场券:凭着它,可以进入世界文学的欢腾

---

① 参见圣·佩韦《泰勒的〈英国文学史〉》,伍蠡甫主编《西方文论选》下册,上海译文出版社1979年版。

② 以上有关朗松的引文皆出自《文学史的方法》(1910),载昂利·拜尔编《方法·批评及文学史》,徐继曾译,北京:中国社会科学出版社1992年版。

盛宴,在这盛宴上,通过交流和对照,人们认识他人,也认识了自己。

(二)

日本是先于中国拿到"文学史"这张入场券的。

所以提到日本,是因为中国最早出版的不少文学史,都受到过日本明治时代(1867—1911)出版的同类著作的影响。

以"脱亚入欧"为目标的明治时期的日本,对于西洋文化、学术的吸收,十分地尽心尽力。比如泰勒的《英国文学史》英译修订本1873年出版,而东京开成学校1875年的藏书目录里,便可见到这本书的登录,1889—1890年,岛崎藤村等明治学院的学生就翻译了这部名著。又比如在1909年的一次演讲中,夏目漱石已经提到勃兰兑斯的《十九世纪文学主流》,1914—1925年,这部文学史名著也有了日译本。

文学史的输入,首先是带动了"国文学史"也即日本文学史的编著。大约在明治二十年(1889)前后,也就是极端欧化的"鹿鸣馆时代"之后,日本知识界产生了"日本如何才能继续是日本"的疑问①,反欧化的风潮顿起,国粹思想和国家主义抬头,国文学乃至汉文学重新受到瞩目,"国文学史"的编著也随之达到它的第一个高潮。由于国文学史能够反映日本国民的心性生活,又能够在历史的回忆中再现昔日的荣光,以唤起国民的爱国热情②,因而成为东京帝国大学一些年轻学人的选择。

人们常说从江户到文明开化的明治,日本学术所经历的是由汉学

---

① 丸山真男《幕末维新的知识分子》,转引自区建英译《福泽谕吉与日本近代化》,上海:学林出版社1992年版。
② 三上参次、高津锹三郎合著,落合直文补助《日本文学史·绪言》,东京:金港堂1890年版,以下引文同;津田左右吉《文学に现はれたる国民思想の研究》第一卷"例言",东京:岩波书店1951年版。

的一统天下到和、汉、洋三分的变化,处在那一时代的日本知识分子,犹如福泽谕吉描述的仿佛一身经历了两世,前世所受为日本固有文明的熏陶,所从事的也大多为汉学的研究,现世则无不深受西洋文明的感化,努力钻研"洋学",这种特殊的经验,使他们养成了不断将过去接触到的文明与新接触的西洋文明互相比照的习惯。值得注意的是,文学史的输入,可以说也等于向人提示了中国的和西洋的这样两个可供比较的空间,确立了两个文化坐标,在文学的世界里,现在也是日本、中国、西洋三足鼎立。而正是这样一个多元的文学世界的发现,不仅把日本文学从中国文学中解放了出来,同样也解放了中国文学。

直到明治初年,据说相当多的日本人幼年起所接受的基础教育,还是从四书五经到《日本外史》《十八史略》及《文章轨范》、唐宋八家文。一般的日本学者都以为日本文学是在朝鲜、中国传人的学问基础上形成的,在相当长一段时期里,日本的所谓国学,大体上是以和学的名义与汉学混在一起,不加分别的。但是,在以国语为国文学构成之界限的国文学史中,最先被"逐"出日本文学的,就是用汉语书写的作品和文献,而汉语文学一旦被放逐,则也意味着它变成了一个独立的"他人",所以说这是一个双方的解放。接下来,就好像田口卯吉所为,他在1883年刚刚写出《日本开化小史》,翌年便接着写下《中国开化小史》,一方面辨别自己的身世,一方面也借清点别人家底以表明与自己本无干系,当《日本文学史》的出版将近高潮的时候,《中国文学史》也开始萌芽。

对中国文学与日本文学的关系,现在,人们也以为可套用西洋的文学史的先例,建起一种新的理解模式,那就是末松谦澄在英国发表《中国古文学略史》(1882)时指出的:中国古文学之于东洋文学的重要,犹如希腊罗甸学之于西洋文学,都是一种文化上的渊源①。我们看到,明治时代的中国学学者相当喜欢引征的,大多是"犹太国亡,而新旧约研究不废,希腊、罗马、波斯、埃及皆亡,因其亡,而有荷马、苏格拉底、柏拉图、阿里斯多德等研究",特别是作为印度征服者的英国人,反而率先研究印度文学一类的事例,这似乎是为了使他们"无论中国现状如何,即令灭亡,四书五经的研究价值也丝毫不为之减"的呼吁,能够得到认真、积极的响应。②"脱亚"或说文化上的"脱中国",并不等于放弃中国,尤其当欧西学者一心研究东亚文献的时候,"日本人更不能见新忘旧"(久保天随《支那文学史》),何况"我邦汉学者,卧榻之旁岂容他人酣睡"!相当多的中国学学者自认为比之西洋,他们有熟悉中国的优势,可以避免陷入语言障碍以及知识欠缺造成的臆断之误,比之中国,他们又有眼界开阔、手段科学加上旁观者清的优势③。

当古城贞吉编写《中国文学史》的时候,他的确是拿着吸收了科学方法的三上参次等的《日本文学史》来作模本的:他破天荒地在书中设置了"序论",在"序论"里边讨论支那国民、支那文字的性质、周围环境与文学的关系、政体及儒教主义的影响等④。如果说这还只是著述体例上的模仿,那么,在明治这一代中国文学史家这里,我们见到最多的往往更是这样的叙述:中国文学产生在黄河沿岸的汉族人种中间,长期受制于家长制,崇古而排外,拟古文学发达,有碍俗文学生长;重实际而

---

① 参见三浦叶《明治年间に於ける支那文学史の研究》,载《明治の汉学(研究史・汉学论)》,1981年。
② 井上哲次郎《日本文学の过去及将来》(续),载《帝国文学》1895年第2期。
③ 《先秦文学と支那小说戏曲小史とを评す》:日本人不但批评的眼光、科学的手段较支那人好,且有局外观察的优越性,正如作为比较文学史标本的泰勒之《英国文学史》,不出英人,反出法人之手(载《帝国文学》1897年第7期);又见井上哲次郎为古城贞吉《支那文学史》所作序。
④ 参见三浦叶《明治年间に於ける支那文学史の研究》。

保守,缺乏理想主义的作品。自然环境富于变化,山川雄伟壮大,影响到山水文学的发达,而南北不同,使西北文学词气刚烈、音韵铿尔,东南文学雍容和雅;儒教主义的影响,使文学远离现实社会,常常是夸大其词的……①这里边,明显地印有泰勒的文学史论的痕迹。

(三)

清末,中国的知识分子一开始接触到的,就是这样的文学史。

那恰恰是在中国对外屡战屡败之后,痛定思痛,猛然醒悟到需要调校对于整个世界的认识,需要在国与国的新的关系中,重新确认自身地位的转捩时期。"中国文学史"的编写,与近代中国努力在新的世界格局里,探索新的政治、经济以及文化上的自我定位,也正好同步,因此从第一页起,"中国文学史"就置身在世界文学的语境当中。

我们知道,林传甲在编《中国文学史》之前,是读到过一些外国文学史的,他曾坦言自己"近法笹川、古田、中根之例,然其源亦出欧美,日本帝国丛书尚有英独法各国文学史,皆彼中词章之可学也"(林传甲《中国文学史》)。黄人对文学史也有这样的理解,他说"文学史"是一种新的历史,它跟过去所有书写文学源流种类、沿革正变的历史都不一样,是有"世界之眼光,大同之思想"的,不像传统的文苑传、艺文志或选本、诗话,各守畛域,有己无人,仿佛"我国国史,守四千年闭关锁港之见"②。"中国文学史"要把中国文学也带到世界文学中去,"越是民族的越是世界的,越是世界的也越是民族的",它体现的正是这样一项原则,所以,绝大多数以阐扬民族文化、激发爱国主义为动机的"中国文学史"的编写者,反而都选择了超越民族与国界的普世的立场。

第一,是拿中国的文学与世界各国文学作简单的比照。世界的发

---

① 参见古城贞吉《支那文学史·序论》,藤田丰八《先秦文学·序论》。
② 黄人《中国文学史·总论》,国学扶轮社,未署出版年月。

现,导致了中国自以为天朝的中心观念瓦解,中国作为文明国家的唯一性消失,现在,它只被看成是众多文明中的一支,这一文明的价值,也不再不言自明,而是需要依靠与世界其他文明建立联系,在不同文明的相互碰撞和权衡、较量中确定。近代中国文学也面临了同样的处境,尊经尚古的取向,显然不合时宜,正确的文学典范,不仅来自过去,也来自其他国家,"古今"为"东西"所取代,历时性为共时性所取代。

据说在德国人顾路柏(Wilhelm Grube)的《中国文学史》(1902)中,西方文学就常常被牵来当作沟通中国文学的线索[1],在英国人翟理斯(Giles)的《中国文学史》里,曹雪芹也曾被比作英伦小说家斐尔定[2],以一个西方作者的教养背景,又是写给西方人看的书,这样做,十分自然。此外,当久保天随在他的《中国文学史》里,由元杂剧联想到歌舞伎、由《西游记》联想到《天路历程》,也并不稀奇,因为前面已经说过,新一代日本汉学家的视野往往都横贯东、西洋,研究方法也十分西化。

然而接下来,许多中国作者的文学史里也能见到相似的内容。例如赵景深的《中国文学小史》就把《离骚》拿来与但丁的《神曲》相比;顾实的《中国文学史大纲》也说《诗经·商颂》可与印度富夏察(Uyara)的《摩诃婆罗多》、希腊荷马尔的《伊丽亚特》等"略占同一之位置",元杂剧"与西洋之opera、日本之能相似"(商务印书馆,1926);陈介白的《中国文学史讲义》称陶潜《闲情赋》"极似丁尼生的磨坊主人的女儿诗"……

这种简单、直接的比照,在较晚的文学史中虽然消失,但也并不意味着对照物的消除,相反,恰恰说明西方文学的知识,差不多达到了

---

[1] 参见李学勤主编《国外汉学著作提要》,陆宏成撰稿,南昌:江西教育出版社1996年版。

[2] 转引自谢无量《中国大文学史》卷10,上海:中华书局1918年版。

"普及于中国的文学界,乃至普通人的头脑中"的地步①。

第二,遵循在西方文学研究中以科学方法得出的某些世界文学的通用原则、普遍规律。这时的《中国文学史》不止把世界文学当作参照物或背景,它还要尽量每一页都按着世界文学主要是西方文学呈现的历史发展模式,打破文章不出五经、便出诸子的习惯,追求一种更为普遍的价值。

比如说,古代述文学源流,皆以六经为祖,如刘熙载《艺概》说"六经,文之范围也。圣人之旨,于经观其大备;其深博无涯涘,乃《文心雕龙》所谓'百家腾跃,终入环内'者也"。但是傅斯年的《中国古代文学史讲义》却以为"文体的生命仿佛像是有机体。所谓有机体的生命,乃是由生而少,而壮,而老,而死"②。为什么文学仿佛有机体那样具有生命的周期,刘永济在《文学论》中也回答得好:"西人谓文学之为物,不但生,且常长",所以中国的历代文学也"乃随时蜕变之物,不以与初祖有异为嫌也"(商务印书馆,1934)。就连被胡适批评过没有历史观的张之纯也懂得讲中国文学史,大体要遵从希腊文学的演进趋势,"韵文具而后有散文,史诗善而后有戏曲"(张之纯《中国文学史》)。我们可以看到,在林传甲那里,还保留着向传统中寻找资源的习惯,比如他还相信"他日世界大同,欧洲列邦,必同用罗马古文,亚洲列邦,必同用中国汉文",又以为"中国骈文,亦必终古不能废也"。然而,后来几乎所有的"中国文学史",因为纳入了世界各国文学历史的叙述模式,不再有这种回流式的结论了。

后来的文学史,一直是按着西方的理论结构来推衍、讲述的。公认小说史讲得最好的鲁迅在《中国小说的历史的变迁》的第一讲"从神话

---

① 参见《文学研究会丛书缘起》,《中国新文学大系·史料索引卷》。
② 《傅斯年全集》第1册,台北:联经出版事业公司1980年版。

到神仙传"中就指出:虽然在中国,小说之名,最古见于庄子的"饰小说以干县令",但"至于现在一班研究文学史者,却多认小说起源于神话",因此,他也是要从神话而非庄子讲起的,他说:"我想,在文艺作品发生的次序中,恐怕是诗歌在先,小说在后的",而"在古代,不问小说或诗歌,其要素总离不开神话。印度、埃及、希腊都如此,中国亦然"①。迄今被中国大陆和香港、台湾地区视作最理想文学史教材的刘大杰《中国文学发展史》中,这种情形更多,在其第一章"殷商社会与巫术文学"里,所采纳的就有布哈林《历史的唯物论》之所谓艺术最古的形态是跳舞、音乐、诗歌的融合;普列汉诺夫《原始民族的艺术》之所谓艺术起源于劳动;佛理采《艺术社会学》之所谓当艺术实用的功能进化到为宗教服务,于是获得社会地位和宣传使命,据此,刘大杰认为,殷商社会发达的应是巫术文学。

从语言、文字构成的历史当中,寻找民族精神的祖先,建立国家文化的牒谱,完成关于幅员辽阔、文明悠久的近代"祖国"的想象,"中国文学史"可以说是既为近代中国找到了识别自我的文化标志,也终于带着自己独特的面貌,融入了这个五大洲七大洋构成的世界。

平心而论,世界主义与民族主义、爱国主义和国际主义,也是近代以来始终纠缠在中国知识分子心里的最大的情意结,这两种近乎矛盾的理念,迄今仍然影响着我们的心情,既让我们奋发,又让我们焦虑,这或许也是"中国文学史"写了一百年,却一百年都不改其貌的另一个原因吧。

原载《文史知识》2003 年第 1 期

---

① 《中国小说史略》,北京:人民文学出版社 1980 年版。

二　在世界背景下书写中国文学史

（一）

1902年3月,英国剑桥大学的翟理斯（Herbert Aiien Giles,1845—1935）应邀在美国哥伦比亚大学做了第一场丁龙（Dean Lung Professor）讲座的报告①,他的题目是"China and Chinese"②。第一讲介绍中国的语言,开始就说汉语分两种,一种是口语,一种是书面语,口语基本上三个月后就能应付日常,书面语却要活到老、学到老。

对于想要认识和研究中国的西方人来说,汉语是必备的工具。翟理斯曾说如果懂汉语,西方人便能与占全球三分之一人口的中国人做生意,也能同中国建立外交关系,并且了解曾国藩、李鸿章他们何以让西方外交官相形见绌。基于这样的意识,像翟里斯这样19世纪以来的西方汉学家,因此有不少首先是汉语的语言学家,他们往往会利用自己的西方语言学知识,对汉语加以描述和分析,也会编一些英汉词典,例如理雅阁编有《英汉及马来语词典》（1814）、马礼逊编有《英华词典》（1817—1823）、威妥玛编有《语言自迩集》（1867）、卫三畏编有《汉英韵府》（1874）,翟里斯也编过一部《华英字典》（1892）。而在卫三畏的《中国总论》（1848）等著作中也可以看到,他们对中国语言的看法,大体上是认为中文为世界上最古老的语言,单音节,没有时间性,书面文

---

① Herbert Aiien Giles(1845—1935),中文分别译作翟理（里）斯、翟理思、节尔斯等。
② *China and Chinese*,傅尚霖译作《中国与中国人民》,见其《英国汉学家翟里斯教授的生平和著作》（《国立中山大学文学院专刊》第2期,464页,国立中山大学出版部1935年6月1日）。今有罗丹、顾海东、栗亚娟所译中文本,题作《中国和中国人》,北京：金城出版社2015年版。

字和口语有差别。在翟理斯看来,中文的书面语两千多年来没有什么变化,可是口语里却有八大方言,现在是北京方言为普通话即官方语言,他建议"打算学习中文的学生都应该学习普通话的口语"①。

其次,19世纪以来的西方汉学家有很多也是翻译家,如理雅阁就是在王韬的协助下翻译了《中国经典》(1861—1893),包括有四书五经、《道德经》《庄子》和《太上感应篇》等,而中国文学在西方的翻译及流传,最为人熟知的应该是元杂剧《赵氏孤儿》。《赵氏孤儿》早在1732—1733年即由耶稣会士马若瑟译成法文,因这一译本被收入杜赫德的《中华帝国志》(1735),随着《中华帝国志》很快被译成英文,它也有了英文本,随之又有了德文、俄文本,并同时有了英国、法国人的评论,法国作家伏尔泰认为它可以"使人了解中国精神",于1755年将这一"历史悲剧"改编成《中国孤儿》在巴黎上演,1781年,歌德又据以写作了《Elpe-nor》②。与《赵氏孤儿》一样在18世纪传入欧洲的,还有清初署名名教中人所编《好逑传》,它是1719年由住在广州的东印度公司詹姆士·威尔金森所翻译,起初只是为学习中文而作的翻译练习,后经配尔西整理出版,1766年又有了法文本,然后是德文本,歌德在与席勒的通信中就提到过德文本《好逑传》,据说他还读过元代武汉臣的《老生儿》(有德庇时英译本,1871)以及《花笺记》(汤姆士英译,1827)、《玉娇梨》(雷慕沙法译)、《中国短片小说集》(德庇时译法文本《今古奇观》选)等。20世纪以前,传入西方的中国文学主要是小说、戏曲,欧洲评论家对于描写中国社会生活的小说,如《幸运之盟》《玉娇梨》等较有兴趣,当儒莲将《平山冷燕》(1860)译成法文后,就有评论家

---

① 翟理斯著《中国和中国人》,10—11页,罗丹等译,北京:金城出版社2011年版。
② 参见陈受颐《十八世纪欧洲文学里的〈赵氏孤儿〉》,《岭南学报》第1卷第1期(1929年)。

称赞它的文体、结构可以媲美欧洲的任何一部小说。翟理斯也翻译过相当多的中国典籍,有如《古今诗选》(1898)、《佛国记》《庄子》,也有《聊斋志异选》(1880),还有包括《三国演义》片段的《古文选珍》(1884)。

(二)

到哥伦比亚大学讲演的前一年,翟理斯应"世界文学简史"(Short Histories of the Literatures of the World)丛书主编艾德蒙·高斯(Edmund. W. Gosse)的邀请,编写出版了一部《中国文学史》(*A History of Chinese Literature*, William Heinemann & Co. 1901)[①],这是迄今所知最早的一部英文版《中国文学史》,更为重要的是,在19世纪末20世纪初"文学史"的编写潮流中,中国文学第一次被纳入了世界文学的版图。翟理斯在《中国文学史》的初版序言中就说:这部书代表了一个新的努力方向,过去的英国读者,如果想要了解中国的整体文学(the general literature of China),即便是浅显地了解,都无法在任何一部书中得到[②]。

《中国文学史》按时代顺序分八个章节:

第一卷分封时代(前600—前200)从传说时期讲起,以公元前6世纪为研究中国文学史的起点,而以孔子为中国文学的奠基人,介绍五经四书、孙子、荀子、《尔雅》《穆天子传》以及诗人屈原、宋玉和铭文,也介绍"与儒家分庭抗礼"的道家文学老子、庄子、列子、韩非子、《淮南子》。

第二卷汉代(前200—200)从秦始皇焚书坑儒讲起,提到李斯、晁错、李陵、路舒温、刘向、刘歆、扬雄、王充、马融、蔡邕、郑玄等一系列作

[①] 参见王绍祥《西方汉学界的"公敌"——英国汉学家翟理斯(1845—1935)》(福建师范大学博士论文,2004)第四节"一部《中国文学史》",267页。

[②] 参见郑振铎《评 Giles 的〈中国文学史〉》,《文学旬刊》第50期(1922年9月21日),上海时事新报发行。

家,诗人有汉武帝、班婕妤,史家有司马迁,还有编纂词典的许慎,佛学方面则有法显、鸠摩罗什(玄奘)。

第三卷三国两晋南北朝时期(200—600)主要介绍建安七子、曹操、曹植、竹林七贤、陶渊明、鲍照、萧衍、薛道衡、傅奕、王绩的诗,经学和一般文学则有皇甫谧、郭象、郭璞、范晔、沈约,最后是编了《文选》的萧统。

第四卷唐代(600—900)仍以诗为中心,谈到王勃、陈子昂、宋之问、孟浩然、王维、崔颢、李白、杜甫、韩愈、白居易、李贺、马自然等诗人以及司空图的《二十四诗品》,也谈到作为学者的魏征、颜师古、李百药、孔颖达、陆法言,有道家倾向的张志和,还有散文作家柳宗元、韩愈、李华。

第五卷宋代(900—1200)首先谈到活字印刷术的发明,史学、经学和一般文学领域有欧阳修、宋祁、司马光、周敦颐、程颢、王安石、苏轼、黄庭坚、郑樵、朱熹,诗人有陈抟、杨亿、王安石、僧人洪觉范、叶适等,但诗整体进入衰落期。有《广韵》《六书故》等几部字典,也开始出现对文学影响颇大的百科全书,如《事类赋》《太平御览》《太平广记》《通典》。还有一部神奇的法医学著作《洗冤录》。

第六卷元朝(1200—1368)首先介绍诗人文天祥、刘基,同时指出元代的诗已经不像汉族政权统治时期那样丰富,质量也有所不及,但戏剧和小说的产生,却足以作为中国文学史的两个重要领域而被铭记。戏曲有《赵氏孤儿》(纪君祥)、《西厢记》(王实甫)、《合汗衫》(张国宾)等,小说则有《三国志演义》《水浒传》《西游记》。

第七卷明代(1368—1644)首先介绍了宋濂、方孝孺、杨继盛、沈束、宗臣、汪道昆、许獬、李时珍和徐光启,不过重点还是在小说和戏剧,小说提到《金瓶梅》《玉娇梨》《(东周)列国志》《镜花缘》《平山冷燕》《二度梅》,戏剧提到《琵琶记》。诗人有解缙,又有赵彩姬、赵丽华这样的妓女诗人。

第八卷清代(1644—1900)重点介绍了小说《聊斋志异》《红楼梦》，也讲到康乾时代编纂的《康熙字典》《佩文韵府》等文学大工程。学者提到顾绛、朱用纯、蓝鼎元、张廷玉、袁枚、赵翼、阮元等，又提到道教的《感应篇》《玉历抄传》，而以1849年阮元去世作为中国"与外国直面相对"的新阶段的开始，这以后开始出现公告、翻译等新的文体①。

整部文学史篇幅不大，点到名字的作家很多，却蜻蜓点水，只能有三言两语的介绍，占比重较大的是作品，不光有诗文，还有戏曲和小说的节译。

（三）

翟理斯无疑是当时最具声望的西方汉学家，他在中国也很有名，1935年2月13日他去世，在中国几乎就有同时的报道②。同年，傅尚霖撰文评介《英国汉学家翟里斯教授的生平及其著作概略》，说他能用"流利之标准国语谈话"，也能讲广州、汕头、厦门、宁波、上海等地方言，"对中国的文化经典，能有充分的敬重和赏识"，同时有"西方治学的科学脑想"，所以能成汉学家，而非"字纸篓中讨生活自炫深博的腐儒"。又说他是"先有良好的中英文基础，进而从事编译；由编译而创作；有创作而升为教授；为教授而宣传中国文明；由其宣传而令中国文化得欧西人士普遍的鉴赏；由鉴赏而令汉学成为欧美大学中一种科学，

---

① 以上见翟理斯著《中国文学史》(*A History of Chinese Literature*)，刘帅译，北京：首都师范大学出版社2017年版。

② 潘文夫《英国汉学家翟理斯去世》介绍他2月13日89岁去世，"关于我国语文的著作"列目的23种，"总共约四十种，其中如老庄及我国诗文的翻译，都是艰巨的大业"，代表作是"空前未有"的《华英辞典》，所著中国文学史，"亦为同类西文著作中的杰构"。(《文化建设》第1卷第7期"文化界"栏目，上海文化建设月刊社1935年4月10日)

其功非常伟大",是"汉学史中一个不朽的人物"①。赵元任晚年回忆1924年他去欧洲游学,与翟理斯有一面之缘,也表扬他是"那个时代的一位伟大的老人",《华英字典》迄今仍是权威性的参考书②。

而最早对翟理斯加以评论的中国人,也许要算是辜鸿铭。在用英文出版的《中国人的精神》(The Spirit of the Chinese People,春秋大义)一书中,辜鸿铭批评翟理斯"实际上并不真懂中国语言",也"没有哲学家的洞察力及其所能赋予的博大胸怀",他还说翟理斯英文流畅,也能翻译中文,"却不能理解和阐释中国思想",他所有的著作,"没有一句能表明他曾把或试图把中国文学当作一个有机整体来理解的事实"。由此,他更质疑"所有外国学者关于中国学问和中国文学的研究成果缺乏人道的或实践的意义"。虽然他称赞翟理斯翻译的《聊斋志异》堪称"中文英译的模范",但又指出"《聊斋志异》尽管是优美的文学作品,却仍然不属于中国文学的最上乘之作",言下之意,便是针锋相对地批评翟理斯缺乏对于中国文学的整体认识和判断③。辜鸿铭是通晓中西文化的晚清学者,在他看来,西方世界除了法国,英、美、德国人都不能理解中国文明,可是在当时,又唯有中国文明能够拯救欧洲文明于毁灭,而所谓中国文明就是"义与礼",他说中国人因此有着成年人的智能和纯真的赤子之心,中国人的精神是心灵与理智的完美结合,在文学艺术中,也是心灵与理智的和谐使人得到愉悦和满足。他还谈到中国

---

① 傅尚霖《英国汉学家翟里斯教授的生平和著作》,《国立中山大学文学院专刊》第2期,国立中山大学出版部1935年6月1日。
② 罗斯玛丽·列文森采访《赵元任传》,焦立为译,157页,石家庄:河北教育出版社2010年版。
③ 辜鸿铭著《中国人的精神》(原名 The Spirit of the Chinese People,春秋大义,北京每日新闻社1915年),黄兴涛、宋小庆译,"序言",4页;"一个大汉学家",122页,海口:海南出版社1996年版。

的语言,称之为一种"心灵语言",说外国人以为汉语难学,是由于他们接受了太多的教育,受过理性与科学熏陶的缘故①。

如果说辜鸿铭评论翟理斯这位"大汉学家"有借题发挥之意,目的是要说明西方汉学家对中国文化的认识并不准确、评价也并不公允,那么,郑振铎的《评 H A Giles 的"中国文学史"》,大概算是中文世界关于翟理斯《中国文学史》的第一篇真正的学术书评。不过,与辜鸿铭的结论一样,郑振铎也说翟理斯对中国文学"实在是没有完全的研究,他的谬误颠倒的地方,又到处遇见",而由于他写的是第一部英文本中国文学史,他个人最近"且因研究中国文学的功绩,受了尊贵的勋位",所以必须要加以批评,以免他"以误传误",使西方世界对中国文学产生误会。他对翟理斯的第一个意见,就是对作家的选择"太疏略",好些影响大的作家如谢灵运、李义山、元好问、王渔阳、方苞等都未提及。不仅如此,令人"百思不解"的是,他对李白、杜甫的关心不及司空图,他谈《红楼梦》也谈得太多,尤其奇怪的是对"事实既多重复,人物性格亦极模糊"的《聊斋志异》"推崇甚至"。总之,这部《中国文学史》"百孔千疮,可读处极少",根源在于翟理斯"对于中国文学没有系统的研究","对于当时庸俗的文人太接近"。郑振铎最后表示,应该有中国人写出英文的《中国文学史》来,"矫正他的错失,免得能说英文而喜欢研究中国文学的人,永远为此不完全的书所误",但他又说"中文本的中国文学史到现在也还没有一部完备的",所以"这恐怕是一种空幻而不见答的希望"②。

---

① 辜鸿铭《中国人的精神(在北京东方学会上所宣讲的论文)》,《中国人的精神》,29—77 页。

② 郑振铎《评 H A Giles 的"中国文学史"》,《文学旬刊》第 50 期(1922 年 9 月 21 日),上海时事新报发行。

郑振铎后来果然出版了四册本的《插图本中国文学史》(1932—1933)，这一文学史，是要记述"我们往哲的伟大的精神"，一方面"给我们自己以策励"，另一方面，"也给我们的邻邦以对于我们的往昔与今日的充分的了解"①。

(四)

然而，一部完备的中国文学史并不可能一蹴而就，按照批评郑振铎《插图本中国文学史》似乎连给中学生"作参考书翻一下"的资格都没有的吴世昌的说法，那必须要等到各时代的断代文学史完备以后，才可能"有像样的整部文学史出现"，而比郑振铎更为理想的文学史，一个是王国维的《宋元戏曲史》(1915)，一个是胡适的《白话文学史》(1926)②。

王国维写《宋元戏曲史》，有学者认为是受了日本汉学家的影响，并通过日本汉学家间接受西方学者的启发，表现在对《窦娥冤》《赵氏孤儿》"即列之于世界大悲剧中，亦无愧色也"这样的评价上③，而更早在傅斯年的推荐评论中，则是特别强调王国维研究元曲，"具世界眼光"④。所谓世界眼光，又是指研究中国文学，同时了解外国文学，即是将中国文学放在世界文学范围重新解读、重新评价。在世界文学范围谈论中国文学，王国维首先看到的便是"我国戏曲之译为外国文字"，

---

① 郑振铎《插图本中国文学史》第一册"绪言"，8页，朴社1932年。
② 吴世昌评《插图本中国文学史第二册》(1932年12月4日)，《新月》第4卷第6期"书报春秋"栏目，1933年3月。
③ 黄仕忠讲评《王国维著〈宋元戏曲史〉·导读》，21页，南京：凤凰出版社2010年版。
④ 傅斯年评《宋元戏曲史》，说"研治中国文学，而不解外国文学，撰述中国文学史，而未读外国文学史，将永无得真之日"，而王国维论元曲"皆极精之言，且具世界眼光者也。王君治哲学，通外国语，平日论文，时有达旨"(《新潮》第1卷第1号，1919年1月1日)。

很早便有《赵氏孤儿》,还有《老生儿》《汉宫秋》《灰阑记》《连环计》《看钱奴》等,"《元曲选》百种中,译成外国文者,已达三十种矣",他自己读这些为曾经的儒硕所"鄙弃不复道"的元杂剧,"以为能道人情,状物态,词采俊拔,而出乎自然,盖古所未有,而后人所不能仿佛"①,因此有志于探究它的渊源、变化。

元杂剧的文学价值,王国维说在其文章自然,"能写当时政治及社会之情状","又曲中多用俗语"②。这个评价,已经相当近乎西方人接受中国文学的标准:一是从文学中看到中国社会,二是从文学中学习汉语。

(五)

当王国维1913年于日本撰写《宋元戏曲史》时,胡适正在美国留学,他和赵元任都是利用庚子赔款1910年到美国的第二届留学生。赴美之前,胡适在上海的一位英文教员正是辜鸿铭的学生③,1915年,他从康奈尔转到哥伦比亚大学师从杜威,也跟德国籍的首任丁龙讲座教授夏德(Friedrich Hirth,1845—1927)辅修汉学④。

留学期间,胡适因教人汉语,总结了一个教学方法,是"先授以单简之榦子。榦子者(root),语之根也。先从象形入手,次及会意,指事,以至于谐声",这个方法,他以为"亦可以施诸吾国初学也"。这是他开始借用英文"语根"的概念来分析汉字结构,而且认为不光可以此教外国人,也可以教中国人,就是说中国人也可以接受这一分析。他和赵元任在康奈尔大学时,经常一起讨论中国语言问题,他以希腊、拉丁文来

---

① 王国维著、黄仕忠讲评《宋元戏曲史》第十六章"余论",157页;"自序",1页。
② 王国维著、黄仕忠讲评《宋元戏曲史》第十二章"元杂剧之文章",123页。
③ 胡适《四十自述》四"在上海(二)",欧阳哲生编《胡适文集》1,79页,北京大学出版社2013年版。
④ 唐德刚译注《胡适口述自传》第五章"哥伦比亚大学和杜威",《胡适文集》1,234页。

比拟中国的文言,说前者已为死文字,文言尚且在用,是半死的文字,教文言时,第一要"与教外国文字略相似,须用翻译之法,译死语为活语",第二在童蒙阶段,应从象形指事字入手,到了中学以上再习字源学,使人由兴趣记忆字义,第三要借助《马氏文通》,以文法教国文,第四要采用标点,以求文法之明显易解及意义之确定不易①。这几条,都是挪用了西方的语言分析方法。

在美国七年,让胡适在审视自己的母语汉语时,也逐渐带上了西方人的视角。1916 年,他写信给陈独秀说:"今日欲为祖国造新文学,宜从输入欧西名著入手,使国中人士有所取法,有所观摩,然后乃有自己创造之新文学可言也。"②便是非常清楚地表现了这种转变。这也是胡适与年长他 30 多岁的辜鸿铭之间的很大不同,在中国与西方之间,胡适认为西方文学及文化更值得取法。但是,在对待西方汉学家的态度上,他却和辜鸿铭一样不免心存怀疑。他在英国《皇家亚洲学会报》(*Journal of the Roual Asiatic Society*)上读到翟理斯之子 Leonel Gilles 发表的《〈敦煌录〉译释》一文,发现它"讹谬无数",以为"彼邦号称汉学名宿者尚尔,真可浩叹",于是为文正之,为该会报刊载,这让他一面有"西人勇于改过,不肯饰非"的感慨,一面也得到"西人之治汉学,其用功甚苦,而成效殊微"的经验,并且相信"此学(Sinology)终须吾国人为之,以其事半功倍,非如西方汉学家之有种种艰阻不易摧陷,不易入手也"③。

---

① 胡适《如何可使吾国文言易于教授》(1915 年 8 月 26 日),曹伯言整理《胡适日记全编(二)》卷 11,259 页,合肥:安徽教育出版社 2001 年版。
② 1916 年 2 月 3 日胡适寄陈独秀,耿云志、欧阳哲生编《胡适书信集(1907—1933)》上,69 页,北京大学出版社 1996 年版。
③ 胡适 1914 年 8 月 2 日日记《解儿司误读汉文》、1915 年 2 月 11 日日记《西方学者勇于改过》,曹伯言整理《胡适日记全编(一)》卷 5,402 页、《胡适日记全编(二)》卷 8,48 页,合肥:安徽教育出版社 2001 年版。

就在这段时间,由于主张"文学革命",胡适提出了"历史上的文学革命"这样一个思路,其中最重要的一点,就是将中国文学的历史看成是中国文学的"语言工具"变迁史,变迁的趋势是活文学代替死文学。所谓活文学,即是白话所写,死文学指半死的文言所写。他以但丁创意大利文、乔叟等创英吉利文、马丁·路德创德意志文为例,说中国文学应该是"至元代而登峰造极",因当时的词曲和剧本小说,"皆第一流之文字,而皆以俚语为之。其时吾国真可谓有一种'活文学出世'"①。这恰好与撰写《宋元戏曲史》的王国维意见相近。而在与任叔永等人讨论过后,他又指出白话是文言的进化,文言的文字可读不可听,无法用于演说、讲学和笔记,白话的文字却是既可读又听得懂,"今日所需,乃是一种可读,可听,可歌,可讲,可记的言语。要读书不须口译,演说不须笔译;要施诸讲坛舞台而皆可,诵之村妪妇孺而皆懂。不如此者,非活的语言也,决不能成为吾国之国语也"②。

1922年,胡适在当时教育部的国语讲习所讲了他的"国语文学史",正式出版时更名为《白话文学史(上卷)》③,这一文学史虽然只讲到汉唐部分,可是在1920—1936年间,胡适还是花了很多精力在元以后古典小说的研究上,写下涉及《水浒传》《红楼梦》《西游记》《三国演义》《三侠五义》《官场现形记》《儿女英雄传》《海上花列传》《镜花缘》的三十多篇论文,同时与亚东图书馆合作,印行采用新式标点并分段的白话小说。在为亚东出版的《水浒传》写的《〈水浒传〉考证》里,他特别交代新的版本删去了金圣叹的总评和夹评,是为了避免读者受旧式

---

① 胡适1916年4月5日记《吾国历史上的文学革命》,《胡适日记全编(二)》,352—356页。
② 胡适1916年7月6日追记《白话文言之优劣比较》,曹伯言整理《胡适日记全编(二)》卷13,417页。
③ 见胡适《白话文学史·自序》(1928年6月5日),《胡适文集》8,129—136页。

读法的影响,而能够以新的历史眼光去看梁山泊故事由南宋末至明代的演变①。而他对《红楼梦》作者、时代、版本、续作者的考证,也得到过鲁迅"较然彰明"的肯定②。

不管是不是赞成以白话文学为正宗的理论,从"语言工具"入手的中国文学史书写,完全改变了对中国文学传统的看法。正如 1932 年胡适在为孙楷第《日本东京所见中国小说书目提要》写序时所说:"十四五年前我开始作小说考证时,那时候我们只知道一种《水浒传》,一种《三国演义》,两种《西游记》,一种《隋唐演义》",可是,现在我们知道的《水浒传》明刻本就有六种之多,《三国演义》靠着日本所藏几个古本,也"差不多可以知道元朝到清初三国的故事演变",《西游记》在日本已知有七部明刻本,加上宋刊的两种《三藏法师取经记》和盐谷温印行的吴昌龄《西游记杂剧》,"从此《西游记》的历史的研究可以有实物的根据",现在"我们可以说:如果没有日本做了中国旧小说的桃花源,如果不靠日本保存了这许多的旧刻小说,我们决不能真正明了中国短篇与长篇小说的发达演变史",我们可以了解孙楷第"渡海看小说"使命的重大!③ 而对中国小说戏曲的研究,实在是既受到过西方汉学家的启发,最终也超越了东西方汉学家的水平。

2016 年 12 月定稿

---

① 胡适《〈水浒传〉考证》,载汪原放标点本《水浒》(上海:亚东图书馆 1920 年版),收入《胡适文集》1,339—371 页。
② 鲁迅《中国小说史略》,271 页,北京:北新书局 1927 年 4 版。
③ 胡适《孙楷第著〈日本东京所见中国小说书目提要〉序》(1932 年 7 月 24 日),《胡适文集》5,304—307 页。

三 中国文学史的早期写作
——以林传甲《中国文学史》为例

我们对以往文学的了解,大多是从文学史著作中来的,文学史给了我们完整而又清晰的古代文学的轮廓面貌,给了我们堪称系统、准确的古代文学知识,同时,还给了我们有关古代文学学科的一些重要概念,以及使我们能够就专业问题进行交流与沟通的语言。很多人恐怕都有下面的经验:到今天,文学史所给予的观念、概念和语汇,已经成了我们专业身份的标志,当一群人在一起谈论古代文学的时候,很容易我们就能凭着文学史养成的直觉,判断出其中的内行或外行。

但是,我不知道有没有人去想过这样一个问题,那就是,这些几乎成了我们日常思维与谈话习惯的一部分的语汇、概念,这些看起来天经地义、天荒地老的东西,真是从来就有的?还是只是在某一个时段里生成的?

之所以提这样的问题,是因为假如有机会去读1910—1920年代出版的文学史的话,你就会发现所谓的中国文学史,并不是从来如此的,事实上,从20世纪初开始到现在,即便在短短不及百年的时间内,同样署名为"中国文学史"的著作,也曾经有过相当大的差异。我想,如果一个人,他还没有固执到认为晚出的著作,就一定要比先出的好,他不是一个绝对的厚今薄古主义者,那他就会了解到,中国文学史曾经是,并且也可以是千差万别的。

以下我将选择一部早期的中国文学史著作,请大家一起来与自己熟悉的文学史做点比较,看看其中到底有多少差异,并且一起来讨论形成这些差异的原因。

我们选择林传甲的《中国文学史》来看。这是一般公认为第一部由中国人自己写作的中国文学史著作,作者当时20多岁,为了给京师大学堂优级师范学堂的学生开课,他编写了这份讲义。讲义由提调呈总监督核准以后,1904年正式出版。

这本不足十万字的《中国文学史》共有十六篇,依次是:一、古文籀文小篆八分草书隶书北朝书唐以后书,二、古今音韵之变迁,三、古今名义训诂之变迁,四、古以治化为文今以词章为文关于世运之升降,五、修辞立诚辞达而已二语为文章之本,六、古经言有物言有序言有章为作文之法,七、群经文体,八、周秦传记杂史文体,九、周秦诸子文体,十、史记三国四史文体,十一、诸史文体,十二、汉魏文体,十三、南北朝至隋文体,十四、唐至今文体,十五、骈散古合今分之渐,十六、骈文又分汉魏六朝唐宋四体之别。从这份目录上便可以看到,它所要讲的内容,与今天的文学史差了十万八千里。那么,林传甲究竟为什么要这样来讲中国文学史,他有没有什么根据呢?根据当然是有的,最显而易见的根据就有两个:一个是大学堂章程规定的教学范围,还有一个是日本的笹川种郎所写的《中国文学史》一书。不过,还应当作稍微深入一点的分析。

让我们来逐篇分析林传甲所讲的文学史。目录上已经显示出来,他在第一、二、三篇里,分别讲的是文字、音韵、训诂,按现在的专业眼光来看,这些应该放在语言学里,事实上在当时也是有专门的说文课和音韵课的,那么为什么要在文学史课上,而且是在一开头就来讲这些东西呢?这就要牵涉到我们传统的文学观念了。

在中国古代,人们一直以为文字是文学最基本的材料。文是什么?是天上悬挂的日月,是虎豹绚烂的皮毛和布上五彩的图案,而人所吐露的心声,也只有落到纸上,变成文字,才如自然界的各种纹饰一样,具有文的美丽性质。既然文字是文学的最基本要素,那么研究文学的时候,自然要从文字的探讨开始。我们知道尤其到了清代,学者们都是格外重视小学的,到现在,许多老先生也仍然在讲,做学问先要打好小学的底子。为什么把文字音韵训诂当作一种基本功呢?道理就在这里。

只是到了"五四"以后,由于文学观念发生了变化,人们谈到文学,强调的总是它的富于想象力以及表达人的情感的一面,同时也不再把文学局限在文字的范围,这样一来,文学与文字的关系,就显得越来越疏远了①,那种研究文学非要从小学入手不可的观念,也就逐渐淡化下来,而文学与语言学的关系,在后来的几十年里,甚至变得还不如史学与语言学的关系密切②。在这样的观念变化之中,文字音韵训诂在文学史中的意义,当然是一天天地萎缩,最后彻底出局。但是在林传甲的时代,人们对于文学的看法,还没有发展到这一步,还是比较接近传统的,小学仍被看成入门的必经之路,所以文学史课首先要帮大家摸索的就是这个门径。值得注意的是,从这个门径进入中国文学史,看到的东西,和我们从今天的文学史中所看到的,是有所不同的。举一个例子来说,大家肯定知道在六朝文学史的研究中,有一个引起很多人争论的文、笔之分的问题,在解释"笔"的概念时,又分歧得比较厉害。那么林传甲是怎样来看这个问题的呢?他因为讲书体,就从书体与文章关系

---

① 张之纯在他编的《中国文学史·绪论》(上海:商务印书馆,1915 年初版,1918 年 3 版)里说:"文学与文字,一而二也,吾国旧时学说,往往混合言之,无所区别","近世教育家言截然分为两事也"。

② 有趣的是,现代语言学也越来越脱离文学,而与哲学、人类学等接近,所以闻一多 1940 年代曾有一个给大学的建议,要求把语言学系和文学系分开来,理由之一,即"语言学已成为科学,中国语言文字的研究是这门科学的一个分支,而文学是属于艺术的范畴","语言学与文学并不相近,倒是与历史考古学,尤其社会人类学相近些",因此需要解除文字学的文学附庸地位,改变传统中小学乃工具的思想,还小学以独立的立场。见《调整大学文学院中国文学外国文学二系刍议》,载《闻一多全集》3,491 页,北京:三联书店 1982 年版。

的角度提出了一个看法,他说,笔的意思应当是指书法。这个看法是不是正确呢,姑且不在此细究,不过回过头去看看后来被大多数争论者绕开去的这个意见,至少能使由于论争激烈而系下的死结,稍稍得一点松动吧。我曾注意到近年来,的确有人继续这条思路,对文笔之分的问题做了不那么僵化的解释。

第四篇有点儿像今天的一个粗略的文学史纲,讲的是自皇古唐虞到明清的文章。在这里我们能够看到一个有趣的现象,那就是林传甲对于来自西方的文学史的理解,其实是带有一点"误会"的。文学史作为一种著述体裁,大概兴盛于西方19世纪,19世纪末先是传到日本,然后由日本传到中国,当林传甲编写这部《中国文学史》的时候,他的最重要的范本就是日本人笹川种郎的《中国文学史》;其次,他也还看了收在"日本帝国丛书"里的英、德、法等其他国家的文学史。读了这些文学史著作之后,林传甲对"文学史"有了一个体会,他认为文学史所要讲的,原来就是我们传统中的词章之学,而之所以要专门讲词章,又是为了使人更加懂得,在讲究文章的社会教化作用及其政治功能的时候,不能偏废了词章,毕竟像李、杜的诗歌,是很能使人感奋,意气横生的。所以紧接着,他便按照这种理解,描述了治化之文与词章之文或分或合,形成为各个时代不同为文风气的过程。很显然,如果用今天的标准去衡量,林传甲所说治化之文中的相当一部分,都已经被划到实用文体里去了,而他用的"词章"概念,现在我们也认为更接近于修辞的意思;并且我们与林传甲还有一个根本的不同,就是他在他那里,治化之文也即具有很强的政治功能的文章,天然地处于中心地位,词章之文不过因为能生动之以情的效果,才例外得到提升,成了辅助治化的有益的东西,而我们今天所看重的,却恰恰是被他放在辅助地位的人的感情。

所以说,林传甲对文学史的理解,真正是一种片面的误解,他所接受的只是表面的、形式上的那一点点东西。如果我们有兴趣进一步挖掘其误解的原因,也很简单,那就是在近代以前,中国从来就没有过品格独立的文学,说到学术的话,只有以经学为中心的学术,说到文学的话,也只有以政治为中心的载道文学,今天我们称作文学的东西,在古人那里往往只能算是文辞的修饰,是雕虫小技。在林传甲的脑袋里,根深蒂固的恰恰就是这套自古而来的理念。当然,以林传甲的这种思路,也不见得就把过去的文学史,描写成了让我们感到完全陌生的景象,在有些地方,他的叙述与今天的文学史也会不谋而合。比如他说,治化之文同词章之文是从汉代以后开始分化的,曹植还有南朝的一些文士,都走了词章一路,而到唐代,则又是治化与词章并举,这个看法,跟后来文学史家津津乐道的魏晋为文学自觉时代的结论,就极其相似。不过这些内容,需要放到有关《中国文学史》写作的连续性的话题里边去讲,这里暂时存而不论。

第五、六篇实际上是在讲文法、修辞,讲怎样作文。在今天,文学史课上讲作文的话,肯定让人觉得不伦不类,因为在近代科学思想的强烈影响下,我们早就相信了这样一个道理,那就是要想使一门学问获得科学价值的话,就必须把它放在实验室一样封闭的环境里,做客观、精确的透视与分析。这样一种科学的信念,致使文学研究还有文学史研究,都越来越倾向于关起门来,倾向于建设自己独立的学科理论和操作体系,特别是要坚决地同实用写作划清界限。但是,属于文学研究领域的文学史,同实用写作之间做如此清楚的划分,在林传甲的时代还不存在,相反,自古以来,中国一向注重的就是知与行的结合,是把学习的过程,当作认知与实践同时进行的过程,为学问而学问,从来是不大讲得通的。因此,就在我们看来应该是单纯传授古代文学理论与知识的文学史课上,林传甲也还是遵循传统,不忘实践,讲他从历代文章中总结出来的宝贵的作文经验。

从第七篇起,林传甲开始要按照经子史集的顺序讲了。接触过中国古代目录学的人都知道,这是一种传统的对学术的分类和命名,近代以来,由于我们愈来愈接受了欧美的方法,才逐渐放弃了这一传统。通常我们会用自然科学、社会科学和人文科学来命名不同的学科,在人文科学里边则分出文、史、哲,而且我们也知道如果采用新的学科分类的话,那么经、史、子、集在现代的任何学科里,都是找不到完全与自己对应的位置的。

第七、八、九、十、十一篇分别讲经、子、史,它们本该排除在今天标准的文学史的视野之外,分别归入经学史、哲学史、史学史,撮合到一块,也应该叫学术史。就像我们熟知的那样,它们在文学史当中顶多充当背景的角色。但是,今天的这种学科归类,在中国,其实也只是20世纪才形成的传统,如果到古代文献中去查文学这个词的话,它则包含着文章、学术两层意思,就是说,文学即意味着综合经、子、史、集全体的学问。明白这一点,我们大概就不难理解林传甲为什么会在这里首先讲经、子、史。讲经,不但是由于在传统的学术里边,经本来就是第一位的,另外还有一点,就是古人原来有宗经的思想,他们认为一切文体自有来源,来源就是至高无上的六经。虽然今天的文学史,早已瓦解了六经为文学渊薮的神话,但林传甲显然还持有宗经观念,所以他说周易的象数一路为历法之体,尚书家为古史之体,三百篇兼备后世古体近体;经的范围再扩大一点,还可以说老子轫哲学家卫生家之体,诸子佚文轫近人辑录之体……顺便再说一点,中国传统所谓体,是一个带有功能意义的概念,它既是对一种文章风格的描述和把握,也是对现实写作的一种约束和示范,这是我们在看待林传甲说的某出某体时,需要格外注意的,就是说,这里边依然潜伏着上面提到的知行合一的意思。

第十一篇到第十六篇讲历代文章,其范围大致包括在今天说的散文之内,其次序也是依照时代顺序排列下来的,看起来这部分内容,最接近于我们现在说的文学史,或者更确切地说是散文史。为什么单有文,却没有现在文学史里必不可少的诗歌、戏剧、小说呢?这是因为在中国古代,唯有文并且唯有古文,才算得正宗,诗歌在其次,小说戏曲则要到"五四"新文学运动之后,才有幸获得与诗文并列的地位。说到底,文学包括诗歌、散文、戏剧三种样式,原来只是适用于西方文学的概念,对这一概念,林传甲显然还不肯接受,在他所仿效的笹川的《中国文学史》里,本来是写有杂剧、院本、传奇和汤显祖、金圣叹的,他竟为此而批评笹川说:这些中国下等社会的东西,最多只可以写进风俗史,怎么能放进文学史!在他自己,当然是要维持"体面",只讲高雅的文,而不讲杂七杂八的东西的。

那么,他又是以怎样的方式来讲文的呢?

我们来看看他在这几篇里做的一部分子目录,就比较能看清楚他的思路。比如第十二篇:贾谊陈政事书之体为后世宗、枚乘七发与谏吴王书文体略同、董仲舒明经术文体为策对正宗、汉武帝时文学之盛;再比如第十三篇:西晋统一蜀吴之体、五胡仿中国之文体之关系、晋征士陶潜文体之澹远、昭明文选韧总集之体、钟嵘诗品韧诗话之体、徐陵玉台新咏韧诗选之体……在这样一堆子目录里,起先,你除了能勉强看出他是在沿着时间的线索勾勒文学史之外,恐怕会觉得一团乱糟。因为我们的头脑,已经被今天的文学史逻辑格式化过了,我们自然地就会把体裁和风格分别开来,把评论作品和编辑作品当作两回事情,知道要在不同层面上去讨论一个时代的文学和一个个人的创作,更会把公文奏议剔出文学史去……但是就像前面看到过的,林传甲对这些区别和禁忌一无所知,此其一;其二,对他来说,编写《中国文学史》本身,堪为前无古人之事,在他为文学史书设计体例的时候,最有可能也最可行的,就是从传统史书的编纂方法中寻找资源,所以他选择的文学史写作手法,正是宋代以后颇受人欢迎的"纪事本末体",这是以具有代表性的事件或人物,来带动整个历史描述的史书撰写体例,值得一提的是,它还一度被提倡"新史学"的梁启超看好,认为很接近西方人编教科书的体例。

应当指出,林传甲对具有代表性的人和作品的选择,跟今天的文学史教给我们的不完全一致,就像我们前边提到的,他所理解的文学,远比今人的认识宽泛,这样一来,他讲的很多内容,就是今天文学史删落或者大大简化了的东西。举一个简单的例子,他在汉魏文体第一节所讲的"贾山至言为上皇帝书之轫体",放到现在,就没有哪一家文学史会写。可是,假如抛开今天的文学史所带给我们的种种偏见,那么我们是不是应该承认,林传甲把贾山的上皇帝书当作政论之文的典型,放在从战国到西汉的过渡期来看,论"其宏论切喻,波澜层出,笔力所至,自成法度,于直言极谏之中,有温和绵密之气。西汉文继战国策后,一变其嚣张谲辩,归于纯正,所以开一代之风气",实在也是一种很"温和绵密"的体悟呢? 还有他专设孙吴文学一节,研究三国时代地域文学的互动,比之今天的文学史大都由魏而晋,淡化吴、蜀,是不是也更其周到与合理呢?

上面我们大致介绍了林传甲《中国文学史》的内容,也分析了他之所以安排这些内容的依据,不知道大家由此会对早期的中国文学史得出些什么样的印象。至少你们应该发现,文学史写了这么几十年,离它最初的起点远得真是不可以道里计了,当我们回过头去看一看那些早期的文学史著作,差不多就会有一种历史已经面目全非的感觉。当然,今天我们回顾过去,也并不就是希望文学史回到20世纪初的老路上去,那毕竟是一段已经逝去的历史,而产生那种文学史的文学观念、学术思想以及教育制度的背景也都早已不存在了,更何况今天的文学史只是写给今人及后人看的。我想,今天我们回顾早期文学史的真正意义和价值,还是在于借此机会反思近百年来文学史著述所经历的过程,从中了解到我们今天有关中国文学史的观念、概念、语言,并不是在一旦接触了西方文学史的条件下,就立刻简单生成了的,而是经过了与传统的长期磨合,经过了对传统的改造与吸收,经过了对文学史在西方所具有的内涵和形式的误解与歪曲,然后才逐步建立起来的。而反思这样一个过程的最终目的,也是要使我们大家树立起不盲从前人旧说、勇于开拓新路的学术信念。

从 1980 年代末开始,学术界就有人提出了"重写文学史"的口号,因为许多人都意识到了旧文学史的局限。我想,重写文学史,一方面我们现在是有条件从国外,也就是横向寻找资源的,但是另一方面,我们也不能忽略了纵向地、从过去的历史中寻找资源。因为说到底,文学史毕竟是以传统为对象的一门学问,无论你用什么时代的理论、什么样的态度去谈论它,总免不了需要得到对象本身的校正和规约,而事实上我想,即便就这一百年来说,今天的人对古代文学的理解,对文学史的描述,也并非就比几十年前的人一定高明或正确,因为我们离开古代的环境和语境越远,就有可能对古代文学,对古人的思想与情感越隔膜,误解也越深,因此,借助早期文学史的桥梁去沟通古代,温故而知新,或许是我们这里用得上的一句箴言。

1997 年 11 月完稿

四 把旧学换了新知
——林传甲的一本日记和一本教材

因最早编写《中国文学史》而在中国近代学术史上引人注意的林传甲,福建侯官人,大约出生在清光绪六年(1880)前后,光绪二十六年(1900),到湖南做吴獬丞侍郎的幕僚,光绪三十年(1904)五月,也即京师大学堂经庚子之变，重新整顿不久，受聘为国文教习，自三十二年（1906）起，外派到黑龙江省做官，在东北生活了十年以上。

林传甲一生编写并获公开刊行的著作很多，据说他"年二十，著书已等身，声誉半天下"①。他的最有名的著作，即是受聘于京师大学堂时编写的《中国文学史》。这本书有武林谋新室印刷发行本，又有日本宏文堂印本，上海科学书局发行②，篇幅适中，后一种印本的印刷质量和装帧也好，又有京师大学堂国文讲义的名义，因此比同时代东吴大学的黄人编著的线装本《中国文学史》，影响显然要大，被后来许多人视为中国人写作的第一本中国文学史。除了《中国文学史》，林传甲出版过的书籍还有《筹笔轩读书日记》《黑龙江乡土志》《龙江进化录》《黑龙江教育日记》等。这当中，《筹笔轩读书日记》有商务印书馆民国四年的印本，但它出版在民国初年，实际却是清光绪二十六年（1900）一年的日记。《黑龙江乡土志》则是他赴任黑龙江后编的，有中华人民共和国成立前黑龙江省立图书馆依照据说是民国二年本油印的一个本子。这两种书，如果再加上《中国文学史》一道来读，是颇能得到关于清末民初的基础教育，以及当时普通读书人的知识构成等状况的一些印象的。关于《中国文学史》，笔者曾有一文介绍③，这里再谈一谈《筹笔轩读书日记》和《黑龙江乡土志》。

《筹笔轩读书日记》

光绪二十六年是历史上有名的庚子年。这一年的夏天，先是义和

---

① 见江绍铨为《中国文学史》所作序。

② 当时日本的印刷技术远较中国先进，加上任用日本人作教习，所以，有些教材就直接采自日本，由日本人编，在日本印刷，估计有些中国人编的教材，因此也就拿到日本印刷，然而运回中国发行。参见汪向荣《日本教习》，109 页，北京：三联书店 1988 年版。

③ 即本书附录三。

团席卷了华北平原,然后八国联军进京,慈禧太后和光绪皇帝不得不逃往西安。而这一年,林传甲是在湖南度过的。由于以湖广总督张之洞和两江总督刘坤一为首的南方官员,对事变采取了较为游离的态度,甚或连消息也做了封锁,从而保证了长江流域不被卷入冲突①。然而,华北地区的滚滚烟尘,还是在林传甲心里蒙上了一层阴霾,在6月27日(按:此日期已经换算为公元历,下引均同)的日记里,他写道:"大江以南哥匪特盛,大江以北捻匪伏。直隶北有金匪,南有拳匪,亦隐忧也"。9月15日的日记提到劳乃宣那本有名的《拳教析疑说》。12月9日的日记摘要记述了据说与义和团有关的白莲教自明朝以来的活动。年轻的林传甲对这一事件的担忧,论深刻,或许远不及年长他二十岁的郑孝胥由心底里发出的那一声"自古亡国未有若是之速也"的叹息②,论痛切,或许也比不了下野老臣翁同龢那一夜的"胸中梗塞,竟夕不寐"③,然而那种惶惑的心情,毕竟挥之不去。

那一年的湖南,经历了戊戌变法的失败,维新的热情已经有些降温,《湘学报》《湘报》先后停刊,南学会被迫解散,可浏阳人谭嗣同的形象还没有在湖南人的记忆中抹去。2月9日,也就是谭嗣同被杀后一年多的时间,林传甲在日记中写道:"浏阳谭嗣同死于党祸,有挽之者,其联云:男罪孽深重不自陨灭祸延显考,臣末学新进罔知忌讳干渎宸严。用成语绝妙"。对谭嗣同这个人,对戊戌年的变法,未经多少世故的林传甲未必能做什么判断,但他人在湖南,必然要面对维新运动的结果,面对维新人士留下的思想遗产。在2月17日的日记中他曾写道:"谈时务者,皆主民权,独麦孟华著《中国宜尊君权抑民权论》,即张孝

---

① 参见周锡瑞《义和团运动的起源》,349页,南京:江苏人民出版社1995年版。
② 《郑孝胥日记》6月15日,760页,北京:中华书局1993年版。
③ 《翁同龢日记》8月15日,3281页,北京:中华书局1997年版。

达《正权篇》之先声。麦氏识甚卓,故独免于党祸,且于名教世道甚有益也"。而此时的麦孟华已经到了日本,正与梁启超、唐才常等"日夜谋划,欲为嗣同复仇,以救中国"①。

戊戌之后,许多提倡和支持过维新变法的人从政坛上消失,但他们的思想却并没有随之也从思想的领域绝迹,尤其在像时局的分析和形势的判断一类问题上,当时无论政治上的激进派还是保守派,其间并不存在根本的差异,所不同的,只是他们各有自己的应对策略。所以即便到了庚子年,林传甲在日记中表露出的对世界形势、亚洲形势以及中国所面临危机的看法,跟此前较激进的维新人士的分析,实在没有多少区别。例如有关亚洲局势,林传甲推测将来"西比利亚必叛俄,自成一国,印度必能继之,暹罗必兼有缅甸、越南,日本必兼有吕宋,土耳基藩部亦将自立"(9月7日)。这个说法,与谭嗣同在《报贝元贞》及其为南学会所作讲演中的结论,便十分接近,谭嗣同曾说"日本、暹罗变法,日遂以勃兴,暹亦不失为宇内第三等国",又说"暹罗倡实学,兴盛,将升为第二等国矣",而"土耳其比中国,中国辄以为耻",因其近期也"陵驾中国之上,至为分中国之谋"。② 可见人们此时看到的,都是中国的积弱,而这种积弱,往往又正是在与周边国家的对比之中,显示得最为清楚,所以明治维新后的日本,在清末民初,往往最容易成为人们拿来比较的对象,就像林传甲在日记中写的那样:"日本游历欧洲者,购机件归而兴利,中国游历欧洲者,购枪驳以杀人,故其效不同"(8月27日)。"王益吾言,日本求新从制造入,中国求新从议论入,所务在名,所图在私,言满天下,而无实以继之,仍然一空,可叹可叹"(8月19日)。

那一年,林传甲刚刚20岁,正是求知若渴的年纪。成年后,他曾说

---

① 《康南海自编年谱》,73页,北京:中华书局1992年版。
② 蔡尚思等编《谭嗣同文集》,206、398页,北京:中华书局1998年重印本。

自己"庚子以后之发愤,实始于此",说的就是那一年读书时的"泛览之多,论断之严"①。所谓"泛览之多",如果借用当时书院普遍采用的一个教学科目权作归纳的话,就包括有:一经学,附经说、讲义、训诂;二史学,附时务;三掌故之学,附洋务、条约、税则;四舆地之学,附测量、图绘;五曰算学,附格致、制造;六译学,附各语言文字。所谓"论断之严",则如指出"《英字指南》以中国类书分类中文,译西文用之,《华英字典》以西人字母分类西文,译中文用之,然皆不备"(6月21日,114页);"梁启超自命学贯中西,所著西学书目表,例不载坊本伪书,乃先列《柔远记》,又列坊本,易名之《通商始末》,何不检若是"(6月28日,118页)等。

尽管还要再过一年,八股文才正式地从科举考试中被废除,但这时一般读书人的关心,早已非五经圣人之意,而移向了与时事、实务相关的学问。这时的林传甲,正当学风转变的这一时刻,这深深地影响了他对书籍的爱好与选择,他自问"道德为人必需,经济亦为人急需,技艺亦为人所需。试问俗子之举业,名流之诗文,岂人所必需乎"(11月3日)。在他列举的"学者必读之书"中,也多偏向"《帝典》之玑衡、《周易》之策数、《王制》之方田、《月令》之中星、《考工》之车制、《春秋》之日食、廿四史之律历",以及"九章、五曹、三统、四分"这样的内容(2月18日)。各种学问当中,最为林传甲看重的似乎还不是日后使他名留青史的文学,而是算学和舆地之学,因为在他看来,这两门学问都有远远超出其学问本身的意义。在3月7日的日记中他写道:"英、法称戎,俄人乘间请兴安岭隙处地,为宰相者,以为荒徼无关大局,割之去。俄人生聚十年,教训十年,其地大过于数省,遂筑铁路以逼我,流毒吉林、

---

① 《筹笔轩读书日记·序》。

黑龙江,攘夺旅顺、大连湾,为京师心腹患。岂非当日宰相不通地舆之道所致乎？地之经纬,与天相应,今之颂功德煊赫,必曰经天纬地,亦尝核实否？西人所以富强,在通天地,其通天地,在通算学"。或许正是基于这种看法,林传甲对算学和舆地学十分钻研,如论"梅氏各书,于国朝诸家著述为最早,循斋《赤水遗珍》一卷,尤为后来数十大家之表率。弧角用对数,后之徐氏弧角拾遗所本也;弦矢用乘除,后之明氏、董氏、李氏尖锥垛积所本也;借根释天元,后之李氏、罗氏之细草秋纫,若汀之译书所本也"（2月25日）,就系统而入微。而凡遇到这两方面学问的错漏,他也能有特别的敏感,例如批评"近人修邑志,只志人物,不志天地。测绘之精,惟南海邹伯奇之图说、余姚黄邴后之志略。其空谈七政之变迁,夸张八景之奇怪,于天地无所得也"（7月9日）,及"《大清会典》坊本百卷遗漏甚多,至于驿站路程亦删去"（3月13日）。

由类似的评论中,还可见他所重视的又非这些学科的理论,而是其实用性与实效性。比如与舆地相关的,有铁路。而据胡思敬在《国闻备乘》里说,光绪年间,自俄、英、法先后在中国边境修了铁路,"一呼吸间,三国之师已践我户庭",从此铁路便成为令朝野困扰的重大问题。由此可见林传甲在诸如铁路和舆地学上下功夫,首先还是出于他对现实状况的关注和焦虑,他曾赞扬火车的发明:"以汽机师心独韧,为天地间另辟一径,其瓦特乎？"（8月29日,138页）并对"伦敦铁路在地底,纽约铁路腾空中"（8月28日,138页）的传说饶有兴趣,然而在中国是否应该拥有自己的铁路上,却又显得相当犹豫。其时张之洞等人正力主筹资修建自己的铁路,但在他看来,尽管中国现在的四面受敌,是由于"夷人有铁路而我独无",不过一旦"我有铁路弗能守",外敌可借铁路"长驱而入",为祸必将更加惨烈（3月12日,14页）。

年轻时,林传甲曾指斥"中国学人大病在一空字,理学兴则舍程朱而趋陆王,以程朱务实也。汉学兴则诋汉而尊宋,以汉学苦人也。新学兴又斥西而守中,以西学尤繁也"(8月19日,134页)。然而,自光绪二十六年到民国四年,不但中国发生了非常大的变化,林传甲自己也由南向北,经历了为师、为官的生活。再来检讨往日,审度目前,林传甲的感慨就变成了昔时曾"于旧学稍有管见,十六年来,旧学益荒"了。旧学、新学,又可以中学、西学称之,张之洞在《劝学篇》中也说:"四书五经、中国史事、政书、地图为旧学,西政、西艺、西史为新学。"从清末的推重西学,到民初的强调中学,一方面,或许只是人到中年的一个象征罢,谁又不是年纪愈大,愈趋向保守呢?而另一方面,这一转向,是否也夹有无奈和悲凉的心情在里边?就像梁启超在《西学书目表后序》中,提及"今日非西学不兴之为患,而中学将亡之为患"时的那样一种心境,或许正是这无奈和悲凉的心境,逼促着他选择了这本十六年前的读书日记,予以发表。

《黑龙江乡土志》

这"乡土志",其实是个课本,而且是初等小学堂(即小学)一、二年级用的课本,从地理科的第八十课"光绪戊申户口"上,可以推断出它的编写,大约就在戊申年(1908)后不久。课本编定,林传甲的母亲刘璐为它作了一篇"序","序"中难得地涉及了林传甲的身世及有关这书的一些情况,姑录在此:"璐早孀,长男传甲甫六岁,今之初耳,次男传树甫三岁,今之幼稚园龄耳,三男传台,犹襁褓焉。教养廿年,长男教授京师大学改外官,次男教授黑龙江两级师范,三男教授常德中学。昔吾教子者,今诸子用以教大学、师范、中学,家育、教育,顾不重欤?吾愿诸儿勿忘少贱事,宜留心初等小学,为端蒙养之基。今传甲以近刊《黑龙江乡土志》寄归,嘉其服官以后,尚不辍学,愿塞北学童师传甲之勤俭自立,其成就必有可观焉。"

中国的传统教育一向重视蒙学,不过蒙学的内容和教学方式却在随时而变。光绪二十九年(1904)是近代教育史上一个非常重要的年份,这一年颁布的自小学至大学的各级学校章程,史称"癸卯学制",在近代中国的教育体制和学科体制的建立过程中,曾发生过不小的影响,其中的《奏定初等小学堂章程》(以下简称《章程》),就对五年制初等小学堂的必修课目、课时安排和教育要义等,做了详细的规定。它规定小学生必修的课程是修身、读经讲经、中国文字、算术、历史、地理、格致、体操,共八科;每星期,这八科又必须各占二、十二、四、六、一、一、一、三个课时,加在一起三十个课时。仅就科目的划分及对课时的严格限定已经可以看出,此后的初等小学堂,在教学方式上,跟传统的蒙学就有了显著的区别,当然,它们之间更重要的区别,还体现在教学内容上。

林传甲编写的这个课本,所依据的似乎便是癸卯《章程》。课本里录有一首《私塾改良歌》,唱的是:"劝私学,要改良,天下同遵奏定章。修身课,端蒙养,孝经四子须明讲。历史新,地理广,新编格致说家乡。国文浅,西算详,体操练得筋骨强。务农业,习工商,国势兴隆士气昌。"一望便知,是对新颁布课程的内容及特征的归纳,也是对新学制的赞扬。而歌中所唱"历史新,地理广,新编格致说家乡",正可以拿来对照林传甲,在他编的这个课本里,恰恰就包括了地理、历史、格致这三科。

依这个课本的顺序,先来看"地理广"。《章程》曾规定针对一、二年级学生,地理课"尤当先讲乡土有关系之地理","兼及居民之职业,贫富之原因、舟车之交通、物产之生殖",这也就是说这门地理课,应当涵盖自然地理、行政地理、经济地理和人文地理等在内。林传甲编写的八十篇课文,因此也就涉及黑龙江的自然地理:其位置、气候、经纬度,与之接壤的国家地区和域内的山脉河流;行政地理:省城所在,黑水厅以下的各厅州县府道及其首府;交通线路:铁路航路和电报线路;经济区划:农业渔业区域,商埠市场所在地;语言文字、学校兵制和宗教风俗、人居户口。例如第一课《位置》:"地球有五洲,我在亚洲之东,大清帝国,黑龙江省,为大清国民。"第二课《气候》:"黑龙江为廿二省之一,在大清国东北境。春日不暖,四月草始绿。八月见霜,九月积雪,冬令冰坚如铁。"第二十四课《省城》:"省城名齐齐哈尔,又名卜魁。原设木城,后改砖城,又圈土城。位置嫩江之东,江沿船套子新开商埠。"第七十课《电报》:"省东电线,由海伦绥化呼兰接吉林。南由大赉接洮南新民。北由墨尔根接爱珲。西由呼伦通欧洲,接蒙古。"第七十八课《宗教》:"国初尚黄教,北方谓僧曰喇嘛,又谓曰萨玛,以跳神治病甚妄。清真寺回民在西站,呼兰有天主教堂。"第八十课《光绪戊申户口》:"光绪戊申,民政司统计全省二十一万三千零九十户,男女一百四十五万五千六百五十七人,造册报部。"八十课里,有关黑龙江的地理知识不可谓不广。

其次看"历史新"。按照《章程》,一、二年级的历史课,主要也是讲"乡土历史",因此林传甲编的八十篇历史课文,从"上古世界皆荒地,名曰洪荒。圣人开辟草莱,乃有居处饮食。黑龙江开辟最迟,今日犹有荒地"(第二课《开辟》),"黄帝为黄色人远祖,满蒙汉皆黄色人。自黄帝建都涿鹿,北逐荤粥,黄人渐殖民于黑龙江"(第六课《黄帝》)开始,前一半讲的都是清朝以前的黑龙江历史,而由于这一段历史的讲述,多取材于正经正史,所以占有中国东北一大块地区的黑龙江,始终只是中央政府眼里的塞外之地,关于它的历史,也只建立在与中央政府相交涉的那一部分关系史上。从第四十一课《太祖征尼堪外兰》开始的后一半课文,主要讲清朝建国后的黑龙江史。在这一时间段里,作为中国的东北边境,黑龙江与俄罗斯的边界摩擦以及由此引起的外交争端,日益成为中央政府所关注的重大问题,所以这一段也可以叫作黑龙江当代史的历史,就是建立在中国与俄国、与日本的外交史上的。例如围绕着

《尼布楚条约》,它就占了第四十六至第五十五课共十篇课文。又如第七十四课《俄人借地筑路》:"光绪甲午,日本夺我旅顺,俄人助我争回,定约借地筑铁路,由满洲里入界,东通哈尔滨,分支通奉吉。"第七十五课《庚子之役》:"庚子秋,京畿拳匪,攻使馆教堂。俄人屠我爱珲,直逼省城。将军寿山殉难。俄酋廓米萨尔,久居未退。"第七十六课《规复旧地》:"光绪甲辰,日本俄国战,俄人败,丁未正月上元俄兵始退省城。爱珲漠河观音山,皆派员次第收复。"则专门讲了最近的中俄、中日和俄日关系。光绪三十二年(1906)的《学部奏呈教育宗旨折》曾建议要将当朝历史,特别是"近年之事变,圣主之忧劳,外患之所乘,内政之所当亟,捐除忌讳,择要编辑,列入教科",使"当列强雄视之时",而能造就图存救亡之国民。由此则知林传甲以这么大篇幅来讲本朝历史,并突出外患内忧,在当时确是不可谓不新的。

再看"新编格致说家乡"。按照《章程》的要求,格致课的目的在使学生了解"动物、植物、矿物等类之大略形象、质性,并各物与人之关系,以备有益日用生计之用",对幼龄儿童,也是采用由近而远,先以乡土格致,"为之解说其生活变化作用,以动其博识多闻之慕念"的办法,因此林传甲在第一课《总论》中就说:"格致自博物始。草木壳果为植物,鸟兽虫鱼为动物,金银铁煤为矿物。"而格致科的八十篇课文,也就是依次介绍特产于黑龙江的植物、动物和矿物。植物类的像森林野草、黍稷粱米、麦面豆类、人参、乌拉草、营盘蘑菇、白菜、榛果、鸦片、柳条制品、桦木制品和草木制品,盆花、药材;动物类的分家禽飞禽、家兽野兽、两栖动物、鱼介虫蛇,打牲捕貂、海东青、游牧和使犬使鹿,制裘、革、骨之料,牛乳牛干牛髓粉、鹿茸鹿鞭鹿筋;矿物则有金银铜煤硫磺矿、盐池硝厂、水晶翡翠;此外还有如烧酒、建筑、陶器、铁器、纺织、印刷等业,帆船轮船、轿车货车、东西洋车,龙江第一劝业场、省城火磨公司,等等。身为南方人,林传甲对黑龙江所产而别地没有的事物,似乎更有一种敏感,因而写来也都生动。例如第十一课《乌拉草》:"关东三样宝,人参鹿茸乌拉草。草性温和,土人用牛皮制乌拉鞋,捶此草装入,虽踏霜雪不寒。"第十六课《柳条制造品》:"北方无藤器竹器,惟柳条细软,可编筐篮。最密者为油篓,最疏者为饭滤。"第六十七课《东西洋车》:"江省开埠,始有东洋车,用人挽之。大官用西洋车,驾马,车有玻璃窗,汽垫橡皮轮。又有俄国式快马车。"第六十九课《刻工及印刷》:"刻木版以椴木为多,刻工自京津来。学堂有誊写版,图书馆有排印活字版,龙江第一书局有石印书籍。"第七十六课《女工及缝业》:"塞外女工,无纺绩刺绣,皆能裁缝。有缝衣机器熨斗,来自外洋,缝价甚昂。今民间渐用爱国布制衣。"不过他这样如数家珍,一一道来,并不只想传授一点知识,其意图在第八十课《振兴实业以图自立》里说得很明白,那就是:"学生习格致,先明博物理化,次及农圃工艺商业。由初等中等高等升入大学,兴大利,共图自立自强。"

  从内容上看,林传甲编的这个课本,一直都围绕着黑龙江的地理、历史和物产,所以名之为《黑龙江乡土志》,不算稀奇。但大约就在他编这个教材的当时,由刘师培、陈去病发起的国学保存会也正在呼吁编纂乡土历史和乡土地理的教科书,其中陈去病编写了《湖北乡土历史教科书》,黄晦闻编写了《广东乡土历史教科书》,刘师培也编写了《江苏历史乡土教科书》和《安徽乡土历史教科书》,他们的意图在于,利用这类教材首先培养人们的"爱乡心",进而唤起"爱国心"。不知林传甲在编写课本时,除去"端蒙养之基"的念头外,是否也有这一层用心?事实上,癸卯学制本来的一个十分重要的特征,就是对"爱国"的强调,它把教育的宗旨规定为"启其人生应有之知识,立其明伦理、爱国家之根基";在这样一个宗旨之下,学地理是为了"养成其爱国之心,兼破其乡曲僻陋之见",学历史是为了"养国民忠爱之本源",学格致当然更是为了走实业救国的道路。在这样一种气氛和环境下,林传甲当然很容易就为自己的课本定下了"爱国"的基调。

"爱国",也正是近代教育中的一个核心观念,近代教育和学科体制的建立,可以说就是随着这一观念在教材中的渗透、在课堂上的传播而完成的。如果以此为标志的话,那么,林传甲编写的这一课本,就是非常具有近代式的新学意味的。林传甲当然也在其他地方表现出了他的近代式观念,比如他为地理、历史两科的所有课文都配了图,有地图、建筑图和实物图,地图最多最详,另外,他还在每篇课文的最后设两个问答题,是对课文内容的撮要,也便于学生温习,而他对课时的精确计算和课程进度的安排,则早在他于京师大学堂讲授中国文学史课时,就试练过了。

1999 年 6 月完稿

五　文学史的力量
——读黄人《中国文学史》

20 世纪初的中国出现了一种新的历史,叫"文学史",黄人(1866—1913)觉得,这种文学史跟过去所有书写文学源流种类、沿革正变的历史都不一样,不一样在于,它是有"世界之眼光,大同之思想"的,不像传统的文苑传、艺文志或选本、诗话,各守畛域,有己无人,仿佛"我国国史,守四千年闭关锁港之见"。在今天,一部《中国文学史》,不但可以教人了解所谓不朽的文学,必定是"能通古今中外一致之感情,不随时序而变迁"的文学,从而引导中国文学汇入世界文明进化的大潮中去,也可以使后生小子知道"吾家故物不止青毡,庶不至有田舍翁之消而奋起其继述之志"。重写历史,也就是重新梳理自己民族的纹脉,重新塑造自己国家的形象,在经历了对外战争的失利和政治改革的挫败之后,似乎显得格外重要。文学史能够起到让"国民有所称述,学者有所遵守"的作用,黄人说,这是在其他国家得到过验证的。①

使"国民有所称述",指的便是文学史可以为国民提供一个有关国家文学的叙事。身为东吴大学教师的黄人深知,怎样讲述中国文学,关系重大,他说现在的学生,都是"见蟹形文字则欢迎恐后",一旦要他们学习祖国的文字,就"攒肩掉首,如不欲闻"的,这种情况下,老师宿儒如果再一味以"土饭尘羹,强使入咽",不能把中国文学讲得精彩动人,结果自然是不待人之灭我,而我行将自灭,所以他强调对青年学生尤应进行"正当之文学史"教育。

黄人的《中国文学史》,因此首先就是在世界文学的视野中建构起来的。在这个中国文学的叙述里边,有很多"路标"的设计,这些路标是卢骚的《民约论》,是"索斯比亚之史剧,楷雷之法国革命史,铿须及麦夸雷之论文",是西方的"俗谣世剧",这些西方世界的文学作品,在黄人眼里,好像有一种涵盖全球的力量,它们彻照环宇的光芒,令沉埋暗夜的中国文学的鼎铛玉石重被照亮;《左氏》子产拒韩宣子索郑商人玉环一事,说明周时君民皆预结契约,已实行了卢骚《民约论》的理想。墨子"闵天下之强权相并吞,苦口著书,以和平为人道第一义",与俄国伟人托尔斯泰的思想一致。琴操之宣播性情可与三百篇九歌并峙,"毋令希腊意大利诗歌家乐剧家傲人"。以时世运化言,魏晋"如法国大革命后,人持乐天哲学为宗旨"。以金元院本小说言,"当不令和美儿索士比亚专美于前"。在与西方文学的相映对照中,中国文学的寓

---

① 整个 19 世纪,民族性的上升带来了大量民族文学史的问世。事实上历史的系统化动机,或在于揭示某种基础理论,或在于强化民族意识。参见伊娃·库什纳《文学的历史结构》,转引自马克·昂热诺《问题与观点:20 世纪文学理论综论》,150 页,天津:百花文艺出版社 2000 年版。

意得到新的解释,价值得到重审,文学史的叙事也有了新的布置。

这样的对于国家文学的叙事,其所透露的信息是,中国曾经有、如今也有绝不逊色于世界最伟大文学的文学。旧如《史记》,"外人之诋吾国史者,辄曰帝王之家谱耳,相斫书耳,此语独不可加之《史记》",仅就司马迁重实际不重成败、重人格不重际遇,在本纪里写了项王,在世家里写了孔子、陈涉这一点来说,《史记》的内容就远远超出了政府史的范畴,可以称之为一部民族社会史。新如语文语法课本,一般人见到新输入的外国名学国文国语教科书,无不惊叹它们法良意美,说是我们前所未有,但"戴震段玉裁王引之诸人,何遽不若域外名学家,大兴刘氏李氏之书,又岂不足为小学教科善本哉"?推行中国的语言文学教育,"取诸宫中足矣,正不必乞诸其邻也"。不单如此,"西方之有远识者,亦颇服膺我国之旧伦理,他日儒墨两家,比有为全球宗教教育政治之一日"。

这也就是说,把中国文学纳入以西方为主流的世界文学体系,主要是为了确立中国文学立足于世的资格,并凸显它的世界性的价值。潜藏在以世界文学为背景的这个中国文学叙事深处的,是作为一个民族国家的自尊、自强的心声,是对挟"世界"之名的文化帝国主义的抵抗。黄人认为,中国文学"万世一系,瓜瓞相承",未尝"杂以非种",乱"文学生殖上遗传之性",这种纯洁的品性,举世无双,不要说数千年前与之共存的巴比伦、埃及文学早已衰落无闻,就是眼下睥睨全球但兴起才止百年的英法德美文学,也根本无法望其项背。中国文学的这一优越性,现在还招来了"入宫之嫉"、不免当门之锄,然而仅此一点,也说明中国文学毕竟饱有底气,因为只有地位相当的文学,才会以竞争方式定其高下,地位越高,竞争的程度也越加激烈,这就好比国家与国家、民族与民族之间的关系,从来只有弱肉强食、强强相抗,正由于中国的实力不弱,又处在进化绝非退化的途中,所以今天"黄祸黄祸之说溢于白民之口",

而不闻赤祸黑祸之说。"所谓祸者,为其劣而祸欤,抑为其优而祸欤"?

文学又跟道路矿产不同,黄人说,美国一纸开放门户的通牒,可以将中国的路权、矿产变成任其攫取的资源,但中国文学"精微浩瀚,外人骤难窥其底蕴",却是不容易丧失于人的,所以文学的价值或比路权矿产更久远,"保存文学,实无异保存一切国粹"。而文学之有深远的意义,还在于它的核心是语言文字,一国的语言文字,也是这个国家文学中最精粹的部分。黄人大约很记得章太炎说的"俄罗斯灭波兰而易其语言,突厥灭东罗马而变其风俗,满洲灭支那而毁其历史"(《訄书》)的教训,他把文学看成是一个国家的灵魂,把语言文字当作一个民族立身的根本,相信消灭一个国家及其种族,一定是先消灭它的语言文字,反过来说,如果一个国家仍然保有自己的语言文字,那么这个国家就不但有存在的基础,还有着复兴的希望,所以我国文字精深博大,包举一切,"一名可支配数十义,一字可引申数百言",既非世界各国古代如丁头箭尾、落叶龙艘的文字可比,也非凭借用法精巧和国力支持的通行于今日世界的拼音可比,拥有这样的文字,中国的崛起,指日可待。

有文字史始有文学史,有文学史,则可令"厌家鸡而爱野鹜之风"少息。爱国的提倡,往往是国家陷入危机的写照,而国家危机的意识,又是当视野拓宽到自己国家疆域以外的地方,面向外部世界时兴起的,爱国主义教育因此往往既可以说是一种国家意识的培养,也可以说是一种世界观念的灌输,而在世界文学语境中讲述的《中国文学史》,既可能对内"动人爱国保种之感情",又可能对外成为沟通世界的桥梁。成为沟通世界的桥梁,即意味着对某些世界"公理"的认同,黄人说文学史能使"学者有所遵守",指的就是它在这方面也可以为学者提供写作批评以及立身处事的规约、模范乃至理想。

黄人在文学史中反复强调,"文学为言语思想自由之代表",他把数千年中国文学的演进,也看成是在与专制政权相抗争的过程中,文学新种迭出的历史,而真正可以称作文学家的,则应该是富有"不羁之气概,爱智之精神"的人。他说,早在三古以上,中国就实行了政治权、宗教权和教育权集于君主一身的专制制度,一人为智众人为愚,君主有文学而臣庶不能有文学,朝廷有文学而草野不应有文学,这种君主集权的政治体制一直延续下来,也使中国文学从一开始就背负了与专制政治相对抗的使命。历史上能以文学与政治相抗衡的是孔子,孔子周游各国而不遇,于是倾全力于文学,他编定与王官不同的六籍六艺,"坐致门徒三千、博徒三万之盛",硬是从周公手里分出文学权来,这一分,便为后世文学开了"与行政权抗,行订经之效,等于移鼎"的风气。孔子革命带来的直接成果,尚有儒分为八,各为诸侯,杨墨老庄韩白仪秦邹淳,争雄迭长,屈宋崛起,颇以帝号自娱,文学界竞争剧烈,文学的种类派别激增,"春秋以上阀阅之文学一变而为战国处士之文学,博物数典之自然文学一变而为穷理尽性之爱智文学,尊俎坛占折冲之文学一变而为名山大川传人之文学"。这些新兴的南北文学交相呼应,相互推动,共同织成了"人人有独立之资格,自由之精神,咸欲挟其语言思想,扫除异己,而于文学上独辟一新世界"的文学大战国的局面。

周秦之间,"文学得极大自由",因此文学也达至鼎盛。黄人认为,当时的各国君主之所以也能对文学采取放任手段,甚或容忍文学权凌驾政治权上,主要在于敌国外患日伺于旁,生存的压力,迫使他们不得不借助于学者的智慧和思想,但是一旦秦统一了中国,作为一个统一的国家,中国所承受的外部压力得到缓解以后,君主对文学的态度便做了相应的调整,秦始皇以名法为国粹、焚书坑儒,汉武帝废黜百家、独尊儒术,都是动用了行政手段对文学的一种干预,而在行政权力的强势笼罩之下,文学界只好委屈以求全身,将自我发展的目标缩小到"与皇图共巩"上;纵观东西汉四百年,所以除去司马迁一人尚有孔子那样自立的风骨,大多数作者都只会献赋作颂,争相效力专制政权。

"中国文学发达如是之早而一瞬即坠落",黄人分析,原因在于本应作"行政之仇"的文士儒生,却被君主或以阳谋或以阴谋制服。当然,专制政权下的文学也自有其进步的方式,"言语思想之自由根于天赋",万物进化是世界公理,尤其文学的进化,常表现为不规则的螺旋形,"有似前往者,有似后却者,又中止者,又循环者,及细审之,其范围必扩大一层,其为进化一也"。据黄人看,秦汉以后的文学史进入了一个华离的时代:类别纷纭,新种迭出。文之骈散、诗之古今,于三唐定名,诗余稗官,于此也别开生面。两宋期间,"语录为积极之真的一方面,诗余为积极之美的一方面,而四六以美表真,成辞命之新种,皆创观也"。元代则有百种曲、《西厢》《琵琶》院本和章回小说出现,"小说之能扫荡唐宋历来之稗官家,犹院本之能扫荡汉魏以下一切之乐府焉"。到明代,极端专制下的文学界也产生了八股、传奇这样的新品,八股取士,虽说禁锢了言语思想的自由,但三百年间,却也炼就不少化腐朽为神奇的作品,而传奇的容量之丰富、影响社会的力量之大,更使死文学变成了活文学,"凡朝政之得失,身世之悲愉,社会之浇醇衰盛,执简所不敢争,削青所不敢议,签牍往复所不敢一齿及者",都能借描写"儿女之私昵、仙释之诡诞、风云月露、关河戎马之起落万态"的传奇表达出来。

然而明代文学,在黄人眼里终究是暧昧的,接下来的清代文学依然暧昧。生当晚清,黄人对清代以前文学史的描述,靠的是他对晚清社会的体验和认识。是"立一说不恭引纶言则不能昭信,著一书不上尘睿览则不可风行"的当代状况,引起他对三古以来社会的反思,并对中国文学的生存状态,做出"占有国家者亦必并文学权而占之"的判断。是桐城文派、新城诗派、平胡安溪理学派一同鼓吹休明、力求雅正,稍不满其浮薄空疏的人,又都钻进考据、小学的当代现象,使他对汉武帝表面尊重儒学儒者,实际却在"因其则古称先之迷信而箝以官师,戢其思王予圣之野心而收为仆隶","是不啻取多士天生自由之脑分别置狱,更加以逻守而终身不能脱出也",保持了高度的警戒并给予了严厉的批判。是当世天愁地惨、泣鬼惊神,"与阿修罗场奈落伽山无异"的严峻现实,使他讲至"罹独夫之毒螫"的明代,就"不禁气为之辘,血为之冷"。而之所以为秦始皇翻案,赞扬以吏为师和设博士员子弟两项政策,足以表现他的要求国民通晓当世律令、建设以法为治的国家的意愿,其依据便在于当代的宪政主张。又"值八股盛时,未尝不痛诋八股",八股废除之后,却来谈论八股的价值,也是因为亲眼见到科举取消后的文学界,仍然饾饤腐败,空话连篇,所谓新型人才,也依旧八股模样,所以有"输入之文明毫无效力,原有之国粹渐次取消"之痛。

　　黄人对晚清及中国文学的看法,又跟他对中国社会的基本认识联系在一起。他指出中国社会的最大问题是君主专制,专制政权以反逆为大恶,以媚兹为义务,所以养成社会"不诚"的习惯,也养成中国文学"诈伪曲饰"的性格:篡杀大恶必饰以美词,兵刑凶事常文以吉语,人虽极恶,也必有一篇极好文字送归泉下,所谓"愈郑重愈失真,愈冠冕愈无当"。加上我国民向来迷信,凡事喜欢托之神明、援以迂怪,这样上下互售其欺,"不诚"便成了中国文学的"第二种性质"。好像明代的政治那样黑暗,文学界那样恐怖,可是明代文士却偏偏陶醉在声色茶酒、豪侠烟花中,"求其有卢骚之《民约论》、华盛顿独立文之价值者,无有焉,即求华美儿之神话、索斯比亚之诗篇,能刺激人心变易社会者,亦无有焉"。尽管文学是审美的,但由审美进一步求诚明善毕竟是它最后的目的,考察世界文学的历史也可以看到,"彼之贤乎我者,华与实不相掩,真与赝不相杂",而"其国民皆以诚为至善,以诳为极恶,外交内政,昭如划一,以固其国础,文学未始无功焉"。所以,中国文学若不能反抗现有的专制制度,言语思想若不能实现在文学中的自由表达,又"安望国民之有进步乎"?

黄人对文学的期望,是要求文学能够发挥社会影响力,他对文学家的理想,是要求文学家能够负担起批判和改造社会的责任,他援引"梵天压己,始成悉达平等之观,法王擅权,乃兴马丁改良之志"的故事,来说明专制的压力必将转化为文学的动力,"使服从之文学变为自由之文学,一国之文学变为世界之文学"。

让服从文学变成自由抒发的文学,让一国文学变成面向世界的文学,这也正是文学史的力量,它显示出一种文学上的世界主义观念,不过在这世界主义背面的,却又是国家主义和民族主义。反对封建君主专制和反对西方帝国主义侵略,显然代表着世界主义和民族主义的两种立场,这两种立场在整个近代中国史上纠结缠绕,成为近代以来中国知识分子备感艰难的两种抉择。黄人就是这样,一方面,他相信有一种道理堪为世界公理,这就是人生而平等、自由,无论黄种白种,普天之下,都应当为民主政治和自由社会而奋斗,可另一方面,这"自由平等之新理",毕竟是西方白种人发明的道理,不但是他人的道理,竟然还要"与他人入室者偕来",这矛盾得有些残酷的事实,不能不让黄人陷于无限感伤之中:"区区新文学界,必以国界为交易乃仅得之,其代价不过昂乎?"

黄人编写《中国文学史》,大约在1905年前后,据说他"草创十万言,欲有所修饰,未就而卒"(金鹤冲《黄慕庵家传》)。这部文学史后来由国学扶轮社印成29册,前3册是将近20万字的总论、略论等,内容已如上述,后26册分上世、中世、近世讲述中国文学史,然而说文学史,大体却是作家的生平概要和作品的抄录,所选作家及所录作品,似乎与他在理论部分的阐述也并不怎么吻合,这一点,王文濡似乎早有觉察,他说:"黄君高才博学,曾任大吴大学堂教员,撰中国文学史作课本,议论奇伟,颇有独见。惜援引太繁,且至明而止,未为完简。"①也许,在那个学科转型的年代,学习和掌握新理论已经不很简单,要把新理论融合进旧材料,根据新的理论重建一套关于传统文学的新话语或谓新的知识系统,就更加不容易。但是理论常新,因为理论常新,所以理论的效力也有限度,如果不能围绕新理论建设起新的知识系统,那么无论多么新鲜多么锐利的理论,都将如浮云漂泊,随风而逝。今天重读黄人的《中国文学史》,这部立意很高很深的文学史,不由得想起这一个世纪里许多发人深省的事情。

2000 年 11 月完稿

六 "这是多大的使命呀"

——试论郭绍虞《中国文学批评史》的贡献

(一)

郭绍虞年轻时写过一些新诗,有一首《送信者》不过短短两句:"这是多大的使命呀!人们的安慰在你们的身上脚底。"②读起来却有沉甸甸的责任感。诗中描写的这位送信者,就仿佛是他在中国文学批评史领域的形象。

郭绍虞本是苏州人,辛亥革命后到了上海,"五四"运动后又到北京,他曾说"五四运动总算给大多数国民一个大刺激,供给大多数国民趋向'觉悟之路'的曙光"③,他自己当然也是迎着曙光走上"觉悟之

---

① 王文濡《谢无量〈中国大文学史〉序》,2 页,上海:中华书局 1924 年 6 版。
② 郭绍虞《送信者》,《文学旬刊》1921 年第 23 期。
③ 郭绍虞《文化运动与大学移殖事业》,《东方杂志》第 17 卷第 11 号,1920 年。

路"的。他那时信奉社会主义,怀着改善社会的理想,而作为一个文艺青年,他又是将艺术发展当成社会改善之一部分的,确信真正的社会主义一定会促进艺术的发展①。他写过一篇《俄国美论及其文艺》的文章,讲述俄国19世纪文学理论的变迁,主要想说明美论(即文艺批评)既与文艺"互相规定",美论及文艺又与社会"互相规定",三者之间关联互动,因此,当"中国文学正在筚路蓝缕之时",文学不光肩负有社会改善的责任,也亟需要"正确忠实的批评者"②。这篇文章之所以值得郑重地在这里提出来,是因为它代表了郭绍虞早年的文学观念,受唯物史观的影响,相当重视文学产生的社会背景,也非常强调文学批评与文学相辅相成的关系。更重要的是,这一观念也渗透在他后来撰写的《中国文学批评史》里。在晚年回忆《我怎样研究中国文学批评史的》文章中,他谈到自己当年对蔡元培提倡的美育很有兴趣③,如所周知,蔡元培所提倡"美育"即美的教育,目标在于"以美育代宗教",是有很强的社会针对性,而这一点与郭绍虞以文学及文学批评的发展来改善社会的理念确实又恰相一致。

1934年,郭绍虞的《中国文学批评史》上册(商务印书馆1934年5月)出版,这是他在清华大学和燕京大学上文学史课的讲义,他说上课时参考了陈中凡的《中国文学批评史》、刘永济的《文学论》,可是他这本书一出版,好评如潮,马上盖过了比他早的陈中凡同名书籍。胡适大概是第一个给予正式评论的,在看过商务印书馆的排印稿后,就在应邀而写的《中国文学批评史序》里表扬它是"很重要的材料书"④。朱自

---

① 郭绍虞《从艺术发展上企图社会的改造》,《新潮》第2卷第4期,1920年。
② 《小说月报》1921年第12卷号外。
③ 《书林》1980年第1期。
④ 胡适此序写于1934年2月17日,但最终没有用于出版,见耿云志主编《胡适遗稿及秘藏书信》第12册,269—276页,合肥:黄山书社1994年版。

清不久也有一篇评论发表,竭力称赞它的"材料和方法都是自己的"①。

在郭绍虞以前,除了陈中凡,有关中国文学批评史,事实上已经有一些日本学者的书出版,在陈中凡《中国文学批评史》(中华书局1927年2月初版)的参考书目里,就列有盐谷温的《支那文学概论讲话》、儿岛献吉郎的《支那文学考》、铃木虎雄的《支那诗论史》。从体例上看,这里面最接近陈中凡、郭绍虞的应该是铃木虎雄的《支那诗论史》。此书1925年5月在日本出版,第二年铃木虎雄给叶长青写回信,就介绍他自己的这本书"乃古今诗论之史,非诗史也"②,而由孙俍工翻译的此书,改名为《中国古代文艺论史》(上、下册,北新书局1928、1929年),很快也获出版。今天来看,正如铃木虎雄自己所说,他最大的特点是就批评史而论批评史,好像陈中凡一样,谨守在古今文学评论的范围。

然而就是在这一点上,郭绍虞偏偏不同。根据郭绍虞《中国文学批评史》上册初版"自序"(1934年2月)的说法,他教文学史课教了六七年,本来想写一本文学史教材,最终变成文学批评史,但尽管变成了文学批评史,他还是希望能"从文学批评史以印证文学史,以解决文学史上的许多问题",因为"文学批评,是与文学演变最有密切的关系的",文学批评史实际是文学史的一部分,所以,应该能从文学批评史中"窥出一些文学的流变"的。这是他和过去中日学者考虑不同的第一点。在《中国文学批评史》第一篇"总论"里,他再补充说道:一方面,文学批评是与文学相关,另一方面,"文学批评又常与学术思想发生相互联带的关系,因此中国的文学批评,即在陈陈相因的老生常谈中,也足以看出其社会思想的背景",这也正是"中国文学批评史所以值得而且需要讲述的地方"。这又是他与过去中日学者考虑不同的第二点。

---

① 朱自清《中国文学批评史上卷》,《清华学报》第9卷第4期,1934年10月。
② 《铃木虎雄博士与叶长青社长书》,《国学专刊》第1卷第3期,1926年9月。

大约从朱自清开始,人们都纷纷表彰郭绍虞在文学批评史学科领域的开创之功,但是,回头看郭绍虞的本意,他自己却似乎更看重在文学史上的开拓。平心而论,也正是因为这样的预期和视野,他的《中国文学批评史》才能有朱自清所看到"取材的范围广大"的优点,便是"不限于诗文评,也不限于人所熟知的论文集要一类书,而采用到史书文苑传或文学传序、笔记、诗论等",甚至也不限于文学,"思想影响文学之大,像北宋的道学,人人皆知,但像儒道两家的'神''气'说,就少有注意的。书中叙入此种,才是探原立功"。换句话说,就是从文学批评史跨界到了思想学术史,而跨界的结果,便是它建立了自己的材料和方法。从几十年后,包弼德在《斯文》一书中仍然采用它的相关论述以为唐宋思想文化史演变的脉络,也可见它的影响之深远,还不止于文学批评史界。

(二)

1956年,郭绍虞被评为复旦大学一级教授,他这时发表了一篇文章,题目叫《怎样自学——我的学习道路》[①]。说"自学",一半是事实一半是自谦,因为他早先在苏州学工,到北京后,只是在北京大学哲学系注册旁听,好像算不了科班出身,不过既已为大教授,再来谈自学,于自谦中便透出很强的自信,因为历来就有一些了不起的学者属于"无师自通"。在不长的这篇经验谈里,关于研究中国古典文学及语言文字的方法,郭绍虞一共谈了六点,比如说要多读相互辩驳或递相补续的文章以训练自己的判断力和发现的问题能力,要有一边读书一边作笔记甚或制图表、画地图的习惯,又比如说要在读书中发现问题,然后跟着问题去找材料,这样一部一部地牵引下去,他还说这是顾颉刚的办

---

① 《青年报》1956年11月16日。

法,也适于人做独立的思考。他谈得都很具体、实在,也都是真知灼见。提到顾颉刚也很自然,因为他们两人是苏州同乡,同生于光绪十九年,先后做过燕京大学、复旦大学同事,有相当多的学术交往。

中国文学批评史的研究,在1920—1930年代尚属草创,材料和方法都是大问题,就如朱自清在为郭绍虞写的书评里所讲,第一是要"向那浩如烟海的书籍里披沙拣金去",第二是要"建立起一个新系统",而后者比前者更困难。困难就在于,用沈达材批评陈中凡《中国文学批评史》的话说,便是虽然有文人学士留下的诗文诗话或笔记,但由于它们"大都没有一定的立场,如西洋文学家之有一定的主义的。要想把此作为批评的材料,自必须一番很繁重的审查工作",陈中凡之所以有"材料的贫乏和选择的不当"之缺陷,就是由于未能下一番苦功,整理"有系统的史料出来"①。同样的道理,郭绍虞之所以能超越陈中凡,后来者居上,也正是由于他不仅能把文学批评放在文学的潮流中和社会的背景下,以此扩大材料的范围,同时还能对这些材料做系统化的整理和叙述。郭绍虞解释《中国文学批评史》的编写体例,在各个时期并不一致,"有的以家分,有的以人分,有的以时代区分,有的以文体分,更有的以问题分,这种凌乱的现象,并不是自乱其例,亦不过为论述的方便,取其比较地可以看出当时各种派别各种主张之异同而已"②,就说明他并不在乎写作形式上是否整齐,他要突出的是各家各派的理论和主张,是以文学的主张为叙述的脉络,而这也就是他晚年仍然强调的,"按一个问题一个问题的次序去写"③。

他的写法,首先便得到胡适的肯定,在《中国文学批评史序》里,胡

---

① 沈达材《陈钟凡著中国文学批评史》,载《图书评论》1933年第1卷第5期。
② 《中国文学批评史》上初版"自序",3页。
③ 《我怎样研究中国文学批评史的》。

适最赞许他的就是"能抓住几个大潮流的意义,使人明了这一千多年来的中国文学理论演变的痕迹"。这里说的几个大潮流,主要指郭绍虞对中国文学批评史三个时期的划分及描述:周秦至南北朝为文学观念由混而析的时期,隋唐至北宋为文学观念由析而反于混的时期,南宋以后为文学批评的完成期。胡适指出对这三个时期的命名还可商榷,但这一分期"实质上是有见地的",因为他看到了中国的文学观念在隋唐以后有一个"激烈的大变化",形式上复古,但意义上革新,可以说从隋唐到北宋是经历了一场文艺复兴、托古革命,而古文运动的兴起又绝非偶然,"乃是一个经过长期酝酿,并且有许多才智之士努力参加的大运动,不是盲目的,乃是有许多自觉的理论作基本的革新运动"。胡适自己写过《白话文学史》上卷,于汉唐之间的文学史有过真正深入的研究,他对郭绍虞在这方面的贡献因此看得非常清楚,以为"此书的最大功用在于辅助文学史,在于使人格外明了文学变迁的理论的背景"。

朱自清在评论中则进一步指出,郭绍虞能够抓住文学、神气、文笔、道、贯道、载道等重要术语,"按着它们在各个时代或各家学说里的关系,仔细辨析它们的意义",因为"懂得这些个术语的意义,才懂得一时代或一家的学说",所以用了这个方法,便已经成功了一半。而在张长弓的眼里,如果说陈中凡还是"偏重文学批评史料的陈列,关于文学批评的本身、前因以及影响,都未肯用精审的笔墨去分析的,也就是未尽却'史'字的任务"的话,那么,郭绍虞就"仿佛在一堆散乱的制钱中,一个一个地贯入钱绳,到最后提起钱绳,一串依次不紊的制钱,便提起了",他是完成了真正写史的任务,所以"凡有志于文史者,皆有'人手一编'之必要"①。

---

① 张长弓《读中国文学批评史(上册)》,《文艺月报》1935 年第 1 卷第 4 期。

以翻译莫泊桑小说著名的李青崖当年对《中国文学批评史》上册有一个很好的复述,他说郭绍虞在处理周秦至北宋的批评史时,首先设立了两个坐标,一个关乎文学,遵循的是"世界文化演变一般由简单而复杂,由复杂而繁缛;再由繁缛而复归于自然于朴质的路线",一个关乎思想,是先认清道家的反文、墨家的尚质、儒家的尚文,然后便从儒家入手去看文学观念,因为儒家偏尚实用,所以偏向于文道合一,到了魏晋南北朝时期,由于释家的出现,儒家消沉,文学不再为传统的卫道观念所囿,到隋唐时,释道并重,儒家未能独霸,文学上也就是文道并重,然后到北宋,有阳儒阴释的道学家出来,于是揭起文以载道的招牌①。由此也可见在《中国文学批评史》上册出版的当日,人们的评价几乎众口一词,都集中在表扬它清楚地揭示了周秦至北宋的文学批评史的主张和潮流。

(三)

1921年以后,郭绍虞开始辗转于南北各地的大学担任国文教师,这是他从文艺爱好者转向学术研究者的契机,1927年受聘于燕京大学后,更是得以专注于中国语言文学的教学研究。在他历年发表的论文中,可以看到他转益多师的痕迹,比如他早年所写《中国文学演化概述》②,就深深受到刘师培1905年在《国粹学报》所刊登《论文札记》的影响,因刘师培有由简入繁是文学"天演之例"的观念,认为中国的上古是全用文言,东周以后文字渐繁,至六朝有文笔之分,宋代出现儒家语录,元代以来词曲兴而语言文字合一,《水浒》《三国》等小说开俗语入文之渐,从刘师培的这一叙说,郭绍虞也得出了中国文学的各种文体都有自由化、散文化、语体化之趋向的结论。又比如他在《中国文学批

---

① 《中国文学批评史(上)》,《华年》1934年第3卷第43期"书报介绍"。
② 《文艺》第1卷第2期,1925年。

评史·自序》中也明确谈到他教书时,是以陈中凡的《中国文学批评史》和刘永济的《文学论》做参考。这也表示他并非"师出无名"。

在这里,也许值得提到的还有一个人,就是日本的铃木虎雄。1920年代,除了孙俍工翻译出他的《中国古代文艺论史》,他关于中国文学的论文,译成中文发表的还有不少,其中包括鲁迅翻译的《运用口语的填词》①。1929年,郑师许翻译了他的《儒教与中国文学》②,译文刚一发表,就得到胡怀琛的撰文呼应,表示他和铃木虎雄一样,推重具有儒家立场的诗人,而视道学家和文士的诗为不足取③。在1937年发表的《神韵与格调》一文中,郭绍虞于论文的"绪言"便交代说:"神韵与格调,是中国文学批评史上的重要问题",故翁方纲曾有《神韵论》《格调论》,铃木虎雄"也知道他的重要,于是于《支那诗论史》之第三编即专论格调神韵性灵之三诗说,于阐说其义以外,兼述其历史的关系",这篇论文就是要在他们两人的基础上,"擘肌分理",阐述神韵和格调的特殊意义④。

需要说明的是,郭绍虞提到的铃木虎雄"论格调神韵性灵三诗说",本来是他1911年发表的一篇论文题目,后来收入《支那诗论史》并见中文本《中国古代文艺论史》下册。而就是在《中国古代文艺论史》上册,铃木虎雄不仅提出了他关于魏是中国文学"自觉时代"的极有名的论断,也给出了"在中国儒者与文人、道德与文学底对抗,历代都是如此"的总结。也许正是受到铃木虎雄这一总结的刺激,1930年,郭绍虞在《中国文学批评史上文与道的问题》一文中⑤,劈头写道:"粗

---

① 《莽原》第2卷第4期,1927年2月25日。
② 《知难》第109期,1929年。
③ 胡怀琛《评儒教与中国文学》,《南洋:南洋中学校友会会刊》1929年第9期。
④ 《燕京学报》第22期,1937年。
⑤ 《武汉大学文哲季刊》第1卷第1期,1930年。

粗看来，从前一般人的文学观似乎都以道为中心，在中国全部文学批评史上彻头彻尾，都不外文与道的关系之讨论。但是细细察去，则知同样的文道论中，自有其性质上的分别与程度上的差异。"他的这篇论文，整个也都是基于对一般人只是这样粗粗看到中国文学批评史之皮毛的不满，仔细地考辨唐人文以贯道与宋人文以载道的不同，并且分析当北宋的道学家们忙于建立他们的道统时，古文家们又在怎样建立他们的文统，如他说古文家论文，重在"文"的问题，而道学家论文，才兼顾"心"与"道"，政治家又于心与道之外，更兼顾教化的问题。韩愈论道，足为道学家张目，柳冕论道，则成政治家论文的先声。而韩愈对文与道的态度，与道学家不同的是，韩愈是因文而及道，道学家是求道而忽文。但是韩愈文道并倡，也鼓励了后来的古文家论文主道，所以宋初的古文运动，骨子里是道学运动。与唐代不同的是，宋人有统的观念。唐代古文之体未定，尚能开辟门户，宋人有古文的典型在前，难成巨制。他的这些论述，在稍后出版的《中国文学批评史》上册里更得到发挥，成为书中相当精彩的一节（上卷第六篇"北宋"），受到胡适最早的称赞以及后来人绵绵不绝的回响。而这也说明在郭绍虞编写《中国文学批评史》时，他对于国内外同行的研究，都是既有所学习又有所超越，因此才为中国文学批评史学科，奠定了广大而坚实的基石。

原载《书城》2016 年第 12 期

七　守护民间
——重读红皮本《中国文学史》

说到红皮本文学史，现在还有不少人知道，指的是北京大学中文系文学专业 1955 级集体编著的一套上下两册、将近 80 万字的《中国文学史》,1958年9月由人民文学出版社出版,封面呈朱红颜色。参加写作的数十名三年级大学生,才不过二十岁左右的年纪,后来,他们都成了我的师辈,现在,当我重新翻开这部红色文学史,我也已经远远超过了他们当时的年龄。时光如逝,如同那日渐暗淡的纸面,而透过刚硬依旧的一粒粒铅字,时光又仿佛可以倒流。

关于编写这部文学史的起因,根据写作者当年的记载,主要由于那一年暑期,校党委发出了科学跃进、群众办科学的号召,1955级中文系的同学于是想到,可以用集体编著文学史的办法,来"投入这场学术革命的伟大斗争"①。事隔四十年,也有人回忆说,那起因本来偶然,一位受到"大批判"的老教授发话:"你们能破不能立!"一下刺激了全班七十多位同学的"革命积极性",他们决定自己动手编写一部文学史,"把红旗插上中国文学史的阵地"②。

1958年的夏天,历史的大事记上写着:反右派结束,大跃进开始。在党领导的资产阶级学术思想批判运动中,学校里的"资产阶级科学偶像"逐个破灭,政治的威权在这片知识的园地上再一次得到肯定,教师们的形象在学生眼中也有点今非昔比。然而,就在这些记载、回忆里边,隐隐约约地却总能让人感受到一种奇怪的压力——"按照老'皇历',只有教授专家们才能著书立说,我们这些年轻人——大学三年级学生,行吗?"③在这些"站在党的红旗下的无产阶级学术的新兵"面前④,"资产阶级"的学者教授们似乎仍然挟有他们知识的、学术的余

---

① 《中国文学史》1958年版"后记",698页。
② 参见王水照《我和宋代文学研究》,载《王水照自选集》2页,上海教育出版社2000年版。
③ 《中国文学史》1958年版"后记",698页。
④ 《中国文学史》1958年版"前言"。

威,也似乎正是这点学者教授的未被彻底征服的余威,使这部文学史看起来有点像个负气之作。

说它像个负气之作,依据十分简单:在这部文学史的叙述当中,夹杂了太多的指名道姓的批判,那些突如其来的激烈的批判文字,令文学史积数十年养成的从容不迫的叙述语态屡屡中断,而遭到点名"待遇"的,显然大都是享有盛名的学者,有的大概就是这些作者们的任课教师。

粗粗点算下来,在这部文学史中先后被亮相的"资产阶级专家",就有茅盾、陈子展、游国恩、胡适、林庚、孙作云、谭戒甫、刘大杰、郑振铎、马茂元、俞平伯等,其中北京大学中文系的林庚、上海复旦大学中文系的刘大杰又是"见批率"最高的。在学术这个行当,毫不留情面的批评和针尖对麦芒式的商榷并不罕见,可这部文学史中的批判文字,它的持论之高和责人之严,它随时能将问题拔高到无产阶级与资产阶级两条路线斗争上的敏感和气魄,还是能给人留下深刻的印象。四十年后的今天,尽管一般文学史在对史事的陈述、对作品的拣选上,都没有太多的原则性改变,但是类似下面的结论、语言,到底已经消失:"五四"以来关于屈原的研究,贯穿着无产阶级与资产阶级两条路线的斗争,郭沫若的《屈原研究》代表了无产阶级的方向,而解放前的胡适和解放后的游国恩都持的是资产阶级观点……所谓"盛唐气象",实质上是唐代中、小地主阶级及其知识分子对这个上升发展的封建社会的歌颂,"盛唐"是封建统治阶级的"盛唐",而不是人民的"盛唐",赞扬这个时代,赞扬这样的诗歌实质是反映了林庚的资产阶级立场……刘大杰把李白说成是"天才、诗人、神仙、豪侠、隐士、酒徒、流浪者、政治家的总汇",丝毫不从阶级观点上去分析,于是掉入不可知论的泥坑,实际上是对我们伟大诗人的一种诬蔑,另外,他赞扬李白描写贵族公子生活的《少年行》,赞扬"我醉君复乐,陶然共忘机"的消极醉酒思想,也说明了资产

阶级学者自己的趣味……①

"资产阶级"一词,在我们这个时代,据说已经染上了新的色彩。无法想象新的知识与经验,会不会干扰我们对当年的"资产阶级学者"这一称呼的准确理解,也无法想象靠着极度有限的回忆与极其片断的追溯,能否体察戴着这顶"桂冠"的人们在那时的真实境遇及心情,或许就像很多人记忆中的,"资产阶级"曾经就是魔鬼的咒语。的确是咒语的话,当我读到那些喷火的文字,竟禁不住地猜想:在施咒者的内心,究竟积聚着怎样的压力?

记得红皮本文学史刚一出版,立刻受到来自四面八方的异乎寻常的关注,赞扬者多多,包括北京大学中文系的部分老师,可是,也有另外一些专家学者发出了批评的声音。批评者的一个重要意见,便是指出这部文学史在每一阶段的叙述中,都是首先介绍民间文学并给予很高评价,是把民间文学捧得太高,他们说,把民间文学视为中国文学史主流的观点,不但与历史事实不符(例如以《永淳中民谣》和杜甫的《自京赴奉先县咏怀五百字》比较便可以知道,自然是后者更深刻地反映了社会现实),就是在政治上也并不一定正确②。这时候,如今说起来多少有点让人感觉意外的是,1955 级刚刚露出头角的这批大学生,竟是那样彻底地被这一部分专家说服,他们迅速组成新的编委会,随之对文学史做了非常大的修改,很快拿出新的一版来。在新的编委会名单里,可以见到游国恩、林庚、吴组缃等教授的大名③,而在涨到 120 万字的

---

① 分别见于 1958 年版《中国文学史》上册,64—66、294、295 页。
② 参见乔象钟《民间文学是我国文学史的主流吗?》,载《光明日报》1959 年 4 月 5 日。
③ 《中国文学史》1959 年版"后记",2 页。

这新的一版里边，最明显的，是民间文学的价值与作用被大大地淡化、削弱，就连四册书的封面，也没有再用原来那种朱红的颜色，而变成不起眼的淡黄。

当然，可以说这只牵涉到学术问题，老师们特别是年老的教授们，毕竟有着"丰富的学识和精到的见解"，有着"在文学研究战线上几十年探索的经验"①，不过一旦套用毛泽东或者福柯的理论，还是能够觉察到，即使校园内的看似纯粹的学术，也与政治有着极其复杂的纠葛：有时候是政治上的正确与否，决定着学术的升降和知识的去取，有时候，知识构成的状况和学术地位的高低，也多多少少左右了政治路线的抉择。

在较早的红皮本文学史里，写作者是把文学清清楚楚地判为对立的二元的，一边是"上层阶级文学"，一边是"民间文学"，而他们对从前文学史的一个最大不满，也是那些"资产阶级"的文学史家只肯认同上层阶级的、文人作家的文学，总把民间文学粗暴地排斥在文学的正统地位之外，他们因此表示，将要坚定地站在民间立场，努力阐明民间文学在中国文学史中的决定性作用。他们竭力主张，民间文学不但是古典文学中最富有人民性、思想性的作品，同时也孕育了古典文学的所有主要形式，他们说就是在与作家文学的关系中，民间文学也像土地滋长万物一样，滋育和哺乳了进步的作家文学—— 一方面为作家提供丰富的写作材料，一方面又不断将作家从僵化的旧形式中解放出来……

从开头到结尾，从近代到先秦，这些年轻的文学史作者好像一直在以民间文学代言人的身份，护卫民间文学崇高的、压倒一切的地位，在书写着对文人作家的上层文学的反抗的同时，也书写着对"资产阶

---

① 《中国文学史》1959 年版"前言",3 页。

级"教授专家所控制的文学史"话语权力"的反抗。而叙述者与叙述对象之间的这种身份认同,某种程度上说,应当是由叙述者自己的现实状况决定的。与其把文学史的叙述者比作公正无阿的法官,不如说他们更像文学的一个目击者,一个并不能完全超越个人立场、保持绝对中立的目击证人。在我的想象中,反抗历史上的所谓上层社会和正统文学,与反叛现实中由"资产阶级学术权威"垄断的学术正统和学院政治之间,就有那么一层类似隐喻的关系。

对民间与民间文学的认同,其实也并不始于1950年代的这些大学生,至少胡适在1920年代的《白话文学史》里已经宣布:"一切新文学的来源都在民间。"当然不止胡适,就是在红皮本文学史中被点名批判的那些学者教授,那些"五四"时期激进的新青年以及后来的影从者们,也都曾经是民间立场的顽固坚持者和民间文学的热情鼓吹者,民间,正是他们拿来与封建正统相抗衡的武器。只是此刻,当他们讲述的中国文学史,终于坐在了文学教育的"正统"这把交椅上,而他们自己也由冲锋陷阵的勇士,变成了学院里的学术权威、象牙塔里的"资产阶级"学者,从此与"民间"长相隔绝,民间立场的接力棒,自然而然地,就落到了更加年轻、也更加与权力无缘的学生手上。

守护民间立场、代民间立言,在相当长一段时期内,实际上都可以说是中国文学史的一种写作传统,而从反封建到反资产阶级,不过是这样一种精神传统的延续。有时候我甚至想,文学史究竟跟其他的学科不同,它是文学的,而文学,本质上是反体制的。

从1990年代走红的一位摇滚歌手那里,偶尔听到半句歌词:"要把良心换知识,我不换!"那种决不妥协的腔调,跟我1980年代初坐在大学教室那会儿的心情,真有天壤之别。1970年代末1980年代初的校园,也是风云变幻、潮汐汹涌,然而一切的一切,都挡不住我们对神圣的知识殿堂的向往,挡不住我们对无知和"白卷"的蔑视。所以,当我在反反复复的旋律中忽然听懂这半句歌词,忽然意识到"知识"与"良心",原来竟是摆在人生天平的遥远的两端,是不可交换的,毫不夸张地说,好比是惊雷灌耳,大梦方醒。而相隔四十多年,当我小心翼翼打开纸张早已变脆易折的红皮本文学史,一页页翻看着师辈们"向资产阶级学术思想展开不调和的斗争"的历史的时候①,心底里翻滚的也差不多就是这样的雷声。

时过境迁,1950年代的观念,无论人生观、社会观,还是文学观,也许要用"一尘不染"或者"洁癖"才足够形容,一切不明朗爽快、不一清二白的,一切暧昧温情、拖泥带水的,总之,凡是沾染了资产阶级和文人雅士情调的东西,都要打入另册。文学史上,不要说庄子"思想的反动,避世人生观的消极,往往将人们引入一片虚无的境界,是应该严厉加以批判的",阮籍、嵇康虽对现实不满,可更多采取消极逃世的态度,表现了士族文人的软弱,也有问题,就是柳永的《八声甘州》"对潇潇暮雨洒江天"、《雨霖铃》"多情自古伤离别",写羁旅乡愁、离情别绪,尽管反映了中下层知识分子怀才不遇的苦闷,有一定的社会意义,但基本情调是感伤、没落的,苏轼的《念奴娇》"大江东去"、《水调歌头》"明月几时有"等,追求"人生有什么意义"这一问题的答案,也陷入老庄佛道思想的虚无主义的深渊,在今天都应该一并批判。还有李清照,她前期的词是贵妇人的生活写照,像《浣溪沙》的"绣幕芙蓉一笑开,斜偎宝鸭衬香腮,眼波才动被人猜","真是卖弄风骚、故作娇态的不堪画面",《一剪梅》的"花自飘零水自流",表现的则是丈夫远离后百无聊赖的情绪,南渡以后,她的词如《声声慢》"寻寻觅觅",更是表现了"完全绝望、对生活丧失最后一点信心的悲观情调",对这些"只能引导人们走进她所

---

① 《中国文学史》1958年版"前言",2页。

描绘的灰色的罗网,从而削弱人们生活的斗志",起着严重消极作用的作品,也只有举起严肃批判的武器……①

对这种所谓清洁、健康的思想,这种绝对产生自民间和社会底层中的审美观以及对资产阶级"不调和的斗争"态度,其实我也并不陌生,只是到了不惑之年,再回头去看被清洗得如此干净的文学史,到底觉得它过于单纯、过于理想化。不是说单纯和理想化有什么不好,而是假如作为教科书的话,至少它不足以教给人应对复杂人生的经验,教给人直面沉重历史的勇气,更不要说像那些提出批评意见的专家们指出的,不足以教人了解然后热爱伟大祖国丰富的文化遗产了。历史与人生,都不是执单一标准可以裁判的,这不是一个简单的良心问题,不是伦理主义就可以解决的,还需要通过各种教育途径获得大量的知识,也许是年纪增长的缘故,我越来越相信,总要由一定的知识积累,来做认识、判断世间一切事物的底线。

而在那时,1958 年,我的仍然年轻的师辈们正像八九点钟的太阳,天然地处在生命的巅峰和道德的制高点上,他们的心灵,因为没有人为的知识体系的障碍,反而显得澄澈空明。他们不但天使般地守护着民间,也守护着人世间最纯洁高尚的感情——爱情。"爱情",在这部文学史里,也是一个出现频率极高的词汇,就像民间文学占有绝对大的篇幅一样,以爱情为主题的作品,在中国文学史上忽然也变得光芒四射、俯拾皆是:例如宋元话本里,爱情婚姻的悲剧主题就占有最大的比重,成就也最高,南戏的题材,一般也都偏重于爱情、婚姻、家庭等方面,反映广大人民特别是城市平民的思想与愿望。例如"三言"的最主要内容是爱情故事,《聊斋志异》写得最多的也是妖怪精灵和人恋爱的故

---

① 分别见于《中国文学史》1958 年版上册,47、143 页;下册,65—66、78、90—91 页。

事,而《红楼梦》这样一部爱情悲剧,俞平伯却说它的"主要观念是色空",理应受到批判。尤其令人惊讶的是,作品只要写了纯洁的男女之爱,便仿佛能够得到一种阶级上的豁免权,自动超越底层社会与上层社会、民间与统治者的阶级界限,就像白居易的《长恨歌》,虽然写的是帝王之恋,红皮本文学史却说,由于白居易并没有把他们当作历史人物的帝王贵妃,而是把他们当作爱情悲剧的牺牲者来写,歌颂的是他们那种始终不渝、坚贞专一的爱情,所以作为爱情悲剧,在艺术上也取得了相当高的成就①。

在我迄今读到过的许多文学史中,还没有哪一部像这样独独看重爱情,像这样拼命地挖掘爱情并且不遗余力地歌颂爱情。下面这一段对屈原《湘君》《湘夫人》的叙述和分析,就显得异常抒情:

> 《湘君》是扮演湘夫人的女巫的独唱,一次约会,湘夫人等了很久,湘君还没来,她担心地唱道:"君不行兮夷犹,蹇谁留兮中洲?"于是她驾起船来去迎湘君,她唱道:"望夫君兮未来,吹参差兮谁思!"表达出她对湘君的无限思念。她转道洞庭,望着涔阳极浦,但是没有看到湘君,极度思念,连她的灵魂都飞过了大江,但是仍一无所得,她痛苦地流出了相思的眼泪,不得不怀疑湘君是否变了心。惆怅之余,她又回到了他们的相约地——北渚,但是湘君仍然连影子都没有,只有一片凄寂的景象。悲愤中她把佩玦抛入江中,以示决绝。《湘夫人》是扮演湘君者的独唱,当湘夫人离开北渚去寻找湘君时,湘君正到了北渚,望眼欲穿地在那儿发愁:"帝子降兮北渚,目眇眇兮愁余。"他恍恍惚惚地望着远处,听流水潺湲,内心无限凄凉。他说,听帝子叫他,他赶了路来,本想"腾驾兮

---

① 分别见于《中国文学史》1958年版下册,30、51、401、417、390页;上册,350页。

偕逝",去水中建设幸福的乐园。最后,还是等不来,他也只有表示决绝了。这是一场误会,但他们却因之流出了真诚的眼泪,由此可以看出他们对真挚爱情的强烈追求。我们可以想象,他们一旦碰在一起,解释了误会,不知要如何相恋相慕呢!①

令人难以相信的是,这充满了柔情想象的一页,夹在硝烟弥漫的"阶级斗争"中间,竟然显出格外的真实和妥帖。

红皮本之后,是修订过的黄皮本。黄皮本之后,1955级的这些大学生中,有许多人从此走上文学史研究与教学的道路,那以后陆续出版的一些中国文学史著作,都留有他们的笔迹。红皮本文学史是一个开头,一个令人难忘的开头,但是,那以后风风雨雨几十年,还有多少人仍能记得当年的豪言壮语?"我们是不断革命论者。"②在北京的飞沙走石的这个春日,我默默复诵这句旧日的口号,感慨万千。

2001 年 3 月完稿

八　文学史的进与退

《文学遗产》杂志创办六十周年之际,作为它的一名读者、作者和过去的编辑者,我有很多感慨。这份杂志在六十年里,虽然随着时代而有种种变化,但始终不变的是它对于传统文学带有温情的却又坚持纯学术的发表宗旨。我曾经通过它学习到不少前辈学者的论述,也曾经在它的编辑部里度过难以忘怀的时光。1990 年代,我在《文学遗产》上

---

① 《中国文学史》1958 年版上册,50 页。
② 《中国文学史》1959 年版"前言",2 页。

发表过几篇有关《中国文学史》书写的论文,这些年来,它也一直都是我关心的题目。去年机缘巧合,读到青木正儿点注的王梦曾《中国文学史》、中国大陆出版的台静农《中国文学史》以及中文版的宇文所安、孙康宜主编《剑桥中国文学史》,这三部文学史编写、出版的年代不同,作者的国籍不同,知识背景也不同,却同样触及文学史的重大问题,如语言文体,如民族国家,也颇能反映对传统中国文学史的书写在最近一百年的变化,因而使我产生许多新的感想,并借由纪念《文学遗产》创办六十周年的机会,以书评的形式将它们写下来,以向我尊重的这份学术刊物致敬。

(一)

1914 年,杭州的浙江省立第一中学教员王梦曾编写了中华民国成立后的第一本《中国文学史》①,由上海的商务印书馆出版。这是商务印书馆自 1912 年起,配合教育部学制改革,迅速推出的几十种"共和国教科书"中的一种②,配合它出版的还有专供教员用的一册《中国文学史参考书》。"共和国教科书"风行一时,这本《中国文学史》也先后印

---

① 王梦曾,生平不详。但根据项士元所撰《杭州府中学堂之文献》(朱有瓛主编《中国近代学制史料第二辑(上)》,548 页,上海:华东师范大学出版社 1987 年版),他的名字曾经出现在杭州府中学堂宣统元年(1909)的教职员名簿中。又根据郑鹤声(1901—1989)《自传》(晋阳学刊编辑部编《中国当代社会科学家传略第二辑》,234 页,太原:山西人民出版社 1982 年版)的记述,郑鹤声小学毕业便考进杭州的浙江省立第一中学,1920 年再考入南京高等师范学校,这期间,他在省立第一中学的历史老师就是王梦曾。由此可见,在 1909—1920 年的这一段时间,王梦曾应该都在杭州府中学堂亦即后来的浙江省立第一中学教书。而在署名"杭县王梦曾编、武进蒋维乔校"的这本《中国文学史》(上海:商务印书馆 1914 年初版、1928 年第 21 版)"编辑大意"中,王梦曾也谈到这部教材是自癸丑(1912)之夏动笔,到甲寅(1913)之夏完成,整整写了一年。

② 参见庄俞《谈谈我馆编辑教科书的变迁》,原载《同舟》1933 年 3 月 5 日第 7 期,转引自陈学恂主编《中国近代教育史教学参考资料(中)》,423—431 页,北京:人民教育出版社 1987 年版。

刷数十次,传播极广。1918年,日本的青木正儿看到它,以为取材精当、简净得体,"殆非东西著作所得比",也适合给日本的中国文学初学者看,于是采用日本传统的训点方法,在上面添加若干日汉式汉文读法的标识,同时参照《中国文学史参考书》增加一些注释,刊印成线装一册,由京都汇文堂发行,以便日本读者"直闻其国人之说"①。

《中国文学史》的编写,自1897年日本的古城贞吉首开其端,到1918年,在日本,已有藤田丰八、笹川种郎、高濑武次郎等人编写的多种出版②,在青木正儿读过的京都大学中国哲学文学科,他的老师狩野直喜也多年开有一门中国文学史的课③。可是,在青木正儿看来,一国文学,总要"生于其土"的人,才能"贯穿今古,渐染风流",才懂得"文学变迁之故",因此,他在《点注中国文学史·序》里就批评"东西诸儒"所写中国文学史"多不足见",而对"支那革命,学风一新"后,有中国人后来居上,写出自己的《中国文学史》,怀有极大的好感和热忱。

但是,王梦曾的《中国文学史》虽挂有官方审定的招牌,封面上更写着"共和国教科书"几个大字,实际上它有多少"共和国"意识,是否能切实遵循"共和国教科书"的编辑宗旨而将"注重自由平等之精神、

---

① 中华王梦曾原撰、日本青木正儿点注《点注中国文学史·序》,大正七年秋十月京都汇文堂发行。另据青木正儿在《觉醒せんとする支那文学》(《觉醒的中国文学》,1919年12月)一文中说,他已注意到受西洋风气影响,中国出版了很多新的历史研究著作,其中就有王梦曾、张之纯、谢无量等人撰写的《中国文学史》(《青木正儿全集》第2卷,212页,春秋社1983年版)。

② 参见川合康三编《中国の文学史观·资料编〈日本で刊行された中国文学史〉》(《中国的文学史观·资料编·日本出版的中国文学史》),东京:创文社2002年版。

③ 参见狩野直喜著《支那文学史》所附吉川幸次郎"解说"、狩野直祯"解说",东京みすず书房1970年第1刷、1993年第3刷。

守法合群之德义以养成共和国民之人格""注重表彰中华固有之国粹特色以启发国民之爱国心"等等视为职责所在①,却是值得推敲。

不能忽略的是,在王梦曾的文学史里,恰恰是刚被"革命"推翻的清王朝为中国文学史的鼎盛期,他说:"前清一代,实为吾华四千年来文学之一结束,凡前古所有之文学,至前清,无不极其盛。"而四千年来的文学,又可分成"词赋"与"古文"两股潮流:"自屈(原)、宋(玉)开词赋之端,其传千百年,自韩(愈)、柳(宗元)开古文之端,其传亦千百年。"这两大潮流延续到清代,"论古文至姚(鼐)、曾(国藩),论骈文至孔(广森)、曾(燠),论诗至沈(德潜)、王(又曾),论词至张(惠言)、周(济),取径甚正,其兴当未有艾"②。

何以传统的诗词文章到清代成绩斐然、登峰造极?根据王梦曾的理解,一是国势的影响,二是学术的关系。他所谓"国势",指的是清王朝拥有空前辽阔的疆域和空前复杂的民族,"凡历代之外族,所谓匈奴突厥鲜卑蒙古者,至前清,则东自高丽,西迄葱岭,北自西伯利亚,南极交阯,皆融洽于一炉",由此养成文学上有"不复分畛域"的气象。而他所谓"学术",指的又是清代一面继承了宋代理学之后的重理倾向,一面又接过黄宗羲、顾炎武自汉唐经学沿袭下来的重词作风,两种风气相会合,便达到词理并重的胜境③。

"其兴方未有艾"的前清文学,于是就成了"吾华四千年来文学"的

---

① 这是商务印书馆拟定的《共和国小学教科书编辑要点》,包括有"注重自由平等之精神、守法合群之德义以养成共和国民之人格""注重表彰中华固有之国粹特色以启发国民之爱国心""注重汉满蒙回藏五族平等主义以巩固统一民国之基础""注重博爱主义推及待外人爱生物等事以扩充国民之德量"等十余条,见该馆《编辑共和国小学教课书缘起》(《教育杂志》1912年第4卷第1期),并参见《商务印书馆新编共和国教科书说明》[陈学恂主编《中国近代教育史教学参考资料(中)》,422—423页]。

② 王梦曾《中国文学史》,76—77页。

③ 同上书,78页。

最高峰,也成了未来"共和国"文学的典范。王梦曾深信即便由于"欧化东来",而使当今"学者兼骛旁营,心以分而不壹,业以杂而不精",干扰了"固有之文学"在既定路线上的进程,可是,只要能"使学者知所研求,则当此未有之奇局,学识益广,安见不更闳是论,议崇厥体,裁使神州文学益臻无上之程度"?① 他把清代文学看成是文学发展的广大正道,认为只要沿着这条路走下去,"神州文学"必定达到"无上之程度"。

当然,抱着这样的认知和心情,王梦曾的《中国文学史》与他前人讲述的传统文章的源流变迁,便不会有多少区别:

第一,他是以屈宋、韩柳(韩柳上溯而至六经诸子)为文学史上的两大潮流倾向,前者代表词亦即声韵词采,后者代表理亦即论理叙事,词与理交互作用,推动文学的发展变化,如果说屈宋影响下的汉代是"词胜",韩柳影响下的宋代就是"理胜",而清代为"词理并胜"②。词与理,这一对文章修辞概念,做了文学史的关键词。

第二,正如讲清代文学,不免要按照当时的"活文学"也就是古文、骈文、诗、词这样的文体归类来分别叙述,回溯历史,他也是按照"以文为主体,史学、小说、诗词、歌曲为附庸"的办法③。因为要交代诗词骈文何以是以词取胜、论理叙事之文何以是以理取胜,他还要兼顾到文字声韵之学、经史之学。

第三,为"博读者之趣"换句话说是迎合读者的趣味,他也纳入了"宋世白话之诗词、元世白话之文"等异端文学,即其所谓"异制"④,但

---

① 王梦曾《中国文学史》第七十二节"结论",96—97页。
② 按照王梦曾《中国文学史》的说法,就是"秦汉以还,尚词尚理两大派之文学"(10页)。该书分四编讲述上古至清代文学,标题就是:孕育时代、词胜时代、理胜时代、词理两派并胜时代。
③ 王梦曾《中国文学史·编辑大意》,2页。
④ 详见王梦曾《中国文学史》,67、74页。

那只是要说明文学史的主潮之外尚有"歧趋",并不代表他肯接受白话就是中国文学的主体①。

青木正儿以为"支那革命,学风一新",新出版的文学史也马上能够反映出辛亥革命的精神,他是太过乐观。中华民国的成立,并不如想象中那样,可以使"数千年专制之政体,一变而进于共和",可以使它的人民,立刻成为具有"国家思想"及"世界思想"的共和国国民②,而这时出版的"中国文学史",也一如同时代日本编写的"(日本)国文学史"。从专制王朝到共和国,这中间毕竟隔着一段距离,远非一朝一夕能够改变。

王梦曾的《中国文学史》顶的是"共和国"招牌,骨子里守的却是清人的"中学为体,西学为用"那一套,也就是仍然在以古文为核心的传统内部,讲诗文的修辞变化、古今演变。这也并不奇怪,因为在这一套共和国教科书中最负盛名的许国英所编《国文读本》里面,收的就大多是古文辞,以古文辞来当"文章规范"、教"作文法理",实在还是当时一般人的文学常识,也或称得上是"共保国粹"之举③。

王梦曾也谈白话文学,主要是在讲到宋金元文学时。他以为"以白话易文言,自宋以来始有之",见于宋儒的语录和宋人诗词。到了元代,白话已很普遍,既见诸史书、文告,又见诸词曲。如"史官载笔或以兔二、虎八纪年,今所传元秘史是也","朝廷所下文告,言多俚鄙,如今所传元典章中所录诸诏牍是也",这都是因为"元人崛起漠北,不谙文理",朝廷又"禁蒙人习汉字,汉人习蒙字",由此官方文告和史书都要

---

① 王梦曾《中国文学史·编辑大意》,1、2页。
② 参见李剑农《论共和国民之资格》,《民国报》1912年1月11日第4号。
③ 许国英编纂中学校用共和国教科书《国文读本》第一册《编辑大意》,1页,上海:商务印书馆1912年。

用白话来写。社会上,自然更是流行俗语文学:"自宋人为词,间用俚语,金元以塞外蛮族入据中原,不谙文理,词人更曲意迁就,雅俗杂陈而曲作矣。金末董解元作《西厢记》,为北曲开山。元世擅长者,以王实甫、关汉卿……诸家最有名……元末以北曲不便于南,永嘉人高明作《琵琶记》,遂为南曲开山……自是南北曲并盛。"①这里面最值得注意的是,他认为词、曲(院本、杂剧、南戏)等白话文学的产生,是与金、元"异族"有关,而由于女真、蒙古等"异族"的文明程度远低于华夏文明,词、曲的价值,也就逊色于古文和诗这些传统文学的价值。

  点注出版过王梦曾的《中国文学史》,第二年,青木正儿便接触到胡适以及中国的新文化运动。1920年,在京都出版的《支那学》的创刊号上,他发表了《以胡适为中心的激流勇进的文学革命(一)》一文,自称是"抛开文学史家的立场"、以一个现场观众的身份来介绍刊登在1917年《新青年》杂志上的胡适的《文学改良刍议》和胡适这个人②。在当年给胡适的日文信中,他曾写道:"在我们国家,提起支那文学,便想到四书五经、八家文及唐诗选一类的旧人物仍然很多,以为在贵国眼下还有人讲着《论语》式的话。你所说已被埋葬在博物馆里的支那文学,还停留在一般人的脑子里。"出于对"新文学"的热烈向往,他在信中甚至评价他在京都拜访过的王国维,"作为学究值得尊敬",可是"旧脑筋"、思想保守③。1921年,他接着发表了《本邦支那

---

  ① 王梦曾《中国文学史》,67、68、72页。
  ② 青木正儿《胡适を中心に渦いている文学革命(一)》,《支那学》第1卷第1号,弘文堂1920年9月。
  ③ 耿云志编《胡适遗稿及秘藏书信》第42册,630页,合肥:黄山书社1994年版。又据青木正儿《中国近世戏曲史序》说,明治四十五年(1913)二月,他因为研究元曲而谒见寓居京都的王国维,发现王国维"仅爱读曲,不爱观剧,于音律更无所顾",学问也"渐趋金石古史",以"年少气锐,妄目先生为迂儒,往来一二次即止"(青木正儿《中国近世戏曲史》,王古鲁译,北京:作家出版社1958年版)。

学革命第一步》,提倡日本汉学家也要抛弃传统的汉文训读,直接用汉字音来读中文①。然而,就在一两年前,他不但认为王梦曾的《中国文学史》可以代表中国学术界的新风气,还加以传统的训点将它推荐给日本读者。

于今想来,那正是一个新旧交替的时代:新思想浪潮叠起,新方法层出不穷。1913 年,留学日本的王灿将古城贞吉的《支那文学史》翻译成中文并加以修订,更名为《中国五千年文学史》在云南出版②,时隔五年,青木正儿便将王梦曾的《中国文学史》编印成方便日本人读的"点注本",在京都发行,这不仅反映出那个时代的中国与日本在思想、学术界有相当密切的互动,也反映出"文学史"在那个时代是如何的大受欢迎。

(二)

大约是抗战期间,在四川白沙的国立女子师范学院教书时,台静农就开始编写他的《中国文学史》讲稿,1946 年到台湾大学任教后,他依然授课、写稿,直到 1950 年代后期。2004 年,经过他学生校订、增补的这部上自先秦下迄金元的讲稿在台湾大学出版,2012 年再由上海古籍出版社印行③。

台静农写文学史的年代,《中国文学史》已经有了比较成熟的模型,大部分的文学史,都如他在《中国文学史方法论》中指出的,是"以历史为经,以作家作品为纬",也就是按时代顺序讲述作家、作品④。从

---

① 青木正儿《本邦支那学革新の第一步》,《支那学》第 1 卷第 5 号,弘文堂 1921 年 1 月。
② 古城贞吉著、王灿译《中国五千年文学史》,云南开智公司 1913 年版。
③ 参见台静农著、何寄澎主编《中国文学史》(上、下,上海古籍出版社 2012 年版)的编辑整理者何寄澎所撰"编者的话""原编序"以及柯庆明所写"原出版前言"。
④ 台静农《中国文学史(下)》附录"中国文学史方法论",659 页。

附录于这部文学史后的《中国文学史方法论》七讲也可以看到,对于文学史的方法,他有相当自觉的省思,最重要的是,他的文学观念已经与王梦曾完全不同。

首先在台静农的时代,"活文学"早已不是传统的古文及诗词骈文①,再要按照过去那一套文体类别,讲诗文的流别、体制、作法和评论,不但失去现代教学的意义,也失去现实的语境②,因此台静农明确指出,以"体制"为中心的传统文学研究方法,大弊在"太偏重形式而忽略内容"。他认为文学史的研究重点,应该是在"作家的思想""作家所属社会之文化发展程度"和"作家所属社会间的相互关系影响于作家生活环境"上面,文学的体制与作家的思想,是"形式"与"内容"的关系③。

形式与内容,从日本的藤田丰八最先采用在《支那文学史稿·先秦文学》(1897),以为中国文学一个新的分析手段,到台静农这一代人写作文学史时,早已成了他们使用最频繁的一对关键词。在台静农的文学史里,从汉初起,那些文士之文就是为创作而创作、只讲求形式的,汉末以后,文学体制日渐复杂,至南朝发展为极端形式美,要到唐代的

---

① 台静农晚年在《忆常维钧与北大歌谣研究会》(1951)的文章里谈到1923年北大出版的《歌谣周刊·增刊》时说,该增刊由鲁迅画的星月图封面引起了青年人很大兴趣,"也改变了传统的文学史的老观念",他自己后来在北大研究所国学门就做了风俗研究室的管理人(台静农《龙坡杂文》,230页,北京:三联书店2002年版)。

② 台静农认为自鸦片战争后,旧文化受西洋文明的冲洗,势在必变,"新文学的要求,便成了自然的趋势。于是梁启超要维新,不得不改变古文体制;严复、林纾要介绍西洋的思想及文学,不得不放弃'桐城义法'",到"五四"运动时代,于是"有国语文学的要求"(《中国文学由语文分离形成的两大主流》,《台静农论文集》,139页,合肥:安徽教育出版社2002年版)。

③ 台静农《中国文学史方法论》第一讲"中国原有之文学方法要籍分类"(《中国文学史》,659—664、144页)。

古文运动起来,才扭转了重体制、尚词藻的风尚,然后传至于宋①。从大的脉络上看,这样的文学史叙述与王梦曾没有多大差别,不同的似乎只是"形式与内容"这一对文学概念,取代了"词与理",而由于对内容的强调,在作家作品的分析上,台静农显然用力更深。但特别值得注意的是,就在"形式与内容"这一对概念运用于文学史的过程中,《中国文学史》事实上是发生了一个根本性的转向:它不再是封闭在中国文学内部的讲述和传授,而是开放地面向世界上一切文学。

恰如王国维感慨过的:"试问我国之大文学家,有足以代表全国民之精神,如希腊之鄂谟尔、英之狭斯丕尔、德之格代乎?"②《中国文学史》的编写者越来越意识到有责任回答这样的提问,也有必要在"他者"的对照或较量下来完成自己对传统的讲述。所以,傅斯年曾说:"研治中国文学而不解外国文学,撰写中国文学史而未读外国文学史,将永无得真之一日。"③要得到中国文学的真相,只有将它拿来与外国文学进行比较,在比较中认识中国文学的"自我",《中国文学史》因此本质上是一个"比较的"文学史。而真正可以拿到一起作比较的,又非文体形式,而是思想内容。文体说到底是语言的问题,汉语文体涉及汉语的声韵格律,同外国语写成的外国文学似乎没有多少可比性。

台静农就是在这样一个开放的、比较的"新传统"里讲他的文学史的。除了舍形式而求内容,他的文学史又还比王梦曾多了另外一对关键词,就是"民间"与"正统(文士)"。

---

① 台静农《中国文学史》,104—106、142—143、197、335—348、463 页。
② 王国维《教育偶感四则·文学与教育》,原载《教育世界》(1905),转引自《王国维全集第一卷·静安文集》,139 页,杭州:浙江教育出版社 2010 年版。
③ 傅斯年《出版界评·宋元戏曲史》,《新潮》1919 年第 1 卷第 1 号。

民间与正统,这一对概念,自从胡适那一代人引入文学史,它们的功能就很清楚,主要用来解释文学史上何以会有新的文学产生①,所谓新文学,那时又主要指的是白话文学。台静农自然也是在这个意义上使用它们,特别是用来描述文学史上的"民间文学"的②。譬如他有一章专写"南北朝的民间文学",讲的就是吴歌西曲、北朝民歌这些民间歌诗,如何为"正在追求形式,作出没有内容的作品"的"有修养的文士们"带来"新的生命"③。他讲敦煌俗曲的发现,也说是证明了宋词首先是由民间制作的,同时也证明在两宋时殊无好评的柳永词,其实是"不随时尚""走早期民间俗曲的途径"的④。而沿着这一思路,在金元篇,他讲诸宫调、南戏、元杂剧等三种新的戏曲文学形式,就是既涉及"民间",又涉及"异族",按他的说法是:"女真族统治了华北,文学有诸宫调;蒙古族统治了中国,文学有杂剧。"⑤

中国的戏曲史研究,真正始于王国维1913年发表的《宋元戏曲史》,这一研究在中国、日本都影响极大,受它启发,青木正儿后来也有《中国近世戏曲史》等著作出版。台静农是在这些研究基础上写下他的"金元篇"的,其分量自然远非王梦曾所能相提并论。他在梳理金元文学的过程中,毫不避讳地引用了大量中日学者的新鲜论述,但在个别地方,他却相当地固执己见。

---

① 胡适说:"一切新文学的来源都在民间","这是文学史的通例,古今中外都逃不出这条通例"(《白话文学史》,19页,上海新月书店1928年版)。
② 参见台静农的《中国文学由语文分离形成的两大主流》一文,在这篇文章中,他以"古文学"和"民间文学"来分别命名中国文学的两股潮流,认为当殷商之后,文字和语言分离,中国文学遂分别为以书写文字为基础的"古文学"与以口头语言为基础的"民间文学"(《台静农论文集》,144页)。
③ 台静农《中国文学史》,252页。
④ 同上书,559、540、572页。
⑤ 同上书,634页。

他有一个简单却顽固坚持的立场,就是认为即便在"异族占领"的金元时期,诸宫调、南戏、元杂剧这些汉语文学、"汉民族的艺术",都不曾受到女真和蒙古统治的影响。他说诸宫调是金人接受汉文化熏染、"加强汉化"的结果,元杂剧是"汉人被野蛮控制下的心声",它们的出现,都只证明"国土虽被异族占领,而文学却不因异族的控制而停止茁长发展"①,这是一个基本的前提。在这前提下:第一,关于诸宫调体制的来源,他肯接受的是它"上承唐宋词曲""远绍唐民间歌曲的一脉"的说法,可是他绝不承认如郑振铎说它的祖祢是"变文"②。第二,关于南戏,他反对青木正儿等人所说当元杂剧盛行之后、南戏即萎靡不振的意见③,认为南戏在元代统一中国后,实际上仍能与元杂剧并存且成"互相消长之势",虽"北方杂剧流入南徽而未能夺南戏之席"④。第三,元杂剧的兴起,日本的狩野直喜、青木正儿、吉川幸次郎等都说是与蒙古统治有关,有人说是金朝宫廷爱好戏剧的风习,传到了元朝宫廷;有人说是蒙古人对音乐的爱好,"助成了中国北部的通俗音乐趋于隆盛的气韵因而遂至诱导金院本的盛行与元杂剧的改进";还有人说它是既照顾了中国人爱好词曲的习惯,又兼顾到"新学中国语之蒙古人",让他们能"略解其意义"。对这些分析,他都不赞成,他尤其反对说

---

① 台静农《中国文学史》,602、651、634 页。
② 参见郑振铎的《宋金元诸宫调考》,该文称诸宫调的祖祢是变文,母系是唐宋词和大曲。而在《插图本中国文学史》第三十八章"鼓子词与诸宫调"里,郑振铎对变文的作用讲得更明确,他认为"敦煌发现的变文,虽沉埋于中国西陲千余年,但其生命在我们的文坛上并不曾一天断绝过",诸宫调就是由变文感化产生的新文体(郑振铎《插图本中国文学史》,《郑振铎全集》9、52 页,石家庄:花山文艺出版社 1998 年版)。台静农所作考辨,主要针对的是《宋金元诸宫调考》一文(《中国文学史》,602—606 页)。
③ 参见青木正儿《元人杂剧序说》(1937),隋树森译,徐调孚校补,12 页,上海:开明书店 1941 年版。
④ 台静农《中国文学史》,617—618 页。

元杂剧是"为元之君臣所欣赏"、得到"宫廷的支持",而固执地强调它只和汉族人有关:"杂剧的基本支持者——民众,不是游牧的蒙古人或色目人,而是汉人,因为汉人具有本身的文化传统,才能对杂剧有所爱好。"①

而之所以要将与佛教有关的变文从诸宫调里剔除,要将元杂剧与蒙古人切割,要替南戏争一个与杂剧平分秋色的地位,原因恐怕在于他编写这部文学史,最初是在抗战时期,如此带有(汉)民族主义色彩的论述,大概是在那个特殊年代形成的。当现实中的国土同样被"异族"占领,历史上的文学便也承担了同仇敌忾的角色,与"国家"紧紧地捆绑在了一起②。

不过,虽然强调金元时期的新文学都是与"异族"无关的汉文学,但台静农也承认诸宫调的出现,是由于金人统治下的中原,"正统文人词风因之没落,民间歌曲反而抬头",元杂剧的兴起,是"由于游牧民族一旦入主中国,施其野蛮的统治,摧毁了一千余年的中国正统文学,剩下的只有算作民间文学的杂剧"③,而南戏,则是"先由民间作者开始"。总之,这些戏曲文学的产生,到底与金元时期女真人、蒙古人的统治有关,是在这些"蛮族"摧毁了正统文学之后,民间文学才意外获得生存的空间。④

在台静农以前,王国维、胡适他们那一代人曾利用佛教的、敦煌的、

---

① 台静农《中国文学史》,632—633 页。
② 何寄澎在《叙史与咏怀——台静农先生的中国文学史书写》中称之为"'民族文化'情怀"(台静农《中国文学史》,708 页)。
③ 《中国文学史》,606、651、616 页。
④ 台静农还说:元杂剧"虽有历史的传承,但不是正统文体的诗歌、散文,只是乐府的一脉而已,由这一脉发展成为中国文学史上的新体,要没有这一新体的形成,中国文学史真被蒙古人切断了"(651 页)。

小说戏曲的材料,在《中国文学史》里梳理出"白话文学"一脉,这后面,当然有一个很大的背景,就是现代国家的成立要求有一个统一的国语,而这统一的国语,在当时,主要是靠着"言文一致"和"语言统一"两个步骤来达成的①。通俗的接近口语的白话文学,既是"言文一致"的模范而被选为新的语文教材,又由于是用通行最远的一种方言写就,而被视为国语的中坚②,它在《中国文学史》里,因此当仁不让地变成了得天独厚的骨干。更重要的是,由于那一代人抱有开放、自信的心态,不固守于正统、精英的立场,并不担心一旦说中国文学史发展的动力来自民间、边地、异族,说中国文学与印度佛教有很深的渊源,就会令中国文学失去自身的光彩,会导致"中国"的瓦解,相反,他们往往更乐于谈论传统文学如何受外来影响③、民间文学如何较正统文学更富于生命力之类的话题。就像胡适总结他所谓"白话文学",实际是包含了民间文学、俗文学和正统诗文中接近口语的部分在内的④,绝非单一品种,如果说文学史的编写,在那个时代深深渗透了"国家"意识形态,那么,如此扩大了边界范围的《中国文学史》,也许可以说恰恰反映了那个时代的中国,是有一种追求民族融合、阶级平等的理想,由此,曾经的"异族"统治的历史才会无一例外地被统统纳入"中国史",而曾经外族或

---

① 黎锦熙在《国语运动史纲》里说:"国语的宗旨,一面是谋全国语言的统一,非教育部定一个标准出来不可;一面是谋文字教育的普及,非教育部容许作浅显的白话文,并将注音字母帮助他们识字不可。"他指出 1919 年前后,正是国语研究会提倡的国语统一、言文一致与《新青年》主导的文学革命运动完全合作期(黎泽渝、刘庆俄编《黎锦熙文集》下卷,167、129 页,哈尔滨:黑龙江教育出版社 2007 年版)。

② 胡适《建设的文学革命论》,《新青年》1918 年第 4 卷第 4 号;《国语讲习所同学录序》,《新教育》第 3 卷第 1 期。

③ 郑振铎曾写有《研究中国文学的新途径》(《小说月报》1926 年第 17 卷号外)一文,指出研究中国文学的新途径,第一个便是"中国文学的外来影响考"。

④ 参见胡适《白话文学史·自序》,13 页,上海:新月书店 1928 年版。

外国影响的中国文学特别是小说戏曲,也才会在"中国文学史"里享有与正统诗文同样尊贵的地位。

当然,这样的"国家"观念在很快到来的抗战时期便不复存在,并且由于在历史上,汉族中国人大多相信自己比"异族"文化优越,"异族"又或被称作"蛮族",这个观念根深蒂固,导致在后来的一些《中国文学史》里,"民间文学"和"异族文学"这两个概念,有时会被作微妙的置换,有时干脆合二为一,逐渐离开了王国维、胡适那一代人提升民间文学如歌谣、俗文学如小说词曲的初衷,即便原来怀有尊崇民间文学的理念,可是一旦遭遇"异族"统治的历史背景,民间文学依然难以避免地会被打回原形,就像台静农在《中国文学史》的"金元篇",仍视戏曲为正统文学缺失后产生的民间文学一样。遗憾的是,台静农只写到"金元篇"便戛然而止,在这一篇里,也只讲到诸宫调、南戏和元杂剧,未能够在这一文学史里完整呈现他对于正统文学和民间文学之关系的全部看法。

纵然如此,因为 1950 年代以后,中国大陆的《中国文学史》基本上结束了各自表述的局面,变成"独此一家,别无分店"的固定模式,迄今很难见到另类的表述和解读,而这种近乎制造标准答案的文学史,尽管能够提供越来越准确的知识,却限制了对于文学史重大问题的提问和思考。在这种情况下,台静农的《中国文学史》虽然写得很早,大体上也超不出胡适、王国维、鲁迅那一代人奠定的文学史范围,可是由于它多少代表了文学史未被彻底整齐划一前的形态,它所带来那个特殊年代、特殊地方的信息,还是值得人再三回味的。

(三)

2013 年,孙康宜、宇文所安主编的《剑桥中国文学史》中文本在三联书店出版,比它英文本的出版仅仅晚了三年,这大概比什么都能说明中文世界的读者对它的期待。英文版原来横跨三千载,从商代一直贯穿至于20世纪后半叶,可惜中文版只保留到1949年的部分,不得已删去移民文学、新媒体创作一大块。但尽管如此,又尽管成于众手,它依然不失为一部首尾完整的《中国文学史》,尤其是两位主编的"序言"和"导言",对理解这部书的缘起、宗旨有很大帮助。

两位主编在"英文版序言"里首先交代的,就是作为写给西方读者的《中国文学史》,它"特别避免囿于文体分类的藩篱",在孙康宜写的"中文版序言"里,这一宗旨,即"尽量脱离那种将该领域机械地分割为文类的做法",又不避重复地被再次提到。他们的解释是,如果采取文体分类的写法,将会使文学史失去一种"整体性",即便是用传统汉学的办法去翻译中国固有的文体,也会给这部文学史的欧美读者带来阅读障碍①,使它失去一种"可读性"。不用说,这样的担心在中文世界里也很可理解。

《中国文学史》的编写,从一开始就是中国文学向世界开放、与世界文学融合的过程。文学史的编写者不管站在什么样的立场,当他追溯或说形塑过去的文学传统时,他首先要考虑的就是当代读者的文学趣味、文学观念乃至于当代文学的问题,不能够食古不化,而当代读者的趣味、观念和问题,无论欧亚、东西,又是越来越趋于一致的,因此在选择什么样的叙述语言、怎样讲述过去的故事方面,现代的文学史家之间并不存在多大分歧。事实上在1950年代初的中国,文学史的编写者们经过讨论,差不多也达成了按"年代"写比按"文体"写要强的共识,当时人已经意识到刻意突出文体差别的后果,必然使读者的注意力被吸引到文学不同样式的不同演进,"无形中会忽视了文学作为一个整

---

① 孙康宜、宇文所安主编《剑桥中国文学史》上卷孙康宜"中文版序言",1页;孙康宜、宇文所安"英文版序言",6页,北京:三联书店2013年版。

体来考察的历史过程,也会不由自主地埋没了杰出作家在整个文坛上所起的全部作用"①。所以,那之后在中国出版的文学史,只有少数选择分别文体来叙述。

当然,与1950年代以来中国学者的考虑有所不同的是,《剑桥中国文学史》虽然重视文学史叙述的整体性,却并不将表彰"杰出作家在整个文坛上所起的全部作用"也当成自己的目的,因此,它除了不按文体分类讲述,也并不要像"中国学术界的文学史写作通常围绕作家个体展开",不需要将太多笔墨投入到作家及其作品的分析上,用两位主编的话说,他们"更关注历史语境和写作方式而非作家个人"②。而这样一来,这部文学史就不仅仅是远离了以文体为核心的中国传统的文学史模式,也同样脱离了以作家作品为核心的源起于19世纪欧洲的文学史模式。

所谓"历史语境和写作方式",在这里,主要指的是文学的文化史背景以及政治思想史背景。虽然在这部文学史的不同时段又或是它的不同作者笔下,这两种因素之于文学史的影响程度不同,但总体上看,从物质文化亦即文学书写媒介的角度切入,以作品的抄写、编辑、修订来说明文学如何生成,又以纸张、印刷的发明以及印刷的商业化来说明文学史何以变迁③,就是说,将新文化史的观点融入文学史里,特别突出文学文本的制造与流通这一脉络,是它相当与众不同的一点。

将书写、印刷带入文学史,过去不是没有,即如一般文学史写到南宋后期的诗坛,都不能绝口不提书商陈起所刻《江湖集》《续集》《后

---

① 陆侃如、冯沅君《中国文学史简编(修订本)》附录"关于编写中国文学史的一些问题",297页,北京:作家出版社1957年版。
② 《剑桥中国文学史·英文版序言》,7页。
③ 《剑桥中国文学史·英文版序言》;宇文所安"上卷导言",6、13页。

集》的作用,前野直彬在他的《中国文学史》五代宋金一章,已经特意分配一小节来讲出版商的影响①。但是,像这部文学史之用心于此的还是很少:第一,它试图建立一个贯穿上古到现代的铭文、抄本、刻本……的书面文学系统。第二,它试图以出版为支点,来颠覆过去文学史描绘的那种文学秩序,重构文学史正统非正统、主流非主流的版图。这部文学史的作者深知"文学史"在表达和塑造文学传统方面的能力,他们既要"写出一部富有创新性又有说服力的新的文学史",就势必要建立一个自己的讲述系统,以从根本上同过去的种种《中国文学史》划清界限。而在这里面,他们第一个要打破的"迷思",似乎就是自"五四"新文学出现以来而有的文言、白话之争,从竭力淡化"白话文学""民间文学"的方式来看②,以胡适《白话文学史》为代表的文学史叙述模式,又是他们相当警惕的一种模式。

譬如,它说吴歌、西曲"代表了贵族阶层的想象,而并非'人民百姓'的创作",说"敦煌叙事文学的听众可能是下层民众,但常常也包含了俗世天子与宗教权威"③。它说"称普通民众是白话小说的主要读者",站不住,晚明白话小说版本的调查证明,它们的读者都是些"特定的、有特权的"精英士大夫,又说变文、诸宫调、宝卷等说唱文学都是"俗文学(popular literature)",并非"民间文学(folk literature)"。甚至于它所新增的女性作家,也都是一个"精英妇女的文学网络"④,都大有与《白话文学史》以来的文学史主流唱反调的意思。

这一点,在南宋以至金元这一段,又表现得尤为突出。借用"中国

---

① 前野直彬《中国文学史》,130—131页,东京大学出版会1975年版。
② 《剑桥中国文学史·上卷导言》,17页。
③ 《剑桥中国文学史》上卷,251、426页。
④ 《剑桥中国文学史》下卷,125、392、173页。

转向内在"的观点,它指出这一时期的特征,应该是精英文化在"内部转向"中,越来越趋于精致化和专门化①,因此,它讲金的文学,主体就是诗文,诸宫调和南戏是被当作一种"城市生活之乐",写在"宋朝都市里的娱乐"里,并且只有极为简略的交代②。它讲元代,这一被它称作是"外族人士在中国文化中占有了一席之地,而这一景象至今再也没有重现过"的时代,似乎因其时"雅文学发展受阻",也只能得到在"金末至明初文学"的大标题下一笔带过的待遇③。

就这样,19世纪以前的中国文学又变成了纯粹的"精英文学"。一反王国维、胡适以至台静农以来的叙说模式,对"民间文学"概念怀有强烈质疑的这部文学史,在部分取材上,与早期如王梦曾撰写的文学史发生了奇妙的重叠,尽管它是更加坚定地要摒弃王梦曾式的分体叙述。

这一不知有意无意的调转,相当值得关注。

当然,这部文学史绝非是要回到王梦曾的时代。它要强调的是,在这样一个由精英文士为主导的文学史里,新文学的出现以及文学的多样性,主要是靠印刷业来推动,尤其是靠商业利益驱动下的印刷业之发达来推动的。它讲宋代文学的新变,因此就是与"书籍印刷的普及"相关的,它说从抄本到印刷,"不仅提高了作品的传世率,甚至还提高了作者创作某类书籍的意愿"④。它还说明代"竟陵派"曾有过超出"公安派"的影响,也是由于钟惺、谭元春编选评点的《古诗归》和《唐诗归》大受欢迎的缘故。至于明代小说评注这一体裁的兴起,它也说是缘于评点本容易赚钱,出版商有这方面的利益要求⑤。

---

① 《剑桥中国文学史》上卷,518、560页。
② 同上书,590—592页。
③ 同上书,694、605—606页。
④ 同上书,428页。
⑤ 《剑桥中国文学史》下卷,111、134页。

而在这样一个叙述系统里面,传统的中国文学自然成为一种被生产、被制造的产品,它们真正的推手,也就是出版商和销售市场,不再是过去文学史里的那种主体性很强的作者,即便在作品与作者之间,也不再有过去文学史所强调的那种一对一的紧密关系。以作家作品为核心的文学史,于此开始消解。对于适应了今日传媒世界并且熟悉新文化史论述的读者来说,这一改变并不突兀,因此不管它的具体论述是否从头到尾无懈可击,都不妨说这是顺应了这一时代"活文学"的新文学史。

值得注意的是,在《上卷导言》里,宇文所安还用了很大篇幅来讨论"中国文学史"应该包括哪些内容,这当然是一个极其关键的问题,可是在历来的文学史书写中,也是一个相当两难的问题。

文学史上的"中国"究竟要涵盖哪些方面?

过去一般学者大多是对历史上的中国疆域与现代中国不尽相同这一复杂的历史现象,不作深思,而在"中国文学史"与"现代中国版图内的汉语文学史"之间毫不犹豫地画上等号,结果,出现如《上卷导言》所不满意的情形,就是将对中国文学史的叙说,变成为"不断重述一个汉民族的史诗"[1]。而这一简单处理留下的破绽至少是:第一,由于历史上的中国,不单单是汉族的或是以汉语为母语的民族的中国,也包括了非汉族或者并不以汉语为母语的民族。"中国文学史"既然要讲述历史上的中国文学,那么,这些非汉族或非汉语讲唱、书写的文学,是不是也应当纳入其中? 第二,由于汉语曾经是现今东亚诸国的通用语,古代越南、朝鲜、日本都有过汉语文学的流传及创作。如果说"中国文学史"应当讲述历史上的汉语文学,那么,像古代越南、朝鲜、日本的汉文学,是否也应该写进里面? 这些不但涉及语言、民族、国家的复杂纠葛,

---

[1] 《剑桥中国文学史·上卷导言》,13—15页。

也涉及历史事实与现代观念的冲突,如何在文学史的叙述中,一面谨防狭隘的民族主义和大中华帝国主义立场,一面实事求是地选择、分析材料,有一分证据说一分话?

这部文学史于此有一些突破的办法,主要是在下卷写到明代及以后,引入"区域史"的观念:一方面,指出像《剪灯新话》这样的小说,亦曾在韩国、日本、越南广泛流传,引起仿作,有过跨国界的影响①;另一方面,是增加"华人离散社群"的章节,讨论香港、台湾地区以及移居国外的作家②,以反映汉语文学在当代中国大陆之外的状况③。这两部分叙说都意味深长,尽管它们要表达的意思还有些含混,逻辑上也还不够一贯④,但确实是过去文学史不曾有的尝试。

《剑桥中国文学史》出版不久,对它的关注仍将持续,而给它以客观的评价或者也要一段时间,但无论如何,它在文学史的一些重大议题上能够有质疑、有主张、有实践,都很令人尊敬,也足以让中文世界的读者再三省思。

2014 年发表

九 他山之石⑤
——简述日本的中国文学史书写

我打算在这里谈谈日本人编写的中国文学史,并不是因为我对这

---

① 《剑桥中国文学史·英文版序言》;"下卷导言",14、15、30 页。
② 《剑桥中国文学史·上卷导言》,13 页;"下卷导言",20 页。
③ 这一部分不见于中文译本。
④ 中国文学对朝鲜、日本的影响并不始于明代,最晚在唐代,就已经传入这两国并带动了两国汉文学的创作。
⑤ 这是 1998 年 9 月 23 日在北京"文学史理论与实践"讨论会上的发言提要。

个题目有十分的把握,事实上,我只是在相当有限的条件下,接触过有关这个问题的极少一部分文献资料,我对与此相关的出版、教学情况所知甚少,对同样相关的日本的文学研究特别是包括日本文学史、西方国家文学史在内的整个文学史的状况所知甚少,这无疑都限制了我对这一问题的观察和思考,但是,在这些年研究中国所出版的中国文学史著作的过程当中,每当阅读到那些由日本人写作在日本出版的中国文学史的时候,还是对我考虑问题能产生一些刺激作用,所以借今天的机会,我就想来谈一谈我所了解的日本出版的中国文学史的情况。

就像人们熟知的,外国人所写的中国文学史中,最早为中国学界了解并且最早翻译成中文的,大概是古城贞吉的《支那文学史》,这也是在日本以书的形式公开出版的第一部中国文学史,它出版于1897年(明治三十年),书籍出版几个月后,古城才得以以记者的身份第一次来到中国上海。那一年到达上海的,还有一个叫作藤田丰八的东京大学汉文学科的毕业生,他在来上海之前,也刚刚出版了《支那文学史》的"先秦"一册。藤田与东大几个同学合编的《支那文学大纲》(以人为目)此时也开始陆续出版,合作者中的笹川种郎,1898年又出版了自己的《支那文学史》,而另外的一位合作者久保得二,在1904年也出版了一本《支那文学史》。在藤田丰八他们这批最早接受近代式大学教育的汉学家中,还有后来以《支那大文学史》"古代编"(1909)闻名的儿岛献吉郎,出版过讲义《支那文学史》的高濑武次郎,以及自1906年起讲授中国文学史课、被称作京都学派奠基人之一的狩野直喜,和第一个写作《支那诗论史》的铃木虎雄,他们编写和讲述的中国文学史,大多在出版之日便受到日本汉学界的瞩目,因为他们是强大西潮冲击下成长起来的新一代汉学家,在当时就有人评论说,这些著作指示了传统汉学在新的学术风气及制度下自我变革的方向。经过"二次大战"以后,一些学者更反省到,这些中国文学史同明治维新以来日本的国家意识形态也有很深的联系，从本质上看，这一时期对于中国文学历史的叙述，是与新的意识形态下，重新塑造日本历史文化形象的要求分不开的。

在 20 世纪的头几年，东京、京都两个大学对有关中国学的学科相继做了调整，分别设置了支那文学的科目，这以后，中国文学史就作为大学里中国文学专业的基本课程之一，一直被讲述着；虽然从大正、昭和到平成的八十多年间，再没有出现过像上述明治三四十年代那样的出版高峰，比起日益发达的出版业，中国文学史的出版也可以说是江河日下，但是由于大学制度的保障，中国文学史的著述在激烈变动的社会与学术环境中，还是得以保存下来，并且有了相对的稳定性。大体上说，在到 1945 年以前为止的那一段时间里，由前述第一代新汉学家开创的中国文学史叙述模式的影响都十分明显，比第一代略晚一点的像盐谷温，虽然也曾有志于写新的中国文学史，可是最终却没有达成目的；还有青木正儿，显然也是对中国文学史有重新开拓的想法的，不过他也没有写一本叫文学史的书。这样到 1950 年左右，经历过战前战后中国学变化的一代人，重又有了编写中国文学史的兴趣，像仓石武四郎、吉川幸次郎都出版过中国文学史，比较前人，他们编写和讲述的中国文学史有了相当大的变化：一方面，这一代学者在很年轻的时候就有机会到中国留学，这使他们能够吸收到此前数十年的中、日两国许多个案研究的成果，在戏曲小说、现代文学方面尤其有较大的突破；另一方面，也是经过了三四十年以后，这一代学者无论在对中国的态度，还是在文学观念方面，都与前人拉开了一段距离，由他们描述的中国文学史，便也因此显得与以前不同。而就像在日本中国学的各个领域所表现的那样，这一批学者在 1950 年代的研究，至今仍然被人视为典范。

但是大概从 1960 年代后半期起，中国文学史在编写方式上却产生了一个变化,就是由个人写作转为集体写作,例如由铃木修次、高木正一、前野直彬牵头,1968年出版的一本《中国文学史》,就集合了多达25名的写作者,而像这样合作出版的中国文学史,在1970年代中期还有前野直彬等人的一种,1990年代初期则有兴膳宏等人的一种,最近的情况表明,这一合编的方式依然受到更年轻一代学者的欢迎。之所以采取集体编写的方法,当然跟中国文学史研究的学科化程度越来越高是有关系的,或许也是得到了欧美的一种新的文学史理念的支持,即不再追求过去那种体系化的单一的叙述,不再强调编写者在认识上的一致性。

有关日本人讲述和写作的中国文学史,在这里,我只能粗粗地为它们画一个轮廓。作为历史上与中国有着久远联系,又有着深厚汉学传统的邻邦,日本近代的思想学术有许多值得我们研究的地方,最近已有不少中国学者注意到这一点。具体到中国文学史研究的范围,也有很多为人熟知的事实能够说明,在日本和中国的学术之间曾经有过多么密切的关系,就看一个简单的例子罢,迄今为止,在我们翻译的由外国人编写的中国文学史当中,最多的大概就是日本人的著作,从19世纪的古城贞吉,到不久以前的前野直彬。我想,中国和日本在中国文学史这样一个共同的领域曾经有过那么深刻的联系,这种深刻的联系将来肯定还会持续,即以目前而论,我们所面临的状况、所遭遇的困境,也是有许多相似之处的。记得有一句老话说,当你迷路的时候,你不要老是去想到底怎么迷的路,最好的办法莫过于问路边人,以后该往哪里走。在我们讨论自己的文学史理论与实践的今天,我想也不妨听从这句老话,试一试问道于邻人。

十　也说说东洋早期出版的《中国文学史》

《中华读书报》2001年9月19日刊载了一篇郭廷礼的题为《19世

纪末 20 世纪初东西洋〈中国文学史〉的撰写》的文章,文章中讲到了有过中文译本并且曾在中国影响较大的两部日本人写作的中国文学史书,即古城贞吉的《支那文学史》与笹川种郎的《支那文学史》,我因为还从来没有见到过这两部书的中译本,所以对郭文的详述很感兴趣,也就看得比较仔细。

然而,仔细一看,便发现郭文述及并且辨正日本早期出版中国文学史著作的情况,似乎仍有些可以补充的地方。

我想,需要补充说明的是,除去末松谦澄的《中国古文学略史》,在日本,早已被当作是最早的关于中国的文学史著作以外,在古城贞吉的文学史书正式出版之前,其实,已经有儿岛献吉郎(1866—1931)编写的《中国文学史》,在同文社出版的《中国文学》杂志第 1—9、11 号上连续发表,时值 1891 年 8 月至 1892 年 2 月,而在 1894 年由汉文书院出版的一套题为"中国学"的讲义中,也有他的另外一部《文学小史》,讲的当然也是中国文学。只不过跟末松谦澄一样,儿岛献吉郎此时发表的著作,都还没有写到秦汉以下,而他在中国文学史著述方面的业绩,要到更晚一点,特别是在他的《中国文学概论》有了中译本以后,才为中国学界慢慢了解的。

古城贞吉的《中国文学史》,从上古写到清朝,因而在日本,有人称它是第一部完整的中国文学史书。据古城贞吉在该书的"凡例"及井上哲次郎为之所作序中说,这部书的开始写作,是在 1891 年秋天,这就是说,古城贞吉动笔的日子,距离儿岛献吉郎最初发表的时间,非常非常接近。1895 年,日本对清朝开战,古城贞吉赴朝鲜、中国参战,于是"投笔从戎"。这样就拖过了一年多,直到 1897 年 5 月,东京的经济杂志社才将他的文学史印出第一版来。

值得提起的是,就在这个 1897 年的 5 月,也即笹川种郎《中国文学史》出版的前一年,事实上,至少还有藤田丰八的《中国文学史稿·先秦文学》一书,由东京的东华堂出版,在藤田丰八原来的计划中,他还将依次出版两汉魏晋南北朝文学、唐宋五代文学和元明清文学等后三册。同是这一年,大日本图书株式会社也开始逐月出版一种以文学家为中心的《中国文学大纲》,它是由笹川种郎、白河次郎、大町桂月、藤田丰八、田冈佐代治合著的,这同样是一个很长的出版计划,结果,到1904年的7年间,总计出版了15卷。

接下来还必须记起的,也是这一年的6月,先于《中国文学史》,笹川种郎在东华堂出版了一部《中国小说戏曲小史》。

这样,我们便看到,无论是古城贞吉的文学史,还是笹川种郎的文学史,它们都不是孤立出现的。如果再结合当时在日本出现的大量日本及欧美国家文学史出版的现象,则可以知道,文学史的写作,在那些年里,并不是某一个人的发明,而是一种风气。

所以,我在读郭文的时候,就有了如下的感想。

许多年来,不少研究文学史的人似乎都很想搞清楚一个问题,那就是在这个世界上,究竟是谁写下了第一部《中国文学史》?已经见过若干种说法,郭文又给我们排了一个顺序。但是,也许这类争论看得多了,现在,每当我见到它还在被当作一个"问题"拿出来讨论,总有一点逆向的心理反应,我会怀疑再继续搞这种学术上的吉尼斯纪录,到底还能生出多少意义?远的不提,就按照常识来讲,当我们把什么东西说成是"第一"的时候,要么,我们已经预备了会有后续者接二连三地出现,要么,就干脆是在第二、第三……涌现之后,经过反向推导出来的。"第一"的意义,永远要靠"第二""第三"来体现,假如只有"第一"而没有"第二""第三",这个"第一"又能算什么"第一"呢?

有句老话,需要联系地看问题。就像末松谦澄的那部《中国古文学略史》,既然人家多少年来一直都正正经经地封其为先祖,你大概便不能说上些"从科学意义上来说,它不能算一部文学史,故人们一般不称它为第一部中国文学史"一类的话,在这里,就算作了交代。焉知人家的那许多文学史书之间,肯定没有我们轻易看不见的某种联系?记得偶尔在笹川种郎的回忆录里,读到过他写的与末松谦澄的一段交往,我自己是尚无机会查阅更多的相关材料的,但由此也不免浮想联翩:那么,在他们之间,是否有过思想和学术上的交流,甚或具体到中国文学史的问题上,也有过一些讨论?

更进一步,如果再能够在几乎同时代而不同国家出版的各种《中国文学史》中,寻找联系、分析异同,对于学术研究的推进,与那年复一年的排座次相比,恐怕更不可同日而语。

最后,应该说明,关于日本早期出版《中国文学史》书的状况,仅在我极其有限的视野里,1980 年代以来,就有日本的三浦叶先生做过很详细的调查。前年,川合康三教授与其友人、弟子又合编了一本相当于书目提要的《明治の中国文学史(稿)》,相信国内研究文学史的许多朋友手里都有,估计不久也会正式出版。上述补充,就参考了他们的一系列调查、研究成果。另外,由于古城贞吉、笹川种郎、藤田丰八等人的文学史,在日本,还远远进入不了"国宝"系列,在一般的图书馆都很容易借出,我个人查核的结果,只证明了日本学者的说法不曾有误,所以,在此除了应当向他们致谢以外,我也要特别申明:上述文字,大多属于"借花献佛",决非我个人的考证或研究所得。

2001 年 11 月

十一 现代学术史所不能忘记的

1930 年代是中国现代学术史上的一个黄金时期。从晚清的白话文运动,到白话文在民国初年被定为现代国语,中国的语言也就是"汉语"本身便发生了一个很大的变化。在汉语的这一现代转化过程中,"新文学"即白话文学、又或称国语文学的异军突起,又起到极为重要的推进作用。因此,现代的汉语和文学,从一开始就如双生子一样关系密切,不可切分。

当然,白话文与白话文学的兴起,原因不止一个,但不能否认的是,在漫长的从"边缘"变为"正统"的道路上,它们都受到过外来的语言和文学的刺激。这里面既包括有现代汉语对"外来语"的吸纳、新文学对外国文学的模仿,也包括了引入欧美日的方法,对汉语和文学加以研究。这个研究,还不单单是针对现代的汉语和文学,也针对古代的汉语和文学。

伴随着汉语和文学自身的演变,而在语言学界及文学研究界发生的这些转变,其实是中国学术在各个领域实现其现代转型的一部分,也可以说是中国现代学术之建立的一个基础。随着对东洋西洋从观念到方法、从文献到诠释的全面开放,大约在1930年前后,中国的语言学和文学研究也迎来了自己的黄金时代。

这个黄金时代出现的很多学术成果,都是当时中国学者在传统学问的基石上,吸收外国的方法、结论得到的,如王力所说,那时的语言学,"始终是以学习西洋语言学为目的",文学研究也莫不如此。所以,要想说明这个学术上的黄金时代究竟是什么样的,又如何形成,势必要对当时的国外汉学知其一二,尤其要对翻译成中文出版的汉学书籍有一点了解。

语言学方面,自《马氏文通》引入西方语法之后,在中国影响最大的恐怕就要数高本汉。从1927年的《左传真伪考及其他》,到1972年的《中国声韵学大纲》,他关于中国语言学的论著几乎都有在中国(包括香港、台湾地区)翻译出版。据说早年间,在他的音韵学论文尚未译成中文出版前,钱玄同就已经拿着其中几页,作上课的教材用。他的

《中国语言学研究》的译者贺昌群也曾说:在语言音韵学方面有所成就的学者,都是借高本汉之力。

文学方面,一个突出的现象是,日本汉学家的著作被翻译出版最多。究其原因,大概是由于日本在历史上受中国文化影响甚深,日本汉学家普遍有很好的汉学功底,到了明治维新以后,又先于中国接受欧美的思想、文化和学术,这两方面的结合,促使日本汉学界产生出很多新的研究成果,其中就有像儿岛献吉郎、铃木虎雄、本田成之、青木正儿、盐谷温、梅泽和轩等人的著作。这些涉及中国古典文学、艺术、思想等领域的论述,兼有东西之长,比较容易为中国学界理解和认同,因此,在现代中国的文学史、文学批评史、艺术史、哲学史等学科领域,日本的研究范式一度相当流行。

说到海外汉学的影响,还不得不提及海外汉学论著的翻译出版,在1930年代前后是又多又快,像成书于1932年的石田干之助的《欧人之汉学研究》,1934年就有了中文译本,就是典型的一例。这固然是由于当时的中国学界对于及时掌握海外汉学动向,有一种普遍的要求,可是不能忘记的是这些汉学论著的译者,在这中间扮演了很重要的"驿骑"角色。

在这里,也许不需要再去重复赵元任、罗常培、李方桂这一黄金组合翻译高本汉《中国音韵学研究》的故事,不需要说明高本汉论著的大多翻译者,如张世禄、贺昌群等,也都是很好的专业学者。就连最早的《左传真伪考及其他》,也是经胡适推荐,由当年声名鹊起的新锐陆侃如翻译的,而在陆侃如看来,他的译介,就是为了"东海西海互相印证"(译跋)。

值得一说的,倒是译过不少日本书籍、不限于汉学著作的孙俍工。孙俍工1924年赴日留学,他本来学的是德国文学,可是很快翻译了铃木虎雄的《中国古代文艺论文》、盐谷温的《中国文学概论讲话》、本田成之的《中国经学史》、儿岛献吉郎的《中国文学通论》,兴趣完全转到对中国古典的研究。他在各书的译序中,谈到过对中国只有整理国故、保存国故的口号,成绩却不如日本的看法(《中国古代文艺论史》),谈到过他要借翻译来使人看到在被我们自己抛荒的文学园地里,经别人代耕,而有怎样一番禾黍芃芃的景象(《中国文学概论讲话》),也谈到过如本田成之对于孔子"别开途径"的理解,可为中国学者取法实多(《中国经学史》)。对中日学界当时情况的判断,大概是他译书的动机。据说他在1928年回国任教后,短短几年就编出几百万字的书来,其中像《中国文艺辞典》《世界文学家列传》《中国语法讲义》等,有人说都涉嫌抄袭日人(彭燕郊《那代人·关于孙俍工》)。这也大可说明他心目中的日本学术,不光是汉学,何等优越。当然,他翻译铃木虎雄、盐谷温的著作,按赵景深的说法,还是"对于中国文学的贡献颇大"(《文坛忆旧·文人印象·孙俍工》)。

另外一位翻译日文书极其勤奋的是王古鲁。王古鲁1920年赴日读的本来是英文系,1926年回国后也教过英文,但是他翻译过的日本书籍,题材广泛而杂驳,涉及小说与经史之学、语言文学、民族和对外关系,既有论述,也不乏考据。由于他对日本学界的追踪,与他对中日关系的观察是联系在一起的,因此,他在1931年翻译的田中萃一郎《西人研究中国学术之沿革》、1934年编译的《傅斯年等编著东北史纲在日本所生之反响》、1936年编写的《最近日人研究中国学术之一斑》,都在中国学界引起过强烈的反响。在他翻译的文学论著中,最有名的恐怕就是青木正儿的《中国近世戏曲史》。吴梅早已表扬过他在翻译中表现出的专业态度,即对青木正儿引书"无不一一检校",故"可为青木之诤友"(序)。1956年他写信给青木正儿,又说此书不仅获得"我国各方面极为重视",还作为"中文本",与王国维《宋元戏曲考》等六种,入选

《苏联大百科全书》的"中国戏曲"条目,说明译作本身成了经典。而这一次的翻译,大概也为他后来到日本搜集古本小说、戏曲,最后成为造诣颇深的中国文学史研究专家做了很好的铺垫。

  中国现代学术史也应该铭记这些译者的功劳。

2015 年

征引书目

一 文学史

〔日〕末松谦澄《支那古文学略史》,东京:文学社,1887年版。
〔日〕三上参次、高津锹三郎合著《日本文学史》,落合直文补助,东京:金港堂,1890年版。
〔日〕城贞吉著《支那文学史》,东京:冨山房,1897年版。
〔英〕翟理斯《中国文学史》(1901),刘帅译,北京:首都师范大学出版社,2017年版。
〔日〕笹川种郎著《支那文学史》,东京:博文馆藏版,1903年版。
〔日〕久保得二讲述《支那文学史》,东京:早稻田大学,1904年版。
林传甲编著《中国文学史》(京师大学堂国文讲义,1904),武林谋新室发行,宣统二年(1908)年校正再版,宣统三年至民国六年第6版。
黄人著《中国文学史》,国学扶轮社,印行年月不详,约1905年。
〔日〕古城贞吉著《中国五千年文学史》(《支那文学史》),王灿译,昆明:云南开智公司,1913年版。
王梦曾编《中国文学史》(中学校用共和国教科书),上海:商务印书馆,1914年初版。
王梦曾编《中国文学史附中国文学史参考书》,蒋维乔校订,上海:商务印书馆,1914年初版,1921年第14版。
王国维《宋元戏曲史》,上海:商务印书馆,1915年版。

张之纯编纂《中国文学史》(师范学校新教科书),上海:商务印书馆,1915年初版,1918年第3版。

曾毅撰《中国文学史》,上海:泰东书局,1915年初版,1924年第6版。

王梦曾原撰、〔日〕青木正儿点注《点注中国文学史》,京都:汇文堂,1918年版。

〔日〕盐谷温著《中国文学概论讲话》,东京:大日本雄辩协会,1919年初版;孙俍工译,上海:开明书店,1929年版。

曾毅撰著《订正中国文学史》,上海:泰东书局1930年初版,1933年第5版. 曾毅撰著《修正中等中国文学史》,上海:泰东书局,1930年版。

朱希祖著《中国文学史要略》(1916年),北京大学文科教材,1920年版。

朱希祖著《中国古代文学史》,北平师范大学讲义,1921年排印本。

谢无量编《中国大文学史》,上海:中华书局,1918年初版,1924年第6版。

凌独见编纂《新著国语文学史纲》,上海:商务印书馆,1922年版。

陈介白著《中国文学史概要》,国立北京大学文学院,国一讲义。

胡怀琛著《中国文学史略》,上海:梁溪图书馆,1924年初版,1926年第4版。

顾实著《中国文学史大纲》,上海:商务印书馆,1926年初版,1933年第3版。

赵景深著《中国文学小史》,上海:光华书局,1926年初版,1931年第10版。

鲁迅著《中国小说史略》,北京:北新书局,1927年版。

陈中凡著《中国文学批评史》,上海:中华书局,1927年初版。

杨荫深著《中国文学史大纲》,上海:商务印书馆,1927年再版。

赵祖忭著《中国文学沿革一瞥》,上海:光华书局,1927年版。

胡适著《白话文学史》,上海:新月书店,1928年初版。

傅斯年著《中国古代文学史讲义》(1928),收入《傅斯年全集》第1册,台北:联经出版事业公司,1980年版。

胡小石著《中国文学史》,上海:人文出版社,1928年初版;收入《胡小石论文集续编》,上海:上海古籍出版社,1991年版。

铃木虎雄著《中国古代文艺史论》(上下),孙俍工译,上海:北新书局,1928、1929年版。

谭正璧著《中国文学进化史》,上海:光明书局,1929年版。
穆济波著《中国文学史》上册,上海:群乐书店,1930年初版。
郑宾于著《中国文学流变史》,上海:北新书局,1930—1933年初版;郑州:中州古籍出版社影印1936年版,1991年版。
胡怀琛编《中国文学史概要》,上海:商务印书馆,1931年初版,1935年第3版。
刘麟生编著《中国文学史》,上海:世界书局,1932年初版,1935年第4版。
胡云翼著《新著中国文学史》,上海:北新书局,1932年初版。
陆侃如、冯沅君合著《中国文学史简编》,上海:大江书铺,1932年初版,1947年第7版;修订本,北京:作家出版社,1957年版。
郑振铎著《插图本中国文学史》,北平:朴社,1932年初版。
刘大白遗著《中国文学史》,上海:开明书店,1933年初版,1934年再版。
童行白著《中国文学史纲》,上海:大东书局,1933年初版。
康璧城著《中国文学史大纲》,上海:广益书局,1933年初版。
〔日〕青木正儿著《中国古代文艺思潮论》,北平:人文书店,1933年版。
郭绍虞《中国文学批评史》上册,上海:商务印书馆,1934年版。
谭正璧著《中国文学史大纲》,上海:光明书局,1935年第13版。
刘经庵著《中国纯文学史》,北平:著者书店,1935年初版。
张长弓著《中国文学史新编》,上海:开明书店,1935年初版,1949年第6版。
张希之著《中国文学流变史论》,北平:文化学社,1935年版。
容肇祖著《中国文学史大纲》,北平:朴社,1935年初版;上海:开明书店,1949年第5版。
〔日〕儿岛献吉郎著《中国文学通论》,孙俍工译,上海:商务印书馆,1935年版。
霍仙衣、王颂三编著《新编高中中国文学史》,自印,商务印书馆广州分馆发行,1936年版。
刘大杰著《中国文学发展史》,上海:中华书局,上册,1941年版,下册,1949年版。
〔日〕长泽规矩也著《中国文学艺术史》,胡锡年译,上海:世界书局,1943年版。

赵景深著《中国文学史新编》,上海:北新书局,1947年版。

林庚著《中国文学史》,厦门:国立厦门大学出版,1947年版。

蒋祖怡著《中国人民文学史》,上海:北新书局,1950年初版,1951年再版。

谭丕模著《中国文学史纲》(上册),中央人民政府高等教育部教材编审处,1954年版。

中华人民共和国高等教育部审定《中国文学史教学大纲》(综合大学中国语言文学系汉语言文学专业四、五年级制用),北京:高等教育出版社,1957年版。

詹安泰、容庚、吴重翰编《中国文学史》(先秦两汉部分),北京:高等教育出版社,1957年版。

林庚著《中国文学简史》,上海:古典文学出版社,1957年版。

刘大杰著《中国文学发展史》,上海:古典文学出版社,1958年版。

北京大学中文系文学专门化1955级集体编著《中国文学史》,北京:人民文学出版社,1958年版;修订本,1959年版。

复旦大学中文系古典文学组学生集体编著《中国文学史》,上海:中华书局,1959年版。

中国科学院文学研究所编《中国文学史》,北京:人民文学出版社,1962年初版。

游国恩、王起、萧涤非、季镇淮、费振刚主编《中国文学史大纲》,北京:人民文学出版社,1963年版。

游国恩、王起、萧涤非、季镇淮、费振刚主编《中国文学史》,北京:人民文学出版社,1963年初版。

〔日〕狩野直喜著《支那文学史》,东京:みすず书房,1970年初版,1993年版。

〔日〕前野直彬《中国文学史》,东京:东京大学出版会,1975年版。

钱基博著《中国文学史》,北京:中华书局,1993年版。

章培恒、骆玉明主编《中国文学史》,上海:复旦大学出版社,1996年版。

袁行霈主编《中国文学史》,北京:高等教育出版社,1999年版。

台静农著、何寄澎主编《中国文学史》,上海:上海古籍出版社,2012年版。

〔美〕孙康宜、宇文所安主编《剑桥中国文学史》,北京:三联书店,2013年版。

二　著　作

[宋]范晔撰《后汉书》,北京:中华书局1982年版。
[梁]沈约撰《宋书》,北京:中华书局,1982年版。
[梁]刘勰著《文心雕龙》,周振甫注,北京:人民文学出版社,1981年版。
[唐]李百药撰《北齐书》,北京:中华书局,1982年版。
[唐]李延寿撰《北史》,北京:中华书局,1982年版。
[宋]欧阳修、宋祁撰《新唐书》,北京:中华书局,1982年版。
[宋]欧阳修著《欧阳修全集》,李逸安点校,北京:中华书局,2001年版。
[宋]叶梦得著《石林诗话》,收入何文焕辑《历代诗话》,北京:中华书局,1981年版。
[清]吴敬梓著《儒林外史》,汪原放标点,上海:亚东图书馆,1920年版。
[清]纪昀总纂《四库全书总目提要》,北京:中华书局影印本,1981年版。
[清]顾嗣立著《寒厅诗话》,收入丁福保辑《清诗话》,上海:上海古籍出版社,1999年版。
[清]黄子云著《野鸿诗的》,收入丁福保辑《清诗话》,上海:上海古籍出版社,1999年版。
[清]章学诚著《文史通义》,叶瑛校注,北京:中华书局,1985年版。
[清]刘熙载撰《艺概》,王国安标点,上海:上海古籍出版社,1978年版。
[清]翁同龢著《翁同龢日记》,陈义杰整理,北京:中华书局,1997年版。
[清]黄遵宪著《日本国志》,羊城富文斋,光绪十六年(1897)改刻本,上海:上海古籍出版社影印,2001年版。
[清]吴趼人著《情变》,收入阿英编《晚清文学丛钞·小说二卷》下册,北京:中华书局,1982年版。
[清]王国维著《人间词话新注》,滕咸惠校注,济南:齐鲁书社,1981年版。

〔英〕翟理思著《中国和中国人》(1902),罗丹、顾海东、栗亚娟译,北京:金城出版社,2011年版。

许国英编纂《国文读本》第一册(中学校用共和国教科书),上海:商务印书馆,1912年版。

林传甲编《黑龙江乡土志》,1913年出版,黑龙江图书馆重印。

林传甲著《筹笔轩读书日记》,上海:商务印书馆,1915年版。

辜鸿铭著《中国人的精神》(1915),黄兴涛、宋小庆译,海口:海南出版社,1996年版。

章太炎等讲《国学研究会讲演录》(1923),台北:广文书局,1980年版。

胡以鲁《国语学草创》,上海:商务印书馆,1923年版。

徐嘉瑞著《中古文学概论》,上海:亚东图书馆,1924年初版。

潘梓年著《文学概论》,上海:北新书局,1925年版。

游国恩著《楚辞概论》,北京:述学社,1926年版。

顾颉刚主编《古史辨》第一册,北京:朴社,1926年版;上海古籍出版社,1982年版。

郑振铎主编《中国文学研究》,上海:商务印书馆,1927年版。

赵祖忭著《中国文学沿革一瞥》,上海:光华书局,1927年版。

周作人著《中国新文学的源流》,北平:人文书店,1932年版。

夏丏尊、叶圣陶著《文心》,上海:开明书店,1933年初版,1935年第6版。

沈叔之等编《开明文学辞典》,上海:开明书店,1933年版。

黎锦熙著《国语运动史纲》,上海:商务印书馆,1934年版;北京:商务印书馆,2011年版。

刘复著《半农杂文》(第一册),北平:星云堂书店,1934年版。

刘永济著《文学论》,上海:商务印书馆,1934年版。

游国恩著《先秦文学》,上海:商务印书馆,1934年版。

郑振铎编《中国文学论集》,上海:开明书店,1934年版。

罗根泽著《中国文学批评史》(卷一),北平:人文书店,1934年版。

郑振铎、傅东华编《我与文学》，上海：生活书店，1934年，上海书店1981年复印版。

罗常培著《国音字母演进史》，上海：商务印书馆，1934年；太原：山西人民出版社影印1934年版。

叶青著《胡适批判》，上海：辛垦书店，1934年版。

傅东华主编《文学百题》，上海：生活书店，1935年版。

乐炳嗣《国语学大纲》，上海：大众书局，1935年版。

梁启超著《饮冰室合集》，林志钧编订，上海：中华书局，1936年初版；中华书局（北京），据上海中华书局1936年版影印，1986年版。

赵家璧主编《中国新文学史大系》(1917—1927)，上海：上海良友图书公司，1936年版，上海：上海文艺出版社1981年影印本。

蒋璋鉴著《文学论集》，上海：中国文化服务社，1936年版。

陈东原著《中国妇女生活史》，上海：商务印书馆，1937年版。

李何林著《近二十年中国文艺思潮论》，上海：生活书店，1939年版；西安：陕西人民出版社，1981年版。

〔日〕青木正儿《元人杂剧序说》，隋树森译、徐调孚校补，上海：开明书店，1941年版。

朱光潜著《诗论》，重庆：国民图书出版社，1943年；北京：三联书店，1984年版。

顾颉刚著《中国当代史学》，上海：胜利出版公司，1947年版。

赵景深著《民间文学概论》，上海：北新书局，1950年版。

中华全国文学艺术工作者代表大会宣传处编《中华全国文学艺术工作者代表大会纪念文集》，新华书店发行，1950年版。

〔日〕津田左右吉著《文学に現はれたる国民思想の研究》，东京：岩波书店，1951年版。

蔡仪著《中国新文学讲话》，上海：新文艺出版社，1952年版。

丁易著《中国现代文学史略》，北京：作家出版社，1955年版。

王瑶著《关于中国古典文学问题》，上海：古典文学出版社，1956年版。

朱文熊著《江苏新字母》(1906),北京:文字改革出版社,1957 年版。
北京大学中国语文学系编《文学研究与批判专刊》,北京:人民文学出版社,1958 年版。
中国人民大学新闻系文学教研室古典文学组编著《林庚文艺思想批判》,北京:人民文学出版社,1958 年版。
作家出版社编辑部编《中国古典文学厚古薄今批判集》(第 1—4 辑),北京:作家出版社,1958 年版。
复旦大学中文系文学教研组编《"中国文学发展史"批判》,北京:中华书局,1958 年版。
中国作家协会上海分会文学研究室编《中国文学史讨论集》,北京:中华书局,1958 年版。
文字改革出版社编《1913 年读音统一会资料汇编》,北京:文字改革出版社,1958 年版。
庄吉发著《京师大学堂》,台北:台湾大学文学院,1970 年版。
叶维廉主编《中国古典文学比较研究》,台北:黎明文化事业股份有限公司公司,1977 年版。
北京大学中国文学史教研室选注《魏晋南北朝文学史参考资料》,北京:中华书局,1978 年版。
夏志清原著《中国现代小说史》,刘绍明编译,台北:传记文学社印行,1978 年版。
茅盾著《茅盾评论文集》(上下),北京:人民文学出版社,1978 年版。
〔丹〕爱克曼辑录《歌德谈话录 1823—1832》,朱光潜译,北京:人民文学出版社,1978 年版。
钱锺书著《旧文四篇》,上海:上海古籍出版社,1979 年版。
汤志钧编《章太炎年谱长编》,北京:中华书局,1979 年版。
伍蠡甫等主编《西方文论选》(上下),上海:上海译文出版社,1979 年版。
舒新城编《中国近代教育史资料》,北京:人民教育出版社,1980 年版。

周作人著《知堂回想录》,香港:三育图书有限公司,1980 年版。
司马长风著《中国新文学史》,香港:昭明出版社,1980 年版。
中国民间文艺研究会上海分会等编《中国民间文学论文选(1949—1979)》,上海:上海文艺出版社,1980 年版。
〔丹〕勃兰兑斯著《十九世纪文学主流》,张道真译,北京:人民文学出版社,1980 年版。
鲁迅著《鲁迅全集》,北京:人民文学出版社,1981 年版。
刘若愚著《中国文学理论》,杜国清译,台北:联经出版公司,1981 年版。
朱自清著《朱自清古典文学论文集》(上下),上海古籍出版社,1981 年版。
阿英著《阿英文集》,北京:三联书店,1981 年版。
柳鸣九主编《法国文学史》,北京:人民文学出版社,1981 年版。
王瑶著《中古文学史论集》,上海:上海古籍出版社,1982 年版。
闻一多著《闻一多全集》,北京:三联书店,1982 年版。
王国维著《王国维遗书》(十册),上海:上海书店影印,1983 年版。
郭绍虞著《照隅室古典文学论集》(上下),上海:上海古籍出版社,1983 年版。
青木正儿著《青木正儿全集》(第一卷),东京:春秋社,1983 年版。
冯友兰著《中国哲学史》,北京:中华书局,1984 年重印本。
叶嘉莹著《迦陵论诗丛稿》,北京:中华书局,1984 年版。
郑振铎著《郑振铎古典文学论文集》,上海:上海古籍出版社,1984 年版。
鲍晶编《刘半农研究资料》,天津:天津人民出版社,1985 年版。
曹述敬编《钱玄同年谱》,济南:齐鲁书社,1986 年版。
〔美〕韦勒克、沃伦著《文学理论》,刘象愚等译,北京:三联书店,1984 年版。
中国社会科学院近代史研究所中华民国史研究室编《胡适的日记》,北京:中华书局,1985 年版。
钱锺书著《七缀集》,上海:上海古籍出版社,1985 年版。
罗根泽著《罗根泽古典文学论文集》,上海:上海古籍出版社,1985 年版。
刘半农著《刘半农文选》,徐瑞从编,北京:人民文学出版社,1986 年版。

许冠三著《新史学九十年(1900—)》,香港:香港中文大学出版社,1986年版。

朱有瓛主编《中国近代学制史料第二辑(上)》,上海:华东师范大学出版社,1987年版。

陈学恂主编《中国近代教育史教学参考资料》,北京:人民教育出版社,1983年版。

柯庆明著《现代中国文学批评述论》,台北:大安出版社,1987年初版。

陆侃如著《陆侃如古典文学论文集》,上海:上海古籍出版社,1987年版。

〔美〕卫姆塞特、布鲁克斯合著《西洋文学批评史》,颜元叔译,北京:中国人民大学出版社,1987年版。

〔美〕西利尔·白之著《白之比较文学论文集》,微周等译,长沙:湖南文艺出版社,1987年版。

郑振铎著《郑振铎文集》(第五卷),北京:人民文学出版社,1988年版。

汪辟疆著《汪辟疆文集》,上海:上海古籍出版社,1988年版。

温儒敏著《新文学现实主义的流变》,北京:北京大学出版社,1988年版。

汪向荣著《日本教习》,北京:三联书店,1988年版。

陈福康编《回忆郑振铎》,上海:学林出版社,1988年版。

萧超然等编《北京大学校史(1898—1947)》(增订本),北京:北京大学出版社,1988年版。

〔美〕R.韦勒克著《批评的诸种概念》,丁泓、余微译,周毅校,成都:四川文艺出版社,1988年版。

陈平原《二十世纪中国小说史第一卷(1897—1916)》,北京:北京大学出版社,1989年版。

陈平原、夏晓虹编《二十世纪中国小说理论资料》(第一卷),北京:北京大学出版社,1989年版。

〔美〕郭颖颐著《中国现代思想中的唯科学主义(1900—1950)》,雷颐译,南京:江苏人民出版社,1989年版。

〔日〕矢岛佑利、野村兼太郎编《明治文化史》,东京:原书房,1989年版。

郑树森等编《国共内战时期香港文学资料选(1945—1949)》,香港:天地图书有限公司,1990年版。

刘德重著《诗话概说》,北京:中华书局,1990年版。

茅盾著《茅盾全集》18,北京:人民文学出版社,1991年版。

璩鑫圭等编《中国近代教育史资料汇编？学制演变》,上海:上海教育出版社,1991年版。

清华大学校史研究室编《清华大学史料选编》,北京:清华大学出版社,1991年版。

〔美〕周明之著《胡适与中国现代知识分子的选择》,雷颐译,成都:四川人民出版社,1991年版。

〔美〕费正清主编《剑桥中华民国史》,章建刚译,上海:上海人民出版社,1991年版。

〔美〕乔纳森·卡勒著《结构主义诗学》,盛宁译,北京:中国社会科学出版社,1991年版。

康有为撰《康南海自编年谱(外二种)》,楼宇烈整理,北京:中华书局,1992年版。

黎锦熙著《新著国语文法》(1924),北京:商务印书馆,1992年版。

余英时著《历史与思想》,台北:联经出版公司,1992年版。

陈万雄著《五四新文化的源流》,香港:三联书店,1992年版。

区建英著《福泽谕吉与日本近代化》,上海:学林出版社,1992年版。

中国历史博物馆编、劳祖德整理《郑孝胥日记》,北京:中华书局,1993年版。

浦江清著《浦江清文史杂文集》,浦汉明编,北京:清华大学出版社,1993年版。

温儒敏著《中国现代文学批评史》,北京:北京大学出版社,1993年版。

〔美〕张灏著《梁启超与中国思想的过渡(1890—1907)》,崔志海、葛夫平译,南京:江苏人民出版社,1993年版。

〔美〕洪长泰著《到民间去:1918—1937年的中国知识分子与民间文学运动》,董晓萍译,上海:上海文艺出版社,1993年版。

〔美〕拉尔夫·科恩主编《文学理论的未来》,程锡麟等译,北京:中国社会科学出版社,1993年版。

〔日〕新村出编《广辞苑》,东京:岩波书店,1993年第4版。

耿云志主编《胡适遗稿及秘藏书信》,合肥:黄山书社,1994年版。

清华大学档案馆编《国立西南大学各院系必修选修学课表》(上中下),1994年。

陈福康著《郑振铎传》,北京:十月文艺出版社,1994年版。

〔美〕周锡瑞著《义和团运动的起源》,张俊义等译,南京:江苏人民出版社,1994年版。

〔美〕艾恩·P.瓦特著《小说的兴起》,鲁燕萍译,台北:桂冠图书公司,1994年版。

〔美〕Frank Lentricchia & Thomas Mclaughlin 编《文学批评术语》,吴戈译,香港:牛津大学出版社,1994年版。

王梦鸥著《中国文学理论与实践》,台北:时报文化出版公司,1995年版。

王汎森、杜正胜编《傅斯年文物资料选集》,台北:傅斯年先生百龄纪念筹备会印行,1995年版。

罗志田著《胡适传——再造文明之梦》,成都:四川人民出版社,1995年版。

马克思、恩格斯著《共产党宣言》,收入中共中央马克思恩格斯列宁斯大林著作编译局编译《马克思恩格斯选集》第一卷上,北京:人民出版社,1995年版。

〔美〕米勒著《跨越边界:翻译·文学·批评》,单德兴编译,台北:书林出版公司,1995年版。

耿云志、欧阳哲生编《胡适书信集》,北京:北京大学出版社,1996年版。

西南联合大学北京校友会编《国立西南联合大学校史——1937至1946年的北大、清华、南开》,北京:北京大学出版社,1996年版。

王瑶主编《中国文学研究现代化进程》,北京:北京大学出版社,1996年版。

袁进著《中国文学观念的近代变革》,上海:上海社会科学院出版社,1996年版。

刘师培著《刘申叔遗书》(上下),南京:江苏古籍出版社,1997年版。

叶嘉莹著《王国维及其文学批评》,石家庄:河北教育出版社,1997年版。

蒋梦麟著《西潮》,沈阳:辽宁教育出版社,1997年版。

葛剑雄著《悠悠长水——谭其骧前传》,上海:华东师范大学出版社,1997年版。

严家炎编《二十世纪中国小说理论资料》(第二卷),北京:北京大学出版社,1997年版。

欧阳哲生编《胡适文集》(十二册),北京:北京大学出版社,1998年版,2013年第二版。

谭嗣同著《谭嗣同全集》(增订本),蔡尚思、方行编,北京:中华书局,1981年初版,1998年重印本。

钱理群等著《中国现代文学三十年》(修订本),北京:北京大学出版社,1998年版。

陈平原著《中国现代学术之建立——以章太炎、胡适之为中心》,北京:北京大学出版社,1998年版。

陈世骧著《陈世骧文存》,陈子善编,沈阳:辽宁教育出版社,1998年版。

梁实秋著《梁实秋批评文集》,徐静波编,珠海:珠海出版社,1998年版。

〔美〕任达著《新政革命与日本》,李仲贤译,江苏人民出版社,1998年版。

〔美〕乔纳森·卡勒著《文学理论》,李平译,香港:牛津大学出版社,1998年版。

洪子诚著《中国当代文学史》,北京:北京大学出版社,1999年版。

陈以爱著《中国现代学术研究机构的兴起——以北京大学研究所国学门为中心的探讨》,台北:政治大学历史系,1999年版。

朱东润著《朱东润自传》,上海:东方出版中心,1999年版。

钱玄同著《钱玄同文集》,北京:中国人民大学出版社,1999—2000年版。

〔美〕海登·怀特著《史元》,刘世安译,台北:麦田出版公司,1999年版。

陈顺馨著《社会主义现实主义理论在中国的接受与转换》,合肥:安徽教育出版社,2000年版。

黄人编、钟少华选《〈普通百科新大辞典〉条目选》,收入钟少华编《词语的知惠》,贵阳:贵州教育出版社,2000年。

梅光迪著《梅光迪文录》,罗岗等编,沈阳:辽宁教育出版社,2001年版。

曹伯言整理《胡适日记全编》,合肥:安徽教育出版社,2001年版。
赵元任著《赵元任语言学论文集》,北京:商务印书馆,2002年版。
周光庆著《汉语与中国早期现代化思潮》,哈尔滨:黑龙江教育出版社,2001年版。
台静农著《龙坡杂文》,北京:三联书店,2002年版。
台静农著《台静农论文集》,合肥:安徽教育出版社,2002年版。
川合康三编《中国の文学史观》,东京:创文社,2002年版。
沈卫威著《胡适周围》,北京:中国工人出版社,2003年版。
王绍祥著《西方汉学界的"公敌"——英国汉学家翟理斯(1845—1935)》,福建师范大学博士论文,2004年。
汪原放著《亚东图书馆与陈独秀》,上海:学林出版社,2006年版。
黎锦熙著《黎锦熙文集》,黎泽渝、刘庆俄编,哈尔滨:黑龙江教育出版社,2007年版。
梁启超著《新小说·小说丛话》(第七号),收入黄霖编《中国历代下后所批评史料汇编校释》,南昌:百花洲文艺出版社,2009年版。
〔德〕罗斯玛丽·烈文森采访《赵元任传》,焦立为译,石家庄:河北教育出版社,2010年版。
杨天石整理《钱玄同日记(整理本)》,北京:北京大学出版社,2014年版。
《新青年》,第1卷第1号至第9卷第6号,1915年9月15日—1922年7月1日,上海:群益书社。
原名《青年杂志》,自第2卷第1号(1916年9月1日)起改名《新青年》;第8卷第1号(1920年9月1日)起改由新青年社(上海)印行。
《人民日报》,1949—1957年。
《光明日报》,1949—1959年。
《文艺报》(半月刊),中华全国文学艺术界联合会、文艺报编辑委员会主办,第1卷第1期至1955年第24号(总第147号),1949年9月25日—1955年2月30日,起初由新华书店出版发行(北平),后改由人民文学出版社(北京)

出版。

《新建设》,1949—1952 年。

中共中央宣传部主办《学习》,1949—1952 年。

教育部主办《人民教育》,1950—1957 年。

高等教育部主办《高等教育通讯》,1953—1955 年。

三 论 文

〔日〕井上哲次郎《日本文学的过去及将来(续)》,载《帝国文学》1895 年第 2 期。

〔日〕《先秦文学と支那小说戏曲小史を评す》,载《帝国文学》1897 年第 7 期。

裘廷梁《论白话为维新之本》,载《中国官音白话报》第 19、20 合期,光绪二十四年(1898)7、8 月印行。

李剑农《论共和国民之资格》,载《民国报》第 4 号,1912 年 1 月 11 日。

商务印书馆《共和国小学教科书编辑缘起》,载《教育杂志》第 4 卷第 1 期,1912 年。

胡适《藏晖室札记》,载《留美学生季报》第 3 年春季第 1 号、秋季第 3 号、第 3 卷第 4 号,上海:中华书局,1916 年 3 月、9 月、1917 年 6 月。

傅斯年评介《王国维之〈宋元戏曲史〉》,载《新潮》第 1 卷第 1 号,1919 年 1 月。

周作人《思想革命》,载《每周评论》第 11 号,1919 年 3 月 2 日。

傅斯年《白话与文学心理的改革》,载《新潮》第 1 卷第 5 号,1919 年 5 月。

罗家伦《驳胡先骕的中国文学改良论》,载《新潮》第 1 卷第 5 号,1919 年 5 月。

郭绍虞《从艺术发展上企图社会的改造》,载《新潮》第 2 卷第 4 号,1920 年。

郭绍虞《文化运动与大学移殖事业》,载《东方杂志》第 17 卷第 11 号,1920 年。

〔日〕青木正儿《胡适を中心に涡いている文学革命(一)》,载《支那学》第 1 卷第 1 号,京都:弘文堂,1920 年 9 月。

〔日〕青木正儿《本邦支那学革新の第一步》,载《支那学》第 1 卷第 5 号,京都:

弘文堂,1921 年 1 月。

《小说月报改革宣言》,载《小说月报》第 12 卷第 1 期,1921 年 10 月,上海:商务印书馆发行。

郭绍虞《送信者》,载《文学旬刊》1921 年第 23 期。

沈兼士《给胡适之的一封信》(1921 年 12 月 11 日),载《晨报副刊》1921 年 12 月 24 日。

钱玄同《注音字母与现代国语》,载《国语月刊》第 1 卷第 1 期,1922 年 2 月。

梅光迪《评提倡新文化者》,载《学衡》第 1 期,1922 年。

陈中凡《中国文学演进之趋势》,原载《文哲学报》第 1 期,1922 年。

吴其祥《第二次建设的文学革命》,载《民国日报》130 期,1922 年 7 月 29 日。

郑振铎《评 H·A·Giles 的〈中国文学史〉》,载《文学旬刊》第 50 期,1922 年 9 月 21 日。

赵元任《国语罗马字的研究》(第一篇),载《国语月刊》第 1 卷第 7 期,1922 – 23 年。

沈兼士《国语问题之历史的研究》,载《国学季刊》第 1 卷第 1 期,1923 年 1 月。

钱玄同《汉字革命》,载《国语月刊·汉字改革号》第 1 卷第 7 期,1923 年。

朱文熊《旧话重提》,载《国语周刊》第 15 期,1925 年 9 月 20 日。

《铃木虎雄博士与叶长青社长书》,载《国学专刊》第 1 卷第 3 期,1926 年 9 月。

〔日〕铃木虎雄《运用口语的填词》,鲁迅译,载《莽原》第 2 卷第 4 期,1927 年 2 月。

周作人《死文学与活文学》,载《大公报》1927 年 4 月 15、16 日。

郑宾于《我读了文化学社印行胡适之先生的〈国语文学史〉》,载《新文化》第 1 卷第 6 期,1927 年版。

傅斯年《历史语言所工作之旨趣》,载《国立中央研究院历史语言所集刊》第 1 本第 1 分,1928 年。

张旭光《评胡适〈白话文学史〉上卷》,载《清华周刊》第 32 卷第 8 期,1929 年。

陈受颐《十八世纪欧洲文学里的〈赵氏孤儿〉》,载《岭南学报》第 1 卷第 1 期,

1929 年。

王礼锡《活文学史之死——胡适之〈白话文学史〉批判》,载《读书杂志》第 1 卷第 3 期,1931 年 6 月 1 日。

吴世昌评《插图本中国文学史第二册》,载《新月》第 4 卷第 6 期,1933 年 3 月。

〔日〕铃木虎雄《儒教与中国文学》,郑师许译,载《知难》1929 年第 109 期。

胡怀琛《评儒教与中国文学》,载《南洋:南洋中学校友会会刊》1929 年第 9 期。

沈达材评《陈钟凡著中国文学批评史》,载《图书评论》第 1 卷第 5 期,1933 年。

朱自清评《中国文学批评史上卷》,载《清华学报》第 9 卷第 4 期,1934 年 10 月。

李青崖评介《中国文学批评史(上)》,载《华年》第 3 卷第 43 期,1934 年。

潘文夫《英国汉学家翟理斯去世》,载《文化建设》第 1 卷第 7 期,1935 年 4 月。

张长弓《读中国文学批评史上册》,载《文艺月报》第 1 卷第 4 期,1935 年。

傅尚霖《英国汉学家翟里斯教授的生平和著作》,载《国立中山大学文学院专刊》第 2 期,1935 年 6 月。

蒋鉴璋《文学范围略论》,载胡适等著《文学论集》,艺林社编,上海:中国文化服务社,1936 年版。

赵元任《国语罗马字》,载《国语周刊》第 230 期,1936 年。

梁书仪《评胡适〈白话文学史〉》,原载《人文月刊》第 8 卷第 3 期,1937 年,转引自《图书评论》第 9 卷。

朱光潜《文学院课程之检讨》,载《高等教育季刊》第 1 卷第 3 集,重庆:文通书局,年月不详。

冼群《关于"可不可以写小资产阶级"问题》,载《文汇报》1949 年 8 月 27 日。

《全国高等学校一九五〇年度教学计划审查总结》,《新华月报》1951 年第 4 卷第 1 期,3 月。

冯至《爱国诗人杜甫传》,光宇配图,载《新观察》1951 年第 1 期。

余冠英《答张长弓先生》,载《人民文学》第 4 卷第 2 期,1951 年 6 月。

谭丕模《掘发古典文学的人民性、斗争性》,载《新中华》1951 年 11 月 16 日。

陆侃如《什么是中国文学史的主流》,载《文史哲》1954 年第 1 期。
刘大杰《批判胡适的唯心主义的文学史观点》,载《复旦学报》1955 年第 2 期。
魏建功《胡适文学语言观点批判》,载《北京大学学报(人文科学)》1955 年第 2 期。
郭绍虞《怎样自学——我的学习道路》,载《青年报》1956 年 11 月 16 日。
周扬《新民歌开拓了诗歌的新道路》,载《红旗》1958 年第 1 期。
郭沫若《就当前诗歌中的主要问题答〈诗刊〉社问》,载《诗刊》1959 年 1 月号。
赵景深《民间文学在文学史上的地位》,载《解放日报》1959 年 3 月 24 日。
〔日〕高桥和巳《文学研究的诸问题》,原载《立命馆文学》1960 年 10 月,收入《高桥和巳全集》13 卷,东京:河出书房新社,1977—1980 年版。
贾芝作《论民间文学的社会地位和作用——纪念〈在延安文艺座谈会上的讲话〉发表二十周年》,载《民间文学》1962 年第 2 期。
郭预衡《从"魏晋南北朝"一代谈文学史的编写问题——读文学研究所新编〈中国文学史〉》,《光明日报·文学遗产副刊》(445 期)1962 年 12 月 30 日。
王士菁《谈鲁迅编写中国文学史的方法》,载《文学遗产》1980 年第 2 期,北京:中华书局。
郭绍虞《我怎样研究中国文学批评史的》,载《书林》1980 年第 1 期。
阿英《作为小说学者的鲁迅》,载《阿英文集》,北京:三联书店,1981 年版。
〔日〕三浦叶著《明治年间に於ける支那文学史の研究》,载《明治の汉学(研究史·汉学论)》,自印,1981 年。
王尔敏《中国近代知识普及化之自觉及国语运动》,载《中央研究院近代史研究所集刊》第 11 期,1982 年。
王煦华《王国维致顾颉刚的三封信(1922)》,载《文献》1983 年第 1 期。
赵景深《自传及著作自述》,载《中国当代社会科学家》第 2 辑,北京:书目文献出版社,1983 年版。
赵景深《回忆上海文学界的四年间》,载《上海〈孤岛〉文学回忆录》,北京:中国社会科学出版社,1984 年版。

王晓明、陈思和《"重写文学史"专栏主持人的话》,载《上海文论》(上海)1988年第4期。

黄子平、陈平原、钱理群《论"二十世纪中国文学"》,载《文学评论》1985年第5期。

范宁《论研究中国文学史规律问题》,载《文学探讨撷英——〈中国社会科学〉文学论文集(1980—1985)》,西安:陕西人民出版社,1988年版。

王瑶《"鲁迅研究"教学的回顾和瞻望——在"鲁迅研究教学研讨会"上的发言》,载《鲁迅研究动态》1988年第8期。

唐君毅《中国哲学与中国文学之关系》,转引自北京大学比较文学研究所编《中国比较文学研究资料》,北京大学出版社,1989年版。

王瑶《文学史著作应该后来居上——在〈上海文论〉主持的"重写文学史"座谈会上的发言》,载《上海文论》1989年第1期。

井波律子《论王国维的学风——经史子集的革命性转换》,载《东方学报》第61册,京都,1989年3月。

郑志明《五四思潮对文学史观的影响》,载中国古典文学研究会主编《五四文学与文化变迁》,台北:学生书局,1990年版。

〔德〕康德《人类历史起源臆测》,载康德著《历史理性批判文集》,何兆武译,北京:商务印书馆,1991年版。

〔法〕朗松《文学史方法》,载〔美〕昂利·拜尔编《方法、批评及文学史》,徐继曾译,北京:中国社会科学出版社,1992年版。

〔法〕福柯《知识考古学·导言》,韦遨宇译,载《重新解读伟大的传统——文学史论研究》,北京:社会科学文献出版社,1993年版。

段宝林《北大〈歌谣〉周刊与中国俗文学》,载吴同瑞等编《中国俗文学七十年》,北京:北京大学出版社,1994年版。

李景汉《潘光旦〈民族性与民族卫生〉序》,载《潘光旦文集》第3卷,北京:北京大学出版社,1995年初版,2000年版。

葛兆光《重理宗教与文学之姻缘》,载《华学》第2期,广州:中山大学出版社

1996年。

周慧玲《女演员、写实主义、"新女性"论述——晚清到五四时期中国现代剧场中的性别表演》载《近代中国妇女史研究》第4期,台北,1996年。

简宗梧《从汉到唐贵游活动的转型与赋体变化之考察》,载《中国古典文学》创刊号,台北,1996年。

王汎森《什么可以成为历史证据——近代中国新旧史料观点的冲突》,《新史学》第8卷第2期,台北,1997年6月。

钟敬文《五四时期民俗文化学的兴起——呈献于顾颉刚、董作宾诸故人之灵》,载《钟敬文民俗学论集》,上海:上海文艺出版社,1998年版。

〔英〕安德森《想象的共同体》,方言译、田立丰校,贺照田主编《学术思想评论》第5辑,沈阳:辽宁大学出版社,1999年版。

王水照《我和宋代文学研究》,载《王水照自选集》,上海:上海教育出版社,2000年版。

〔加拿大〕伊娃·库什纳《文学的历史结构》,载〔加拿大〕马克·昂热诺等主编《问题与观点:20世纪文学理论综论》,史忠义、田庆生译,天津:百花文艺出版社,2000年版。

王风《文学革命与国语运动之关系》,载《中国现代文学研究丛刊》2001年第3期。

陈方正《试论新文化运动与欧洲文艺复兴》,载《中国文化》2007年第2期。

王东杰《从文字变起:中西学战中的清季切音字运动》,载陈廷湘主编《"近代中国与日本"学术研讨会论文集》,成都:巴蜀书社,2010年版。

张军《清末的国语转型》,载《中国社会科学院民族学与人类学研究所青年学术论坛(2012年)》,北京:社会科学文献出版社,2015年版。

商伟《言文分离与现代民族国家:"白话文"的历史误会及其意义(上下)》,载《读书》2016年第11、12期。

葛兆光《一个历史事件的旅行——文艺复兴在东亚近代思想和学术中的影响》,未刊稿。

后　记

　　1993年，借着在日本京都大学访问的机会，读了几册明治时代出版的日文本《中国文学史》书，有些感想，翌年秋天回国，打算把它们整理成文。那时，我还在王府井大街36号的中华书局文学编辑室工作，地下一层的图书馆里，恰好也有1950年以前出版的几种《中国文学史》著作，尘土封面，好多年不为人动，正好借出来以备参考。这些旧文学史，既时时照应着我在异域读过的那些文学史，也触动了我对大学二年级所上中国文学通史课的回忆。

　　没想到，最初的计划，就在这里转了一个弯子。我忽然醒悟到，在讨论（哪怕只是综述）日本的情况之前，还是应该先摸摸自己的家底，只有在对中国的文学史研究、写作以及教学的状况做一番了解之后，再来反观日本，恐怕才能取得少许的发言权。

　　于是，我把研究的重心转向了由中国人编写的《中国文学史》。1996年的工作调动，让我获得了更多自由支配的时间，1998年对京都大学的再度访问，让我接触到了比前次更加广泛的资料，1997年的访问香港浸会大学和2000年的访问香港城市大学，也让我有机会接触一些香港、台湾地区的文学史研究讯息。大量而有比较的，有时甚至是反复的阅读，对我把问题想通、思路理清，尤其是找到合适的写作的切入点，都非常有益。还有，相当幸运的是，我现在所在的中国社会科学院文学研究所的资料室，也收藏有不少早期出版的《中国文学史》，加上离我住处很近的清华大学文科阅览室的部分收藏，利用起来十分方便,帮我节约了不少的体力和时间。

然而,做过二十多年的编辑,到底养成了"眼高手低"的习惯。看别人的论著,心得颇多,轮到自己,却难以下笔,看的又多是古籍整理的稿子、版本、目录、标点、注释,零七八碎的,到了要写正儿八经的论文时,总免不了时断时续,难以兼顾首尾。用"死拖烂磨"来形容七八年间那些并不怎么好过的日子,是一点都不夸张的。

多亏了师友的鼓励与督促。这些年里,每每让我自觉到有责任完成这本书的,就是这些值得尊敬的老师和一直关心我的朋友们,如果一一列出他们的名字,那会是一份太长的名单,所以,谨让我不具名地向所有的师友,致以最诚挚的谢意。

另外,在这里,我想要特别感谢我的老师徐公持教授,十几年来,无论在哪里,我都能感受得到他的无私的支持。还要感谢章培恒教授、兴膳宏教授,在我最近几年的工作、学习乃至生活当中,他们的关怀和帮助,是我永难忘记的。感谢赵园教授、陈平原教授以及出版社的张凤珠女士,没有他们的热心敦促和承诺,这本书的完成恐怕仍然遥遥无期。

书中的文字,大部分曾以文章的形式发表,在这里,也要向发表过我的文章的《文学遗产》《文学评论》《中国典籍与文化》《读书》《书品》《上海文学》杂志和《中国现代文学研究丛刊》表示感谢。

最后,感谢葛兆光一向的宽厚体谅,使我有幸不受为稻粱谋的压力。感谢父母给予我的无微不至的关爱,虽然薄薄的这么一本书,根本不足以报答他们对我从小到大的期待。

很久很久以来,我都在盼望着这一天的到来——把所有的文件拷进一张盘,阖上电脑,万事大吉。但意想不到的是,当这一刻真的降临,我的心情并没有随之轻松。案头上的资料仍不能最后清理、束之高阁,这些与日本的文学史研究相关的资料,大多是在京都大学中文研的朋友们的帮助下搜集起来的,它们似乎一直在提醒我,对最初的计划,无论如何,要有个交代。

2001 年 6 月 30 日

补　记

这次出版《文学史的权力(增订版)》,新增的有第六章《国语的文学史之成立》,有见于附录的《世界·国家·文学史》《在世界背景下书写中国文学史》《"这是多大的使命呀"》《文学史的进与退》《也说说东洋早期出版的中国文学史》等五篇,还有《增订版序》,分别发表于《中国文学学报》《文史知识》《书城》《〈文学遗产〉六十周年纪念文汇》《中华读书报》和《读书》,《现代学术史所不能忘记的》这一篇,是为山西人民出版社"近代海外名著丛刊古典文献与语言文字系列"丛书写的总前言。

书中的其他部分,一仍其旧,仅仅是在个别字句上作了修正。但因为有新增加的内容,于《征引书目》也作了必要的补充和调整。需要说明的是,由于正文里的部分章节引用《新青年》《光明日报》《文艺报》《学习》等报刊上的文章频率较高,为避烦琐,这里还是照旧版著录的方式,只笼统写下几种报刊的名称与发行日期。又因为新增章节是过了十多年后才写,引用书籍文献,与之前的版本或有不同,有的已经没有办法追查,有的是来不及做新的统一处理,还望读者谅解。

最后,要感谢张隆溪教授、张健教授让我在他们主持的论坛,第一时间发表新增章节的内容。部分新增章节的初稿,曾请王德威教授、黄子平教授过目,也谢谢他们的意见。谢谢老同学刘方,是她代表出版社再三催促,才使我在去年一鼓作气收拾残局,完成这个增订本。当然,还要感谢葛兆光一直关注我在这个既非古代又非现代、既是文学又溢